HEYNE ‹

Das Buch

Und dann kommt der Tod herbei bietet neun großartige Geschichten von Mary Higgins Clark, die zu ganz unterschiedlichen Zeiten entstanden sind. Denn schon seit über fünfzig Jahren entwirft sie geniale Heldinnen und Plots. Die Mehrheit der hier vereinten Storys sind auf Deutsch bislang gänzlich unveröffentlicht.

Gekrönt wird diese Sammlung von einem neuen Kurzroman. *Der Tod trägt eine Maske* spielt im Fashionmillieu New Yorks in den Siebzigerjahren. In dieser Zeit begann die Autorin mit dem Schreiben, diesen Roman aus ihren Anfangszeiten hat sie jedoch erst kürzlich fertiggestellt.

Nicht immer wird in den Geschichten von Mary Higgins Clark gemordet. Es findet sich auch eine echte Gruselgeschichte in dieser Sammlung, die in einem düsteren Kohlenkeller mit einem seelenverschlingenden Grammofon spielt. Oder eine psychologische Spannungsgeschichte um eine Mutter, die aufgrund des tragischen Tods ihres Sohnes mit dem Schicksal hadert.

Immer spannend, manchmal amüsant, manchmal skurril – Geschichten, die uns einladen, Mary Higgins Clarks Meisterschaft im Erzählen aufs Neue zu genießen.

Die Autorin

Mary Higgins Clark, geboren in New York, lebt und arbeitet in Saddle River, New Jersey. Sie zählt zu den erfolgreichsten Thrillerautorinnen weltweit. Mit ihren Büchern führt sie regelmäßig die internationalen Bestsellerlisten an. Sie hat bereits zahlreiche Auszeichnungen erhalten, u. a. den begehrten *Edgar Award*. Zuletzt bei Heyne erschienen· *So still in meinen Armen*.

MARY HIGGINS CLARK

UND DANN KOMMT DER TOD HERBEI

STORYS

WILHELM HEYNE VERLAG
MÜNCHEN

Die Originalausgabe erschien unter dem Titel
DEATH WEARS A BEAUTY MASK bei Simon & Schuster, New York

Verlagsgruppe Random House FSC® N001967

Vollständige deutsche Taschenbuchausgabe 08/2016
Copyright © 2015 by Simon & Schuster
Copyright © 2016 der deutschen Ausgabe
by Wilhelm Heyne Verlag, München,
in der Verlagsgruppe Random House GmbH,
Neumarkter Straße 28, 81637 München
Published by arrangement with the original publisher,
Simon & Schuster, Inc.
Printed in Germany
Redaktion: Claudia Alt
Umschlaggestaltung: Nele Schütz Design, München
Umschlagfoto: © shutterstock/Balazs Kovacs Images
Satz: Leingärtner, Nabburg
Druck und Bindung: GGP Media GmbH, Pößneck
ISBN: 978-3-453-43854-5

www.heyne.de

In Erinnerung an Ann Mara,
der lieben Freundin und wunderbaren Frau

Inhalt

Der Tod trägt eine Maske

Um acht Uhr morgens begann die Pan-Am-Maschine ihren Landeanflug auf den John F. Kennedy Airport. Janice drückte die Stirn ans Fenster und starrte angestrengt auf die graue Wolkendecke. Mike beugte sich zu ihr hinüber, schloss ihr den Sicherheitsgurt und klopfte ihr zärtlich auf den Oberschenkel. »Deine Schwester wirst du von hier oben kaum entdecken können, meine Liebe«, sagte er.

Er streckte die Beine aus, die viel zu lang waren für den wenigen Platz, den die Fluggesellschaft ihren Passagieren in der Touristenklasse zugestand. Michael Broad, dreißig Jahre alt und stellvertretender Bezirksstaatsanwalt in Los Angeles, hatte immer noch eine durchtrainierte Figur wie zu der Zeit, als er im Leichtathletik-Team seiner Universität aktiv gewesen war. Allerdings zogen sich erste graue Strähnen durch seine braunen Haare – das hatte er wohl von seinem Vater geerbt, was ihm aber insgeheim gefiel. Keiner, der ihn auch nur ein wenig kannte, ließ sich von seinem zurückhaltenden Wesen in die Irre führen. In seinen grauen Augen lag fast immer ein spöttisches Funkeln. Zeugen der Verteidigung, die von ihm ins Kreuzverhör genommen wurden, hatten die durchdringende Entschlossenheit dieses Blicks zu fürchten gelernt. Und nie hätten sie geglaubt, dass in diesen Augen auch eine Zärtlichkeit liegen konnte, die immer dann aufschien, wenn er die junge Frau neben sich ansah.

Die zweiundzwanzigjährige Janice, mit der er seit drei Wochen verheiratet war, hatte dunkelblonde, schulterlange Haare; sie war sonnengebräunt, schlank, hatte schmale Hüften und lange Beine. Sie hatten sich im Jahr zuvor kennengelernt, als sie ihn auf die Bühne der University of Southern California geführt hatte, wo er einen Vortrag über die Sicherheit auf dem Campus halten sollte.

Lächelnd lehnte sie sich zurück. »Man kann überhaupt nichts sehen«, beschwerte sie sich. »Alles ist voller Wolken oder Smog oder was auch immer. Ach, ich freu mich so auf Alexandra. Es ist jetzt fast ein Jahr her, seit wir uns das letzte Mal gesehen haben. Und sonst habe ich ja keine Verwandten mehr.«

Mike deutete auf den nagelneuen Ehering. »Ach, und was ist mit mir?«, fragte er trocken. Sie grinste ihn an, bevor sie sich wieder dem Fenster zuwandte. Natürlich konnte Mike ihre Ungeduld nur schwer nachvollziehen, aber er war ja auch in einer großen Familie mit insgesamt zwei Brüdern und zwei Schwestern aufgewachsen.

Bei ihr war es anders gewesen. Ihre Mutter war bei ihrer Geburt gestorben, worauf ihre sechs Jahre ältere Schwester Alexandra im Lauf der Jahre immer mehr die Rolle der Ersatzmutter übernommen hatte. Als Janice zwölf war, hatte Alexandra Oregon verlassen und war nach New York gegangen. In den darauffolgenden Jahren war sie regelmäßig alle paar Monate nach Hause gekommen, aber je erfolgreicher ihre Modelkarriere verlief, desto seltener wurden diese Besuche. Zum letzten Mal hatten sie sich im vergangenen Sommer in New York gesehen, als Janice sie für zehn Tage besucht hatte.

Eigentlich hatte Alexandra vorgehabt, an Janices College-Abschlussfeier teilzunehmen. Aber dann hatte sie angerufen und ihr mitgeteilt, dass sie für Werbeaufnahmen nach Europa müsse. Als Janice ihr erzählte, dass sie und Mike gleich nach ihrem Studienabschluss heiraten wollten – lediglich im kleinen Kreis, nur Mikes Familie und zwanzig der engsten Freunde würden während der Trauung in der Kirche in Los Angeles dabei sein –, musste Alexandra ihr versprechen, dass sie sie wenigstens während der letzten sieben Tage ihrer Flitterwochen zu sehen bekamen. Es wäre der ideale Zeitpunkt für einen Besuch bei ihr. Mikes Urlaub sei dann vorbei, und Janice wollte im Juli mit dem Masters-Studiengang in Englisch beginnen. Schon seit sie klein war, hatte sie Lehrerin werden wollen.

»Ich werde dich am Flughafen mit einer Blaskapelle empfangen«, hatte Alexandra gesagt. »Du fehlst mir. Dieser verfluchte Job ... Ich hab sie angefleht, das Shooting zu verschieben, aber nein, es ist unmöglich. Jedenfalls freue ich mich auf dich und auf Mike, endlich werde ich ihn kennenlernen. Nach allem, was du mir erzählt hast, muss er ja ein ganz toller Kerl sein. Ich werde euch New York zeigen.«

»Mike kennt New York in- und auswendig«, erwiderte Janice. »Er hat nämlich an der Columbia University Jura studiert.«

»Gut, dann zeige ich euch das, was man als Student normalerweise nicht zu sehen bekommt. Dann also, am

24. Juni. Ich bin am Flughafen. Du musst nur nach der Blaskapelle Ausschau halten.«

Janice drehte sich zu Mike hin. »Ich kann es kaum erwarten, endlich wirst du Alexandra kennenlernen. Du wirst sie mögen.«

»Ich freue mich auch auf sie«, entgegnete Mike. »Obwohl ich dir gestehen muss, dass mir in den letzten Wochen eigentlich niemand gefehlt hat.«

Sie hatten die vergangenen drei Wochen in England und Frankreich verbracht. Janice dachte an die abgelegenen Gasthöfe in Devon und der Bretagne und auch an Mikes Umarmungen. »Mir auch nicht«, musste sie bekennen.

Eine halbe Stunde später standen sie ganz vorn in der Schlange. Der Zollbeamte prüfte ihre Pässe und stempelte sie ab. »Willkommen zu Hause«, sagte er mit dem Anflug eines Lächelns.

Sie eilten zur Gepäckausgabe. »Unsere werden bestimmt wieder als Letzte kommen«, beklagte sich Janice, während auf dem Förderband ein Koffer nach dem anderen an ihnen vorbeizog. Sie lag fast richtig. Ihre Koffer waren die vorletzten, die auftauchten. Als sie sich dann endlich den Türen zum Hauptgebäude näherten, rannte Janice schon ungeduldig voraus. Freunde und Verwandte der Mitpassagiere hatten sich in der Halle in kleinen Gruppen versammelt.

Alexandra hätte aus der Menge auf jeden Fall herausgeragt, man hätte sie unmöglich übersehen können. Aber sie war nirgends zu entdecken.

Janice konnte ihre Enttäuschung nicht verbergen. »Die Blaskapelle steckt wohl noch im Stau fest«, sagte sie traurig.

»Na, das scheint bei euch in der Familie zu liegen«, erwiderte Mike launig und spielte auf ihre Angewohnheit an, immer mindestens eine Viertelstunde zu spät zu kommen – was sich nur unmaßgeblich gebessert hatte, nachdem er ihr dazu einige Standpauken gehalten hatte.

Sein Kommentar jedenfalls schien sie etwas aufzumuntern. »Alexandra ist immer zu spät dran. Wahrscheinlich wird sie jeden Moment auftauchen.«

Aber dann verging eine halbe Stunde ... dann eine Stunde. Dreimal rief Mike in Alexandras Wohnung an. Ein Telefonauftragsdienst bot an, eine Nachricht entgegenzunehmen. Mike holte ihnen einen Becher Kaffee, und sie wagten nicht, den Ankunftsbereich zu verlassen. Um Mittag sagte Mike schließlich: »Hör zu, Liebes, es ist doch sinnlos, noch länger zu warten. Wir hinterlegen für Alexandra eine Nachricht und nehmen ein Taxi zu ihrer Wohnung. Vielleicht lässt uns der Hausverwalter ja rein.«

Alexandra wohnte in einem Apartmentkomplex am Henry Hudson Parkway an der 74th Street. Ihre Wohnung verfügte über eine Terrasse mitsamt Privateingang. »Sie ist fantastisch«, beschrieb Janice sie Mike im Taxi. »Warte erst, bis du die Aussicht auf den Hudson gesehen hast.«

Die Entscheidung, zu ihrer Wohnung zu fahren, hatte ihre Laune sichtlich gehoben. Und er nickte bloß, als sie sagte, Alexandra habe sicherlich wegen eines Auftrags kurzfristig die Stadt verlassen müssen und ihnen wahrscheinlich eine Nachricht geschickt, die sie nur nicht erhalten hätten. Insgeheim aber befürchtete er, dass etwas nicht stimmte.

In der 74th Street lotste Janice den Taxifahrer zur Gebäuderückseite, wo sich die zum Fluss hin gelegenen

Privateingänge befanden. »Vielleicht ist sie gerade aus Europa zurückgekehrt und hat verschlafen.«

Mike drückte auf die Klingel. Eine kleine, stämmige Frau öffnete ihnen die Tür. Sie hatte die Haare zu einem Knoten gebunden, und ihre blauen Augen funkelten wie Suchscheinwerfer.

»Sie müssen die Schwester sein«, begrüßte sie sie ohne Umschweife. »Kommen Sie rein, kommen Sie rein. Ich bin Emma Cooper.« Die Haushälterin, dachte Mike. Janice hatte von ihr erzählt, war ihr aber nie begegnet, weil die Angestellte während Janices letzten Besuchs gerade im Urlaub gewesen war.

Janice hatte mit ihrer Begeisterung über die Wohnung keineswegs übertrieben. Lindgrüne Wände und Teppichböden bildeten den eleganten Hintergrund für wunderbare Gemälde und ganz offensichtlich teure Möbel. Mike stieß einen Pfiff aus. »Nur schade, dass du so ein hässliches Entlein bist«, neckte er sie. »Sonst würde ich dich auch zum Modeln schicken.«

Aber Janice hörte ihm gar nicht zu. »Wo ist meine Schwester?«, fragte sie die Haushälterin.

Die Frau runzelte die Stirn, womit sie Missfallen oder auch nur ihre Sorge zum Ausdruck brachte. »Das weiß ich nicht. Ich weiß nur, dass sie am Montag gelandet ist, aber sie ist nicht nach Hause gekommen und hat auch nicht angerufen. Sie hat sich doch so sehr auf Ihren Besuch gefreut, sie hat von nichts anderem mehr geredet. Ich weiß nicht, was sie von mir erwartet. Sie hat nämlich noch das Gästezimmer herrichten lassen, und vor zwei Tagen war der Maler da. ›Ist das die richtige Farbe?‹, hat er mich gefragt. Was hätte ich denn sagen sollen? Ja, nur zu, streichen

Sie. Wahrscheinlich wird ihr das alles nicht gefallen. Und das Telefon treibt mich noch in den Wahnsinn. Alle zehn Minuten klingelt es. Ich gehe schon gar nicht mehr ran. Soll sich doch der Auftragsdienst darum kümmern. Gestern hat Mr. Wilson, der von der Agentur, mich sogar angebrüllt.«

»Sie meinen, meine Schwester ist vor drei Tagen in New York eingetroffen, und Sie haben sie seitdem nicht gesehen?«, fragte Janice.

Emma schüttelte den Kopf. »Am Montagabend ist sie von ihrem Beauty-Mask-Auftrag zurückgekommen. Dieser Wilson hat angerufen und gesagt, sie wären mit einer Chartermaschine geflogen und hätten sich am Flughafen getrennt. Der Besitzer der Charter-Fluggesellschaft sollte Miss Alexandra angeblich nach Hause bringen. Aber seitdem hat er sie nicht mehr gesehen. Keiner hat sie seitdem gesehen. Das ist aber nicht so ungewöhnlich. Manchmal, wenn ihr der Stress zu viel wird, gönnt sich Miss Alexandra eine Auszeit und verschwindet einfach, um sich zu erholen. Einmal war sie auf Cape Cod, ein anderes Mal in Maine. Irgendwann taucht sie dann wieder auf, so, als wäre nichts gewesen. Es ist nur ein bisschen verantwortungslos, wenn sie gleichzeitig auch noch Handwerker in der Wohnung hat.«

Mike fiel ihr ins Wort. »Ist es möglich, dass Miss Saunders zu einem anderen Auftrag weg musste?«

Emma schüttelte den Kopf. »In den letzten Monaten war sie nur mit dieser Beauty-Mask-Sache beschäftigt. Es mussten unzählige Fotos für Zeitschriften gemacht werden, dann noch die Werbespots fürs Fernsehen.«

»Wurde sie als vermisst gemeldet?«, fragte Mike.

Emma schüttelte noch vehementer den Kopf. »Natürlich nicht!«

»Was wollen Sie damit sagen?«, fragte Janice.

»Nichts. Ich will damit nichts sagen. Bitte, erzählen Sie nicht weiter, dass Miss Alexandra vermisst wird. Wie gesagt, manchmal nimmt sie sich eine Auszeit und verschwindet, und keiner erfährt davon ... Sie mag es nicht, wenn man ihr mit Fragen auf die Nerven fällt.«

Janice wandte sich an ihren Mann. »Mike, was sollen wir jetzt tun?«

»Als Erstes hören wir uns an, was beim Telefonauftragsdienst an Nachrichten für sie eingetroffen ist. Mal sehen, wer sie angerufen hat.«

Der Auftragsdienst weigerte sich zunächst, irgendwelche Auskünfte über Alexandras Anrufe zu erteilen. »Auch wenn Sie ihre Schwester sind«, erklärte der Angestellte kategorisch, »handelt es sich hier um Informationen, die wir nur an die Kundin persönlich weitergeben. Sie hat uns angewiesen, keinem, der behauptet, in ihrem Namen anzurufen, irgendetwas mitzuteilen.«

Mike nahm Janice den Hörer aus der Hand. »Hier ist Alexandra Saunders' Schwager. Seit drei Tagen hat niemand mehr von ihr gehört, und die Familie macht sich große Sorgen. Sagen Sie mir wenigstens: Hat sie sich in den vergangenen drei Tagen bei Ihnen gemeldet und sich nach den eingegangenen Anrufen erkundigt?«

Es folgte eine Pause. »Ich weiß wirklich nicht, ob ich berechtigt bin ...«

Mike unterbrach ihn. »Ich bin Anwalt. Wenn Sie es mir nicht sagen und mir auch nicht mitteilen wollen, wer für sie angerufen hat, werde ich einen richterlichen Beschluss erwirken. Miss Saunders wird vermisst. Verstehen Sie das? Sie wird vermisst! Ich rufe von ihrem Telefon aus an. Sie können mich zurückrufen, wenn Sie sichergehen wollen, dass ich mich in ihrer Wohnung aufhalte.«

Keine Minute später notierte er sich auf dem Block, der gleich neben dem Apparat lag, Namen und Telefonnummern der jeweiligen Anrufer für Alexandra.

Als er auflegte, sagte er: »Ein Grant Wilson hat durchschnittlich dreimal am Tag angerufen. Das gilt auch für einen Larry Thompson. Daneben sind noch von einem Mark Ambrose einige Anrufe eingegangen. Bei den übrigen handelt es sich meistens um Einladungen zu Wohltätigkeitsessen, um Friseurtermine und so weiter.«

Emma kannte die erwähnten Männer. »Grant Wilson, dem gehört die Wilson Model-Agentur, für die Miss Alexandra arbeitet. Larry Thompson macht die Fotoshootings und die Werbespots. Und Marcus Ambrose ist der Besitzer der Charter-Fluggesellschaft, mit der sie in Europa gereist sind.«

»Wir fangen mit Wilson an«, entschied Mike.

»Machen Sie sich keine Sorgen um Ihr Gepäck«, sagte Emma. »Ich bringe alles ins Gästezimmer.«

»Ich weiß ja nicht, wie Sie mit Alexandra abrechnen, aber ich möchte sichergehen ...«

»Keine Sorge«, unterbrach Emma. »Ich werde am Monatsende bezahlt.«

Zwanzig Minuten später standen sie vor dem General Motors Building in der Fifth Avenue. Anerkennend ließ Mike den Blick in die Höhe schweifen. »Als ich hier studiert habe, ist das gerade erst gebaut worden.«

Janice lächelte wehmütig. »Vor sechs Jahren war ich mit Alexandra hier im Plaza beim Essen.« Sie sah zum glanzvollen alten Hotel auf der gegenüberliegenden Straßenseite. »Das hat großen Spaß gemacht. Ständig sind irgendwelche Stars an unseren Tisch gekommen.«

Grant Wilson saß an seinem wuchtigen Schreibtisch in einem Eckbüro, aus dem man einen atemberaubenden Blick über den Central Park hatte. Das Büro war wie ein Wohnzimmer eingerichtet: dunkelblauer weicher Teppichboden, Sofa und Stühle waren mit dem gleichen Brokat bezogen, aus dem die Vorhänge waren; wertvolle Gemälde, eine gut ausgestattete Bar, Bücherschränke. Wer in der Madison Avenue in einem solchen Büro saß, hatte es wirklich geschafft. Grant hatte Erfolg gehabt. Zwölf Jahre zuvor, mit achtundzwanzig, war er nach New York gekommen, danach hatte er sich zum stellvertretenden Leiter einer der wichtigsten Model-Agenturen New Yorks hochgearbeitet. Drei Jahre zuvor hatte er dann seine eigene Agentur gegründet.

Er hatte eine markante Nase, hellbraune Augen, noch volles Haar, das allmählich grau wurde, und die durchtrainierte Figur desjenigen, der regelmäßig ins Fitnessstudio ging.

Im Moment aber hatte er vor allem Angst. Er war im Four Seasons gewesen, hatte Lachs mit Salat gegessen und zwei Gin Martini getrunken. Die beiden Martini hatte er zur Beruhigung seiner Nerven gebraucht. Bei der Rückkehr ins Büro hatte ihm die Sekretärin mitgeteilt, dass mehrere Nachrichten eingetroffen seien. Die erste: Alexandras Schwester sei mit ihrem Mann auf dem Weg hierher, die beiden wollten ihn unbedingt sprechen. Was hatte das zu bedeuten? Er hatte ganz vergessen, dass Alexandra eine verheiratete Schwester hatte. Er hatte immer gedacht, sie besuche noch irgendwo das College. Und was wollten die beiden über Alexandra erfahren? Was sollte er ihnen sagen? Er würde ihnen erklären, es sei ihm schleierhaft, dass jemand, der so bekannt sei wie Alexandra, einfach spurlos verschwinden könne. Er würde ihnen sagen, dass man doch keine Zeitschrift aufschlagen könne, ohne auf ihr Gesicht zu stoßen. Sie war in diversen bekannten Talkshows aufgetreten. Egal wo sie sich aufhielt, irgendjemand würde sie unweigerlich erkennen. Aber momentan war sie wie vom Erdboden verschluckt.

Darüber hinaus waren andere Nachrichten eingegangen. Ken Fowler von Fowler Cosmetics, der Firma, die Beauty Mask herausbrachte, habe dreimal angerufen. Fowler hatte immer noch nicht die letzten Rechnungen bezahlt. Wenn sie nicht sofort den letzten Werbespot in Venedig neu drehten, würde er sich weigern, noch irgendeine der ausstehenden Rechnungen zu begleichen.

Die Gegensprechanlage summte. Es war die Rezeptionistin. »Mr. und Mrs. Broad sind eingetroffen. Mrs. Broad ist Alexandra Saunders' Schwester.«

»Ich weiß, wer sie ist«, blaffte Grant. »Führen Sie sie herein.« Er knallte den Hörer auf, rieb sich die schweißnassen Hände trocken und wartete.

Als seine Sekretärin mit den Besuchern erschien, erhob er sich und gab den zuvorkommenden, freundlichen Chef, ging Janice entgegen und fasste sie an beiden Händen. »Sie sind ja das wahre Ebenbild Ihrer Schwester, ich hätte Sie überall erkannt«, schmeichelte er ihr, bevor er Mike mit einen herzlichen Händedruck begrüßte.

Die äußere Erscheinung des jungen Paars brachte ihn allerdings etwas aus dem Konzept. Weiß Gott, was er erwartet hatte – zwei verwahrloste Studenten mit Zottelhaaren, Blumen zwischen den Zehen und Nickelbrille. Aber diesen Mike Broad konnte man nicht einfach so abtun. Und die Schwester ... Er betrachtete sie eindringlich. Sie sah einfach umwerfend aus; sie hatte nicht das ätherische Wesen von Alexandra, sondern ihre Schönheit war natürlicher. Ein wenig größer ... vielleicht zwei, drei Kilo mehr auf den Rippen, aber es passte. Er hatte Alexandra immer gewarnt, dass sie es mit dem Abnehmen nicht übertreiben sollte.

Janice protestierte. »Oh, ich bin überhaupt nicht wie Alexandra. Kein Vergleich, ganz und gar nicht.« Neben Alexandras anmutiger Schönheit war sie sich immer wie ein Trampel vorgekommen. »Wissen Sie, wo meine Schwester steckt?«

Sie hatte den Satz noch nicht zu Ende gesprochen, da fragte Grant Wilson an sie gewandt: »Sie haben doch hoffentlich Neues über Alexandra zu berichten?«

Grant bemerkte, wie Michael Broad kaum merklich die Augen zusammenkniff, ebenso wenig entging ihm die große Enttäuschung im Gesicht der jungen Frau. Ihm war unbehaglich zumute.

»Nehmen wir doch Platz.« Er deutete zum Sofa. Sie setzten sich, und er beschloss, direkt zum Thema zu kommen.

»Ich will Ihnen nichts vormachen«, begann er. »Ich bin um Alexandra besorgt. Anfangs dachte ich noch, sie wäre abgetaucht, um sich mit den Vorbereitungen auf Ihren Besuch zu beschäftigen.« Mit einem Kopfnicken deutete er auf Janice.

Mike beugte sich vor. »Mr. Wilson, wann haben Sie Alexandra zum letzten Mal gesehen?«

Kurz hatte Grant das Gefühl, als befände er sich im Zeugenstand. Die Frage, der Tonfall, das alles hatte etwas sehr Professionelles an sich. Er sah zu Mike.

»Vor drei Tagen, am Montagabend, da sind wir in einer Chartermaschine aus Venedig zurückgekommen. Wir haben in Europa Fernsehspots gedreht und Fotos für eine sehr wichtige Werbekampagne gemacht. Fowler Cosmetics, wie Sie wahrscheinlich wissen, gehört zu den größten Kosmetikunternehmen der Welt und steht auf einer Stufe mit Elizabeth Arden und Helena Rubenstein. Beauty Mask, so der Name für eine neue Schönheitsmaske, ist das neue Produkt der Firma. Wahrscheinlich ist es das aktuell aufregendste Produkt in der Kosmetikindustrie ... die, wie ich vielleicht anfügen darf, mehrere Milliarden im Jahr umsetzt.«

Wieder deutete er auf Janice. »Manchmal, Sie wissen wahrscheinlich ein Lied davon zu singen, sieht eine Frau einfach nicht so gut aus, wie sie aussehen könnte. Sie hat Augenringe, weil sie vielleicht aus war oder noch bis spät in die Nacht für Prüfungen lernen musste, vielleicht hat sie auch Sorgenfalten. Es gibt zahlreiche Cremes auf dem Markt, die diese Fältchen und Schatten kaschieren können. Aber Beauty Mask ist anders. Sie entfernt sie vollständig. Gesichtsmasken sind nicht immer einfach anzuwenden, man muss sie mindestens eine halbe Stunde einwirken lassen, damit sie ihre Wirkung entfalten. Beauty Mask wird in einem Glastiegel angeboten. Sie wird wie eine ganz normale Creme aufgetragen und zieht in Sekundenschnelle ein. Sie lassen sie beim Duschen noch drauf, dann waschen Sie sie mit warmen Wasser und einem Lappen ab, und ihr Gesicht sieht aus, als hätten Sie eine Woche auf einer Schönheitsfarm verbracht. Sie sehen, meine Begeisterung kennt keine Grenzen.«

»Aber was hat das mit Alexandra zu tun?«, fragte Janice.

Grants Ton gab deutlich zu verstehen, dass er es nicht gewohnt war, unterbrochen zu werden. »Ganz einfach. Meine Agentur wurde damit beauftragt, die Models auszusuchen und die Markteinführung von Beauty Mask zu betreuen. Wir haben Werbestrecken in Zeitschriften und TV-Werbespots vorbereitet. Der Kunde hat meinen Vorschlag angenommen, Alexandra als Model für die gesamte Kampagne zu nehmen. Allein die TV-Wiederholungsgagen sind für sie ein Vermögen wert. Aufgrund des hohen Betrags, den Fowler für die Kampagne lockermacht, sind die Beauty-Mask-Leute allerdings auch sehr anspruchsvoll. Bereits jetzt mussten wir unter hohen Kosten einige Spots nachdrehen. Die Arbeiten in Venedig, die wir eben abgeschlossen haben, waren ziemlich schwierig. Wir hatten Probleme mit dem Wetter ... mit der Kamera ... und Alexandra kommt auf den Aufnahmen nicht so rüber wie sonst. Bei der Landung in New York war Ihre Schwester sehr müde und angespannt. Ich war für den Abend noch zum Essen verabredet, daher musste ich sofort los, sobald ich mein Gepäck hatte. Als ich gehört habe, dass Alexandra vermisst wird, dachte ich zunächst, sie hätte sich mal wieder zurückgezogen, um sich für ein paar Tage zu erholen, vielleicht in eines der schicken Resorts an der Küste. Aber das glaube ich nicht mehr.«

»Was glauben Sie denn?«, fragte Mike.

Grant Wilson drehte nachdenklich den Briefbeschwerer auf seinem Schreibtisch hin und her. »Ich weiß es nicht. Ich weiß es einfach nicht.«

»Woher haben Sie erfahren, dass sie vermisst wird?« Mike ließ nicht locker.

»Sie hätte am Dienstagmorgen zusammen mit dem Fotografen und dem Art Director bei mir im Büro erscheinen sollen, um die Aufnahmen durchzugehen. Aber sie ist nicht aufgetaucht.«

»Soweit ich weiß, haben Sie meiner Schwester einige sehr dringende Nachrichten hinterlassen. Warum?« Janice konnte nur mit Mühe ihre Stimme unter Kontrolle halten.

»Weil dem Kunden der in Venedig gedrehte Spot nicht gefällt. Weil wir aller Wahrscheinlichkeit nach noch mal drehen müssen. In den ersten drei Werbespots sieht Alexandra einfach fantastisch aus, für den abschließenden, letzten gilt das leider nicht. Dabei sind die ersten drei bloß die Hinführung, und deswegen kann sie im letzten, dem Höhepunkt der gesamten Beauty-Mask-Kampagne, nicht müde und abgespannt aussehen. Wir müssen sofort nachdrehen. Zum Glück haben wir genügend Bildmaterial aus Venedig, um alles in New York machen zu können. Für den Start der Kampagne ist die Augustausgabe von *Vogue* vorgesehen, da bleibt nicht mehr viel Zeit. Und wir können niemand anderen nehmen als Alexandra, sie ist ja auf den Printanzeigen und den ersten drei Fernsehspots zu sehen. Allerdings besteht der Kunde darauf, dass er erst dann die noch ausstehenden Rechnungen bezahlt, wenn er sein Okay für den Venedig-Spot gegeben hat. Im Lauf der Werbekampagne wurde in New York, Paris und Rom und schließlich in Venedig gedreht.«

»Was passiert, wenn Sie Alexandra nicht mehr rechtzeitig für den Nachdreh erreichen?«, fragte Mike.

Grant erhob sich und umfasste mit beiden Händen die Schreibtischkante. »Der Kunde droht damit, die gesamte Kampagne zu annullieren. Dann will er sein Produkt erst zu Weihnachten lancieren und mit einer neuen Agentur und einem neuen Model arbeiten ... und uns keinen Cent zahlen.«

Auch Mike stand jetzt auf, fasste Janice am Ellbogen und zog sie mit sich hoch. »Ich denke, es ist an der Zeit, die Polizei einzuschalten«, sagte er.

»Das können Sie nicht tun«, kam es entschieden von Grant. »Ist Ihnen bewusst, welchen Skandal das nach sich ziehen würde? Was würden die Klatschblätter schreiben, wenn jemand wie Alexandra Saunders offiziell als vermisst gilt? Ich habe es Ihnen doch schon erklärt, es ist nicht das erste Mal, dass sie für ein paar Tage verschwindet, weil sie etwas ausspannen möchte.«

»Sollte das der Fall sein«, sagte Mike, »würde ich davon ausgehen, dass Alexandra sehr bald auftaucht. Es besteht jedenfalls kein Zweifel, dass sie Janice sehen und sich mit uns treffen wollte.«

»Das ist die letzte Hoffnung, die uns noch bleibt«, stimmte Grant zu.

»Gut, dann schlage ich – gegen jedes bessere Wissen – vor, dass wir weitere vierundzwanzig Stunden warten, bevor wir die Polizei verständigen«, sagte Mike. »Aber keine Minute länger.«

Janice streckte Grant die Hand hin. »Auf Wiedersehen,

Mr. Wilson«, sagte sie und wandte sich bereits zur Tür. Sie wollte raus aus dem Büro, wollte allein sein mit Mike, damit sie in aller Ruhe nachdenken konnte.

»Meine Freunde nennen mich Grant.« Er bemühte sich zu lächeln. »Noch etwas: Ich bin fürchterlich in Alexandra verliebt und liege ihr seit geraumer Zeit in den Ohren, von mir einen Verlobungsring anzunehmen. Sie und ich sind wie füreinander geschaffen. Sie vertröstet mich immer, sie sei noch nicht bereit für die Ehe. Offen gesagt, Ihre Heirat hat sie vielleicht zum Nachdenken gebracht. Ich habe sie in London gefragt und in Venedig wieder. Aus diesem Grund habe ich mir nach ihrem Verschwinden keine allzu großen Sorgen gemacht. Ich wusste, sie wollte für sich sein ... um sich über ihre Gefühle klar zu werden. Ehrlich gesagt, ich glaube, dass sie diesmal Ja sagen wird.«

»Ich kann nachvollziehen, warum Sie gezögert haben, die Behörden einzuschalten«, antwortete Mike. »Lassen wir es vorerst dabei bewenden. Wir sind in Alexandras Wohnung. Melden Sie sich, wenn Sie etwas Neues erfahren oder von ihr hören ... und wir halten es natürlich ebenso.«

»Einverstanden.«

Sie wandten sich zum Gehen. Erst jetzt bemerkte Janice das große Porträt von Alexandra, das neben der Tür an der Wand hing. Alexandra trug auf dem Gemälde ein blassgrünes wallendes Gewand, und ihre langen blonden Haare reichten ihr bis zur Hüfte; sie sah bezaubernd aus. Grant betrachtete es zusammen mit ihnen. »Das Bild wurde vor ein paar Jahren aufgenommen. Larry Thompson hat die Fotos gemacht. Er ist ein großartiger Fotograf und ein begnadeter Künstler. Dieses Porträt hat er nach den Fotos angefertigt, und auf meine Bitte hin hat er mir ebenfalls eins gemalt.«

Larry Thompson, der Fotograf. Er war der Nächste auf ihrer Liste derer, die sie aufsuchen wollten. Als Regisseur war er auch zuständig für sämtliche TV-Werbeaufnahmen der Beauty-Mask-Kampagne.

Sie verabschiedeten sich von Grant Wilson, gingen durch den langen Flur und bogen nach rechts zu den Aufzügen ab. Sie wollten bereits auf den Knopf drücken, als Mike abrupt stehen blieb. »Einen Moment. Ich will nur noch schnell was fragen.«

»Was?«

»Nur eine Kleinigkeit. Bin gleich wieder da.« Er eilte zum Büro zurück, dessen Tür noch einen Spaltbreit offen stand.

Durch den Spalt sah er Grant Wilson, der immer noch vor Alexandras Porträt stand, aber nun mit beiden Händen den Bilderrahmen umfasst hielt. Plötzlich aber ballte er die Faust und schlug gegen die Wand.

Mike eilte zu Janice und den Aufzügen zurück. »Was sollte das denn?«

»Ich wollte nur nach dem letztmöglichen Termin für den Nachdreh des Venedig-Spots fragen, habe es mir dann aber anders überlegt.«

Mit einem Lächeln nahm er Janice an der Hand und überlegte, was ihn mehr beeindruckt hatte: Alexandras schönes Gesicht auf dem Porträt – ein Gesicht, das dem von Janice so ähnlich war – oder die Verzweiflung im Blick von Alexandras Möchtegern-Bräutigam, als er auf das Bild gestarrt hatte.

Als sie wieder unten vor dem Gebäude standen, erwartete Janice, dass Mike ein Taxi anhalten würde, stattdessen lotste er sie über die Straße ins Plaza Hotel. »Wir haben noch gar nichts gegessen. Und das Frühstück im Flieger war doch sehr kümmerlich«, sagte er.

Eine Stunde später standen sie vor dem kleinen Namensschild, das über der Klingel an Lawrence Thompsons Stadthaus in der 48th Street angebracht war, und betrachteten die Sandsteinfassade, das elegante Gitterwerk an den Fenstern und die kleinen Balkone mit ihren Geranien.

»Wir sind hier im Turtle-Bay-Viertel«, erzählte ihr Mike. »Einer der Jura-Dozenten an der Columbia hat hier gewohnt. Gleich im nächsten Block. Er hat das immer Pseudo-Turtle-Bay genannt. Dieses Haus hier kostet wahrscheinlich zwanzig- bis dreißigtausend Dollar.«

»Ich würde es aber nicht haben wollen«, entgegnete Janice. »Es wirkt so düster.« Zögernd drückte sie auf die Klingel. Nichts geschah. Sie sah zu Mike, der mit einem Schulterzucken am Knauf drehte und die Tür öffnete. Vor ihnen lag ein kleiner, unaufgeräumter Empfangsraum. In einer Ecke gab es einen wackligen Tisch, auf dem Model-Aufnahmen lagen. Zusammengeklappt an der Wand lehnten Campingstühle, einige wenige standen mitten im Raum und boten die einzige Sitzmöglichkeit. Ein großes Schild verkündete: EMPFANG VON MODELS NUR NACH TERMINVEREINBARUNG. BITTE NICHT KLINGELN. LASSEN SIE IHRE MAPPE HIER. WIR RUFEN ZURÜCK.

»Ich kann dir jetzt schon sagen, dass ich diesen Larry Thompson nicht mag«, raunte Janice ihm zu. Sie beugte sich über den Tisch und drückte auf den Summer.

Irgendwo im Haus ertönte ein leises Klingeln und bestätigte ihnen, dass das Gerät funktionierte. Hinter den massiven Doppeltüren, die in den nächsten Raum führten, hörten sie Kindergeschrei und einen bellenden Hund.

Einige Minuten vergingen, aber niemand kam. »Nun denn, wenn einem beim ersten Mal kein Erfolg beschieden ist«, murmelte Mike, fasste an ihr vorbei und drückte energisch auf den Summer.

Schließlich öffnete sich eine der Doppeltüren, und eine zerstreut aussehende Mitvierzigerin mit einer großen Brille, die ihr etwas Eulenhaftes verlieh, steckte den Kopf durch den schmalen Spalt.

»Herrgott, haben Sie das Schild nicht gelesen?«, herrschte sie die beiden an. »Lassen Sie Ihre Bewerbungsunterlagen hier. Wir sind mitten in einem Shooting. Keiner hat Zeit, Sie zu empfangen.«

»Na, heute werden wir aber ausnahmslos freudig begrüßt«, flüsterte Janice.

Mike ging auf die Frau in der Tür zu. »Wir würden gern Larry Thompson sprechen. Wenn nötig, warten wir auch bis Mitternacht. Und es geht nicht um Models.«

Die Frau musterte die beiden Besucher mit ihren Eulenaugen, bis ihr Blick schließlich an Janice hängen blieb.

»Sie kommen mir irgendwie bekannt vor. Haben Sie schon mal für uns gearbeitet?«

»Richten Sie Mr. Thompson bitte aus, Alexandra Saunders' Schwester möchte ihn sprechen«, sagte Mike.

Die Frau schnappte hörbar nach Luft, obwohl hinter ihr Lärm aus der halb geöffneten Tür drang. »Ich dachte ... ja, aber sicher.« Sie wirkte erschüttert. »Ich bin Peggy Martin. Natürlich wird Larry Sie empfangen. Wir haben

Himmel und Hölle in Bewegung gesetzt, um Alexandra zu finden. Hören Sie, kommen Sie rein, nehmen Sie irgendwo in der Ecke Platz, wenn Sie nichts dagegen haben, bis wir mit dem Shooting fertig sind.«

Sie schwang die Tür auf. »Wir machen Werbung für Bohnerwachs. Der ganze Morgen ist damit draufgegangen, das Set mit dem Zeug einzulassen. Dann hat eines der Mädchen zu früh die Flasche Milch verschüttet, weil der Hund sie ihr aus der Hand geschlagen hat, und wir mussten noch mal von vorn anfangen. Es hat zwei Stunden gedauert, bis der Boden wieder so weit war ... es hat ja alles vor Milch geklebt. Und als wir fertig waren, hat der Hund draufgepinkelt. Mein Gott, was für ein Tag.«

Sie folgten ihr. Das Studio bestand aus einem riesigen, höhlenartigen Raum. An einer Seite, vor einer Küche, waren Kameras aufgebaut. Vier kleine Jungen und drei Mädchen in Regenkleidung und Gummistiefeln tummelten sich am Rand des Sets. Zwischen ihnen tollte ein übermütiger Bernhardiner hin und her und bellte sich die Seele aus dem Leib.

Peggy scheuchte sie zu den Stühlen. »So, Kinder. Larry möchte endlich fertig werden. Also macht hin und beruhigt euch.«

Vier Frauen saßen in der Ecke neben den Kameras. Eine von ihnen erhob sich mit einem Mal und marschierte mit einem Waschlappen in der Hand auf die Kinder zu. Von hinter den Kameras ertönte ein lauter Ruf. »Was haben Sie da vor, Lady?«

Die Frau drehte sich um und reckte das Kinn vor. »Harold hat sich das Gesicht schmutzig gemacht. Ich dachte mir, ich mach ihn schnell sauber.«

Peggy stellte sich ihr in den Weg. »Mrs. Armonk, bitte. Harold soll in dieser Einstellung schmutzig aussehen. Wir wollen doch zeigen, dass Ihr mit Superb-Wachs gebohnerter Boden immer glänzt, ganz egal, wie viele verdreckte Kinder und Hunde durch Ihre Küche toben. Was natürlich völliger Quatsch ist. Vielleicht wollen Sie solange mit den anderen Müttern in der Garderobe warten ... sie alle.«

Grummelnd machte die Frau kehrt und verschwand mit den anderen Müttern widerstrebend durch die schmale Tür an der Rückseite des Sets.

»Licht ist okay, Larry«, kam es fast schon resignierend von einem grauhaarigen Mann mit zerknittertem Gesicht und Augenschirm.

Die Kamera war nun auf das Set gerichtet. Der Mann dahinter trug ein Sporthemd. Er war etwa ein Meter achtzig groß, hatte dunkelbraune Haare, ein attraktives Gesicht mit einem kantigen Kinn und vermittelte einen recht energischen Eindruck.

»Okay, Kinder, jetzt ist aber Schluss mit dem Herumgealbere. Diesmal packen wir die Szene in den Kasten. Also, alle zur Tür, und wenn ich rufe, kommt ihr alle reingelaufen. Aber achtet darauf, dass der Köter auf der Seite von der Kamera ist. Harold, du hältst die Leine. Kathy, du trägst die Milchflasche, aber lass sie nicht wieder fallen.«

»Okay, Larry«, riefen die Kinder fröhlich im Chor. Dann wurde es mucksmäuschenstill, bis sich ein kleines Mädchen meldete. »Larry, kann ich vorher noch aufs Klo?«

»Mein Gott ...« Der Beleuchter schluchzte fast.

Larry kam hinter seiner Kamera hervor. »Liebes, wenn du es noch fünf Minuten aushältst, habe ich ein ganz tolles Geschenk für dich, diesen Teddy nämlich, den du so gerne magst.«

»Gut, dann warte ich noch.«

Larry sah in die Kamera, nahm noch eine kleinere Korrektur vor und rief dann: »Okay, und jetzt ... *LOS!*«

Schreiend und drängelnd stürmte die kleine Meute über das Set, der Hund zwischen ihren Beinen bellte ausgelassen. Janice und Mike sahen zu, während Larry Thompson wiederholt auf den Auslöser in seiner Hand drückte.

»Wunderbar«, rief er, »ihr seid große Klasse. Und jetzt von der anderen Seite. Schneller. Der Hund ... nimm ihn nach rechts, Harold. Kathy, lass jetzt die Flasche fallen ... okay ... gut ... das war's. Ihr wart ganz toll. Und jetzt raus mit euch.«

Er wandte sich an seine Assistentin. »Sorge ja dafür, dass wir dieses grottenschlechte Wachs niemals kaufen, ja?«

Mike beugte sich zu Janice hin. »Da bekommt man ja glatt Lust, ein Verfahren zum Wahrheitsgehalt von Werbung in die Wege zu leiten.«

Janice lächelte verhalten, versteifte sich aber gleich wieder. Peggy war an Larry Thompson herangetreten und flüsterte ihm etwas zu.

Für Mike war es interessant zu beobachten, wie verwirrt sich viele zeigten, wenn sie erfuhren, dass Alexandra Saunders' Schwester anwesend war. Larry Thompson richtete sich auf, sah kurz in ihre Richtung und wandte schnell den Blick wieder ab. Dann ging er zu einer weiteren Tür und verließ das Studio. Peggy Martin kam zu ihnen herüber.

»Larry wird gleich für Sie da sein. Er muss vorher noch ein Telefonat führen, eigentlich sollte er jetzt nämlich zu einem Treffen mit der Agentur.«

Die Kindermodels kamen alle wieder aus der Garderobe. Peggy Martin eilte zu ihnen, und an die Mütter gewandt, sagte sie: »Vergessen Sie nicht, die Quittungen zu unterschreiben. Das sind dann ... ab wann waren Sie gebucht ... acht Uhr morgens ... das sind acht Stunden zu je dreißig Dollar.«

»Scotts Stundenhonorar beträgt aber vierzig Dollar«, mäkelte eine der Frauen.

»Ja«, widersprach Peggy kühl, »aber wir haben dreißig Dollar als Obergrenze vereinbart, weil wir schon gewusst haben, dass es den ganzen Tag dauern würde. Fragen Sie bei Ihrer Agentin nach, die wird Ihnen das bestätigen.«

Und dann zogen sie ab, wobei die Kinder Janice und Mike freundlich zuwinkten. »Zweihundertvierzig Dollar«, murmelte Mike. »Ich habe während des Studiums im Sommer immer auf dem Bau gearbeitet, da war ich froh, wenn ich in der Woche hundert bekommen habe ... dafür, dass ich mich krumm geschuftet habe. Und die verdienen diese Summe in noch nicht mal acht Stunden.«

»Vergiss nicht, Scotts üblicher Honorarsatz liegt bei vierzig Dollar die Stunde«, erinnerte Janice ihn. »Seine Mutter dürfte sehr enttäuscht sein, dass er heute nicht dreihundertzwanzig verdient hat.«

Ungläubig schüttelte Mike den Kopf. Peggy kam zu ihnen zurück. Ohne die Kinder und den Hund war es in dem großen Raum plötzlich sehr leer und sehr still. Sie nahm die Brille ab und ließ sich auf einen der Stühle neben ihnen fallen. »Ihre Schwester gehört zu den Menschen, die ich wirklich mag.«

Janice beugte sich vor. »Sie kennen sie gut?«

»O ja. Larry arbeitet ständig mit Alexandra. Wie Sie vielleicht wissen, macht er viel für exklusive Modefirmen, mittlerweile dreht er auch TV-Werbung. Er war mit den Beauty-Mask-Leuten in Europa, Alexandra ist das Model für die große Kampagne. Sie ist unglaublich nett. Die meisten Models, die in der Branche Erfolg haben, nehmen sich selbst doch viel zu ernst, aber bei Alexandra ist das anders. Nur, wo zum Teufel steckt sie bloß? Ich muss Sie warnen. Larry ist ziemlich nervös, die Aufnahmen in Venedig müssen nämlich nachgedreht werden. Der Kunde tobt, und Grant Wilson ist völlig fertig. Wenn es um die Arbeit geht, versteht Larry keinen Spaß.«

Janice sah zu Mike. »Ich fürchte, wir werden Mr. Thompson nur die Zeit stehlen, wenn wir uns jetzt mit ihm treffen.«

Peggy wirkte beunruhigt. »Sie dürfen auf keinen Fall gehen, ohne ihn gesehen zu haben. Er würde einen Anfall bekommen. Ich frage mal nach, wie lange es noch dauert.«

Sie wollte zum Hörer greifen, aber in diesem Moment summte die Gegensprechanlage. »Das ist Larry.« Sie nahm ab. »Ja, ich schicke sie hoch.«

»Larry erwartet Sie«, sagte sie zu ihnen. »Er bewohnt die oberen beiden Stockwerke. Nehmen Sie den Aufzug. Die Stufen sind ziemlich steil.«

Der Aufzug befand sich im Foyer. Sie traten ein. Peggy fasste an ihnen vorbei und drückte für sie auf den Knopf. »Ich mach mich dann mal auf den Weg. Es war ein anstrengender Tag. Sagen Sie Larry, er kann mich zu Hause erreichen, falls noch irgendwas ansteht. Und richten Sie Alexandra meine Grüße aus, wenn Sie sie sehen.«

Larry Thompson aß gerade sein Sandwich, das ihm als spätes Mittagessen dienen musste. Das Surren des Aufzugs zeigte ihm an, dass seine Gäste auf dem Weg nach oben waren. Er saß in seinem Arbeitszimmer, das so gar nichts gemein hatte mit dem hektischen Chaos unten im Studio. Eichendielen verströmten ihren seidenen Glanz, dunkelbraune Bärenfellläufer lagen vor dem offenen Kamin. Hohe Fenster gingen zu einem Balkon hinaus, davor standen Lehnsessel im spanischen Stil. Die weißen Wände bildeten den ruhigen Hintergrund für zahlreiche Ölgemälde und Aquarelle. Die meisten hatte er selbst gemalt. Das Bild über dem Kamin zeigte Alexandra.

Der Aufzug kam zum Stehen. Die Tür ging auf, und das junge Paar trat heraus. Larry war wie vom Donner gerührt. Im Studio hatte er nur kurz in ihre Richtung gesehen, sodass ihm erst jetzt wirklich bewusst wurde, wie sehr die junge Frau Alexandra glich. Haare, Augen, Nase, die Ähnlichkeiten waren verblüffend ... aber sie war auch anders. Sie wirkte lebendiger, ihre Haut war nicht besser, nur anders als bei Alexandra. Nun, sie waren beide schöne Frauen.

Larry ertappte sich dabei, dass er sie anstarrte. Er sprang auf. »Tut mir leid. Aber wenn man meint, die Augen gaukeln einem etwas vor, dann vergisst man leicht seine guten Manieren.« Er streckte Mike die Hand hin. »Larry Thompson.«

Mike schüttelte ihm die Hand. »Mike Broad. Janice Broad,

meine Frau. Sie ist, wie Sie wohl schon wissen, Alexandra Saunders' Schwester.«

Larry lächelte zerstreut und bedeutete ihnen, Platz zu nehmen.

Er erinnerte sich, dass Alexandra einige Wochen zuvor von der Hochzeit ihrer kleinen Schwester erzählt hatte. Dann waren sie jetzt vermutlich also in ihren Flitterwochen. Die junge Liebe. Und wenn sie Glück hatten, dachte er verbittert, würden sie sogar ein gutes halbes Jahr glücklich sein. »Nun, was haben Sie also mit Alexandra vereinbart?«, fragte er. Er hätte schwören können, dass der Blick der jungen Frau nicht gespielt war: Sie wirkte aufrichtig überrascht. Aber der Typ, dieser Mike Broad, ließ sich nicht so leicht in die Karten schauen.

»Was soll das heißen?«, fragte Mike.

Unbewusst hatte Larry die Hände geballt, wie er jetzt bemerkte. Dieser Mike Broad beäugte ihn, wie er einen Käfer unter einem Mikroskop betrachten würde. Und was bekam er zu sehen? »Ich gehe davon aus, dass Sie eine Nachricht von Alexandra haben – das soll das heißen. Oder zumindest wissen, wo sie sich versteckt hält ... Nach allem, was sie von Ihnen erzählt hat« – er sah zu Janice – »weiß ich, dass Sie ihr sehr nahestehen. Hat sie Ihnen anvertraut, was sie so sehr belastet?«

Bevor Janice darauf antworten konnte, fragte Mike: »Was glauben Sie denn, was Alexandra so belastet?«

»Mike – ich darf Sie doch Mike nennen? –, ich kenne Alexandra seit nunmehr zehn Jahren, seitdem sie nach New York gekommen ist. Die Dorothy-Lohman-Agentur hat sie ins Studio geschickt, für das ich damals gearbeitet habe, und ich habe einige Probeaufnahmen mit ihr gemacht. Natürlich hat sie gelogen, als sie meinte, sie habe bereits Erfahrung. Ich merke sofort, wenn Models einem was vormachen wollen. Ich kann Ihnen also sagen, dass sie vor drei Tagen auf dem Flughafen, als ich sie zum letzten Mal gesehen habe, ziemlich verärgert war wegen des noch ausstehenden Nachdrehs. Sie war ausgelaugt, ja, und hätte ich auf mein Gefühl gehört, hätte ich sie selbst nach Hause gefahren.«

»Wohin könnte sie denn verschwunden sein?«, fragte Janice.

»Ich dachte, sie hätte sich vielleicht für ein paar Tage irgendwo zurückgezogen, um zur Ruhe zu kommen. Aber das erklärt nicht, warum sie sich bei niemandem meldet.«

»Aber warum lässt sie eine so wichtige Sache sausen?«, fragte Janice erneut.

»Weil sie den Auftrag von Anfang an nicht hätte annehmen dürfen«, erwiderte Larry. »Fowler Cosmetics hat einen fürchterlichen Ruf in der Branche. Sie zahlen gut, sind mit den Ergebnissen aber nie zufrieden. Dann überwerfen sie sich in schöner Regelmäßigkeit mit allen – der Agentur, der Produktionsfirma, dem Marketingunternehmen, mit allen, die mit der Kampagne zu tun haben. Alexandra ist gut im Geschäft. Sie hätte diesen Auftrag nicht gebraucht. Es geht einzig und allein um Grant Wilsons Ego, er will unbedingt die großen Werbebudgets. Deshalb hat er sie mehr oder minder zu dem Auftrag gezwungen. Und aufgrund der schlechten Konditionen, auf die sich Grant Wilson und seine Agentur eingelassen haben, werden sie nur einen Bruchteil der Kosten einspielen, die sie für die Produktion aufwenden müssen, bis alle zufrieden sind. Jetzt hat er ein finanzielles Problem, ganz davon zu schweigen, dass Alexandras Ruf schwer beschädigt wird, sollte die gesamte Kampagne tatsächlich storniert werden.

Sie haben uns ein Ultimatum gestellt. Entweder wir drehen den letzten Spot nach, oder wir können die ganze Sache vergessen, und der Nachdreh muss bis nächsten Montag im Kasten sein. Das einzig Gute daran ist: Wir haben genügend Filmmaterial aus Venedig, damit wir alles in New York machen können.«

»Aber das alles muss Alexandra doch wissen«, warf Janice ein. »Meinen Sie wirklich, sie wäre so verantwortungslos?«

Larry erhob sich und betrachtete nachdenklich Alexandras Porträt. »Als Ihre Schwester nach New York kam, war sie eine naive Highschool-Schülerin aus einer amerikanischen Kleinstadt. Ich habe aus ihr ein internationales Topmodel gemacht. Damals meinte sie, sie hätte alle Tricks drauf, sie ist sich ungeheuer clever vorgekommen. Und sie meint noch immer, sie hätte das Modeln zu Hause vor dem Spiegel gelernt.«

Gereizt drehte er an der Einstellung der Klimaanlage herum. »Ich habe sie Herausgebern empfohlen. Ich habe sie überallhin mitgenommen, den richtigen Leuten vorgestellt, ihr die richtigen Aufträge verschafft, sie vor den üblen Typen bewahrt, und alles ist für sie hervorragend gelaufen, bis ...«

»Bis was?«, fragte Mike.

»Bis sie sich auf den übelsten Typen überhaupt eingelassen hat, auf Grant Wilson. Vor drei Jahren hat sich ihre damalige Agentin zur Ruhe gesetzt, und Wilson konnte sie überreden, zu ihm zu kommen.«

Verärgert sprang Janice auf. »Wir sollten lieber gehen, Mike. Es liegt auf der Hand, dass Mr. Thompson nicht weiß, wo sich Alexandra aufhält. Und genauso wenig weiß er, dass Alexandra niemals jemanden im Stich lassen würde. Lieber würde sie sterben. Wir vergeuden hier nur unsere Zeit.«

Larry Thompson zuckte zusammen, als hätte sie ihn geschlagen. »Vielleicht möchte ich deshalb so fest daran glauben, dass Alexandra nur irgendwo abgetaucht ist, weil ich nicht an die Alternative denken möchte!«, sagte er aufgebracht.

Janices Augen weiteten sich. »Was meinen Sie damit?«

»Das reicht jetzt, Thompson«, fuhr Mike dazwischen.

»Na, Sie haben es eben doch selbst gesagt: Lieber würde Alexandra sterben, als jemanden im Stich zu lassen.« Larrys Miene verfinsterte sich, seine Stimme klang heiser. »Glauben Sie mir, ich habe mich mehrmals gefragt, warum sie in Venedig die ganze Zeit so unkonzentriert, so erschöpft gewesen war. Sie hat fürchterlich ausgesehen. Vor einem Jahr hat ein Verrückter sie verfolgt, hat sie ständig angerufen, ihr Nachrichten an die Eingangstür geklebt. Er ist nie gefasst worden. Hatte sie Angst, dass er wieder hinter ihr her ist? Und wenn das der Fall ist, warum zum Teufel hat sie mich nicht um Hilfe gebeten?«

Emma wollte gerade gehen, als Janice und Mike in Alexandras Wohnung zurückkehrten. Sie musste die beiden nur ansehen, um Bescheid zu wissen: »Sie haben nicht erfahren, wo Miss Alexandra ist.« Keine Frage, sondern eine Feststellung. Janice begrüßte sie kurz und eilte ins Gästezimmer. Mike sah, dass sie den Tränen nahe war.

»Ist doch eigentlich unsinnig, dass ich jeden Tag komme, obwohl Miss Alexandra gar nicht da ist«, seufzte Emma. »Aber so will sie es haben. Heute habe ich alle Fenster geputzt und die Messingbeschläge am Tisch und am Schreibtisch abgenommen und poliert. Jetzt sehen sie wieder richtig hübsch aus. Die Wohnung sieht immer gut aus. Wenn sie eine Party gibt und ihre Freunde einlädt ... ich kann Ihnen sagen, dann ist immer alles voll mit Asche, und Getränke werden verschüttet ...«

Mike betrachtete die Frau, die sich in den vergangenen Stunden offensichtlich mit überflüssiger Hausarbeit beschäftigt hatte. »Ich nehme an, Alexandra hat viele Freunde«, sagte er.

»Viele würden sie als Freunde bezeichnen, ich nenne sie eher Schnorrer.«

»Na ja, aber es muss doch ein paar richtige Freunde geben ... Grant Wilson vielleicht?«

»Der ist ein ganz gemeiner Kerl.«

»Gemein?«

»Behandelt einen, als wäre man der letzte Dreck. Ich hab gehört, wie er Miss Alexandra gesagt hat, sie solle sich eine Glocke anschaffen, damit ich gleich angerannt komme, wenn sie klingelt. Eine Glocke! Ich wette, die einzigen Glocken, die er kennt, sind Kuhglocken. Er kommt nämlich aus irgendeinem Provinzkaff ... wie Miss Alexandra auch. Aber sie tut wenigstens nicht so, als wäre sie im Weißen Haus geboren. Er ist ein Aufschneider und Windbeutel.«

»Wen würden Sie dann als engen Freund bezeichnen? Als jemanden, an den sie sich vielleicht wenden würde, wenn es ihr schlecht geht?«

»Oh, mal sehen. Sie hat viele Bekannte. Solche, von denen man in den Klatschspalten liest. Aber an die würde sie sich nicht wenden, wenn sie ein Problem hat, nein, ich glaube nicht. Das sind keine, denen man ein Geheimnis anvertraut.«

»Emma, denken Sie nach. Es muss jemanden geben.«

»Ja, klar, sie hat Freundinnen – richtige Freundinnen. Warum auch nicht? Aber die, die ihr wirklich nahestehen ... dazu könnte Nina Harmon gehören. Aber die hat letztes Jahr geheiratet und wohnt jetzt in London.«

»Sonst gibt es niemanden?«

»Lassen Sie mich nachdenken.«

»Wer kommt sonst noch oft hierher?«

»Mark Ambrose. Ihm gehört die Chartermaschine, mit der sie dieses Jahr für die Beauty-Mask-Werbung immer nach Europa geflogen sind. Er hat noch mehr Maschinen, ihm gehört die ganze Fluggesellschaft. Executair, so heißt sie. Miss Alexandra sagt, er ist stinkreich. Und er hat ein Auge auf sie geworfen, das auf jeden Fall. Aber sie ist nicht interessiert. Jedenfalls ist mir nichts aufgefallen. Andererseits weiß man ja nie. Miss Alexandra ist in diesen Dingen sehr verschlossen.«

»Was ist mit Larry Thompson? Kommt der häufig hierher?«

»Ja, der ist öfter hier. Sie gehen zusammen zum Essen. Er sieht auch gut aus. War früher mal Kinderschauspieler, wissen Sie das? Und witzig. Redet nicht viel, aber es entgeht ihm nichts. Nur Partys, die langweilen ihn meistens. Er hat letztes Jahr eine wunderschöne Zeichnung von ihr gemacht und sie ihr geschenkt. Sie war hin und weg. Dann hat er ihr allerdings gesagt, dass er sie noch zeichnen wollte, bevor sie zu viele Falten bekommt. Da ist sie aber wütend geworden, sie hat geweint und ihm die Zeichnung an den Kopf geworfen. Er hat sich entschuldigt und gesagt, dass er sie doch bloß aufziehen wollte. Sie muss das doch einsehen, er hat nur Spaß gemacht. ›Schau doch einfach mal in den Spiegel, Alexandra, um Gottes willen!‹, hat er gesagt.«

Emma schüttelte den Kopf. »Gut, wir sehen uns morgen. Sie haben nichts wegen des Abendessens erwähnt. Wenn Sie wollen, bleibe ich gern noch und mach Ihnen was.«

»Nein. Wir gehen aus. Danke«, erwiderte Mike.

Nachdem Emma fort war, rief Mike bei Executair Airlines an. Das Büro lag am Kennedy Airport. Man sagte ihm, dass Mr. Ambrose am späten Nachmittag aus Chicago zurückerwartet und bis etwa neunzehn Uhr, neunzehn Uhr dreißig im Büro sein werde. Die Rezeptionistin war jedenfalls fest davon überzeugt, dass Mr. Ambrose ganz bestimmt Alexandra Saunders' Schwester sehen möchte.

»Dann sind wir um neunzehn Uhr bei Ihnen«, sagte Mike.

Er ging ins Gästezimmer. Janice lag auf dem Bett. Wie befürchtet, waren ihre Augen vom Weinen ganz verquollen, was sie vor ihm jedoch zu verbergen versuchte. Er setzte sich neben sie.

»Hast du da was im Auge?«, fragte er.

Sie schlang die Arme um ihn und legte den Kopf auf seinen Schoß. »Oh, Mike, Alexandra ist irgendwas zugestoßen. Das glaubst du doch auch, oder?«

Er küsste sie im Nacken und zog ihr den Reißverschluss

des Kleids auf. Zärtlich massierte er ihr den Rücken. »Liebes, irgendwas stimmt nicht, so viel steht fest. Aber vielleicht ist wirklich alles ganz einfach, vielleicht ist sie wirklich nur verschwunden, weil sie Wilson nicht heiraten will oder weil sie weiß, dass sie diesen Werbespot nie zur Zufriedenheit des Kunden hinbekommen wird. Wenn wir nicht bald von ihr hören, werden wir die Polizei verständigen und sie als vermisst melden. Davor möchte ich aber noch den Typen sehen, mit dessen Fluggesellschaft sie geflogen sind. Laut Emma ist er angeblich in Alexandra verliebt. Vielleicht kann er uns weiterhelfen. Wir haben noch bis halb sieben Zeit, dann müssen wir zum Flughafen aufbrechen, davor solltest du noch duschen und ein Nickerchen halten und ...«

Janice sah zu ihm auf, sie lächelte schwach. »Und ...«

Mike zog sie an sich. »Na, rate mal«, flüsterte er ihr ins Ohr.

Mit Alexandras blauem Lincoln-Cabrio fuhren sie zum Flughafen. Mike hatte den Tiefgaragenwärter im Gebäude überreden können, ihnen den Wagen zu überlassen.

»Du kannst wirklich sehr überzeugend sein, Herr Staatsanwalt«, sagte Janice. »Ich hätte nie gedacht, dass er ihn herausrückt.« Sie saß ganz dicht bei ihm.

Mike sah zu ihr. »Du siehst gut aus. Das Kleid gefällt mir.«

Janice betrachtete das blau und grün bedruckte Kleid. »Hübsch, was? Ein Pucci. Alexandra hat es mir zu Weihnachten geschenkt. Sie hat sich das Gleiche für sich selbst gekauft.«

Der Flughafen war ihr am Morgen riesig vorgekommen,

und auch jetzt, als sie die elektronischen Durchsagen zu den Abflug- und Ankunftszeiten hörte und die Schlangen der auf den Check-in wartenden Passagiere sah oder die ankommenden Fluggäste, die sich mit ihren schweren Koffern abmühten, da kam ihr alles wie eine ganz eigene Welt vor.

Mark Ambrose' eher bescheidenes Büro lag im ersten Stock des Hauptterminals. Die Rezeptionistin von Executair Airlines, eine Frau Ende fünfzig, deren Haare allmählich grau wurden, stellte sich als Eleanor Lansing vor. »Mr. und Mrs. Broad ... Mr. Ambrose ist soeben eingetroffen. Ich sage ihm Bescheid, dass Sie hier sind.«

Janice wusste nicht genau, welches Bild sie sich vom Besitzer der Charter-Fluggesellschaft gemacht hatte. Jedenfalls entsprach der Mann, der in den Empfangsbereich kam, in keiner Weise ihren Vorstellungen. Marcus Ambrose sah eher wie der Rausschmeißer in einer Bar aus und nicht wie ein Pilot. Seine Schultern füllten den Türrahmen. Er hatte rötlich-braune, leicht gelockte Haare, die ihm feucht an der Stirn klebten, seine dunkelbraunen Augen wurden durch die dichten Brauen besonders betont. Für sich allein waren das alles kaum herausragende Merkmale, zusammen aber verliehen sie ihm etwas überaus Prägnantes und Attraktives.

Als er Janice erblickte, fuhr er merklich zusammen und wurde blass, aber er fing sich schnell. »Im ersten Moment habe ich gedacht ... Sie sehen ihr so ähnlich. Und dieses Kleid ... das gehört ihr, nicht wahr?« Er packte Janice am Arm. »Wo ist sie?«

»Immer mit der Ruhe«, ging Mike dazwischen. »Sie tun meiner Frau weh.«

»Oh.« Nur widerwillig ließ Ambrose sie los. »Entschuldigen Sie ... Es ist nur ...«

Plötzlich schien er sich der Rezeptionistin bewusst zu werden, die ihn unumwunden anstarrte. »Kommen Sie mit rein.« Nachdem die Tür zu seinem Büro geschlossen war, wandte er sich an sie. »Haben Sie von ihr gehört? Haben Sie sie gesehen? Wissen Sie, wo sie sich aufhält?«

Janice starrte bloß auf ihre Hände, während Mike davon erzählte, dass Alexandra sie bei ihrer Ankunft am Flughafen nicht abgeholt hatte. Genau wie die anderen hatte auch Marcus Ambrose mitbekommen, wie sehr sich Alexandra auf sie gefreut hatte.

»Es ist mir ein völliges Rätsel«, sagte er. »In London und Paris war noch alles in Ordnung. Erst in Venedig, da hat es mit den Problemen angefangen. Die ersten paar Tage sind für die Vorbereitung draufgegangen – Produktaufnahmen, Hintergrundszenen, solche Sachen. Alexandra hatte ein wenig frei. Wir haben zusammen einige Sehenswürdigkeiten besucht, und sie hatte richtig gute Laune. Ständig hat sie von Ihnen beiden gesprochen ... dass sie es kaum erwarten kann, ihre Schwester wiederzusehen und den Mann kennenzulernen, den sie geheiratet hat. Ich wette, ich könnte Ihre Biografie schreiben.«

»Wie gut kennen Sie Alexandra?«, fragte Mike.

Marcus Ambrose lächelte. »Ich kenne sie jetzt seit zwei Jahren, seitdem Grant Wilson für seine Außendrehs eine meiner Maschinen chartert. Meistens fliege ich dann selbst, es macht mir immer großen Spaß, sodass ich die Buchungen, wenn es möglich ist, selbst übernehme. Aber seit einem Jahr, muss ich gestehen, ist Alexandra der eigentliche Grund.«

Noch einer, der sie anhimmelte. Wie, überlegte Janice, konnte Alexandra nur verschwinden wollen, wenn es doch so viele Männer gab, denen einzig und allein ihr Wohlergehen am Herzen lag?

»Grant Wilson hat uns erzählt, dass er in Venedig anscheinend zum wiederholten Mal um Alexandras Hand angehalten hat und glaubt, dass sie ihn endlich erhört«, sagte Mike.

»Das bezweifle ich stark. Sie ist nicht so verrückt, sich auf diesen schrägen, verklemmten Trottel einzulassen. Aber Alexandra war müde, und die letzten Tage ist es bei den Aufnahmen überhaupt nicht gut gelaufen.«

»Sie waren bei den Aufnahmen mit dabei?«, fragte Mike.

»Als Pilot hat man viel Freizeit. Ich bin immer gern auf dem Set. Am letzten Tag hat sie einen Tiegel Beauty Mask öffnen und es im Gesicht auftragen müssen. Na ja, sie haben sie ein Glas nach dem anderen aufschrauben lassen, aber einfach nicht die Aufnahme bekommen, die sie haben wollten, und Alexandra ist immer nervöser geworden. Dann haben sich Grant Wilson und Larry Thompson angeschrien, und Alexandra war so durcheinander, dass sie einfach vom Set geflüchtet ist.«

Janice wollte das alles nicht an sich heranlassen und vertiefte sich stattdessen in die Betrachtung ihrer Fingernägel. Später würde sie über alles nachdenken, über Alexandra, über die von ihr so wertgeschätzten Freunde, die behaupteten, sich so große Sorgen um sie zu machen, und dann doch einfach nur herumschrien.

»Was ist dann passiert?«, fragte Mike ruhig.

»Ich bin ihr gefolgt.« Marcus Ambrose erhob sich

hinter dem Schreibtisch und warf dabei fast seinen Stuhl um. »Ich bin ihr gefolgt und habe sie an der Tür eingeholt. Die Arme, ihr Gesicht war voll mit diesem schmierigen Zeugs, sie wollte es wegrubbeln, bevor es hart wurde.« Bei der Erinnerung daran verzog er traurig das Gesicht. »Larry Thompson ist dann gleich nach mir nach draußen gekommen, er hat sie am Arm gepackt und gesagt, dass sie das, was sie angefangen hat, auch zu Ende bringen müsse. Ich habe ihr gesagt, sie solle sie alle zum Teufel schicken, aber sie hat nur den Kopf geschüttelt und ist ins Studio zurück. Ich bin dann gegangen. Am Abend beim gemeinsamem Essen hat Alexandra so gut wie nichts angerührt, schließlich ist sie aufgestanden und hat den Tisch verlassen. Ich habe sie gesucht, ich wollte sehen, ob sie sich draußen auf der Piazza aufhält. Sie hat da immer gern den Geigenspielern zugehört.«

»Sie hat mir vom Markusplatz geschrieben«, unterbrach Janice. »Venedig ist ihre Lieblingsstadt in Europa.«

»Als ich sie gefunden habe, hat sie mit Wilson auf den Stufen des Hotels gesessen. Vermutlich haben sie sich gestritten. Sie hat jedenfalls gesagt, er müsse doch von Anfang an gewusst haben, dass sie für diesen Beauty-Mask-Auftrag das falsche Model sei. Er hat irgendwas von dem Geld gefaselt, das sie verdienen würde ... von den Fernseheinnahmen. Als sie mich bemerkt haben, sind sie verstummt. Am nächsten Tag ist dann der letzte Spot zu Ende gedreht worden, dann haben wir zusammengepackt, und am Montagmorgen sind wir abgeflogen. Es war allen anzusehen, dass keiner besonders glücklich war.«

»Haben Sie danach noch mal mit Alexandra allein gesprochen?«, fragte Mike.

»Vor der Landung habe ich ihr angeboten, sie nach Hause zu fahren. Sie hat zugestimmt. Aber sie war … na ja, abgelenkt und in Gedanken irgendwie woanders. Ich habe unsere Koffer einem Gepäckträger übergeben. Ich wollte vorher nämlich noch ins Büro und nachfragen, ob neue Nachrichten eingetroffen sind. Wir haben daher vereinbart, dass sie im Terminal auf mich wartet. Ich war keine zehn Minuten fort, aber als ich zurückkam, war sie verschwunden.«

»Verschwunden?«, riefen Mike und Janice gleichzeitig aus.

Ambrose runzelte die Stirn und schüttelte den Kopf. »Seitdem überlege ich, ob ich zur Polizei gehen soll. Es gibt da aber noch etwas.«

Janice sprang auf und stützte sich mit beiden Händen auf seinem Schreibtisch ab. »Was denn noch?«

Marcus Ambrose ging zum Schrank und öffnete die Schiebetür. Im Schrank standen zwei große blaue Koffer mit den Initialen »A. S.«. Sie füllten fast den gesamten verfügbaren Raum aus.

»Die haben mit meinen noch im Terminal gestanden. Der Gepäckträger hat mit ihnen gewartet. Bevor sie verschwunden ist, hat sie ihm noch gesagt, dass ich sie abholen würde.«

»Klingt ja fast so, als wäre sie Hals über Kopf geflüchtet«, sagte Mike und vermied es, zu Janice zu blicken. »Gut, sie macht sich also manchmal einfach so aus dem Staub, außerdem war sie wegen der Produktion ziemlich durcheinander.«

»Die andere Möglichkeit wäre, dass sie im Terminal Paparazzi gesehen hat und nicht fotografiert werden wollte«, sagte Ambrose, und in seiner Stimme schwang ein wenig Hoffnung mit.

Schweigend, mit Alexandras Gepäck im Kofferraum, fuhren sie vom Flughafen los. Janice saß etwas steif im Sitz und hatte die Hände im Schoß verschränkt, Mike sah zu ihr hinüber und wollte ihr sagen, dass Marcus Ambrose ihm irgendwie bekannt vorgekommen sei, überlegte es sich dann aber anders. Nein, das konnte nicht sein, dachte er und richtete die Aufmerksamkeit wieder auf den Verkehr. Den ganzen Tag war es dicht bewölkt gewesen, mittlerweile aber prasselte strömender Regen gegen die Windschutzscheibe. Mike wartete, bis sie sich ein gutes Stück vom Flughafen entfernt hatten, bevor er zu Janice hinüberfasste.

Sie führte seine Hand an die Lippen und strich sich damit über die Wange. »Oh, Mike«, sagte sie. »Was ist das nur für ein schrecklicher Tag. Ich habe Angst und muss ständig an Alexandra denken. Wo sie jetzt wohl ist? Und dann all diese Leute, die sie finden wollen ... Und warum? Weil sie für sie bares Geld wert ist. Sie müssen sie fürchterlich behandelt haben, wenn sie einfach so davonläuft.«

»Janice, wie gut kennst du deine Schwester eigentlich?« Er spürte, wie sie sich noch mehr versteifte. »Sei mir nicht böse. Denk nach. Du hast eine ganz bestimmte Vorstellung von deiner Schwester, die, als du aufgewachsen bist, für dich der wichtigste Mensch auf der Welt war. Richtig?«

»Ja. Daddy war wunderbar, aber er war immer auch irgendwie distanziert. Es ist mir nie leicht gefallen, mit ihm zu reden. Noch Jahre nach ihrem Auszug hat Alexandra jede Woche angerufen, und ich habe ihr immer alles erzählen können. Und später auf der Highschool musste ich ihr nur sagen, dass ich zum Tanzen oder auf eine Party will, und sie hat mir immer noch rechtzeitig ein Kleid geschickt. Das hier, das war das letzte, was sie mir geschenkt hat. Zu Weihnachten. Und sie hat alles gezahlt, meine Studiengebühren, sie hat auch Daddys Rechnungen übernommen, als er krank wurde.« Sie zögerte. »Mike, was erwartest du von mir? Ich kenne dich, du willst doch auf etwas Bestimmtes hinaus.«

Mike nickte. »Beantworte mir nur ein paar Fragen. Was ist Alexandras Lieblingsdrink? ... Wie viel trinkt sie? Hat sie dir jemals von einem festen Freund erzählt? Wie viel verdient sie? Hat sie dir letztes Jahr von einem Stalker berichtet?«

»Mit keiner Silbe.«

»Genau das meine ich. Du siehst in deiner Schwester nur die großzügige Märchen-Patentante. Aber du weißt eigentlich nicht, was sie für ein Mensch ist. Jedenfalls würde ich nach allem, was wir heute gehört haben, sagen, dass sie dich dringend braucht.«

Sie überquerten die Throgs Neck Bridge, fuhren schweigend durch die Bronx und dann den FDR Drive hinunter. »Nur an eines erinnere ich mich noch«, sagte Janice schließlich. »Dieses Jahr, am Anfang des Frühlingssemesters, ist ihr Scheck für die Studiengebühren erst mit Verspätung eingetroffen. Sie hat mir eine Notiz dazu geschrieben. Es tue ihr leid wegen der Verspätung, aber sie sei unterwegs gewesen und habe ihr Scheckbuch nicht dabei gehabt. Ich habe mir damals nichts dabei gedacht, aber wenn ich jetzt so darüber nachdenke – könnte es vielleicht bedeuten, dass sie knapp bei Kasse war?«

»Wenn wir in ihrer Wohnung sind, gehen wir ihren Schreibtisch durch, vielleicht finden wir ja etwas, was uns weiterhilft. Verdammt ...« Mike griff zum Rückspiegel. »Dieser Idiot hinter uns hat das Fernlicht an.«

»Warum überholt er nicht einfach?«, fragte Janice. Sie sah über die Schulter nach hinten in die grellen, vom strömenden Regen reflektierten Scheinwerferlichter. »Mike, pass auf!«, rief sie. Plötzlich beschleunigte der Wagen hinter ihnen, setzte sich neben sie, fuhr mit einem Mal Schlangenlinien und drängte sie gegen die Leitplanke.

Janice schrie auf.

Nicht weit vor ihnen ragte ein Betonpfeiler auf. Mike riss das Lenkrad nach links, aber der andere Wagen blockierte ihnen den Weg, dann war es auch schon zu spät. Sie krachten frontal gegen den Pfeiler und wurden durch den Aufprall erst nach vorn geschleudert und dann nach hinten. Janice schlug mit dem Kopf gegen die Windschutzscheibe, wurde nach hinten gegen die Kopfstütze gerissen, bevor sie in ihrem Sitz nach unten sackte. Sie spürte noch, wie Mike nach ihr griff, aber es war nicht mehr seine Stimme, die sie hörte, als sie bewusstlos wurde, sondern Alexandra, die wie aus weiter Ferne nach ihr rief: »Hilfe, Janice, hilf mir!«

Sirenen ... blendendes Licht ... Stimmen ... »Mike.«

»Nicht rühren, Liebes, ganz ruhig bleiben.«

Das Gefühl, aus dem Wagen gehoben zu werden ... Regen, der ihr ins Gesicht schlug. Der Krankenwagen, der losfuhr. Die Sirenen, die ihr in den Ohren gellten.

Mike war neben ihr. Sie versuchte sich aufzusetzen, spürte aber, wie er sie sanft nach unten drückte. »Mike, geht es dir gut?«

»Alles bestens, Liebes. Ich habe nur ein paar Prellungen abbekommen. Aber du musst geröntgt werden. Du bist doch ziemlich hart gegen die Scheibe gerummst.«

»Mike, ich glaube, der Wagen hat uns von der Fahrbahn drängen wollen. Ich habe gesehen, wie der Fahrer am Lenkrad gerissen hat.«

»Das glaube ich auch, Liebes.«

»Ich bleibe nicht im Krankenhaus. Mir geht es gut.«

»Solange es nicht wirklich notwendig ist, wirst du nicht dableiben. Versprochen.«

Ihr war schon nicht mehr so schwindlig, nur der Kopf pochte noch fürchterlich, und der Rücken und Nacken waren ganz steif. Immerhin konnte sie klar denken. Hatte wirklich jemand versucht, sie abzudrängen? Oder war es nur ein Betrunkener gewesen? Und dann Alexandra, die sie rufen gehört hatte ... Sie musste in ihre Wohnung, sie mussten ihren Schreibtisch durchsuchen und herausfinden, wo sie sich aufhalten könnte.

Aber die Hoffnung, aus dem Krankenhaus gleich wieder entlassen zu werden, wurde schnell zunichte gemacht. Der Arzt in der Notaufnahme des Mount Sinai bestand auf einer vollständigen Röntgenaufnahme des Kopfes. Es dauerte volle zwei Stunden, bis man ihr sagen konnte, dass sie Glück gehabt habe: Bis auf eine leichte Gehirnerschütterung sei ihr nichts passiert. Der Arzt riet ihr, die Nacht über im Krankenhaus zu bleiben, ließ sie aber nach Hause, als sie versprach, sich sofort ins Bett zu legen.

»Es wird ihr morgen sehr schlecht gehen«, warnte er Mike. »Draußen wartet außerdem noch ein Polizeibeamter, der mit Ihnen reden möchte. Er muss den Unfallbericht verfassen.«

Im Krankenhausfoyer erkundigte sich der Beamte schließlich nach Janices Wohlergehen. »Nach dem Zustand Ihres Wagens grenzt es an ein Wunder, dass Sie überhaupt überlebt haben. Wir haben den Fahrer gefasst, der Sie geschnitten hat. Er ist extrem betrunken. Er weiß noch gar nichts von den großen Problemen, in denen er steckt.«

»Hoffen wir bloß, dass er ausreichend versichert ist«, antwortete Mike knapp. Er legte seinen Führerschein und die Zulassung vor und dankte dem Schicksal, dass Alexandra sie im Handschuhfach aufbewahrt hatte.

»Mal davon abgesehen, dass er uns beinahe umgebracht hätte. Es ist auch nicht unser Wagen. Er gehört meiner Schwägerin.«

Vor dem Krankenhaus winkte Mike ein Taxi heran. Er hielt Janice die Tür auf, dann lud er Alexandras Gepäck, das die Polizei ihm übergeben hatte, in den Kofferraum. Der strömende Regen hatte sich zu einem kühlen Nieseln abgeschwächt. Mike nannte dem Taxifahrer die Adresse. Der Fahrer wollte gerade den Taxameter einschalten, als sein Blick in den Rückspiegel und auf Janice fiel. Erstaunt fuhr er herum und starrte sie unumwunden an. »Was ist los?«, fragte Mike. »Wissen Sie nicht, wo die Adresse ist?«

Der Taxifahrer gab nur einen unverständlichen Laut von sich. »Wollen Sie mich auf den Arm nehmen, Mister? Ich hab die Lady erst vor zwei Stunden gefahren. Erinnern Sie sich nicht mehr an mich, Miss?«

Janice krallte sich in den Sitz. Ihr wurde wieder schwindlig, und sie fürchtete schon, ohnmächtig zu werden. »Was sagen Sie da?«, fragte sie. Selbst in ihren Ohren klang sie heiser und angespannt.

Zögernd fuhr der Taxifahrer los, aber erneut ging sein Blick zum Rückspiegel. »Miss, verschaukeln Sie mich nicht. Ich hab Ihnen doch gesagt, dass mir das Kleid gefällt, das Sie da anhaben, und ich hab Sie gefragt, ob es teuer ist und ob ich es auch meiner Frau schenken könnte, erinnern Sie sich nicht? Sie haben mir ... irgend so einen ausländischen Namen genannt.«

»Ein Pucci«, flüsterte Janice. »Alexandra ... Mike, er muss Alexandra gefahren haben. Ich hab dir doch gesagt, sie hat sich das gleiche Kleid gekauft.«

»Wo ist diese Frau zugestiegen?«, fragte Mike.

Der Taxifahrer klang verunsichert. »Wow, kann ja sein, dass ich mich täusche. Nur, Sie sehen ihr so verdammt ähnlich ... die langen blonden Haare ... und das Kleid ... und Sie fahren auch noch zur gleichen Adresse. Sagen Sie, sind Sie mit ihr verwandt?«

Janice presste sich die Fingernägel so fest in die Hand, dass ihre Knöchel weiß anliefen. »Bitte«, sagte sie, »bitte, wo ist diese Frau, die mir so ähnlich sieht, zugestiegen?«

»Am Kennedy Airport. Heute Abend ... so gegen acht. Ich hab gerade jemanden abgesetzt, da hat sie mich angehalten. Was war ich froh. Was für ein Glück, dachte ich mir und hab ihr das auch gesagt. So sind wir ins Gespräch gekommen.«

»Kennedy Airport«, wiederholte Janice. »Kann es sein, dass wir an Alexandra vorbeigelaufen sind? Wir waren doch etwa zur selben Zeit dort.«

»Ja. Die Lady hat mich gebeten, zu dieser Riverside-Adresse zu fahren. Sie war ziemlich aufgelöst, da hab ich mich mit ihr unterhalten. Es ist immer gut, mit den Leuten zu reden, da entspannen sie sich. Sie hat gesagt, dass sie zwei Leute abholen wollte, die aus London eintreffen. Um acht Uhr abends, da würde der Flieger landen, aber sie sind nicht gekommen. Dann hat sie bei der Airline nachgefragt und dort erfahren, dass der Flug schon um acht Uhr morgens gelandet ist.«

»Acht Uhr abends ...« In Janices Kopf drehte sich alles. Sie dachte an das letzte Telefonat mit Alexandra. Ihre Schwester war abgelenkt und so geknickt gewesen, weil sie nicht zur Hochzeit kommen konnte. Und Janice erinnerte sich, ihr zweimal die Fluggesellschaft und ihre Ankunftszeit mitgeteilt zu haben.

»Na, jedenfalls wollte sie so schnell wie möglich nach Hause, weil sie hoffte, dass ihre Gäste dort schon auf sie warteten. So gegen neun hab ich sie da abgesetzt. Dann sind Sie also diese Leute aus London. Mannomann, wenn ich das meiner Frau erzähle! Aber glauben Sie mir, New York ist ein Dorf, im Ernst. Solche Sachen passieren ständig, jedenfalls öfter, als Sie glauben.«

Alexandra war zu Hause ... Alexandra war zu Hause. Sie war fort gewesen, aber jetzt ist sie zurückgekommen, nur zu der Zeit, zu der sie glaubte, dass die Maschine landen würde. Janice traten vor Erleichterung Tränen in die Augen. Alles war in Ordnung! Alles war wunderbar! In wenigen Minuten würden sie über das alles nur noch lachen. Sie lehnte sich zurück, schloss die Augen und spürte das Pochen in der Stirn.

Keine Viertelstunde später verkündete der Taxifahrer:

»Hier sind wir.« Er bog in die Einfahrt und fuhr zur Rückseite des Gebäudes zum ersten Privateingang. Zwei Stufen führten hinauf zur geschlossenen Terrasse von Alexandras Wohnung. Als Janice aufsah, bemerkte sie, dass
im Wohnzimmer Licht brannte.

Sie konnte es nicht erwarten, aus dem Taxi zu kommen. Mike stützte sie, als sie ins Stolpern geriet. »Immer
mit der Ruhe, meine Liebe.« Er zahlte den Fahrer, während sie schon die Stufen hinaufeilte. Wieder spürte sie
die Schmerzen in den Schultern und im Rücken.

Die Tür zur Wohnung war abgesperrt. Ungeduldig wartete sie, bis Mike den Schlüssel hervorgekramt hatte und
öffnete. Janice stürzte an ihm vorbei und rief Alexandras
Namen, doch dann verstummte sie abrupt. Vom Foyer
aus starrte sie ins Wohnzimmer. Die Lampe auf dem
Tisch neben dem Clubsessel brannte, und ihr Lichtschein
fiel auf eine Gestalt im Sessel.

Alexandra trug das Pucci-Kleid. Aber sie wartete auf
niemanden mehr. Sie lag nach hinten gestreckt im Sessel,
ihre wunderschönen blonden Haare waren im Nacken
und auf den Schultern zerzaust, und um den Hals zog
sich ein schmaler Strick. Ihr Gesicht war mit einer dick
aufgetragenen, grell-weißen Schönheitsmaske bedeckt.
Einzelne Bluttröpfchen waren aus den Mundwinkeln ge-
sickert. Mit ihren großen blauen Augen starrte sie zu Janice ... und durch sie hindurch.

Janice öffnete den Mund, aber es kam kein Laut heraus.
Sie wollte sich rühren, aber es ging nicht. Sie hob die Hand,
damit sie den albtraumhaften Anblick nicht mehr sehen
musste, aber als sie ihre Stirn berührte, tat ihr alles wieder weh, und sie wusste, dass es kein Traum war. Sie spürte

Mikes Arme und riss sich von ihm los. Dann schrie sie auf, während sie durch das Zimmer taumelte, sich vor dem Sessel auf den Boden warf und ihre tote Schwester umarmte. Der noch warme Leichnam gab unter ihrem Druck nach. Sie schrie Alexandras Namen und bemerkte kaum, wie Mike ihre Hände umfasste und sie mit Gewalt von der Toten wegzerrte. Halb trug, halb schleifte er sie aus dem Zimmer.

»Es tut mir so leid, Liebes. Du darfst den Leichnam nicht berühren. Wir müssen die Polizei rufen.«

Der zweiundfünfzigjährige Hubert Twaddle, ein großer, stämmiger Mann mit schimmernder Glatze, um die ein grau melierter Haarkranz verlief, war der leitende Beamte im Büro des Bezirksstaatsanwalts von Manhattan.

Ihm war klar, dass die meisten unweigerlich schmunzeln mussten, wenn sie zum ersten Mal seinen Namen hörten, der übersetzt so viel hieß wie »Geschwätz«. Sie wussten nicht, dass Twaddle in Schottland ein gebräuchlicher Familienname war. Ebenfalls war den meisten Leuten nicht bewusst, dass sie sich durch ihr Schmunzeln unweigerlich auch entspannten. Was Hubert Twaddle enorm hilfreich fand, wenn er bei Mordermittlungen Familienmitglieder, Freunde, Arbeitskollegen oder die Feinde der Opfer befragen musste.

Sie waren am Abend in die Dienststelle zurückgerufen worden, um die Aussage eines Zeugen in einem Mordfall aufzunehmen. Kurz danach, um 23.30 Uhr, war ein Anruf aus dem Polizeibezirk der West 74th Street eingetroffen. Alexandra Saunders, das bekannte Model, war ermordet in ihrer Wohnung aufgefunden worden.

»Ich komme sofort«, beschied Hubert Twaddle knapp

und legte auf. »Ben!«, rief er seinen jüngeren Partner, der ihn in solchen Fällen immer begleitete.

Bennington Lyons sprang von seinem Stuhl auf. Sein Schreibtisch stand gleich neben dem von Twaddle. Er war neunundzwanzig Jahre alt, sah erstaunlicherweise aber noch jünger aus. Er hatte rote Haare, ein rundes Jungengesicht und einen fitnessgestählten Körper. In seiner Dienststelle war er nach der Beförderung zum Detective Second Grade so gut wie allen bekannt. Er war in seinem Streifenwagen angeschossen und beinahe getötet worden, als er zu einem Einbruch bei Tiffany's kam, dem weltberühmten Schmuckgeschäft in der Fifth Avenue.

Mit einer Kugel in der Schulter und einer zweiten im Bein hatte er auf dem Bürgersteig gelegen und das Feuer erwidert, wodurch er die beiden Täter verwunden und ihre Flucht vereiteln konnte. Außer Twaddle wussten nur wenige, dass Ben als Erbe der Lyons-Ölraffinerien in der Park Avenue aufgewachsen war, dass er in Harvard studiert und einen Masterabschluss des John Jay College in der Tasche hatte.

In aller Bescheidenheit wohnte er in einer Mietwohnung in Queens und widmete sich ansonsten voll und ganz seiner Karriere bei der Polizei.

Twaddle war überzeugt, dass Bennington Lyons es eines Tages bis zum Polizeichef bringen würde.

Der Wagen des Rechtsmediziners war vor dem Gebäude geparkt, eine Menschenmenge hatte sich bereits versammelt, als sie eintrafen. Der Portier, der sie in Alexandras Wohnung führte, wirkte zutiefst betroffen. Vor dem Eingang stand ein Polizist.

Als er Twaddle und Lyons erkannte, trat er zur Seite und

ließ sie durch. Twaddle näherte sich dem Tatort. Mindestens sechs Polizisten hielten sich im Raum auf, trotzdem herrschte eine fast geisterhafte Stille. Ein Polizeifotograf machte Bilder. Der Rechtsmediziner, Milton Helpern, war über die Frau gebeugt, die halb zur Seite geneigt in einem großen Clubsessel lag.

Sogar Twaddle verlor seine sonst so übliche Ruhe, als er sich dem Opfer näherte und das totenstarre Gesicht unter der Schönheitsmaske sah.

Der verknotete Strick um ihren Hals war die augenscheinliche Todesursache.

»Das Schloss an der Terrassentür ist aufgebrochen. Ich gehe davon aus, dass das Opfer im Sessel gesessen und den Täter wahrscheinlich gar nicht gehört hat, bis es zu spät war. Es gibt keinerlei Anzeichen eines Kampfes«, sagte Helpern.

»Wann?«, fragte Twaddle.

»Dürfte nicht länger als drei Stunden her sein. Vielleicht noch weniger.«

»Wer hat sie gefunden?«

»Ihre Schwester und deren Mann. Die Schwester steht unter Schock. Sie sind jetzt im Gästezimmer. Im Gebäude wohnt auch ein Arzt, der hat der Schwester ein Beruhigungsmittel gegeben. Das Opfer hätte beide vom Flughafen abholen sollen. Das hat mir der Mann der Schwester mitgeteilt.«

Kurz fasste er zusammen, was Mike ihm erzählt hatte, unter anderem die Aussage des Taxifahrers, der das Opfer laut seiner Aussage nach Hause gebracht hatte.

Und Ben sprach aus, was Twaddle durch den Kopf ging. »Und jemand ist ihr also gefolgt oder hat schon auf sie gewartet.«

Twaddle ließ den Blick durchs Zimmer schweifen. Nichts schien in Unordnung zu sein. Unter anderen Umständen hätte er die geschmackvolle Einrichtung bewundert, jetzt allerdings hielt er nach Spuren einer Auseinandersetzung Ausschau.

Aber er fand keine.

Der Grundriss der Wohnung war recht übersichtlich. Doppelte Glastüren führten auf die Terrasse hinaus, wo der Mörder auf Alexandra gewartet haben musste. Rechts sah er einen kleinen Essbereich, an den sich vermutlich die Küche anschloss.

Der Flur vor dem Wohnzimmer führte zu den weiteren Zimmern. In Bens Begleitung trat er hinaus, sie gingen am Schlafzimmer vorbei und klopften an die geschlossene Tür des Gästezimmers.

Mike, dem der Schlafmangel anzusehen war, öffnete ihnen. Und zum zweiten Mal innerhalb weniger Minuten wurde Twaddle aus seiner sonst üblichen Gelassenheit gerissen. Die schlanke blonde Frau, die die Augen geschlossen hatte und deren lange, blonde Haare über das Kissen gebreitet waren, trug exakt das gleiche Kleid wie das Mordopfer. Sie schien zu schlafen.

Daraufhin berichtete Mike in seiner klar strukturierten Art von den Ereignissen des Tages, angefangen von Alexandras Nichterscheinen auf dem Flughafen, dem Telefonauftragsdienst, der ihnen die Namen der diversen Anrufer genannt hatte, bis hin zum Taxifahrer, der behauptete, sie nach Hause gebracht zu haben.

Schließlich fragte Twaddle, wie lange er und seine Frau vorhätten, in New York zu bleiben.

»Wir wollten eigentlich die ganze Woche mit Alexandra verbringen«, antwortete Mike leise.

»Gibt es sonst noch Verwandte?«, fragte Twaddle.

»Meine Familie – damit meine ich meine Eltern, zwei Brüder und zwei Schwestern in Brentwood, Kalifornien. Janices einzige Verwandte war ihre Schwester.«

»In diesem Fall möchte ich Sie bitten, mindestens eine Woche hierzubleiben. Der Leichnam muss obduziert werden, außerdem werden wir eingehend Ihre Frau befragen müssen. Vielleicht hat ihre Schwester irgendetwas erzählt, was sich als aufschlussreich herausstellen könnte.«

Nach kurzem Überlegen fügte Twaddle noch hinzu: »Der Leichnam muss jeden Augenblick abtransportiert werden. Mein Team sollte in etwa einer Stunde mit der Spurensicherung fertig sein. Haben Sie vor, die Nacht hier zu verbringen?«

»Darüber habe ich mir noch keine Gedanken gemacht«, sagte Mike. »Unser Gepäck ist hier.« Er blinzelte und rieb sich die Augen. »Wir hatten gerade einen Verkehrsunfall. Für meine Frau wäre es wohl angenehmer, wenn sie hierbleiben könnte.«

»Mr. Broad, ich werde Sie heute Nacht nicht mehr behelligen. Sie sind offensichtlich sehr müde.«

Damit verließen er und Ben das Zimmer. Wie von ihm vorhergesagt, wurde die Leiche gerade fortgebracht.

Ben hatte sich Notizen gemacht, während Twaddle mit ruhiger Stimme die Abfolge der Ereignisse rekapitulierte, wie sie ihm von Michael Broad diktiert worden waren.

Ben war ein aufmerksamer Leser der *New York Post*, die

nicht nur über einen ausgezeichneten Wirtschaftsteil verfügte, sondern ihn auch über die Stars und Persönlichkeiten des öffentlichen Lebens auf dem Laufenden hielt. Sein Cousin, der Playboy, kannte einige von ihnen sehr gut, während er selbst jede Publicity wie die Pest scheute.

Sobald er den Namen Alexandra Saunders hörte, fiel ihm wieder ein, dass sein Cousin etwa fünf Jahre zuvor für eine kurze Weile mit ihr ausgegangen und ernsthaft in sie verliebt gewesen war. Allerdings hatte sie ihm einen Korb gegeben.

Was er ihr, wie er sich erinnerte, nicht hatte verdenken können.

Mit schmerzerfülltem Gesicht traf Emma Cooper in der Wohnung ein. Aus reiner Gewohnheit kramte sie in ihrer Handtasche nach dem Schlüssel.

»Ich bin die Haushälterin«, sagte sie dem Streifenpolizisten an der Tür. »Man hat nach mir geschickt.«

Sie wollte eintreten, aber in diesem Moment wurde eine Bahre mit einem Leichensack aus der Wohnung gerollt.

Sofort hatte sie Alexandra vor Augen, für die sie insgesamt drei Jahre gearbeitet hatte. Angefangen hatte es mit dem Kauf der Wohnung.

Alexandra war damals fünfundzwanzig gewesen und hatte gerade ihren ersten großen Model-Vertrag für einen Parfümhersteller unterschrieben. Ihre Agentin hatte sich zur Ruhe gesetzt, worauf sie zur Wilson-Agentur gewechselt war. Und dieser Wilson war damals immer dagewesen, hatte sich zusammen mit ihr mit dem Innenausstatter getroffen und bestimmt, was alles wie gemacht werden müsse – weil Alexandra, wie er ihr ständig einredete, doch keine Erfahrung bei der Auswahl der Möbel und Tapeten und Teppiche habe.

Alexandra schien von ihm schwer beeindruckt. Aber nachdem Wilson gegangen war, hatte sie den Innenausstatter gebeten, noch etwas zu bleiben. »Sagen Sie mir doch bitte, in welchen Punkten er Ihrer Meinung nach falsch liegt«, hatte sie ihn gefragt.

»Es kann ja gut sein, dass Sie irgendwelche antiken Sachen haben wollen, aber ich denke, vor allem wollen Sie eine bequeme Couch und bequeme Sessel.«

»Da haben Sie absolut recht«, hatte Alexandra geantwortet.

Von diesem Tag an wusste Emma, dass sich die junge Frau trotz aller Unsicherheit nur bis zu einem gewissen Punkt herumscheuchen ließ. War darin der Grund für das zu sehen, was hier vorgefallen war?

Aber warum denke ich das?, fragte sie sich. Und dann konnte sie der Versuchung nicht widerstehen und berührte kurz den Leichensack, ohne auf die missbilligenden Blicke der Polizisten zu achten, die die Rollbahre schoben.

Im Wohnzimmer drängten sich die Polizisten. Einer von ihnen kam schließlich auf sie zu und begrüßte sie.

Er schien Anteilnahme auszustrahlen, auch sein Ton zeugte von Freundlichkeit. »Das alles tut mir sehr leid, Mrs. Cooper. Kommen Sie doch bitte mit ins Esszimmer. Dort können wir uns in aller Ruhe unterhalten. Ich bin Detective Hubert Twaddle.«

Mein Gott, was für ein schrecklicher Name, dachte

Emma im ersten Augenblick und musste sich ein Lächeln verkneifen. Dann versuchte sie sich trotz des Schocks und ihrer Trauer für die Befragung zu wappnen.

Allerdings entging ihr weder der feine Puder auf Alexandras Lieblingssessel, noch übersah sie, dass die Terrassentür offen stand, bevor der Polizist sie mit der Hand am Ellbogen in den Essbereich lotsen konnte.

»Sie ist tot, hat man mir am Telefon gesagt«, flüsterte Emma, die das alles immer noch nicht fassen konnte. »Ich habe gesehen, wie die Leiche rausgefahren wurde.«

»Ich weiß«, erwiderte Twaddle und zog für sie einen Stuhl unter dem Esstisch heraus.

»Sie ist ermordet worden, oder?«

»Mrs. Cooper, war das nicht auch Ihre erste Frage, als man Sie angerufen und Ihnen mitgeteilt hat, dass Miss Saunders tot ist?«

Es war noch jemand ins Zimmer gekommen, ein jungenhafter Mann mit roten Haaren. Er hatte ein Glas Wasser bei sich, das er vor sie auf den Tisch stellte.

Zu ihrer Erleichterung hatte er auch an einen Untersetzer gedacht, den er unters Glas schob. Nichts regte sie mehr auf als schlampige Gäste, die ihre Gläser einfach auf den Tisch stellten. Sie sollten es doch besser wissen, dachte sie, man stellt so was doch nicht auf so wertvolle antike Möbel.

Und warum, fragte sie sich erneut, ging ihr das alles jetzt bloß durch den Kopf? Oh, die arme Miss Alexandra ...

»Ich möchte Ihnen Detective Ben Lyons vorstellen«, sagte Twaddle. »Wenn Sie nichts dagegen haben, wird er sich ein paar Notizen machen, während wir uns unterhalten.«

Emma nickte. »Nein, nur zu.«

Damit begann die Befragung.

Emma war sich nicht bewusst, dass alles, was sie jetzt sagte, mit dem abgeglichen würde, was sie zuvor schon Janice und Michael erzählt hatte.

»Wann haben sie Miss Saunders zurückerwartet?« Twaddle entging nicht der leichte Unmut, der in diesem Moment über Emma Coopers Gesicht huschte.

»Letzten Montag. Ich weiß, diese ... Shootings, so nennen sie das ... können einige Tage oder auch eine ganze Woche dauern. Am Montagabend sollte sie also eigentlich hier sein. Und meistens ist alles ganz ruhig, wenn sie von einem großen Auftrag zurückkommt. Aber diesmal hat das Telefon am Dienstag gar nicht mehr aufgehört zu klingeln. Jeder, der mit ihr im Flugzeug war, wollte irgendwas von ihr.«

»Hatten Sie gar keine Angst, dass ihr etwas zugestoßen sein könnte?«

»Ich hab mir erst gestern Sorgen gemacht. Es war ja nicht das erste Mal, dass sich Miss Alexandra nach einem anstrengenden Auftrag eine Auszeit gönnt.«

»›Anstrengend‹?«, fragte Twaddle.

»Ja.« Emmas Ton wurde eisig. »Dieser Grant Wilson ist ein ganz übler Bursche. Alexandra ist sein Topmodel, aber sie wollte diesen Beauty-Mask-Auftrag doch gar nicht. Sie wollte sich dieses Zeug nicht ins Gesicht schmieren. Sie hat gesagt, es fühlt sich an wie diese Masken, die man aufträgt, wenn man von einem Toten einen Gesichtsabdruck erstellen möchte.«

»Das hat sie gesagt?«

»Ja. Ich hab verstanden, warum sie ein paar Tage weg

wollte. Anfangs dachte ich mir noch, na ja, ist aber nicht besonders höflich, dass sie mir nicht Bescheid gesagt hat. Ich hatte ja alle Hände voll zu tun, der Maler war nämlich noch da, und ich hab die Farbe aussuchen müssen. Aber als dann ihre Schwester gekommen ist und sie immer noch nicht wieder aufgetaucht war, da dachte ich mir schon, dass irgendwas nicht stimmen kann.«

»Wussten Sie, dass sie ohne ihr Gepäck den Flughafen verlassen hat?«

»Das hat mir keiner gesagt! Warum sollte sie das tun?«

»Mr. Ambrose hat Alexandras Schwester erzählt, dass sie im Terminal auf ihn warten sollte, während er noch schnell in sein Büro ging. Als er aber zurückkam, war nur noch der Gepäckträger mit ihren Koffern da. Sie hat dem Gepäckträger ein großzügiges Trinkgeld gegeben, damit er mit den Koffern wartet.«

»Das ergibt doch alles keinen Sinn«, antwortete Emma. »Sie muss doch einen triftigen Grund gehabt haben, wenn sie sich einfach so aus dem Staub macht.«

Hubert Twaddle nickte. »Mrs. Cooper, Sie sind eine aufmerksame Frau, und offensichtlich mögen Sie Grant Wilson nicht besonders. Erzählen Sie mir mehr über ihn.«

»Er hat immer schlechte Laune und scheucht andere gern herum.«

»Wenn dem so ist, warum hat Miss Saunders dann für ihn gearbeitet?«

»Weil er wahrscheinlich die größte Model-Agentur in der Stadt hat und seinen Leuten die besten Jobs beschaffen kann.«

»Wie gut kennen Sie Larry Thompson?«

»Oh, er ist ihr Lieblingsfotograf. Aber man kommt nur

schwer dahinter, was er für ein Mensch ist. Er hält sich gern bedeckt und betrachtet sich immer alles aus der Ferne. Es entgeht ihm nicht viel, wenn Sie verstehen, was ich meine. Ich weiß, er hat eine harte Zeit hinter sich. Erst hat er sich von seiner Frau getrennt, dann ist sie krank geworden, und sie sind wieder zusammengekommen. Letztes Jahr ist sie gestorben. Aber wenn Sie mich fragen, gehört er auch zu denen, die ein Auge auf Miss Alexandra geworfen haben. Aber das haben sie ja alle.«

»Haben Sie jemals den Piloten und Besitzer der Charter-Fluggesellschaft kennengelernt, Marcus Ambrose?«

»Ach, der ist regelmäßig hier. Er ruft oft an.«

Sie runzelte die Stirn und biss sich auf die Lippen. »Es gibt da noch etwas, was Sie vielleicht wissen sollten, weil wir uns damit schon an die Polizei gewandt haben. Letztes Jahr hat ein Stalker Miss Alexandra verfolgt. Er hat ihr am Telefon immer Nachrichten hinterlassen, er hat ihr gesagt, wie sehr er sie liebt. Dann hat er nachts Zettel an die Terrassentür geklebt. Es war richtig gruselig. Und dann, eines Tages, war es mit den Anrufen und Zetteln vorbei. Er ist aber nie gefasst worden.«

»Mrs. Cooper, ich danke Ihnen. Sie waren uns eine große Hilfe. Unsere Leute sollten mit dem Tatort mittlerweile fertig sein. Ich weiß, es ist spät, aber vielleicht darf ich Sie noch bitten, im Wohnzimmer aufzuräumen und für die jungen Leute im Gästezimmer einen kleinen Snack zuzubereiten. Nach allem, was mir Michael Broad erzählt hat, haben sie seit Mittag nichts mehr gegessen.«

Emma sprang auf. »Kein Problem. Wenn man bedenkt, dass die Arme in ihren Flitterwochen ist ...« Dankbar, dass sie etwas zu tun hatte, verließ sie rasch das Zimmer.

Twaddle hatte sich ebenfalls erhoben. Er wartete, bis sie außer Hörweite war, dann sagte er: »Wir werden uns noch mit den Angestellten im Gebäude beschäftigen müssen. Nur fürchte ich, dass sie uns nicht viel sagen können. Die Tür zur Terrasse ist für den Pförtner nicht einsehbar. Und morgen werden wir dann die drei Herren befragen, die Alexandra Saunders anscheinend am nächsten standen: Grant Wilson, Larry Thompson und Marcus Ambrose.«

Freitag

Grant Wilson wohnte in der Fifth Avenue unmittelbar neben dem Apartmenthaus, in das Jackie Kennedy nach der Ermordung ihres Mannes gezogen war. Er versuchte immer, das Haus zur selben Zeit wie sie zu verlassen, damit er ihr manchmal begegnen und ihr einen schönen Tag wünschen konnte, was ihm ein prickelndes Gefühl verlieh.

So war es auch an diesem Morgen gewesen. Er sonnte sich noch in der Erinnerung an die glamouröse ehemalige First Lady, während er den gut zwei Kilometer langen Fußmarsch zu seinem Büro antrat. Allerdings wurde er vom Pförtner gestoppt, der hinterhergerannt kam und ihm mitteilte, dass zwei Detectives vom Büro des Bezirksstaatsanwalts ihn dringend zu sprechen wünschten.

Plötzlich war sein Mund wie ausgedörrt. Er machte kehrt. Sie standen am Eingang zum Apartmentgebäude. Da er in Anwesenheit des Pförtners nicht mit ihnen reden wollte, bat er sie zu sich in die Wohnung, erst dann erkundigte er sich bei ihnen, was sie von ihm wollten.

»Alexandra ist doch nichts zugestoßen, oder?«, platzte er heraus, noch bevor sie zu einer Antwort ansetzen konnten.

Hubert Twaddle hatte beim Leiter der Model-Agentur mit einer Reaktion wie dieser gerechnet. Schließlich war Wilsons Starmodel mittlerweile seit drei Tagen verschwunden. Er hatte zahllose Nachrichten für sie hinterlassen, sie angefleht, sich bei ihm zu melden, und sie daran erinnert, dass sie die gesamte Beauty-Mask-Kampagne gefährde. Als Twaddle jetzt sah, wie Wilson kreidebleich wurde, kam er zu dem Schluss, dass der Agentur-Chef wirklich Angst vor dem haben musste, was er gleich zu hören bekommen würde.

»Anscheinend haben Sie noch nicht die Nachrichten gehört, Mr. Wilson«, sagte Twaddle. »Miss Alexandra ist vergangene Nacht in ihrer Wohnung ermordet worden.«

Wilson sank auf einen Stuhl und vergrub das Gesicht in den Händen. »Nicht Alexandra!« Er klang vollkommen fassungslos.

In der folgenden Stunde hörten Twaddle und Ben Lyons von Grant Wilson im Großen und Ganzen die gleiche Geschichte, die ihnen auch schon Michael Broad erzählt hatte. Wilson hatte Alexandra seit Montagabend, seit der Landung ihrer Chartermaschine am Kennedy Airport, nicht mehr gesehen. Er habe in ständigem Kontakt mit dem Fotografen Larry Thompson und mit Marcus Ambrose gestanden, dem Eigentümer der Charter-Fluggesellschaft, und sich mit ihnen über Alexandras Verschwinden ausgetauscht.

»Wo waren Sie vergangenen Abend ab etwa neunzehn Uhr?«, fragte Twaddle.

»Ich war auf einem exklusiven Dinner im Lotos Club. Der liegt in der 66th Street, gleich bei der Fifth Avenue.«

»Da waren Sie den ganzen Abend?«

»Ja, natürlich. Es fing gegen halb sieben an.«

»Wann sind Sie gegangen?«

»Als das Dinner zu Ende war, etwa um zehn. Ich bin sofort nach Hause gefahren.«

Ben wusste, was seinem Partner durch den Kopf ging. Wenn Wilson den Lotos Club um zehn Uhr verlassen hatte, wäre noch genügend Zeit geblieben, um rechtzeitig zum Tatzeitpunkt bei Alexandras Wohnung einzutreffen.

»Wissen Thompson und Ambrose von Alexandras Tod?«, fragte Wilson.

»Ich weiß nicht, ob sie es in den Nachrichten gehört haben«, antwortete Twaddle. »Wenn nicht, werden sie es bald von uns erfahren.«

Larry Thompson war mit dem Kundenbetreuer und Projektkoordinator der Werbeagentur Lohman und dessen beiden Assistenten zu einem späten Arbeitsfrühstück verabredet. Bei Eiern Benedict, Kaffee und Zigaretten teilten sie ihm mit, dass er zum Produzenten einer Reihe von Werbespots für die populärsten Frühstückflocken im Produktportfolio ihres Kunden auserwählt worden sei. Für Larry wäre es ein äußerst lukrativer Auftrag, einziger Negativpunkt war, dass er ausnahmslos mit Kindern arbeiten müsste. Er dachte an das Chaos vom Vortag und wusste, dass es nicht einfach sein würde, seiner Karriere aber würde es sehr zugutekommen.

Außerdem wäre das Honorar, das sie ihm dafür geboten hatten, die Strapazen allemal wert. Trotzdem saß er wie auf Kohlen, als der Projektkoordinator und die beiden Assistenten beschlossen, ihre Kaffeetassen ein weiteres Mal nachzufüllen.

War Alexandra mittlerweile gefunden worden?, überlegte er. Wann würde sie wieder auftauchen? Diese Fragen quälten ihn, als er sich von den Agenturleuten endlich verabschiedete und mit einem Taxi zu seinem Haus in der East 48th Street fuhr. Am Eingang fand er einen Zettel am Türknauf vor. Ein Detective Hubert Twaddle bat um seinen sofortigen Rückruf.

Es war ein warmer Morgen, aber ähnlich wie Grant Wilson brach auch ihm bei dieser Nachricht der kalte Schweiß aus. Er konnte es kaum erwarten, bis er im Haus war, er ging auch nicht in seine Wohnung hinauf, sondern griff sofort zum Telefon im Studio und wählte die auf der Karte angegebene Nummer.

Da Hubert Twaddle und Ben Lyons weder Thompson noch Marcus Ambrose persönlich angetroffen hatten, waren sie an ihre Schreibtische im Polizeibüro der Bezirksstaatsanwaltschaft zurückgekehrt. Ben musterte Twaddle, als dieser jetzt am Telefon Thompson darüber in Kenntnis setzte, dass Alexandra Saunders tot sei. Weder Twaddles Stimme noch sein sonstiges Verhalten verrieten, wie Thompson im Einzelnen darauf reagierte. Genau so eine unergründliche Miene, hoffte Ben, würde er sich selbst einmal zulegen können.

»Wir sind in zwanzig Minuten bei Ihnen im Studio«, beendete Twaddle das Telefonat, legte auf und wandte sich an Ben.

»Noch ein untröstlicher und entsetzter Arbeitskollege von Miss Saunders. Er behauptet, den ganzen Abend zu Hause gewesen zu sein«, sagte er. »Nachdem Mr. Ambrose' Sekretärin eben mitgeteilt hat, dass ihr Chef um ein Uhr im Büro sein wird, werden wir also zum Kennedy Airport fahren, nachdem wir mit Mr. Thompson gesprochen haben. Aus der Rechtsmedizin war zu erfahren, dass die Obduktion bis fünfzehn Uhr abgeschlossen sein sollte, der Leichnam ist dann für die formale Identifizierung freigegeben. Um halb drei werden wir also Miss Saunders' Schwester und deren Mann abholen. Aber jetzt statten wir erst einmal Mr. Thompson einen Besuch ab.«

In der Annahme, dass ein ganz normaler Arbeitstag anstünde, erschien Larry Thompsons Assistentin Peggy Martin um halb elf Uhr im Studio. In Gedanken war sie noch beim Vortag. Es war ja nicht so, dass die Kinder ungezogene Gören gewesen wären. Kathy hatte einfach nur die Milchflasche zu früh fallen lassen, und deshalb hatten sie alles zum wiederholten Mal putzen und den Boden neu bohnern müssen.

Zu Peggys Überraschung saß Larry regungslos im Studio am Telefon, seine Hand lag noch auf dem Hörer. Im ersten Augenblick glaubte sie, er hätte einen Schlaganfall gehabt. Sie eilte zu ihm und rüttelte ihn am Arm, worauf er sich zu ihr hindrehte und sie mit weit aufgerissenen Augen anstarrte. »Peggy«, begrüßte er sie, als wüsste er nicht genau, wer sie war.

»Larry, was ist denn los?«

»Alexandra ist tot«, erwiderte er mit tonloser Stimme. »Peggy, Alexandra ist letzte Nacht ermordet worden.«

»Nein, das kann nicht sein!«, entfuhr es Peggy, bevor

ihr bewusst wurde, wie sinnlos diese Worte waren – was hätte sie ihm denn schon sagen können? Sie nahm ihm den Hörer aus der Hand, rief die Model-Agentur an und sagte die nachmittägliche Buchung ab.

»Peggy, das wird Larry aber eine schöne Stange Geld kosten«, erwiderte der Agent nur. »Wenn ihr uns nicht vierundzwanzig Stunden vorher Bescheid gebt, wird der volle Betrag fällig.«

»Dann stellt ihn uns eben in Rechnung«, entgegnete Peggy barsch und knallte den Hörer auf. Bevor sie sich wieder an Larry wenden konnte, ertönte der Summer. Sie eilte hinaus und öffnete die Tür. Zwei Männer mit nur schwer einzuordnender Miene standen davor. Sie hielten sich auch nicht lange mit Höflichkeiten auf.

»Wir sind Detective Twaddle und Detective Lyons«, begrüßte Ben sie. »Wir sind mit Mr. Thompson verabredet.«

Peggy führte sie ins Studio und rückte zwei Klappstühle zurecht.

»Ich bin dann draußen, falls Sie mich brauchen«, sagte sie. Und erst jetzt traten ihr Tränen in die Augen.

Larry Thompson begrüßte die Polizisten nicht. Twaddle stellte sich und seinen Partner vor, musterte eindringlich den Fotografen, aber bevor er mit seinen Fragen beginnen konnte, fragte Larry: »Alexandra ist ermordet worden, haben Sie gesagt. Wie ist es geschehen?«

»Miss Saunders' Leichnam ist in ihrer Wohnung aufgefunden worden. Wir reden mit allen, die sie seit Montagabend sehen oder mit ihr hätten reden können. Hatte sie sich irgendwie sonderbar benommen, war sie in seltsamer Stimmung gewesen, als sie am Montagabend das Flugzeug verlassen hat?«

»Erst dachte ich, die Belastung, der Stress der Beauty-Mask-Kampagne, das alles wäre zu viel für sie gewesen. Als ich erfahren habe, dass sie ihre Schwester nicht vom Flughafen abgeholt hat, wollte ich es gar nicht glauben. Sie hatte doch die ganze Zeit von nichts anderem geredet als davon, wie sehr sie sich auf ihre Schwester und ihren Schwager freut. Erst ab diesem Zeitpunkt war mir also klar, dass etwas nicht stimmen kann.«

»Haben Sie Miss Saunders noch mal gesehen oder von ihr gehört, nachdem sie sich am Montagabend von Ihnen verabschiedet hat?«

»Nein.«

»Wo waren Sie vergangenen Abend ab etwa neunzehn Uhr?«

»Zu Hause. Allein.«

»Haben Sie in dieser Zeit mit jemandem telefoniert oder gesprochen?«

»Nein. Es war ein anstrengender Tag am Set, und ich habe mir Sorgen um Alexandra gemacht. Ich wollte zu Hause sein, falls sie sich meldet.« Unvermittelt platzte er heraus: »Haben Sie irgendeine Vermutung, wer Alexandra das angetan haben könnte?«

»Noch nicht«, sagte Twaddle. »Aber ich versichere Ihnen, wir werden es bald herausfinden.«

Er stand auf, Ben folgte ihm. »Wir werden uns wieder bei Ihnen melden, Mr. Thompson.« Bevor sie draußen in ihren Wagen stiegen, sagte Twaddle noch: »Eine hervorragende Vorstellung unseres ehemaligen Kinderschauspielers. Nur gibt es niemanden, der sein Alibi für gestern Abend bestätigen könnte.«

Pünktlich um dreizehn Uhr trafen Twaddle und Lyons im Büro der Executair Airline am Kennedy Airport ein. Den beiden Polizisten gingen ähnliche Gedanken durch den Kopf, als sie ihren Blick über die Einrichtung des Empfangsbereichs schweifen ließen. Man musste kein Innenausstatter sein, um zu erkennen, dass sämtliche Möbel – Schreibtisch, Stühle, Regale, Aktenschränke – aus dem Katalog bestellt worden waren. An den Wänden hing kein einziges Bild. Der dünne, ausgebleichte blaue Teppichboden war billigste Auslegware. Sollte die Fluggesellschaft Gewinn machen, wurde dieser sicherlich nicht in die Ausstattung investiert.

Ambrose' Sekretärin Eleanor Lansing begrüßte sie mit besorgter Miene. Mr. Ambrose führe ein Ferngespräch, sagte sie den Detectives, und ob sie solange vielleicht Platz nehmen wollten. Während Twaddle und Lyons warteten, hörten sie Miss Lansing mehrere Telefonate führen, die sie alle mit demselben Slogan beendete: »Wir dürfen uns einer makellosen Unfallbilanz rühmen.« Zwischen den Anrufen versuchte Twaddle sie in ein Gespräch zu verwickeln und erfuhr dabei, dass Marcus Ambrose sein Unternehmen sechs Jahre zuvor gegründet hatte. Es hatte insgesamt sechs Piloten unter Vertrag, trotzdem übernahm er häufig selbst den Steuerknüppel, wenn interessante Leute gebucht hatten.

»Wie furchtbar, dieser Mord an diesem wunderschönen Model.« Sie seufzte. »Ich habe es in der Mittagspause im Radio gehört. Sie arbeitet für die Agentur, die regelmäßig mit uns geflogen ist ... da sieht man es mal wieder, man kann nie wissen.« Wieder ein langer Seufzer. »Ich hätte sie ja zu gern mal persönlich kennengelernt. Aber die Buchungen sind immer über die Wilson-Agentur gelaufen.«

Die Tür zum Büro ging auf. Ben war überzeugt, dass Twaddle sich nur allzu gern noch weiter mit Eleanor Lansing unterhalten hätte, aber natürlich ließ er sich seine Enttäuschung nicht anmerken, als das Gespräch damit zu Ende war. Er erhob sich und musterte Marcus Ambrose. Der Eigentümer der Fluggesellschaft hatte ein gerötetes Gesicht, die Augen hatte er halb zusammengekniffen, und seine Hand zitterte leicht, als er sie ihnen zur Begrüßung entgegenstreckte.

Die Einrichtung von Ambrose' Büro zeugte von derselben Gleichgültigkeit wie der Empfangsbereich. Ambrose wartete, bis er die Tür hinter sich geschlossen hatte, bevor er sich an die beiden Ermittler wandte: »Wissen Sie schon, wer der Täter ist?«

»Die Ermittlungen in dem Mordfall dauern an. Wir versuchen herauszufinden, wo Miss Saunders sich aufgehalten hat, nachdem sie am Montagabend den Flughafen verlassen hat«, erwiderte Ben.

»Ich habe ihr angeboten, sie nach Hause zu fahren. Was sie auch angenommen hat. Zuvor musste ich aber noch für etwa zehn Minuten hier in mein Büro, und als ich ins Terminal zurückkam, war sie fort.«

In der folgenden halben Stunde wiederholten Twaddle und Ben die Fragen, die sie schon den gesamten Morgen gestellt hatten. Ambrose' Aussagen stimmten mit dem überein, was er auch schon Mike und Janice Broad erzählt hatte. Er habe die Dreharbeiten in Venedig für den letzten Werbespot mitverfolgt. Alexandra habe dort weder gut ausgesehen noch sich recht wohlgefühlt.

»Haben Sie irgendeine Ahnung, warum sie so überstürzt, ohne ihr Gepäck, den Flughafen verlassen hat?«, fragte Twaddle.

»Ich dachte, sie hätte vielleicht Paparazzi gesehen und wollte vermeiden, in ihrem Zustand fotografiert zu werden. Auf jeden Fall hat sie gewusst, dass ich mich ums Gepäck kümmern würde.«

»Hatten Sie und Miss Saunders eine Beziehung?«, fragte Twaddle.

»Das hätte ich mir sehr gewünscht. Ich habe alles in meiner Macht Stehende versucht, ich will es nicht leugnen. Wie ich ihrer Schwester bereits erzählte habe, haben wir, wenn sie frei hatte, Besichtigungstouren in der Stadt unternommen, und ich hatte den Eindruck, dass ihr das immer ganz gut gefallen hat.«

Eine Viertelstunde später saßen Hubert Twaddle und Ben Lyons wieder in ihrem Wagen. »Viel haben wir ja nicht gerade erfahren«, murmelte Ben.

»Das«, entgegnete Twaddle, »wird sich erst noch zeigen. Ich meine jedenfalls, es könnte vielleicht ganz aufschlussreich sein, wenn wir weitergehende Hintergrundrecherchen über die Herren Wilson, Thompson und Ambrose anstellen, sobald wir wieder im Büro sind.«

Obwohl Emma ihnen noch Rühreier zubereitet hatte, nachdem die Polizei gegangen war, hatte Michael beschlossen, Janice nicht zu wecken und sie durchschlafen zu lassen.

Am Freitagmorgen um neun Uhr schlug sie die Augen auf und schloss sie schnell wieder. Sie hatte einen fürchterlichen Albtraum gehabt: Alexandra war gestorben, nein, ihre Schwester war ermordet worden. Und ihr Gesicht war ganz weiß gewesen vor Kreide – nein, von einer Schönheitsmaske.

Nur war das kein Albtraum – es war die Wirklichkeit. Alexandra war tot. »Nein, nein, nein«, murmelte Janice. Dann sah sie auf. Mike saß auf einem Stuhl neben dem Bett. »Wer?«, fragte sie wütend.

»Janice, das wissen wir noch nicht. Aber die beiden Detectives, die letzte Nacht hier waren, werden sicherlich bald Antworten für uns haben.«

»Wo ist Alexandras Leichnam jetzt?«

»In der Rechtsmedizin.«

»Sie wird obduziert, nicht wahr?«

»Das ist notwendig, ja.« Denk nicht daran, war Mike versucht zu sagen, ließ es aber bleiben. Natürlich würde sie daran denken. Natürlich würde sie um ihre Schwester trauern.

Wie versprochen erschien Emma Cooper, um das Frühstück zuzubereiten. Sie hörten sie bereits in der Küche. Das Wohnzimmer war wieder aufgeräumt, nur der Sessel, auf dem sie Alexandra gefunden hatten, war durch einen anderen ersetzt worden. Die Polizei hatte ihn als Beweismaterial mitgenommen.

»Ohne diesen Sessel sieht es hier so leer aus«, hatte Emma vergangene Nacht Mike erklärt. »Deshalb hab ich einen Stuhl aus dem Esszimmer geholt.«

Mike öffnete Janices Koffer und holte ihren warmen Morgenmantel heraus. Noch immer trug sie das gleiche Kleid, das auch Alexandra zum Zeitpunkt ihrer Ermordung getragen hatte. Er half ihr beim beim Anlegen des Morgenmantels. Es war, als würde man ein Kind anziehen.

Schweigend stand sie vor ihm, während er ihr den Gürtel zuschnürte und ihr die Pantoffeln über die Füße zog. Dann führte er sie am Arm in die Küche, wo Emma schon den Tisch gedeckt hatte und gerade ein Omelett zubereitete.

Der tröstliche Geruch von frischem Kaffee hieß sie willkommen. »Ich hoffe, Sie konnten etwas Schlaf finden«, begrüßte Emma sie.

»Ja«, murmelte Janice mittlerweile etwas gefasster.

Sie aßen schweigend. Die Mahlzeit tat ihnen gut, obwohl sie die Geschehnisse immer noch nicht fassen konnten.

Nach dem Frühstück kehrten sie ins Gästezimmer zurück, duschten und zogen sich an. Um halb elf meldete sich Twaddle. »Die Obduktion ist abgeschlossen«, informierte er sie. »Ich hole Sie gegen halb drei ab und fahre Sie dann zur Rechtsmedizin.«

In den folgenden Stunden wurde es für Mike immer ersichtlicher, dass Janice in ihrem fragilen Zustand jederzeit zusammenbrechen konnte. Als die Detectives eintrafen, liefen ihr stille Tränen der Trauer über die Wangen. Im Wagen stellte Twaddle dann nur eine Frage: »Hat Ihre Schwester immer eine Perücke getragen?«

Janice war überrascht. »Ich weiß, dass sie mehrere Perücken besitzt. Sie hat mir davon geschrieben. Die sind ganz nützlich bei schlechtem Wetter, wenn sich ihre Haare so kringeln.«

»Verstehe.«

Sonst fiel kein Wort mehr, bis sie vor dem düsteren Gebäude in der East 30th Street, in dem die Rechtsmedizin untergebracht war, ausstiegen. Sie durchquerten die kahle Lobby und wurden ins Leichenschauhaus gebracht. Janice begann zu zittern, als sie sich der Bahre näherten, auf dem sich unter dem Laken der Umriss eines menschlichen Körpers abzeichnete.

Twaddle wartete, bis Michael Broad seine Frau fest im Arm hatte, erst dann zog er das Laken vom Gesicht des Mordopfers. Er hatte alles erwartet, von Klagelauten bis zu einem Ohnmachtsanfall. Aber nicht, dass Janice kurz aufschrie und dann unter hysterischem Schluchzen rief: »*Das ist nicht meine Schwester! Das ist nicht meine Schwester!*«

Im ersten Augenblick glaubten Mike und die beiden Ermittler, Janice wolle die Realität nicht wahrhaben und sich den Tatsachen verweigern. Erst allmählich verstanden sie, was sie unter Tränen schluchzte: »Alexandra ist von Natur aus blond, ihre Haare sind so lang wie die Perücke. Ich weiß nicht, wer das ist, aber es ist nicht Alexandra. Gott sei Dank, Gott sei Dank ist es nicht Alexandra.«

Die Detectives führten sie zum Büro des Rechtsmediziners. Sie wurden gebeten, Platz zu nehmen. Janice, die zwischen Erleichterung und dem panischen Gefühl, Alexandra könnte trotz allem ermordet worden sein, hin und her schwankte, beruhigte sich nur langsam.

Twaddle brachte seine Schlussfolgerungen auf den Punkt: »Mrs. Broad scheint davon überzeugt, dass die junge Frau, die wir hier liegen haben, aus Versehen ermordet wurde, weil der Täter sie für ihre Schwester gehalten hat. Nur wissen wir natürlich nicht, ob der Täter seinen Fehler erkannt hat, bevor er die Wohnung verließ.«

Er hielt kurz inne und schien zu überlegen. »Die Frage lautet also: Warum ist diese Frau, die wie Ihre Schwester gekleidet war, zum Flughafen gefahren, um Sie dort, laut der Aussage des Taxifahrers, abzuholen?«

Erneut überlegte er. »Und würde Ihre Schwester oder überhaupt eine Frau eine Schönheitsmaske auftragen, wenn sie vollständig bekleidet ist?«

»Natürlich nicht«, antwortete Janice. *Alexandra ist am Leben, Alexandra ist am Leben,* hätte sie am liebsten laut herausgeschrien. Doch im weiteren Verlauf des Gesprächs bekam sie es wieder mit der Angst zu tun.

»Dann müssen wir also annehmen, dass die Gesichtsmaske vom Täter aufgetragen wurde, wahrscheinlich, um unsere Ermittlungen zu verzögern, und sei es nur für kurze Zeit. Daneben stellt sich natürlich eine weitere, weitaus beunruhigendere Frage: Was macht der Mörder, wenn er herausfindet, dass die Tote nicht Ihre Schwester ist?«

»Sie wollen damit also sagen, dass der Mörder, wenn er seinen Fehler bemerkt, weiterhin nach Alexandra sucht oder ...« Mike hielt kurz inne, bevor er aussprach, was sich alle bereits dachten, »... oder Alexandra bereits gefunden hat.«

»Genau das will ich Ihnen damit sagen. Mrs. Broad, hat Ihre Schwester in ihren Briefen irgendwann einen engen Freund oder eine enge Freundin erwähnt?«

Janice schüttelte den Kopf. »Niemanden, dessen Name mir besonders aufgefallen wäre.«

»Dann müssen wir umgehend noch einmal mit der Haushälterin reden. Ist sie noch in der Wohnung?«

»Sie wollte bis fünf bleiben.«

Der Telefonauftragsdienst meldete sich beim ersten Klingeln. Twaddle wies sie an, den Anruf in die Wohnung durchzustellen. »Und wenn sie nicht rangeht, dann rufen wir beim Hausverwalter an und bitten ihn, bei ihr anzuklopfen.«

Aber Emma Cooper nahm sofort ab und erkundigte sich als Erstes nach Janice, nachdem sich Twaddle zu erkennen gegeben hatte. »Wie geht es der Ärmsten? Ich hab den ganzen Nachmittag für sie gebetet. Es muss ja so fürchterlich sein, die tote Miss Alexandra zu sehen ...«

»Mrs. Broad geht es den Umständen entsprechend«, erwiderte er. »Aber für unsere Ermittlungen ist es wichtig, zu erfahren, wo sich Miss Saunders seit Montag aufgehalten hat. Können Sie uns die Namen ihrer engen Freunde nennen, Männer wie Frauen?«

»Unter den Männern, würde ich sagen, hatte sie keine engen Freunde. Und, klar, sie hatte viele Freundinnen. Sie war ja immer so freundlich und liebenswürdig.«

»Mrs. Cooper, die Namen, bitte.«

»Mal sehen. Hier ist ihr Adressbuch.«

Ben wusste, wenn Twaddle auf seinen Lippen herumkaute, platzte er schier vor Ungeduld. Aber dann begann er einige Namen auf den Block zu kritzeln, den er immer bei sich hatte, und murmelte laut mit: »Joan Nye ... Lee Rush ... Irene Brady ... Alice Kohler ... Lisa Markey.«

»Mrs. Cooper, das ist uns eine große Hilfe. Welche dieser Frauen hatte am meisten Ähnlichkeit mit Miss Saunders?«

Emma Cooper am anderen Ende der Leitung runzelte die Stirn. »Na ja, mal sehen. Da ist Joan. Sie ist Fernsehproduzentin. Sie ist kleiner als Miss Alexandra, und sie hat ganz dunkle Haare. Miss Rush ...« Emma stutzte. »Ach, unter den allen, würde ich sagen, bleibt nur Miss Markey.

Sie arbeitet auch als Model. Manchmal trägt sie auf den Fotos eine blonde Perücke. Und mit der sieht sie dann fast so aus wie Miss Alexandra. Aber nur fast, sie ist ja mit Miss Alexandra überhaupt nicht zu vergleichen ...«

Twaddle unterbrach sie. »Mrs. Cooper, wissen Sie, ob Miss Markey auch für die Wilson-Agentur arbeitet?«

»Nein. Sie arbeitet für die Ford-Agentur. Sie hat Miss Alexandra immer gesagt, sie soll Wilson in die Wüste schicken und bei Ford unterschreiben. Ach, und noch etwas, was ich Ihnen vielleicht sagen sollte. Ich hab in Miss Alexandras Badezimmer sauber gemacht, und ich schwöre, da waren noch zwei ungeöffnete Tiegel Beauty Mask. Aber einer davon ist jetzt nicht mehr da.«

»Mrs. Cooper, vielen Dank. Wir werden den zweiten Tiegel abholen. Außerdem muss ich Ihnen etwas sagen, aber das ist streng vertraulich. Die folgende Informationen dürfen Sie unter keinen Umständen weitererzählen. Der Leichnam, der in der Wohnung gefunden wurde, ist nicht der von Alexandra Saunders.«

Aus der Leitung ertönte ein Aufseufzen. »O dem Himmel sei Dank.«

»Mrs. Cooper«, fuhr Twaddle fort, »wenn Sie also zufällig von Miss Saunders irgendetwas hören, dann sagen Sie uns bitte umgehend Bescheid.«

»Natürlich«, antwortete Emma. »Dem Himmel sei Dank.«

Twaddle legte auf. Ohne zu den anderen zu sehen, wählte er die Auskunft und ließ sich die Nummer der Ford-Agentur geben. Als er sich nach Lisa Markey erkundigte, wurde er zu ihrer Agentin durchgestellt. Diese teilte ihm reichlich verärgert mit, dass Lisa diesen Morgen nicht erschienen sei, obwohl sie für die Herbstkollektion eines Modedesigners gebucht war. »Wissen Sie zufällig, wo ich sie erreichen kann?«, fragte sie.

»Leider nicht«, antwortete Twaddle.

Er legte auf und sah zu Janice, Mike und Ben.

»Ich fürchte, wir haben gerade erfahren, wer vergangene Nacht ermordet wurde«, sagte er.

Am Freitagmorgen schlug Alexandra in Windham, New York, einem beliebten Skiort in den Catskills, die Augen auf. Sie blinzelte, musste sich erst orientieren, sah dann zur Uhr und stellte mit Entsetzen fest, dass es fast Mittag war.

Sie fuhr hoch, schwang die Beine aus dem Bett und strich sich die schulterlangen blonden Haare aus dem Gesicht. Sie stand auf und nahm sich den von Lisa geliehenen Morgenmantel, und als sie ihn sich überstreifte, dachte sie daran, dass sie heute endlich Janice und Mike sehen würde. Lisa hatte versprochen, sie am Vortag am Flughafen abzuholen, sie in ihre, Alexandras, Wohnung zu bringen und ihnen mitzuteilen, dass sie sich hier mit ihr treffen sollten. Wie wunderbar, ihre Schwester wiederzusehen und endlich Mike kennenzulernen. Wahrscheinlich hatten sie wegen des Zeitunterschieds zwischen London und New York ausgiebig und lange geschlafen. Aber im Lauf des Nachmittags sollten sie hier endlich eintreffen.

Sie wollte Mike erzählen, was ihr alles widerfahren war. Nach allem, was Janice über ihn geschrieben hatte, sollte er das alles irgendwie einordnen können – das hoffte sie jedenfalls. Mittlerweile traute sie sich selbst nicht mehr.

Unsicher ging sie ins Badezimmer, machte das Licht an, sah in den Spiegel über dem Waschbecken und betrachtete ihr Gesicht. Ihre Haut, die in Venedig noch grau und fleckig gewesen war, hatte wieder ihren gesunden Glanz gewonnen. Die größten Veränderungen aber bemerkte sie an den Augen, die erst ein paar Monate zuvor ein Klatschkolumnist als »durchdringend blau und absolut unvergesslich« beschrieben hatte. Vor Kurzem waren sie noch trüb gewesen, jetzt waren sie wieder vollkommen klar. Ich bin wieder ganz die Alte, dachte Alexandra. Meinetwegen könnten wir den Spot auf der Stelle neu drehen. Nur die Müdigkeit, wurde ihr bewusst, die hatte sie seit Venedig nicht abschütteln können. Ich brauche eine Tasse Kaffee, dachte sie.

Sie hatte Lisa, als sie sich am Montag in deren Wohnung geflüchtet hatte, nicht lange erklären müssen, dass sie sich nicht wohlfühlte. Lisa hatte sie nur kurz angesehen und sofort ihren Zustand erfasst: »Was ist denn mit dir los? Du siehst ja fürchterlich aus.«

Sie hatte Lisa erklärt, dass ihr alles über den Kopf gewachsen sei. »Dieser verdammte Beauty-Mask-Auftrag«, hatte sie ihr erzählt. »Sie wollen sofort nachdrehen, aber schau mich an.«

Sie trat in das kleine, rustikal eingerichtete Wohnzimmer und drehte auch hier, als es ihr so dunkel erschien, das Licht an. Dann ging sie ans Fenster und sah hinaus. Der Himmel hatte sich verdüstert, ein Unwetter schien aufzuziehen. Es war alles ganz anders als letztes Jahr, als sie mit Lisa zum ersten Mal hierher gekommen war. Lisa hatte das Haus damals gerade von ihrem Großvater geerbt. »Die Hütte macht nicht viel her, aber die Skigebiete sind großartig.« Lisa hatte recht. Das Skifahren hatte Spaß gemacht, und sie hatten ein wunderbares Wochenende verbracht.

Lisa ist eine tolle Freundin, dachte Alexandra, während sie in die Küche ging, ein Glas Instantkaffee aus dem Kühlschrank nahm und den Kessel aufsetzte. Während sie darauf wartete, dass das Wasser kochte, musste sie erneut an den Montagabend denken.

Lisa hatte vorgeschlagen, ein paar Tage in Windham zu verbringen. Sie hatte versprochen, Janice und Mike am Donnerstagabend vom Flughafen abzuholen und mit ihnen in ihre Wohnung zu fahren. Da war Alexandra eingefallen, dass sie ja gar kein Bild von Janice und Mike hatte, an dem Lisa sie hätte erkennen können.

Aber Lisa hatte eine Lösung parat. »Ich ziehe meine blonde Perücke und das Pucci-Kleid an, das du mir geschenkt hast. Keine Sorge. Sie erkennen mich dann schon, beziehungsweise dich. Und dann erkläre ich ihnen, dass sie die erste Nacht in deiner Wohnung verbringen müssen, bevor ich sie am Freitag hierher fahre. Wahrscheinlich sind sie froh, wenn sie sich ausschlafen können. Tut mir leid, dass das Telefon in der Hütte nach dem Winter schon abgemeldet ist.«

Das Wasser kochte. Alexandra gab Kaffee in die Tasse und rührte um.

Sie hatte am Montag bei Lisa übernachtet und war früh am Dienstag mit Lisas Wagen hierher gefahren. Üblicherweise dauerte die Fahrt zwei Stunden, allerdings hatte sie mehrmals anhalten, sich ausruhen und einen Kaffee gönnen müssen. Sofort nach ihrer Ankunft war sie ins Bett gefallen und hatte tief und fest geschlafen.

Und seitdem, überlegte sie, schlafe ich fast die ganze Zeit. Warum muss ich so viel schlafen? Ist es wirklich so, wie ich vermute? Oder habe ich am Flughafen vorschnelle Schlüsse gezogen? Gott sei Dank habe ich mir Zeit zum Nachdenken verschafft.

Sie nahm die Tasse mit ins Wohnzimmer, schaltete den Fernseher an und machte es sich auf der Couch bequem. Und dann sah sie ihr eigenes Gesicht auf dem Bildschirm und hörte entsetzt, wie vom Mord an ihr berichtet wurde.

Lange saß sie nur da und versuchte sich alles zusammenzureimen.

»Laut der Polizei«, verkündete der Nachrichtensprecher, »hat Alexandra Saunders am Abend Gäste vom Flughafen abholen wollen, sich aber im Flug geirrt, der schon am Morgen eingetroffen war. Sie war daraufhin in ihre Wohnung zurückgekehrt, wo sie vermutlich von einem Einbrecher überrascht wurde. Die Polizei bittet jeden, der weiß, wo sich Alexandra Saunders nach Montagabend aufgehalten hat, sich zu melden ...«

Mein Gott, das muss Lisa sein, die in meiner Wohnung tot aufgefunden wurde. Sie muss noch die blonde Perücke getragen haben, mit der sie mir so ähnlich sieht.

Ich habe Lisa nicht erzählt, dass es jemand auf mich abgesehen haben könnte, dachte sie. Nur, dass ich am Ende meiner Kräfte bin und mich im Moment außerstande sehe, den letzten Spot neu zu drehen. Ich habe schrecklich ausgesehen, und ich hatte Angst, sie könnte mich für paranoid halten, wenn ich ihr von meinem Verdacht erzähle – von meinem Verdacht, dass Marcus Ambrose mich unter Drogen setzt. Oh, Lisa, es tut mir so schrecklich leid! Das war alles meine Schuld.

Aber wer Lisa umgebracht hat ... der wollte eigentlich mich umbringen. Und will es immer noch.

Und wo waren Janice und Mike? Sie musste ihnen unbedingt Bescheid geben, dass sie noch am Leben war. Sie würde bei sich zu Hause anrufen, hoffentlich gingen Emma oder Janice ran. Jedenfalls konnte sie keine Nachricht beim Auftragsdienst hinterlassen. Janice sollte mittlerweile aber doch wissen, dass sie nicht ermordet wurde. Das hätte sie doch von Anfang an erkennen müssen. Es sei denn ...

Alexandra erhob sich und musste sich an der Couchlehne festhalten. Allein bei dem Gedanken bekam sie weiche Knie. Der Täter musste Lisas Gesicht verunstaltet haben, als er bemerkte, dass er die falsche Person umgebracht hatte.

Sie atmete tief durch und ging in die Küche, wo das einzige Telefon stand.

Sie nahm den Hörer ab und wartete auf das Freizeichen.

Aber die Leitung war tot.

Erst jetzt fiel ihr wieder ein, dass Lisa das Telefon nach der Skisaison abgemeldet hatte.

Also muss ich in die Stadt, dachte sie. In dem kleinen italienischen Restaurant im Stadtzentrum, in dem Lisa und ich zu Abend gegessen haben, gibt es ein Telefon. Von dort werde ich anrufen. Sie ging ins Schlafzimmer. Als ihr bewusst wurde, dass sie den Pyjama und Morgenmantel ihrer toten Freundin trug, wurde ihr ganz elend zumute. Kurz überlegte sie, ob sie sich das Duschen sparen sollte, entschied sich aber dagegen. Es würde sie erfrischen, außerdem würde es nur ein paar Minuten dauern.

Eine Viertelstunde später trat sie in Lisas Freizeithose und einer kurzärmeligen Bluse nach draußen. Sie stieg in Lisas Wagen und drehte den Zündschlüssel um. Der Motor sprang an, begann zu stottern und starb ab.

Egal, wie oft sie den Schlüssel herumdrehte, der Motor weigerte sich standhaft, noch einmal anzuspringen. Ich kann ja auch zu Fuß gehen, überlegte sie, bis ihr zu ihrer Bestürzung einfiel, dass sie sich von Lisa keine Schuhe geliehen und nur ihre eigenen dabei hatte, Schuhe mit acht Zentimeter hohen Absätzen. Gut, dann also die Straße hinunter, und wenn sie an einer der anderen Hütten vorbeikam, würde sie die Bewohner fragen, ob sie ihr Telefon benutzen könne.

Sie stieg aus. In diesem Moment explodierte der dunkle Himmel, und mit einem Mal schüttete es wie aus Kübeln. Sie stürzte zum Haus zurück und schaffte es gerade noch ins Innere, bevor die unmittelbare Umgebung von einem grellen Lichtblitz erhellt wurde. Nur wenige Sekunden später folgte ohrenbetäubender Donner. Entsetzt sah sie, wie eine riesige Eiche gefällt wurde und quer über die Schotteranfahrt stürzte.

Bei diesem Wetter kann ich unmöglich raus, dachte sie. Und wie schon in den letzten Tagen in Venedig überkam sie plötzlich eine überwältigende Müdigkeit. Sie schleppte sich ins Schlafzimmer und ließ sich aufs Bett fallen. »Wahrscheinlich sucht er mich«, murmelte sie noch im Halbschlaf. »Er weiß von dieser Hütte.« Kurz nachdem sie in einen tiefen Schlaf sank, fiel in Windham der Strom aus.

Mit einem Durchsuchungsbeschluss in der Hand wurden die Polizisten Twaddle und Lyons vom Hausverwalter, einem Lateinamerikaner Anfang vierzig, in Lisa Markeys Einzimmerwohnung gelassen.

Die Wände waren knallrot, die Deckenleisten grellweiß gestrichen und bildeten den passenden Hintergrund für die Picasso-Drucke an den Wänden. Die Couch mit dem rot-weißen Bezug war sicherlich zum Ausziehen.

Alles war sauber und aufgeräumt. Lisa Markey war eine ordentliche junge Frau gewesen.

Auf dem Tisch neben der Couch befanden sich einige gerahmte Bilder. Auf einem davon war Lisa in einem Restaurant in Begleitung eines Ehepaars zu sehen, wahrscheinlich ihrer Großeltern. Twaddle nahm das Bild zur Hand. Lisa Markey hatte tatsächlich große Ähnlichkeit mit den ihm bekannten Fotos von Alexandra. Auf diesem Foto hatte Lisa hellbraune Haare, trotzdem konnte man sich sehr gut vorstellen, dass sie mit einer blonden Perücke leicht mit Alexandra zu verwechseln war, besonders aus der Ferne.

Ihr Mörder hatte sich ihr wahrscheinlich von hinten genähert und erst ihr Gesicht gesehen, als es schon zu spät war.

Ben öffnete den begehbaren Schrank, der sich als unerwartet geräumig herausstellte. Die Garderobe war geordnet aufgehängt – Blusen, Jacketts, Röcke, Hosen und einige elegante Cocktailkleider. Gegenüber waren in Regalen Schuhe und Handtaschen untergebracht. Auf einem Brett über den Kleiderbügeln waren Koffer verstaut.

»Unmöglich zu sagen, ob irgendwas von den Sachen fehlt«, bemerkte Ben. Er deutete auf das Regalbrett mit den beiden Koffern, einem kleinen und einem großen. »Trotzdem stellt sich die Frage: Fehlt irgendetwas? Schau dir die beiden Koffer an – zwischen denen ist eine Lücke. Da könnte gut noch ein dritter reinpassen.«

Hubert Twaddle nickte. »Gut, stellen wir uns also vor: Alexandra fährt vom Kennedy Airport mit einem Taxi zur Wohnung ihrer Freundin. Warum nicht in die eigene Wohnung? Weil sie Angst hat. Und wo ist sie jetzt? Wo hätte sie sich verstecken können?«

»Du meinst, sie ist zu Lisa Markey gekommen, und ihre Freundin hat ihr dabei geholfen, sich zu verstecken?«, sagte Ben.

»Genau. Alexandra hat ihre Koffer am Flughafen zurückgelassen. Wir wissen, dass sie sehr nervös und ziemlich durcheinander war. Aber jemand, der einfach die Koffer zurücklässt, muss schon ziemlich verzweifelt sein. Sie wollte sich verstecken. Ihre Freundin Lisa leiht ihr etwas zum Anziehen und verspricht, ihre Schwester und den neuen Schwager vom Flughafen abzuholen. Wir müssen noch mal mit dem Hausverwalter reden und so viel wie möglich über Lisa Markey herausfinden.«

Der Hausverwalter wohnte im Erdgeschoss.

»Miss Markey ist was zugestoßen, oder?«, fragte er sofort, als sie an seiner Tür klingelten.

»Ich bin nicht berechtigt, mich dazu zu äußern«, antwortete Twaddle. »Wir wollen nur einige Dinge in Erfahrung bringen. Als Erstes, hat sie ein Auto?«

»Ja, sie hat es in der Tiefgarage stehen. Können Sie gar nicht verfehlen. Ein alter Chevy. Ich weiß nicht, warum sie den nicht endlich los wird und sich einen neuen anschafft. Die verdient doch nicht schlecht als Model, denke ich mal. Jedenfalls scheint sie immer gut beschäftigt zu sein.«

»Können Sie feststellen, ob sich der Wagen in der Tiefgarage befindet?«, fragte Ben.

»Klar, ich ruf mal an.«

Sie warteten, während der Hausverwalter in seiner Wohnung verschwand. Keine Minute später war er wieder da.

»Miss Markey hat ihn am Dienstagmorgen geholt. Aber sie ist nicht selbst weggefahren, sondern hat ihn einer anderen Frau gegeben.«

»Dann sollten wir uns mal mit dem Parkwärter unterhalten«, sagte Twaddle.

Sie traten hinaus auf die Straße. Nach dem schweren Gewitter in der vergangenen Nacht war es wieder angenehm warm geworden. Auf der Straße waren viele Fußgänger unterwegs, manche schienen den Sonnenschein zu genießen und schlenderten ziellos vor sich hin, andere, die es sichtlich eilig hatten, drängten sich zwischen ihnen hindurch.

Twaddle und Lyons näherten sich der Zufahrt zur Tiefgarage, die nicht sehr groß zu sein schien. Ein Wärter – ein kleiner, glatzköpfiger Mann Ende sechzig mit hängendem Schnauzer – saß in seinem Kabuff und las Zeitung.

Der Hausverwalter musste ihn bereits aufgescheucht haben, denn er begrüßte sie gleich mit einer Frage:

»Stimmt was nicht? Ist Miss Markey etwas zugestoßen?«

»Wie ich schon dem Hausverwalter gesagt habe, dürfen wir darüber keine Auskunft erteilen«, erläuterte Twaddle.

»Aber Sie können mir weiterhelfen. Laut unseren Informationen hat sich Miss Markey ihren Wagen bringen lassen, ist aber nicht selbst weggefahren, sondern hat ihn einer anderen Frau geliehen. Können Sie diese Frau beschreiben?«

»Sie war blond, ungefähr sie groß wie Miss Markey. Schlank. Ihr Gesicht hab ich aber nicht sehen können, weil sie eine große Sonnenbrille getragen hat.«

Twaddle und Ben tauschten einen Blick aus.

»Das sollte genügen«, beschied Twaddle. »Noch eine Frage: Hatte eine der Frauen einen Koffer bei sich?«

Der Parkwärter runzelte die Stirn.

»Lassen Sie mich nachdenken. Ja, klar, Miss Markeys Freundin ... die hatte einen Koffer. Keinen großen. Und Miss Markey hatte eine große Kühltasche dabei, so eine, in der man Lebensmittel verstauen kann. Sie war ziemlich schwer. Ich hab noch so halb im Spaß gefragt, ob sie damit zum Picknick wollen.«

»Und was haben sie gesagt?«

»Sie hat gesagt, ihre Freundin muss bloß für ein paar Tage weg. Und ich hab ihr noch gesagt, dass mir ihr Wagen nicht gefällt, der wollte nämlich nicht gleich anspringen, als ich ihn geholt habe. Den sollte sie besser mal überprüfen lassen.«

Ben Lyons sah auf. Ein Wagen kam die Zufahrt herunter. Auch der Wärter und Twaddle hörten ihn.

»Haben Sie zufällig mitbekommen, wohin Miss Markeys Freundin gefahren ist?«, fragte Twaddle.

»Ich bin mir nicht ganz sicher, aber Miss Markey hat ein Haus in den Catskills. Vielleicht ist ihre Freundin also dahin gefahren, Miss Markey hat ihrer Freundin nämlich noch gesagt: ›Da ist jetzt bestimmt nicht viel los, du wirst also deine Ruhe haben.‹«

Der Wärter wandte sich von ihnen ab und stellte dem Neuankömmling einen Schein aus. Twaddle beeilte sich mit seiner nächsten Frage. »Sind wir bislang die Einzigen, die sich nach Miss Markeys Wagen erkundigt haben?«

»Ja, außer Ihnen hat keiner danach gefragt.«

Twaddle reichte ihm seine Karte und einen Zehn-Dollar-Schein.

»Hören Sie, das ist jetzt sehr wichtig. Sollte noch jemand nach Miss Markeys Wagen fragen und wohin sie gefahren ist, dann rufen Sie mich unverzüglich an. Und rücken Sie auf keinen Fall mit den Informationen heraus, die Sie uns gegeben haben. Auf keinen Fall. Sagen Sie, Ihnen sei aufgrund der geltenden Hausordnung untersagt, persönliche Informationen über die Anwohner weiterzugeben.«

Nach dem Besuch in der Rechtsmedizin kehrten Janice und Mike in Alexandras Wohnung zurück. Janices leise Hoffnung, dort vielleicht ihre Schwester anzutreffen, wurde sofort zunichte gemacht, als sie in das stille Wohnzimmer traten. Emma Cooper war bereits nach Hause gegangen.

»Gehen wir ihre Papiere und das Gepäck durch, vielleicht findet sich ja etwas, was Rückschlüsse auf ihren Aufenthaltsort zulässt.«

Ein erster Blick in die Koffer ergab nichts.

Dann durchsuchten sie den Schreibtisch im Schlafzimmer. Die Post, die seit ihrem vor drei Wochen erfolgten Abflug nach Europa eingetroffen war, hatte Emma ordentlich auf dem Tisch gestapelt.

Als sie die Schubladen aufzogen, stellten sie schnell fest, dass Alexandra Briefe, Fotos und Erinnerungsstücke wahllos irgendwohin gestopft hatte. Programmhefte von Broadway-Stücken, aus den Zeitungen herausgerissene Klatschkolumnen, Gästelisten der von ihr besuchten Empfänge, Fotos von sich und Freunden und alte Kalender, das alles lag wild durcheinander.

»Hier werden wir nie was finden«, sagte Janice frustriert.

In der untersten Schublade aber stieß sie auf einen schönen, in Leder gebundenen Band. Es war Alexandras Tagebuch, wie sie feststellte, als sie es aufschlug.

Obwohl sie das unangenehme Gefühl überkam, damit die Privatsphäre ihrer Schwester zu verletzen, begann sie zu lesen. Die Einträge waren in der Regel nicht besonders lang, die ersten Einträge stammten aus der Zeit von Alexandras Ankunft in New York vor zehn Jahren.

Ich habe etwas über die Agentur von Dorothy Lohman gelesen und dass sie nichts dagegen hat, wenn man bei ihr einfach so hereinschneit, um sich vorzustellen. Sie sagt dann Ja oder Nein, so einfach ist das bei ihr. Und das hat sie auch bei mir gemacht. »Ich kann dich gebrauchen«, sagte sie und rief Larry Thompson an. Der meinte, sie soll mich mal rüberschicken. Ich hielt ihn für einen alten Knacker, für fünfzig oder sechzig, aber wahrscheinlich ist er noch keine dreißig.

Seine Verlobte war auch da. Audrey. Sie ist Model und absolut fantastisch. Neben ihr kam ich mir wie ein Bauerntrampel vor. Aber dann machte er Fotos von mir und fragte mich, ob ich bislang immer vor dem Spiegel posiert hätte. Bevor ich antworten konnte, sagte er: »Spar dir die Mühe, mich anzulügen.« Und dann blaffte er Befehle: »Schau da-

*hin, dreh dich dorthin, lächeln, nicht mehr lächeln, über die
Schulter schauen. Und jetzt einen Blick, als wärst du völlig
überrascht.«* Zum Schluss sagte er, er würde Dorothy die
Fotos schicken.

Der nächste Eintrag folgte Wochen später.

*Dorothy hat mir gesagt, ich könne mich verdammt
glücklich schätzen, dass Larry Thompson an mir interessiert sei. Er werde mich den großen, wichtigen Kunden
empfehlen. Ich gestand ihr, dass er mir Angst einjagt, aber
sie meinte nur, so würde es allen ergehen – so sei er nun
mal.*

Janice übersprang mehrere Einträge, lächelte bei einigen, unter anderem bei Alexandras Beschreibung einer
Autowerbung.

*Es ging um einen Buick-Werbespot in Maine. Der Spot
beginnt mit einer Stimme aus dem Off: »Es ist ein wunderbarer Tag, die Sonne scheint, und das neu vermählte Paar
bricht zu einer Fahrt in seinem neuen Buick auf.«*

*Das männliche Model und ich sollten aus dem Haus
hopsen und uns glücklich anstrahlen. Der Wagen in der Anfahrt hat eine weiße Schleife auf der Motorhaube. Und
dann regnet es vier Tage am Stück durch. Wir haben nur
rumgesessen, Monopoly gespielt und ferngesehen. Weiß
Gott, was das die Buick-Leute gekostet hat.*

Vor drei Jahren dann der Eintrag über ihre Agentin, die
in den Ruhestand ging.

*Dorothy war für mich wie eine Mutter. Vielleicht unter-
schreibe ich bei Grant Wilson. Larry ist stinksauer und wütend. Er kann Grant Wilson nicht ausstehen, aber ich glaube,
er täuscht sich in ihm. Wilson schlägt mich der Hammer
and Stone Furniture Company für eine Reihe von zehn*

Werbespots vor. Das Angebot wäre zu gut, um es abzuleh-
nen – wenn sie mich denn wollen. Allerdings ich habe ge-
hört, dass Grant Wilson ziemlich fies werden kann.

Wenige Wochen später schrieb Alexandra dann: *Larry*
und seine Frau haben offensichtlich Probleme. Sie ist in Be-
gleitung eines mehrere Millionen schweren Unternehmers
gesehen worden, behauptet aber, dass das alles rein ge-
schäftlich sei.

Einen Monat später schrieb sie: *Um Rona Barrett, die*
bekannte Klatschkolumnistin, zu zitieren: »Larry Thomp-
son und seine Frau Audrey St. Clair reichen in beiderseiti-
gem Einvernehmen die Scheidung ein. Laut eigener Aus-
sage handelt es sich um eine gütliche Einigung. Gerüchten
zufolge aber scharrt der Industriemagnat Nelson Sheridan
in den Seitenkulissen schon mit den Hufen.«

Neun Monate später: *Larry und Audrey haben sich wie-*
der versöhnt, nachdem bei ihr Bauchspeicheldrüsenkrebs
diagnostiziert wurde. Nelson Sheridan ist von der Bildflä-
che verschwunden. Larry besteht darauf, dass sie wieder bei
ihm einzieht, damit er sich um sie kümmern kann.

Je mehr Janice las, desto mehr meinte sie, ihre Schwester durch die zehn Jahre zu begleiten, in denen sie sich so
selten gesehen hatten.

Wenn Alexandra über Stars schrieb, konnte sie richtig
sarkastisch werden – und mitfühlend mit denen, deren
Karrieren nicht recht vorankamen. Sie erwähnte einige
Freundinnen, denen sie geholfen hatte, als diese in finan-
ziellen Schwierigkeiten steckten. *Ich weiß, wahrscheinlich*
können sie es mir nie zurückzahlen, aber darum geht es
nicht.

Manchmal gab es monatelang keinen Eintrag, dann

schrieb sie: *Ich ärgere mich über mich selbst, weil ich nicht häufiger schreibe, aber es gibt einfach nichts Wichtiges zu berichten. Wie immer gehe ich oft aus, aber bislang habe ich keinen getroffen, bei dem ich mir vorstellen könnte, dass ich die nächsten vierzig, fünfzig Jahre sein Gesicht beim Frühstück ertrage.*

Ein Eintrag zwei Jahre zuvor war schließlich der, den Janice gesucht hatte.

Bei einem Shooting habe ich heute Lisa Markey kennengelernt. Sie ist witzig, vollkommen ungezwungen und vor allem aufrichtig. Sie weiß, hat sie mir erzählt, dass sie es wohl nicht bis ganz nach oben schaffen wird, aber sie hat viele Aufträge für die Sears-Roebuck-Kataloge. Ihrer Meinung nach ist es Betrug, wie Kleider, Jacken oder Hosen mit Nadeln festgepinnt werden, damit sie vor der Kamera gut aussehen. Aber nimmt man die Nadeln raus, hängt einem alles wie ein nasser Sack am Leib.

Eineinhalb Jahre zuvor hatte Alexandra geschrieben: *Audrey ist heute gestorben. Es tut mir so unendlich leid. Sie war so wütend über das, was sie ertragen musste, dass sie Larry das Leben zur Hölle gemacht hat. Ich habe ihn gestern gesehen. Er sieht um Jahrzehnte gealtert aus.*

Ein paar Monate später berichtete sie vom Tod von Lisa Markeys Großvater, der ihr seine Skihütte hinterlassen hatte.

Alexandra, erinnerte sich Janice, hatte davon gesprochen, dass sie beim Skifahren gewesen war und dabei großen Spaß gehabt hatte. Nur hatte sie ihr nie gesagt, mit wem. Und ich habe schon gedacht, sie wäre mit einem Mann unterwegs gewesen, ging ihr durch den Kopf.

Janice las weiter.

Lisa war so aufgeregt. Sie ist zum ersten Mal mit einem Hubschrauber geflogen. Es muss toll gewesen sein. Sie waren in den Catskills, und es ging um einen Werbespot für einen Reiseveranstalter. Ich sagte ihr, wie neidisch ich sei. Ich wollte schon immer mal in einem Hubschrauber fliegen.

Später folgten mehr und mehr Einträge über Larry Thompson.

Larry sieht wieder besser aus. Er war ein paar Freunde in Frankreich besuchen, das hat ihm wohl sehr gutgetan.

Larry und ich waren beim Essen. Ich klagte darüber, wie schlimm es sei, für Grant Wilson zu arbeiten. Wenn ich auf sein Mitgefühl gehofft hatte, wurde ich aber enttäuscht. »Ich habe dich gewarnt«, sagte er nur. Ich wollte ihm schon etwas entgegenschleudern, aber dann lächelte er bloß, und ich wusste, er wollte mich wieder mal nur provozieren.

Ein weiterer Eintrag lautete: *Audrey ist jetzt ein Jahr tot. Larry war letzte Nacht im 21 Club beim Essen. Und laut den Klatschzeitungen galt der schönen und prominenten Robin Reeves sein besonderes Interesse.*

Ob Alexandra in ihn verliebt ist?, fragte sich Janice. Jedenfalls klang das ganz danach.

Mike hatte die oberste Schublade auf dem Bett ausgeleert und ging den Inhalt durch. Sie schlug das Tagebuch zu, als Mike ihr ein Foto reichte, auf dem Alexandra und eine zweite attraktive Frau mit Skiern zu sehen waren. Die Ähnlichkeit war verblüffend. Das Bild war vor einer Skihütte aufgenommen, und darüber prangte der Schriftzug WINDHAM.

»Mike, wenn Lisa Markey eine Skihütte in Windham hätte ...«

Mike unterbrach sie. »Das ging mir auch gerade durch den Kopf. Das wäre ein Ort, an dem man Alexandra suchen könnte.«

Hubert Twaddle und Ben Lyons waren noch nicht lange an ihren Schreibtischen, als der Anruf von Mike durchgestellt wurde. Twaddle hatte die Streifenbeamten gerade angewiesen, an allen Wohnungen in Lisa Markeys Apartmentgebäude zu klingeln und herauszufinden, ob jemand die Adresse der Hütte kannte.

Jetzt kam er sofort zur Sache.

»Was ist das für ein Foto?«

»Eines, wie sie in Ferienorten gemacht und dann den Leuten verkauft werden. Es steckt in einem Papprahmen, auf dem steht ›Willkommen in Windham‹«.

»Windham? Sind Sie sich sicher?«, fragte Twaddle.

»Ja, natürlich. Ich buchstabiere es Ihnen. W-I-N-D-H-A-M. Laut einem Tagebucheintrag war Alexandra vorletzten Winter dort ...«

Twaddle unterbrach ihn.

»Mike, das sind sehr wichtige Informationen. Ich danke Ihnen.«

Abrupt legte er auf.

Er hatte die Anweisung erteilt, Hintergrundrecherchen zu den drei Männern anzustellen, die am Montag mit Alexandra am Flughafen eingetroffen waren. Bislang lagen dazu allerdings noch keine Ergebnisse vor.

Sein Telefon klingelte. Es war der Parkwärter in Lisa Markeys Apartmentgebäude.

»Sie haben gesagt, ich soll Sie anrufen, wenn sich jemand nach Miss Markey oder ihrem Wagen erkundigt. Das hat jetzt nämlich einer getan.«

»Haben Sie seinen Namen?«, fragte Twaddle.

»Nein.«

»Was wollte er über Miss Markey wissen?«

»Er sagt, er war mit ihr zum Essen verabredet, aber sie ist nicht aufgetaucht, und dann hat er an ihrer Tür geklingelt, und es hat keiner geöffnet. Er macht sich Sorgen um sie, hat er mir gesagt und gefragt, ob sie weggefahren ist. Aber ich hab ihm gesagt, was Sie mir geraten haben, dass ich über die Anwohner keine persönliche Informationen weitergeben darf.«

Twaddle bemerkte ein leichtes Zögern in seiner Stimme. »Haben Sie ihm irgendetwas erzählt?«

»Er war doch ganz durcheinander und hatte Angst, dass Miss Markey was zugestoßen sein könnte. Er macht sich doch solche Sorgen, weil sie mit ihrer alten Karre unterwegs ist. Deshalb hab ich ihm gesagt, na ja, er muss sich keine Sorgen machen, weil sie ja nicht selbst weggefahren ist, sondern den Wagen einer Freundin geliehen hat, und die hat ihn noch nicht zurückgebracht.«

»Haben Sie ihm gesagt, wohin Miss Markeys Freundin gefahren ist?«

»Ich hab nichts gesagt. Aber er hat gefragt, ob diese Freundin vielleicht zu einer Skihütte gefahren ist.«

»Und was haben Sie ihm geantwortet?«

»Dass mir die Polizei gesagt hat, dass ich das nicht erzählen darf.«

»Wie hat er ausgesehen?«

»Groß. Wie ein Footballspieler. Rötlich-braune Haare. So ein bisschen gelockt.«

Ben war zu Twaddle herangerückt, um besser mithören zu können.

Twaddle dankte dem Parkwärter und legte auf. Die beiden Polizisten sahen sich nur an. »Marcus Ambrose«, entfuhr es ihnen gleichzeitig.

»Ben«, befahl Twaddle, »finde heraus, ob es in Windham einen Telefonanschluss für eine Lisa Markey gibt.«

»Kein Eintrag«, kam keine Minute später die Antwort.

»Dann ruf in der Stadtverwaltung in Windham an und erkundige dich, ob es im Landregister einen Eintrag auf Lisa Markeys Namen gibt. Wir müssen die Adresse dieser Hütte herausfinden. Wegen des geschwätzigen Parkwärters dürfte Marcus Ambrose bereits auf dem Weg dorthin sein.«

Damit hatte es sich aber noch nicht mit seinen Anweisungen.

»Nimm Kontakt zur Polizei in Windham auf, vielleicht wissen die, wo diese Hütte ist. Immerhin dürfte man Miss Markey kaum zu den üblichen Besitzern von Skihütten zählen. Sie ist eine schöne junge Frau, sie müsste auffallen, wenn sie jede Saison da ist.«

Der Detective, der die Recherchen zu Marcus Ambrose, Grant Wilson und Larry Thompson übernommen hatte, erschien an Twaddles Schreibtisch. »Wir sind da auf was gestoßen, Hubert«, sagte er.

Twaddle überflog die Berichte. »Genau, wie ich vermutet habe. Es geht eben immer nur ums Geld.«

Er zog Marcus Ambrose' Visitenkarte aus der Tasche

und rief in dessen Büro an. Nach dem zweiten Klingeln wurde abgenommen.

»Executair Airlines. Guten Tag.«

»Guten Tag, Miss Lansing«, begrüßte Twaddle sie, nachdem er sie an der Stimme erkannt hatte. »Hier ist Detective Twaddle. Liege ich richtig, dass Ihre Airline auch einen Hubschrauber zum Chartern hat?«

»O ja, den haben wird.«

»Ist der im Moment verfügbar?«

»Ich bedauere, aber Mr. Ambrose ist mit ihm vor Kurzem gestartet.«

»Das ist aber schade. Wissen Sie zufällig, wo er hin will?«

»Nein. So was sagt er mir doch nicht.« Miss Lansing kicherte. »Er ist doch noch Junggeselle und sieht gut aus, und reich ist er auch. Ich wünschte mir nur, ich wäre zwanzig Jahre jünger.«

Twaddle hatte jetzt wenig Sinn für Geplauder.

»Miss Lansing, hat Executair vorletzten Winter mit einem Hubschrauber eine Gruppe von Personen nach Windham, New York, geflogen?«

»Ich glaube schon. Lassen Sie mich nachsehen.« Kurz darauf war sie wieder am Apparat. »Im Februar 1973 haben wir mehrere Personen nach Windham, New York, gebracht. Auftraggeber war die Ford Model-Agentur.«

»Haben Sie Aufzeichnungen darüber, welche Piloten für welche Aufträge eingesetzt werden?«

»Natürlich. Diesen Flug hat Mr. Ambrose persönlich übernommen.«

»Danke, Miss Lansing«, verabschiedete sich Twaddle brüsk und legte auf.

»Ben, ruf die Polizeidienststelle in Windham an und sag ihnen, dass ein mutmaßlicher Mörder auf dem Weg nach Windham ist. Außerdem sollen sie den Namen von Lisa Markeys Großvater herausfinden, der ihr die Hütte vererbt hat. Und ich will einen Polizeihubschrauber am Heliport bereitstehen haben. Wir müssen so schnell wie möglich nach Windham.«

In der Dunkelheit stand Alexandra vom Bett auf und wollte die Lampe anmachen. Sie funktionierte nicht. Sie probierte den Wandschalter für die Deckenleute. Wieder nichts. Daraufhin tastete sie sich ins Wohnzimmer. Der Regen schlug heftig gegen die Fenster und das Dach. Sie erinnerte sich, auf dem Regal über der Küchenspüle eine Taschenlampe gesehen zu haben. Dann stieß sie mit dem Fuß gegen die Ottomane vor dem Fernseher und geriet ins Stolpern, drehte sich um die eigene Achse, ruderte mit den Armen, fiel aber nicht hin. Nun hatte sie in der unvertrauten Umgebung die Orientierung verloren. Sie bleib still stehen und versuchte sich zu konzentrieren. Die Tür zur Küche lag rechts vom Wohnzimmer. Die Couch war auf den Fernseher gerichtet und stand gegenüber der Ottomane. Sie streckte die Arme aus, tappte so lange zur Seite, bis sie die Wand ertasten und ihr schließlich folgen konnte.

Sie ging so weit an der Wand entlang, bis sie den Holzrahmen der Tür erreichte. Daran stützte sie sich ab und versuchte sich den Grundriss der Küche vorzustellen. Rechts stand der Kühlschrank. Die Spüle war gleich daneben. Wenn sie erst mal die Taschenlampe hatte, würde alles gut sein. Sie hoffte nur, dass die Batterien noch funktionierten. Langsam ging sie voran, bis ihre Finger den kalten Stahl der Spüle berührten. Vorsichtig hob sie den Arm, stieß mit der Hand gegen das Regal, tastete sich weiter und bekam das Plastikgehäuse der Taschenlampe zu fassen. Aus Angst, sie fallen zu lassen, umklammerte sie sie mit beiden Händen. Endlich fand sie den Schalter, den sie nach vorn schob, und zu ihrer großen Erleichterung erstrahlte das Licht.

Solange es keinen Strom gab und es dunkel war, konnte sie nichts tun. Da sie plötzlich großen Hunger hatte, öffnete sie den Kühlschrank und leuchtete mit der Taschenlampe hinein. Sie nahm einen Apfel heraus und kehrte zum Sessel im Wohnzimmer zurück. Erst jetzt bemerkte sie, wie ausgekühlt das Zimmer war. Im Licht der Taschenlampe entdeckte sie eine zusammengelegte Decke auf der Ottomane. Sie wickelte sich darin ein und richtete den Lichtschein auf ihre Armbanduhr. Es war erst fünf.

Sie aß den Apfel, legte das Kerngehäuse in den Aschenbecher und schloss die Augen. Schon wieder war sie so müde. So unglaublich müde. Überwältigt vor Erschöpfung schlummerte sie ein.

Mit heulender Sirene wurden Twaddle und Lyons von einem Streifenwagen zum Heliport in der East 34th Street gefahren.

»Wir haben nicht viel Zeit«, sagte Twaddle. »Außerdem fehlt uns immer noch Lisa Markeys Adresse in Windham. Aber die kriegen wir vielleicht noch unterwegs. Jedenfalls dürfte Ambrose gut eine halbe Stunde Vorsprung haben – falls er tatsächlich ebenfalls auf dem Weg nach Windham ist.«

Der Pilot saß bereits in der Kanzel, als der Streifenwagen vorfuhr. Twaddle und Lyons eilten an Bord.

»In der Gegend um Windham wütet im Moment ein heftiges Unwetter«, informierte der Pilot sie. »Solange die Schlechtwetterfront nicht abzieht, können wir sie nur umfliegen.«

»Das könnte zu unserem Vorteil sein«, sagte Twaddle. »Beten Sie zu Gott, dass das schlechte Wetter noch eine Weile in der Gegend bleibt.«

Die nächste Stunde verbrachten sie schweigend, nur Twaddle äußerte sich einmal. »Ich hätte es gleich wissen müssen. Warum sonst hätte sie ohne Koffer vom Flughafen flüchten sollen? Sie hat vor Ambrose Angst. Und wenn wir uns die Ergebnisse unserer Recherche ansehen, verstehen wir auch, warum.«

Schließlich sahen sie die Notbefeuerung des Hubschrauberlandeplatzes in Windham.

Janice und Mike fanden nichts mehr in Alexandras Papieren, was auf ihren Aufenthaltsort hätte hindeuten können. Um achtzehn Uhr versuchten sie sich auf die Abendnachrichten zu konzentrieren. Der Watergate-Skandal war die Topnachricht.

Einem zunehmend getriebenen Präsidenten Nixon wurde mit einem Amtsenthebungsverfahren gedroht. Die Rufe nach seinem Rücktritt wurden lauter.

Die unausgesetzten Haushaltsprobleme der Stadt New York beschworen die Gefahr eines Bankrotts herauf.

Ein Nachbar hatte neue Indizien gegen eine junge Mutter vorgelegt, die unter Verdacht stand, ihre beiden Kinder ermordet zu haben.

Als die Türglocke laut und anhaltend schrillte, zuckten beide zusammen. Michael sprang auf. Vor der Tür stand Larry Thompson.

»Ich dachte, sie wäre tot!« Seine Stimme überschlug sich beinahe. »Ein Zeitungsreporter mit Kontakten zur Polizei hat mir alles erzählt. Als man der Toten die Schönheitsmaske abgenommen hat, hat man angeblich erkannt, dass es nicht Ihre Schwester ist.« Er war kreidebleich. »Sie müssen es mir sagen: Ist Alexandra noch am Leben? Lebt sie noch?«

Sie hatten Twaddle versprochen, niemandem die Wahrheit zu sagen. Aber als sie jetzt den völlig aufgelösten Larry Thompson vor sich hatte, konnte Janice nicht anders: »Ja, sie lebt noch«, sagte sie leise.

Damit war der Bann gebrochen.

Schluchzend brach alles aus ihr heraus. »Die Polizei glaubt, dass Lisa Markey irrtümlicherweise ermordet wurde und der Täter es eigentlich auf Alexandra abgesehen hat. Die Detectives sind in einem Hubschrauber unterwegs nach Windham, weil sie annehmen, dass sich Alexandra in Lisas Skihütte aufhält. Aber das wissen sie nicht genau. Außerdem kennen sie die genaue Adresse in Windham nicht.«

Thompson starrte sie fassungslos an, dann packte er Janice am Arm. »Warum hat mich denn keiner gefragt? Ich kenne doch die Adresse. *Ich kenne sie!*«

Alexandra schlug die Augen auf. Es regnete noch, schüttete aber nicht mehr so heftig wie am Nachmittag. Auch ohne Taschenlampe konnte sie die Umrisse der Möbel im Zimmer erkennen. Nach wie vor fühlte sie sich erschöpft, die Müdigkeit aber, wegen der sie seit ihrer Ankunft vor drei Tagen fast rund um die Uhr geschlafen hatte, ließ allmählich nach.

In London hatte alles angefangen. Dort wäre sie fast von einem Auto angefahren worden. Sie hatte sich zunächst selbst die Schuld gegeben, weil sie beim Überqueren der Straße nicht auf den Linksverkehr geachtet hatte. Aber das passte sonst nicht zu ihr. Außerdem war ihr da schon den ganzen Tag leicht schwindlig gewesen. Warum nur?

In Venedig hatte sie dann nur mit Mühe das Fotoshooting durchgestanden und sich außerstande gesehen, Larry die gewünschte ausdrucksstarke, erstaunte Miene zu liefern. »Komm schon, Alexandra, das klappt doch seit Jahren. Hast du die Nacht durchgemacht, oder was?«

Grant Wilson, dachte sie, hatte auf sie eine Versicherungspolice über drei Millionen Dollar abgeschlossen. Er machte sich Sorgen wegen der Beauty-Mask-Kampagne und der Unzufriedenheit des Kunden. Ihm liefen die Kunden davon. Die Frage lautete nur: Wie dringend brauchte er das Geld von der Versicherung, um überhaupt zahlungsfähig bleiben zu können?

Aber erst bei der Ankunft am Kennedy Airport dämmerte ihr, wer hinter allem stecken könnte. Als Marcus Ambrose ihr angeboten hatte, sie nach Hause zu fahren, hatte sie zunächst eingewilligt. Die anderen hatten den Gepäckbereich schon verlassen, aber aus irgendeinem Grund war er am Ausgang aufgehalten und angewiesen worden, seine Koffer zu öffnen.

Als er den Kulturbeutel aufmachte, schaltete sich der Beamte dazwischen, zog ein Fläschchen heraus und betrachtete es. »Als Pilot wissen Sie sicherlich, dass Sie diese

Mittel achtundvierzig Stunden, bevor Sie sich an den Steuerknüppel setzen, nicht mehr nehmen dürfen. So starke Barbiturate können sehr müde machen.«

In diesem Augenblick wusste sie, dass sie auf keinen Fall zu ihm in den Wagen steigen durfte.

Alexandra erschauderte. Sie wollte nach Hause. Janice und Mike warteten dort bestimmt auf sie. Sie wollte ... endlich stellte sie sich der Wirklichkeit, gegen die sie sich so lange gesperrt hatte. Sie wollte ganz dringend bei Larry sein.

Zwei uniformierte Polizisten erwarteten Twaddle und Lyons bereits, als sie aus dem Hubschrauber stiegen. »Ich bin Captain Rawley«, stellte sich der ältere der beiden vor. »Officer Jennings ist unser Fahrer. Sehen wir zu, dass wir aus dem Regen und in den Wagen kommen.«

Die Nachricht, auf die Twaddle so sehnsüchtig gewartet hatte, war leider nicht eingetroffen. Lisa Markey war in Windham nicht im Landregister eingetragen.

Um die Adresse zu finden, müssten sie den Namen ihres Großvaters kennen. Anscheinend hatte sie die Immobilie nie auf ihren Namen übertragen lassen.

»Wir haben ihre Wohnung durchsucht«, erklärte Twaddle. »Aber nichts über die Hütte gefunden. Bislang haben wir auch noch keine Verwandten aufgetrieben, die uns weiterhelfen könnten.«

»Es gibt da noch ein weiteres mögliches Problem«, sagte Captain Rawley. »Die meisten haben von den kleinen Nestern in der Umgebung noch nie gehört. Wer hier eine Skihütte hat, sagt der Einfachheit halber, dass sie in Windham liegt. Wir haben die Verwaltungen der Nachbargemeinden gebeten, die Unterlagen durchzugehen. Wenn wir die Hütte finden wollen, sollten wir uns jedoch auf den Großvater konzentrieren.«

»Was ist mit den Nachbarn? Müsste denen nicht auffallen, wenn ein älterer Herr allein für sich wohnt?«, fragte Twaddle.

»Das Problem ist nur – die meisten Häuser sind Skihütten und zu dieser Jahreszeit nicht belegt. Erst wenn die Kinder im Sommer schulfrei haben, rückt ungefähr die Hälfte wieder an«, erwiderte Rawley.

»Was ist mit Alarmanlagenbetreibern oder Reinigungs- und Hausmeisterdiensten? Die müssen doch Telefonnummern haben, bei denen sie im Notfall anrufen können. Vielleicht findet sich in deren Adressverzeichnissen eine Lisa Markey in New York City. Oder jemand erinnert sich an den Namen eines älteren Kunden, der vor Kurzem gestorben ist. Es muss sich doch einer finden lassen, der uns die Adresse von Lisa Markeys Hütte geben kann.«

Twaddle sprach ganz ruhig, betonte aber jedes einzelne Wort. *Es muss sich doch einer finden ...*

Wenn sein Partner so redete, wusste Ben, machte er sich große Sorgen. Vielleicht war es wirklich schon zu spät, um Alexandra Saunders noch zu retten.

»Wir probieren alles, was Sie erwähnt haben«, sagte Rawley. »Ich erwarte jeden Augenblick neue Informationen.«

Der Wagen hatte bislang im Leerlauf vor sich hin gebrummt. Nachdem nun klar war, dass sie nicht wussten, wohin sie aufbrechen sollten, stellte Officer Jennings den Motor aus.

Zehn lange Minuten herrschte absolute Stille, bis sich knisternd das Funkgerät meldete.

»Wir haben sie«, verkündete eine Stimme. »Es kam ein Anruf aus New York. Die Schwester hat die Adresse. Wir haben schon zwei Streifenwagen hingeschickt.«

»Und wie lautet sie?«, rief Twaddle.

»12 Snowden Lane.«

»Wir sind nur fünf Minuten entfernt«, sagte Rawley.

Officer Jennings hatte schon den Motor angelassen und die Sirene eingeschaltet, jetzt gab er Gas.

Marcus Ambrose wusste, dass er nicht das Risiko eingehen konnte, auf dem städtischen Heliport zu landen. Über eine halbe Stunde war er von der Schlechtwetterfront aufgehalten worden, die nicht abziehen wollte.

Er erinnerte sich an den Kirchenparkplatz etwa eineinhalb Kilometer südlich von Lisas Hütte. Nachdem er sich vergewissert hatte, dass der Parkplatz leer war, setzte er die Maschine hinter der Kirche auf. Dort war sie von der Straße aus nicht zu sehen. Außerdem war er froh, dass der Regen den Lärm des Helikopters dämpfen würde.

Er griff hinter sich nach dem Regenmantel und streifte ihn über. Dann atmete er tief durch, öffnete die Tür und sprang hinaus. Er griff in seine Tasche, um sich zu vergewissern, dass er die beiden Gegenstände, die er benötigte, dabei hatte. Er ließ den Strahl der Taschenlampe aufleuchten und eilte den kleinen Hügel hinauf und durch das Waldstück, das zwischen dem Kirchenparkplatz und Lisa Markeys Hütte lag.

Es hat nie einen anderen gegeben, ging es Alexandra durch den Kopf. Ihr wurde klar, dass sie sich bereits in Larry verguckt hatte, als sie zehn Jahre zuvor als Achtzehnjährige in dem Studio aufgetaucht war, in dem er damals gearbeitet hatte. Und irgendwann in den Jahren danach war aus ihrer Schwärmerei tiefe Liebe geworden.

Ihre Augen füllten sich mit Tränen. Hatte sie ihn immer falsch eingeschätzt? Wie oft hatte er sie in Venedig gefragt: »Was ist los? Es stimmt doch etwas nicht.« Ich weiß, er macht sich Sorgen. Er hat sich schon immer Sorgen um mich gemacht. Und wenn ich dachte, dem wäre nicht so, dann hätte mir dämmern müssen, dass er einfach nur Zeit für sich selbst gebraucht hat nach den schwierigen Jahren mit Audrey und ihrer Krankheit.

Hinter sich hörte sie ein Knarren.

»Noch etwa einen halben Kilometer, die Straße endet dort«, sagte Rawley. »Es ist das einzige Haus hier. Mach die Sirene aus. Wir wollen ihn nicht vorwarnen.«

Die unbefestigte Straße war stellenweise überflutet. Officer Jennings musste langsamer fahren, hin und wieder begann der Motor zu Stottern. Vielleicht, fürchtete Ben, würde der Weg vollkommen unpassierbar werden, und sie mussten zur Hütte laufen, in der sich Alexandra eventuell aufhielt.

Endlich kam die Hütte in Sicht. Ein Baum war quer über die Anfahrt gestürzt.

Der grelle Schein einer Taschenlampe wurde Alexandra ins Gesicht gehalten.

»Ich will dieses Mal nur sichergehen, dass du es auch

wirklich bist«, sagte Marcus Ambrose leise. »Zu schade um deine Freundin.« In der Hand hielt er einen Strick.

Alexandra strampelte die Decke weg, sie wollte aufspringen, verhedderte sich aber mit den Füßen in der Decke. Sofort war er hinter ihr und dem Sessel und schlang ihr den Strick um den Hals. Sie wehrte sich, aber die Schnur schnitt ihr schmerzhaft in die Haut.

»Nein, nein, nein, bitte, o Gott, nicht!«

Sie zerrte daran, aber es war zwecklos. Sie bekam noch nicht einmal die Finger unter den Strick. Sie war kurz davor, bewusstlos zu werden. Bilder ihrer Schwester traten ihr vor Augen. Ihnen war so wenig Zeit geblieben. Und Larry. Er liebte sie. Sie wusste, dass er sie liebte ...

Röchelnd schnappte sie nach Luft, als der Druck der Schnur etwas nachließ. Und dann spürte sie, wie ihr etwas aufs Gesicht gestrichen wurde. Als sie sich zu bewegen versuchte, wurde der Strick sofort wieder festgezogen.

»Ganz still bleiben. Nicht rühren. Es ist an der Zeit für deine letzte Schönheitsmaske«, flüsterte Marcus Ambrose.

Officer Jennings kurvte um den umgestürzten Baum, die Reifen versanken im durchweichten Rasen. Gerade als der Wagen zum Stehen kam, ging der Strom wieder an, und im Wohnzimmerfenster zeichnete sich mit erschreckender Deutlichkeit eine albtraumhafte Szene ab. Alexandra Saunders saß in einem Sessel, ihre blonden Haare fielen ihr über die Schultern. Der Täter hielt mit einer Hand einen um ihren Hals geschlungenen Strick fest, während er ihr mit der anderen etwas Weißes ins Gesicht schmierte.

Als die Scheinwerferlichter des Streifenwagens durch

das Fenster leuchteten, blickte Ambrose auf. Sofort ließ er den Strick los und stürzte durch die Seitentür hinaus in Richtung Wald. Rawley und Jennings sprangen aus dem Wagen und jagten ihm hinterher. Kurz vor dem Waldrand konnten sie ihn überwältigen und zu Boden ringen.

Twaddle und Ben eilten ins Wohnzimmer, wo die ohnmächtige Alexandra im Sessel lag. Sofort löste Twaddle den Strick. Ben zog sie vom Sessel hoch, legte sie auf den Boden und begann mit Wiederbelebungsmaßnahmen ... presste Sauerstoff in ihre Lungen ... zwang ihr Herz dazu, wieder zu schlagen.

Am Sonntagnachmittag statteten die Detectives Twaddle und Lyons Alexandra in ihrer Wohnung einen Besuch ab. Mike kam an die Tür und begrüßte sie mit einem Lächeln.

Alexandra saß auf der Couch und hatte noch einen Verband um den Hals. Sie trug einen bunten Kaftan, ihre blonden Haaren fielen ihr locker über die Schultern. Ihre lebhaften blauen Augen funkelten, ihre Haut war makellos.

Was für eine unglaublich schöne Frau, dachte Twaddle.

Sie wollte aufstehen, aber eine Hand an ihrem Arm hielt sie zurück.

»Ganz ruhig«, ermahnte sie Larry. »Du bist noch unsicher auf den Beinen.«

Lächelnd sah sie zu den beiden Polizisten. »Ich weiß nicht, wie ich Ihnen danken soll. Wenn Sie nicht gewesen wären ...«

»Ich bin sehr froh, dass wir rechtzeitig gekommen sind«, erwiderte Twaddle.

»Ich kann mich kaum noch an etwas erinnern, nachdem er mich stranguliert hat ...«

Unwillkürlich legte Larry Thompson den Arm um sie.

»Man hat Sie ins Krankenhaus in Windham eingeliefert, wo Sie die Nacht verbracht haben. Sie erinnern sich?«, fragte Twaddle.

Alexandra nickte. »Vage. So richtig erinnere ich mich erst an den Hubschrauber, der mich gestern von Windham hierhergebracht hat. Und an euch.« Sie sah zu Janice, Mike und Larry. »Ihr habt auf mich gewartet, als ich aus dem Hubschrauber geholt wurde. Ich hatte eigentlich gedacht, ich würde fürchterlich aussehen, aber ihr wart ja auch alle völlig durch den Wind.«

»Das waren wir, ja«, bestätigte Mike lächelnd. »Du hast noch unter Beruhigungsmittel gestanden, aber trotzdem entschieden klargemacht, dass du nicht in ein weiteres Krankenhaus willst.«

Janice, die ihre Schwester keine Sekunde aus den Augen gelassen hatte, wandte sich nun an Detective Twaddle. »Detective, ich war überzeugt, dass sich Marcus Ambrose wirklich um Alexandra Sorgen macht. Wie sind Sie bloß darauf gekommen, ihn zu verdächtigen?«

»Er war der Letzte, der Ihre Schwester gesehen hat«, antwortete Twaddle. »Seine Vermutung, sie hätte vor Paparazzi Reißaus genommen, klang nicht unplausibel. Aber in dem Fall hätte sie ihnen ganz leicht entgehen können, wenn sie sich in sein Büro geflüchtet hätte.

Und nach allem, was Sie« – er sah zu Larry – »und Mr. Wilson und, in verklausulierter Form, auch Mr. Ambrose über Alexandra erzählt haben, hatte ich sofort den Verdacht, dass ihre Symptome eine Reaktion auf Medikamente oder Drogen sein müssen. Und damit sollte ich recht behalten.«

»Ich kann Ihnen gar nicht sagen, wie schuldig ich mich wegen Lisa fühle, weil sie an meiner Stelle sterben musste«, sagte Alexandra. »Das wird mich bis an mein Lebensende belasten. Ich hätte sie warnen müssen, ich hätte ihr von meiner Vermutung erzählen sollen, dass Marcus Ambrose mich unter Drogen setzt. Aber ich habe so neben mir gestanden, dass ich nichts mehr mit Sicherheit wusste. Als sein Gepäck durchsucht und er auf die Barbiturate angesprochen wurde, war mein Argwohn geweckt. Ich habe mich weggedreht, als würde mich das alles gar nicht interessieren, aber ich habe seine Miene gesehen. Er war zutiefst beunruhigt. Mehr als das, er war wütend. Hätte ich Lisa bloß gewarnt – aber ich hätte doch nie gedacht, dass er irgendjemanden umbringen würde.«

»Wir wissen, dass Ambrose Lisa Markey wegen der Perücke mit Ihnen verwechselt hat«, sagte Lyons. »Aber schleierhaft ist mir immer noch der erstaunliche Zufall, dass Lisa am Mordabend das gleiche Kleid trug wie Ihre Schwester.«

»Das war kein Zufall«, antwortete Alexandra. »Ich habe dieses Kleid letztes Weihnachten gekauft, eines für mich und eines für meine Schwester. Ich selbst habe es nur ein paarmal getragen, aber Lisa war jedes Mal hin und weg, und deshalb habe ich es ihr geschenkt. Wir sind dann auf die Idee gekommen, dass sie es mit der Perücke am Flughafen trägt, damit Janice und Mike sie leichter in der Menge erkennen können.«

»Apropos in der Menge erkennen«, sagte Mike. »Ich

weiß jetzt auch, warum Marcus Ambrose mir von Anfang an so bekannt vorkam. Er muss ebenfalls herausgefunden haben, dass unser Flug um acht Uhr morgens eintraf. Janice und ich waren nicht die Einzigen, die zu diesem Zeitpunkt nach Alexandra Ausschau gehalten haben. Ich bin mir sicher, ihn in der Menschenmenge gesehen zu haben.«

Alexandra sah zu Twaddle. »Marcus Ambrose hat mich unter Drogen gesetzt, er hat Lisa umgebracht und dann versucht, mich zu töten. Aber warum?«

»Mr. Ambrose hat keine blütenreine Weste. Er ist zwar nicht vorbestraft, aber man nimmt an, dass er mit seinen Chartermaschinen wertvolle Antiquitäten ins Land schmuggelt, während er ganz legal für seine Kunden wie die Wilson Model-Agentur unterwegs ist. Deshalb ist sein Gepäck auch so gründlich durchsucht worden.

Außerdem hätte er eine Menge zu gewinnen gehabt, wenn die Beauty-Mask-Kampagne von Fowler Cosmetics ein Misserfolg geworden wäre. Er hat vor Kurzem eine beträchtliche Anzahl von Aktienoptionen auf ein konkurrierendes Kosmetikunternehmen erworben, das recht bald ein ähnliches Produkt wie Beauty Mask auf den Markt bringen will. Wäre es ihm geglückt, Sie außer Gefecht zu setzen und die Werbekampagne zu verzögern, hätte er eine Menge Geld verdient, wenn das Konkurrenzprodukt Beauty Mask vom Markt verdrängt hätte.«

Larry schaltete sich ein. »Zu diesem Thema gibt es übrigens gute Neuigkeiten. Ich habe mit Ken Fowler gesprochen, dem Vorstandsvorsitzenden von Fowler Cosmetics. Als ich ihm von den Vorfällen hier erzählt habe, hat er sich sofort bereit erklärt, den Venedig-Nachdreh um eine

Woche zu verschieben. Er wünscht dir baldige und gute Besserung.«

»Bis dahin bin ich wieder absolut fit«, sagte Alexandra. »Ich muss am Hals nur ein wenig Make-up auftragen, dann können wir loslegen. Und danach will ich an dieses Beauty-Mask-Zeug noch nicht einmal mehr denken.«

Twaddle und Lyons verabschiedeten sich und gingen.

Larry Thompson sah sie an. »Alexandra, ich ...«

Bevor er weiterreden konnte, wurde er von Alexandra unterbrochen. »Als ich dachte, ich würde sterben, ist mir klar geworden, dass ihr drei für mich die wichtigsten Menschen auf der Welt seid. Larry, hast du die nächsten Tage zufällig etwas Zeit? Es wäre mir eine große Freude, wenn ich mit dir zusammen Janice und Mike die Stadt zeigen könnte.«

»Alexandra«, sagte Larry, »für dich werde ich immer Zeit haben – in jeder Minute, an jedem Tag und in jedem Jahr meines restlichen Lebens.«

Lächelnd strich er ihr über die Wange. »Selbst wenn du eines Tages Falten bekommen solltest.«

Der blinde Passagier

Carol versuchte ihre zunehmende Nervosität zu verbergen und sah sich im Wartebereich des Terminals um. Die farbenfroh gekleideten Folklorepuppen in den Schaukästen wollten so gar nicht zu den grimmigen Polizisten passen, die davor auf und ab patrouillierten. Die Handvoll Passagiere, die darauf warteten, an Bord zu gehen, warfen ihnen hasserfüllte Blicke zu.

»Die Suche dauert schon zu lange«, sagte einer von ihnen, als sich Carol in ihrer rauchblauen Uniform der Gruppe näherte. »Die Schlächter sind sauer.« Er wandte sich an Carol. »Wie lange fliegen Sie schon, Stewardess?«

»Drei Jahre«, antwortete Carol.

»Dafür sehen Sie noch sehr jung aus. Sie hätten das Land vor der Besatzung erleben sollen. Damals war hier alles voller fröhlicher Menschen. Zwanzig Verwandte haben mich bei meinem letzten Besuch verabschiedet. Jetzt wagt es keiner mehr, sich blicken zu lassen. Es ist nicht klug, sich in der Öffentlichkeit mit Leuten zu zeigen, die Verbindungen nach Amerika haben.«

Carol senkte die Stimme. »Heute sind sehr viel mehr Polizisten als sonst hier. Kennen Sie den Grund dafür?«

»Ein Dissident ist ihnen entkommen«, flüsterte er. »Angeblich ist er vor einer Stunde irgendwo in der Nähe gesichtet worden. Sie werden ihn bestimmt schnappen. Ich hoffe nur, ich muss das nicht mit ansehen.«

»In einer Viertelstunde beginnt das Boarding«, entgegnete Carol. »Entschuldigen Sie mich, ich muss zum Kapitän.«

Tom kam soeben von der Zentralen Disposition. Als sich ihre Blicke trafen, nickte er ihr zu. Wie lang würde es ihr noch einen Stich versetzen, wenn sie ihn sah, diesen wunderbaren, groß gewachsenen Mann in seiner dunklen Uniform? Dabei wäre es längst an der Zeit, in ihm nichts weiter als einen Piloten zu sehen und nicht mehr den Mann, in den sie so verliebt gewesen war.

»Du wolltest mich sprechen, Kapitän?«, sagte sie so förmlich wie möglich.

»Hast du nach Paul gesehen?«, fragte Tom ebenso kühl wie sie.

Carol musste sich eingestehen, dass sie seit ihrer Landung in Danubia keinen Gedanken mehr an den Chefsteward verschwendet hatte. Aufgrund der Nebenwirkungen einer Auffrischimpfung war ihm nicht ganz wohl, deshalb war er im Ruheabteil der Crew geblieben, solange die Maschine für den Rückflug nach Frankfurt aufgetankt wurde.

»Nein, Kapitän. Das Räuber-und-Gendarmspiel unserer Freunde hier hat mich mehr interessiert.« Mit dem Kopf deutete sie in Richtung der Polizisten.

Tom nickte. »Ich möchte nicht in der Haut dieses armen Kerls stecken, wenn sie ihn erwischen. Sie gehen davon aus, dass er sich irgendwo auf dem Flughafen herumtreibt.«

Kurz spürte sie wieder die Vertrautheit zwischen ihnen.

Gespannt sah sie auf, aber dann war er doch wieder nur der Kapitän, der sich mit der Stewardess unterhält. »Geh bitte an Bord und sieh nach, ob Paul irgendetwas braucht. Ich lasse die Passagiere vom Bodenpersonal rausbringen.«

Carol nickte und trat hinaus aufs Flugfeld.

Im trüben Licht des Oktobernachmittags vermittelte der Flughafen einen durch und durch trostlosen Eindruck. Sie sah, wie drei Polizisten an Bord des Flugzeugs neben ihnen gingen. Ein Schauer durchfuhr sie, bevor sie die Treppe hochstieg und in der Maschine zu Paul ging.

Er schlief noch. Fürsorglich breitete sie eine weitere Decke über ihn, kehrte in die Passagierkabine zurück und sah auf ihre Uhr. Noch zehn Minuten, bevor die Passagiere an Bord kamen. Sie zückte ihren Handspiegel und fuhr sich mit einem Kamm durch die kurzen blonden, sich unter dem Schiffchen ringelnden Haare.

In diesem Moment bemerkte sie im Spiegel eine schmale Hand, die die Stange im kleinen, offen stehenden Stauraum hinter ihrem Sitz umklammert hielt. Sie zuckte zusammen. *Jemand will sich dort verstecken!* Hektisch sah sie durch das Fenster neben ihrem Sitz. Die Polizisten hatten das Flugzeug nebenan verlassen und kamen nun zu ihnen.

»Legen Sie den Spiegel weg, Mademoiselle«, flüsterte er. Sein Englisch war klar verständlich, allerdings mit schwerem Akzent. Sie hörte, wie die Kleiderbügel zur Seite geschoben wurden. Sie fuhr herum. Vor ihr stand ein schmächtiger, etwa siebzehnjähriger Junge mit wuscheligen blonden Haaren und intelligenten blauen Augen.

»Bitte – haben Sie keine Angst. Ich tu Ihnen nichts.« Der Junge sah aus dem Fenster zu den näher kommenden

Polizisten. »Gibt es noch einen anderen Weg aus diesem Flugzeug?«

Mit einem Mal hatte Carol nicht mehr nur um sich Angst, sondern auch um ihn. Die Panik stand ihm ins Gesicht geschrieben, er wich vom Fenster zurück und streckte ihr flehentlich die Hand entgegen. »Wenn sie mich finden, bringen sie mich um. Wo kann ich mich verstecken?«

»Ich kann dich nicht verstecken«, erwiderte Carol. »Sie werden dich finden, wenn sie die Maschine durchsuchen. Ich kann doch die Fluggesellschaft nicht in diese Sache mit hineinziehen.« Sie sah schon Toms Miene vor sich, wenn die Polizei den blinden Passagier an Bord entdecken sollte – noch dazu, wenn sie ihn versteckt hatte.

Auf der Gangway waren Schritte zu hören, schwere, auf dem Metall dröhnende Stiefel, dann laute Schläge gegen die noch geschlossene Tür.

Gebannt starrte Carol dem Jungen in die hellen Augen, in denen ein schwacher Hoffnungsschimmer lag. Verzweifelt sah sie sich um. Im Kleiderfach hing Pauls Uniformjacke. Sie griff danach und nahm auch die Mütze vom Regal. »Zieh das an, schnell.«

Der Junge reagierte sofort. Seine Finger flogen über die Knöpfe, er stopfte sich die Haare unter die Mütze. Erneutes Hämmern an der Tür.

Carol hatte jetzt feuchte Hände, ihre Finger fühlten sich taub an. Sie schob den Jungen in den Sitz am Fenster, fummelte am Verschluss der Formularmappe herum und warf ihm einen Packen Zollerklärungen auf den Schoß. »Mach ja nicht den Mund auf. Wenn ich nach deinem Namen gefragt werde, sage ich Joe Reynolds.

Und bete zu Gott, dass sie nicht deinen Pass sehen wollen.«

Auf dem Weg zur Kabinentür glaubte sie, ihre Beine würden jeden Moment nachgeben. Sie legte den Hebel um, und erst jetzt wurde ihr bewusst, was sie hier tat – und wie jämmerlich durchschaubar die Verkleidung des Jungen war. Ob sie es verhindern konnte, dass die Polizei die Maschine durchsuchte? Die Tür schwang auf. Sie stellte sich in die Öffnung und wandte sich in ungehaltenem Ton an die Polizisten. »Der Steward und ich gehen gerade die Papiere durch. Was wollen Sie denn?«

»Sie haben sicherlich mitbekommen, dass wir einen flüchtigen Landesverräter suchen. Sie haben kein Recht, die Polizei bei ihrer Arbeit zu behindern.«

»Sie behindern mich in *meiner* Arbeit. Ich werde das dem Kapitän melden. Sie haben kein Recht, ein amerikanisches Flugzeug zu betreten.«

»Wir durchsuchen jede Maschine auf dem Rollfeld«, blaffte der Anführer. »Treten Sie jetzt zur Seite? Es wäre sehr unerfreulich, wenn wir uns mit Gewalt Zutritt verschaffen müssten.«

Carol sah ein, dass es zwecklos war, mit ihnen zu reden. Sie ließ sich auf dem Sitz neben dem Jungen nieder und schirmte ihn mit dem Rücken von den Polizisten ab. Er hatte sich über die Papiere gebeugt. Im fahlen Licht ging die Uniform gerade so durch; dass er keine Krawatte trug, fiel in seiner kauernden Haltung kaum auf.

Carol griff sich von ihm einige Zollerklärungen. »Okay, Joe«, sagte sie, »machen wir das fertig. ›Kralik, Walter, sechs Flaschen Cognac, Wert dreißig Dollar. Eine Uhr, Wert ...‹«

»Wer ist noch an Bord?«, platzte der Anführer der Polizisten dazwischen.

»Der Chefsteward. Er schläft im Ruheabteil«, antwortete Carol nervös. »Er ist sehr krank.«

Der Blick des Polizisten fiel auf »Joe«, aber er schien ihn kaum wahrzunehmen. »Sonst niemand? Das ist die einzige amerikanische Maschine. Wir müssen davon ausgehen, dass der Verräter es auf sie abgesehen hat.«

Der zweite Polizist hatte die Toiletten und den Garderobenstauraum durchsucht und unter den Sitzen nachgesehen. Der Dritte kam vom Cockpit zurück. »Da vorn ist nur einer, der schläft. Der ist zu alt für unseren Mann.«

»Er wurde vor einer Viertelstunde ganz in der Nähe gesehen«, sagte der Anführer. »Er muss sich hier irgendwo aufhalten.«

Carol sah auf die Uhr. Eine Minute vor sechs. Die Passagiere dürften bereits über das Flugfeld kommen. Sie musste die Polizisten loswerden, den Jungen verstecken – und das alles in einer Minute.

Sie erhob sich und achtete darauf, direkt vor Joe zu stehen. Bei einem Blick durchs Fenster an der gegenüberliegenden Seite sah sie, wie die Tür zum Wartebereich im Terminal aufging. »Sie haben die Maschine durchsucht«, sagte sie zum Anführer. »Die Passagiere kommen gleich an Bord. Würden Sie jetzt bitte gehen.«

»Es scheint Ihnen ja eine Menge daran zu liegen, uns loszuwerden, Stewardess.«

»Ich muss noch den Papierkram erledigen. Und während des Flugs ist das nur schwer zu schaffen.«

Schritte eilten die Gangway herauf. Ein Bote erschien.

»Der Polizeichef erwartet umgehend Ihren Bericht«, meldete er dem Anführer der Gruppe.

Zu Carols Erleichterung eilten die drei Polizisten sofort nach draußen.

Jemand vom Bodenpersonal und die Passagiere standen bereits am Fuß der Gangway, als die Polizisten nach unten gingen. Die Crew betrat die Maschine über die vordere Tür.

»Joe!«, rief Carol. Der Junge kauerte im Gang. Sie zog ihn mit ins Heck und deutete auf die Herrentoilette. »Da rein. Zieh die Uniform aus und mach keinem auf außer mir.«

Sie eilte zur Kabinentür und zwang sich zu einem Lächeln. Der Vertreter des Bodenpersonals händigte ihr die Passagierliste aus und wartete, während sie die Fluggäste begrüßte und ihnen ihre jeweiligen Sitze zeigte.

Nur sechs Namen standen auf der Liste. Fünf waren mit Schreibmaschine getippt, der erste ganz oben aber, »Wladimir Karlow«, war handschriftlich hinzugefügt. Daneben standen die drei Buchstaben VIP.

»Wer ist der VIP?«, fragte Carol den Mann vom Bodenpersonal.

»Ein richtig hohes Tier, der Polizeichef von Danubia. Einer der schlimmsten Schlächter, seien Sie also besonders zuvorkommend zu ihm. Er redet gerade mit den Polizisten, die die Maschinen durchsucht haben.«

Der Polizeichef – auf ihrem Flug! Carol wurde übel. Aber als er die Gangway heraufkam, lächelte sie ihn an und streckte ihm die Hand entgegen. Er war ein großer, etwa fünfzigjähriger Mann mit wulstigen Lippen und einer spitzen Nase.

»Mir ist Sitzplatz vierzig gegeben worden.«

Carol konnte ihn unmöglich hinten in der Maschine sitzen lassen. Dort würde er auf jeden Fall mitbekommen, wenn sie »Joe« aus der Toilette holte. »Es verspricht ein angenehmer Flug nach Frankfurt zu werden«, sagte sie freundlich. »Es wäre töricht, wenn Sie nicht vorne sitzen würden, vor den Triebwerken ...«

»Ich bevorzuge aber einen Sitzplatz weiter hinten. Dort hinten verläuft der Flug viel ruhiger.«

»Nach der Wettervorhersage ist mit keinerlei Problemen zu rechnen. Sie werden sehen, Sie werden vorn genauso ruhig sitzen wie hinten, und die Aussicht ist viel besser.«

Mit einem Schulterzucken folgte er ihr durch den Gang. Sie warf einen Blick auf die Passagierliste und überlegte, ob sie ihn neben einen der anderen Fluggäste platzieren sollte. Dann kam er vielleicht mit ihm ins Gespräch und wäre abgelenkt, wenn sie Joe aus der Toilette schaffte. Aufgrund der zornerfüllten Kommentare der Passagiere im Terminal entschied sie sich schließlich dagegen, brachte ihn zu Sitz drei, verstaute seine Tasche im Gepäckfach und bat ihn, sich anzuschnallen.

Der Passagier auf Platz sieben stand auf und wollte nach hinten. Carol fing ihn gerade noch vor der Herrentoilette ab. »Sir, nehmen Sie bitte wieder Platz. Die Maschine wird sich jeden Moment in Bewegung setzen.«

Der Mann war kreidebleich. »Bitte, Stewardess, mir ist nicht wohl. Beim Start geht es mir immer schlecht.«

Carol packte ihn kurzentschlossen an der Hand und zog ihn vom Türknauf weg, bevor er merkte, dass die Tür abgeschlossen war. »Ich habe Tabletten, die werden Ihnen helfen. Jeder muss auf seinem Sitzplatz sein, solange wir nicht in der Luft sind.«

Nachdem sie ihn zu seinem Platz zurückbegleitet hatte, griff sie sich das Mikro. »Guten Tag, ich darf Sie recht herzlich bei uns an Bord begrüßen. Ich bin Ihre Stewardess, meine Name ist Carol Dowling. Ich darf Sie bitten, sich anzuschnallen und das Rauchen einzustellen, bis das Zeichen über der vorderen Tür erlischt. Unsere voraussichtliche Flugzeit nach Frankfurt beträgt zwei Stunden und fünf Minuten. In Kürze servieren wir Ihnen ein leichtes Abendessen. Bitte wenden Sie sich an uns, falls wir Ihnen behilflich sein können. Wir wünschen Ihnen einen angenehmen Flug.«

Als sie zum Cockpit ging, hatte die Maschine bereits ihre Startposition erreicht, die Triebwerke liefen auf vollen Touren. Sie beugte sich zu Tom vor. »Kabine klar, Kapitän.«

Tom drehte sich so hastig zu ihr um, dass er mit der Hand über ihr Haar strich. Ein warmes Gefühl überkam sie, und sie fasste sich unwillkürlich an den Kopf.

»Okay, Carol.«

Die Triebwerke dröhnten – sie verstand kaum, was er sagte. Ein Jahr zuvor hätte er noch zu ihr aufgeblickt und mit den Lippen stumm »ich liebe dich, Carol« gebildet, aber das war jetzt vorbei. Plötzlich bedauerte sie es zutiefst, dass sie sich nie richtig ausgesprochen hatten. In schlaflosen Nächten musste sie sich eingestehen, dass Tom das durchaus versucht hatte. Er hatte sich ihr wieder annähern wollen, aber sie hatte keinen Zentimeter nachgegeben. Seine Versöhnungsversuche hatten daher nur in weiterem Streit geendet, dann war er für ein halbes

Jahr in London stationiert gewesen, und sie hatten sich nicht mehr gesehen. Aber jetzt waren sie wieder zusammen auf einem Flug, zwei Kollegen, die höflich miteinander umgingen und sich nicht im Geringsten anmerken ließen, dass es jemals anders gewesen war.

Sie wollte schon zurück in die Kabine, als Tom sie noch mal zu sich heranwinkte. Er nickte dem Ersten Offizier zu, und die Triebwerke wurden leiser. Nach ihrer Trennung war sie sich unendlich einsam vorgekommen, aber auf diesem Flug hatte es wieder einige herzliche Momente zwischen ihnen gegeben – Momente, die ihr beinahe das Gefühl gaben, sie könnten sich wieder zusammenraufen. Aber nach dem, was sie hier machte, wäre es damit wohl endgültig vorbei. Selbst wenn sie Joe nach Frankfurt bringen könnte, würde Tom ihr das nie verzeihen.

»Carol, hast du schon mit dem Polizeichef gesprochen?«

»Nur kurz, als ich ihn zu seinem Platz gebracht habe. Er scheint mir nicht sehr gesprächig.«

»Kümmere dich um ihn. Er ist sehr wichtig. Es wird gemunkelt, dass Danubia den Luftraum für amerikanische Flugzeuge sperren will. Sagt ihm unser Service zu, kommt uns das vielleicht zugute. Wenn wir in der Luft sind, schicke ich Dick nach hinten, damit er dir beim Essen hilft.«

»Das ist nicht nötig. Es gibt ja nur einen kleinen Imbiss. Bei sechs Passagieren komme ich schon allein zurecht.«

Als sie in der Kabine an dem Passagier vorbeikam, der Angst vor dem Start hatte, lächelte sie ihm aufmunternd zu. Die Maschine befand sich nun unmittelbar vor dem Start, der Triebwerkslärm war ohrenbetäubend. Alle Passagiere, auch der Polizeichef, sahen aus den Fenstern. Sie ging nach hinten, klopfte an die Tür zur Herrentoilette und rief leise nach Joe.

Lautlos kam er heraus. Im fahlen Licht wirkte er kaum mehr als ein Schatten. »Der letzte Platz rechts«, flüsterte sie ihm zu. »Kauere dich auf den Boden. Ich lege eine Decke über dich.«

Er verschwand in der Sitzreihe. Er bewegt sich wie eine Katze, dachte Carol. Oder ein Kätzchen, verbesserte sie sich und dachte an seine jungenhaften Wuschelhaare, die ihr Gesicht gestreift hatten.

Es war nicht einfach, im Steigflug das Gleichgewicht zu halten, sie musste sich mit einer Hand an der Außenseite der Toilette abstützen, bevor sie sich auf den Gangplatz neben Joe fallen ließ, während sie die aus dem Gepäckfach genommene Decke über ihn breitete. Wer nur einen beiläufigen Blick darauf warf, würde kaum etwas bemerken; wer allerdings bewusst nach ihm Ausschau hielt, würde stutzen und ins Grübeln kommen, was sich darunter verbarg.

Sie heftete den Blick auf die Anzeige über der Kabinentür. FASTEN YOUR SEATBELTS – NO SMOKING. *Attachez vos ceinture – ne fumez pas*. Solange die Anzeige leuchtete, war ihr eine Atempause vergönnt, solange befand sie sich in Sicherheit. Aber sobald sie erlosch, würde sie die helle Kabinenbeleuchtung anschalten müssen, und Joes Versteck würde sich als reine Farce erweisen. Dann könnte sie die Passagiere auch nicht mehr davon abhalten, sich zu erheben.

Zum ersten Mal machte sie sich ernsthafte Gedanken, was ihr blühte, wenn sie Joe versteckte. Sie dachte an Toms Reaktion und musste an das vergangene Jahr und an den Ärger denken, den sie verursacht hatte.

»Aber, Tom«, hatte sie damals protestiert, »was war denn schon dabei, dass ich dem Mädchen erlaubt habe, den Hund aus der Transportbox zu lassen. Sie war doch allein unterwegs und sollte von Fremden adoptiert werden. Und es war Nacht, in der Kabine war es dunkel, keiner hätte etwas gemerkt, wäre nicht diese Frau zu ihr gegangen und hätte der Hund sie nicht gezwickt.«

»Carol«, hatte Tom darauf entgegnet, »eines Tages wirst auch du vielleicht lernen, dass man sich an bestimmte Grundregeln zu halten hat. Diese Frau war zufällig Aktionärin und hat bei der Gesellschaft gewaltig Krach geschlagen. Ich habe die Verantwortung auf mich genommen, weil ich weiß, dass es mich nicht den Job kosten wird. Aber nach sieben Jahren mit einer makellosen Personalakte gefällt es mir nicht unbedingt, dass ich mir dadurch eine Verwarnung eingehandelt habe.«

Sie dachte nur ungern daran, wie sie anschließend auf ihn losgegangen war und ihm an den Kopf geworfen hatte, wie sehr es sie freue, dass es mit seinem Perfektionswahn damit hoffentlich vorbei sei ... dass er sich jetzt endlich einmal entspannen und sich wie ein Mensch benehmen könne ... dass er die Vorschriften der Fluggesellschaft jetzt hoffentlich nicht mehr als in Stein gemeißelt betrachten würde. Es fiel ihr nicht sonderlich schwer, sich diesen Dialog ins Gedächtnis zu rufen, schließlich ging er ihr ständig im Kopf herum.

Sie versuchte sich vorzustellen, was Charlie Wright tun würde, der Stationsleiter von Northern in Frankfurt. Auch Charlie war jemand, der nichts auf die Fluggesellschaft kommen ließ und alles für sie tat. Er mochte es, wenn die Maschinen pünktlich ankamen und abflogen, wenn die Passagiere zufrieden waren. Charlie würde an die Decke gehen, wenn er einen blinden Passagier melden müsste, und sie auf der Stelle vom Dienst suspendieren oder gleich ganz feuern.

Joe bewegte sich, und sie konzentrierte sich wieder auf das unmittelbare Problem, für ihn einen sicheren Platz zu finden. Die Maschine beendete den Steigflug und hatte ihre Reisehöhe erreicht. Das Anschnallzeichen erlosch, langsam stand sie auf. Und so ungern sie es auch tat, aber sie griff zum Schalter an der Wand und stellte die Kabinenbeleuchtung an.

Sie begann mit dem Verteilen von Zeitungen und Zeitschriften. Der Mann, der vor dem Start so nervös gewesen war, sah nun wesentlich besser aus. »Ihre Pille hat Wunder gewirkt, Stewardess.« Er nahm eine Zeitung entgegen und suchte seine Brille. »Sie muss in meinem Mantel sein.« Er erhob sich und wollte schon nach hinten.

»Ich hole sie Ihnen schon«, murmelte Carol.

»Auf keinen Fall.« Er kam an Joes Versteck vorbei – Carol sah ihm nach und wagte kaum zu atmen. Die Decke wirkte völlig deplatziert in der ansonsten makellos aufgeräumten Kabine. Der Passagier fand seine Brille, wollte wieder zurück zu seinem Platz und blieb abrupt stehen. Carol wurde bewusst, dass er zu den *ordentlichen* Menschen gehörte – hatte er nicht seinen Mantel auf dem Bügel glattgestrichen, hatte er nicht die Zeitung auf Kante gelegt? Jeden Moment würde er jetzt also die Decke hochheben, schon beugte er sich über den Sitz und wollte sie ergreifen. »Das muss Ihnen runtergefallen ...«

»Oh, bitte!« Carol legte ihm entschlossen die Hand

auf den Arm. »Machen Sie sich bitte nicht die Mühe. Ich kümmere mich gleich darum.« Damit schob sie ihn weg. »Sie sind doch unser Gast. Wenn der Kapitän mitbekommt, dass Sie für mich die Kabine aufräumen, wirft er mich hochkant aus dem Fenster.«

Lächelnd kehrte der Passagier auf seinen Platz zurück.

Carol ließ den Blick durch die Kabine schweifen. Die Decke war viel zu auffällig. Jeder, der ins Heck der Maschine kam, musste Joe unweigerlich entdecken.

»Bringen Sie mir bitte ein paar Zeitschriften, Stewardess!«

»Natürlich.« Carol brachte dem Passagier direkt hinter dem Polizeichef eine Auswahl diverser Magazine und ging eine Reihe weiter. »Darf ich Ihnen auch auch eine Zeitschrift oder eine Zeitung anbieten, Mr. Karlow?«

Der Polizeichef trommelte mit seinen dünnen Fingern auf die Armlehne, während er mit gespitzten Lippen nachzudenken schien. »Irgendetwas will mir gerade nicht einfallen, Stewardess. Man hat mir nämlich etwas mitgeteilt, nur scheint mir das irgendwie nicht zu passen. Aber« – er lächelte sie kalt an – »es wird mir sicherlich wieder einfallen. Irgendwann fällt mir nämlich immer alles ein.« Mit einer wegwerfenden Geste lehnte er die angebotenen Zeitschriften ab. »Wo ist der Wasserspender?«

»Ich bringe Ihnen ein Glas Wasser ...«

Er erhob sich bereits. »Machen Sie sich nicht die Mühe, bitte. Ich hasse es, wenn ich so lange sitzen muss. Ich besorge mir selbst einen Becher.«

Der Wasserspender befand sich genau gegenüber dem Sitz, unter dem sich Joe verborgen hielt. Der Polizeichef war nicht dumm. Er würde die Decke genau unter die Lupe nehmen.

»Nein!« Sie stellte sich ihm in den Weg. »Es ist mit Turbulenzen zu rechnen. Der Kapitän will nicht, dass die Passagiere ihre Plätze verlassen.«

Nachdrücklich sah der Polizeichef zum nicht beleuchteten Anschnallzeichen. »Wenn Sie mich bitte vorbeilassen würden ...«

Die Maschine neigte sich leicht. Carol stieß gegen den Polizeichef und ließ dabei die Zeitschriften fallen. Es schien tatsächlich etwas turbulent zu werden.

Wenn sie ihn nur noch ein bisschen aufhalten könnte. Tom würde bestimmt gleich die Anzeige aufleuchten lassen. Sichtlich verärgert hob der Polizeichef einige der Zeitschriften auf.

Sie kauerte sich vor ihm auf den Boden, blockierte ihm den Weg, sammelte die restlichen Zeitschriften ein und sortierte sie der Größe nach. Schließlich, als sie es nicht mehr länger hinauszögern konnte, richtete sie sich auf. In diesem Moment blinkte das Anschnallzeichen auf.

Der Polizeichef ließ sich wieder in seinen Sitz fallen und sah ihr nach, als sie zum Wasserspender ging, ein Glas auffüllte und es ihm brachte. Er dankte ihr nicht, sondern sagte nur: »Die Anzeige muss Ihren Wunsch erhört haben, Stewardess. Ihnen scheint eine ganze Menge daran zu liegen, dass ich meinen Platz nicht verlasse.«

Carol packte erst die Angst, doch dann wurde sie wütend. Er wusste, dass hier etwas nicht stimmte, und es gefiel ihm, wie sie sich wand. Sie nahm sein Glas, das er kaum angerührt hatte. »Sir, ich muss Ihnen etwas gestehen. Wenn wir einen äußerst wichtigen Passagier an Bord haben, wird sein Name auf der Passagierliste besonders vermerkt. Dadurch wissen wir, dass wir ihn so zuvorkommend wie möglich behandeln sollen. Auf diesem Flug sind Sie dieser Passagier, und ich bemühe mich, Ihnen den Aufenthalt so angenehm wie möglich zu gestalten. Es tut mir leid, falls mir das nicht immer gelingen sollte.«

Die Cockpittür ging auf, und Tom erschien. Die Passagiere saßen alle in der vorderen Hälfte der Maschine, Carol stand in der letzten Reihe. Wahrscheinlich wollte Tom nur die Passagiere begrüßen. Er würde sich also kaum die Mühe machen, alle Reihen abzuschreiten, wenn hinten niemand saß.

Tom hieß den Polizeichef an Bord willkommen, schüttelte dem Passagier dahinter die Hand, und als er die beiden Dame spielenden Freunde erreichte, deutete er auf eine Wolkenbank. Jedesmal, wenn Carol ihn sah, kam eine andere Erinnerung in ihr hoch. Diesmal musste sie an Gander denken, die Stadt auf Neufundland, wo am Memorial Day ihr Flug wegen eines sehr ungewöhnlichen Schneesturms abgesagt worden war. Nachts hatte sie sich mit Tom noch eine Schneeballschlacht geliefert, irgendwann hatte er auf seine Uhr gesehen und gesagt: »Ist dir klar, dass in zwei Minuten der erste Juni ist? Ich habe noch nie an einem ersten Juni im Schneetreiben ein Mädchen geküsst.« Seine noch kalten Lippen streiften über ihre Wangen und fanden ihren Mund. »Ich liebe dich, Carol.« Es war das erste Mal, dass er ihr das gesagt hatte.

Carol schluckte und richtete ihre Aufmerksamkeit wieder auf die Gegenwart. Sie stand im Gang, Tom war vor ihr, Joe befand sich in höchster Gefahr, und es gab keinen Ausweg.

»Du willst wirklich nicht, dass dir jemand bei der Essensausgabe hilft, Carol?« Sein Ton war unpersönlich, aber er suchte ihren Blick. Wurde er ebenfalls von Erinnerungen gequält?

»Nicht nötig«, sagte sie. »Ich fang sofort an.« Das hieß, sie musste zur Bordküche und Joe allein lassen, was bedeutete, dass er jederzeit entdeckt werden könnte ...

Tom räusperte sich, er schien nach Worten zu suchen. »Wie fühlt es sich denn so an, die einzige Frau an Bord zu sein?«

Sie hörte die Worte, aber sie brauchte einen Moment, bis ihr deren Bedeutung dämmerte. Ihr Blick ging von Passagier zu Passagier: der Polizeichef, der Mann mit der Angst vor dem Start, der Vierzigjährige, der Ältere, der schlief, die beiden Freunde beim Damespiel. Männer, alles Männer. Sie hatte fieberhaft nach einem Versteck für Joe gesucht, und ausgerechnet Tom hatte sie jetzt auf eins gebracht. Die Damentoilette! Perfekt. Und so einfach.

Leichthin antwortete sie: »Ich bin gern die einzige Frau an Bord, Kapitän. So gibt es keine Konkurrenz.«

Tom wollte schon wieder nach vorn, dann zögerte er. »Carol, trinkst du mit mir einen Kaffee, wenn wir in Frankfurt sind? Wir müssen miteinander reden.«

Ihr Gefühl hatte sie also nicht getrogen. Auch sie schien ihm zu fehlen. Wenn sie ihm jetzt sagte, »ich habe einen blinden Passagier an Bord entdeckt«, wäre alles ganz einfach. Tom könnte sich auszeichnen, Danubia würde sich dankbar erweisen. Northerns Start- und Landerechte

würden verlängert werden, und die Probleme vom Vor-
jahr wären damit mehr als genug wiedergutgemacht. Aber
sie konnte Joe nicht seinen Häschern ausliefern, auch
nicht für Toms Liebe. »Frag mich in Frankfurt noch einmal, wenn du da noch willst«, antwortete sie.

Nach Toms Rückkehr ins Cockpit ging sie zu der Sitzreihe, in der Joe versteckt war, und musterte die Passagiere. Die beiden Freunde waren nach wie vor in ihr Damespiel vertieft. Der ältere Herr döste. Der Vierzigjährige
betrachtete die Wolken. Der Ordentliche war über seine
Zeitung gebeugt. Und der Polizeichef hatte sich in seinem Sitz zurückgelehnt. Es wäre zu schön, wenn er ein
Nickerchen halten würde. Aber im besten Fall war er vielleicht in Gedanken versunken und würde sich nicht umdrehen.

Sie beugte sich über die Decke. »Joe, du musst nach hinten, ins Heck. Die Damentoilette ist auf der linken Seite.
Geh rein und sperr die Tür zu.«

In diesem Augenblick traf sie der Blick des Polizeichefs,
der sich tatsächlich umgedreht hatte. »Joe, ich werde
gleich das Licht ausschalten. Dann machst du, dass du
nach hinten kommst. Hast du mich verstanden?«

Joe steckte den Kopf unter der Decke heraus. Seine
Haare waren zerzaust, blinzelnd starrte er ins grelle Licht
und sah aus wie ein aus dem Schlaf hochgeschreckter
Zwölfjähriger. Aber als sich seine Augen an das Licht ge-
wöhnt hatten, waren es die Augen eines Erwachsenen –
müde und angespannt.

Er nickte kaum merklich, mehr war nicht nötig. Sie
stand auf. Der Polizeichef hatte seinen Sitz verlassen und
kam mit schnellen Schritten auf sie zu.

Sie brauchte keine Sekunde, um zum Schalter zu fassen und die gesamte Kabine in Dunkelheit zu tauchen. Die Passagiere kreischten auf und wurden gleich darauf von Carol übertönt. »Bitte entschuldigen Sie! Wie dumm von mir. Ich komme doch jedes Mal mit den Schaltern durcheinander ...«

Das Klicken einer Tür, die geschlossen wurde – hatte sie es wirklich gehört oder es sich nur eingebildet?

»Machen Sie das Licht an, Stewardess!« Eine eisige Stimme, eine grobe Hand auf ihrem Arm.

Carol legte den Schalter um und starrte in das Gesicht des Polizeichefs – in sein von Wut verzerrtes Gesicht.

»Warum?«, blaffte er.

»Warum was, Sir? Ich wollte nur das Mikro einschalten und verkünden, dass gleich das Essen serviert wird. Sehen Sie – der Schalter fürs Mikro ist gleich neben dem für die Beleuchtung.«

Skeptisch inspizierte der Polizeichef die Schalttafel. Carol stellte das Mikrofon an. »Ich hoffe, Sie haben alle Appetit. In wenigen Minuten werde ich das Abendessen servieren, bis dahin gönnen wir uns aber noch einen Cocktail. Manhattans, Martinis oder Daiquiris. Ich komme sofort, um Ihre Bestellung aufzunehmen.« Sie wandte sich an den Polizeichef. »Einen Cocktail, Sir?«, fragte sie respektvoll.

»Trinken Sie einen mit mir mit, Stewardess?«

»Im Dienst darf ich nichts trinken.«

»Ich auch nicht.«

Was meinte er damit?, fragte sich Carol und stellte das Cocktailtablett ab. Vielleicht eines seiner Katz-und-Maus-Spielchen, entschied sie schließlich und nahm die vorbereiteten Essen aus dem Kühlschrank in der Bordküche und richtete sie auf den Tabletts an. Sie gab sich mit dem Essen des Polizeipräsidenten besondere Mühe, faltete die Leinenserviette sehr sorgfältig und schenkte ihm den Kaffee so spät wie möglich ein, damit er brühend heiß blieb.

»Gibt es nicht üblicherweise zwei Flugbegleiter?«, fragte der Polizeichef, als sie das Tablett vor ihn stellte.

»Ja, aber der Chefsteward ist krank. Er hat sich hingelegt.«

Sie servierte den anderen Fluggästen, schenkte Kaffee nach, brachte auch der Crew ihre Tabletts. Tom übergab an den Ersten Offizier und setzte sich an den Tisch des Navigators. »Ich bin froh, wenn wir in Frankfurt sind«, sagte er. »Mit dem Rückenwind sollten wir in einer halben Stunde da sein. Irgendwie bin ich den ganzen Flug schon nervös. Irgendwas scheint nicht zu passen, aber ich komm nicht drauf, was es ist.« Er grinste. »Vielleicht bin ich auch nur müde und brauche einen Tasse von deinem tollen Kaffee, Carol.«

Carol zog den Vorhang des Ruheabteils einen schmalen Spalt auf. »Paul scheint ja richtig durchzuschlafen.«

»Er ist vorhin aufgewacht und hat mich gebeten, ihm seine Jacke zu holen. Er wollte dir helfen. Ich habe ihm gesagt, er soll sich wieder hinlegen. Es geht ihm hundsmiserabel.«

Joes Schicksal hing an einem seidenen Faden. Wäre Paul nach hinten gekommen, hätte er Joe gesehen. Hätte Pauls Jacke nicht in der Kabine gehangen, hätte die Polizei Joe entdeckt. Hätte Tom nicht gesagt, dass sie die einzige Frau an Bord sei …

»Ich räum lieber mal die Tabletts ab, wenn wir nur noch eine halbe Stunde haben.«

Sie begann von hinten mit dem Einsammeln der Tabletts. Der Polizeichefs starrte auf sein unberührtes Essen. Intuitiv glaubte Carol zu wissen, dass sie ihn jetzt nicht stören sollte. So räumte sie erst die anderen ab, nach einem Blick auf die Uhr sah sie allerdings, dass ihr bis zur Landung nur noch zehn Minuten blieben. Das Anschnallzeichen leuchtete auf. Sie ging zum Polizeichef. »Kann ich Ihr Tablett abräumen, Sir? Sie haben ja nicht viel gegessen.«

Der Polizeichef erhob sich jedoch. »*Fast* wären Sie damit durchgekommen, Miss, aber jetzt weiß ich endlich, was mich die ganze Zeit gestört hat. In Danubia haben meine Leute gesagt, der Chefsteward sei krank, und die Stewardess würde mit dem Steward die Zollerklärungen durchgehen.« Sein Gesicht verzerrte sich. »Warum hat der Steward Ihnen nicht beim Essen geholfen? Weil es nämlich gar keinen gibt.« Seine Finger gruben sich in ihre Schulter. »Der Geflohene ist an Bord dieser Maschine, und Sie verstecken ihn.«

Carol spürte ihre Panik. »Lassen Sie mich los.«

»Er ist an Bord, nicht wahr? Gut, es ist noch nicht zu spät. Der Kapitän muss umdrehen und uns nach Danubia zurückbringen. Dann werden wir die Maschine gründlich durchsuchen.«

Er schob sie zur Seite und stürzte zur Cockpittür. Carol packte ihn am Arm, aber er stieß sie weg. Die anderen Passagiere hatten sich jetzt alle erhoben.

Ihre letzte Hoffnung waren diese Männer, die vor dem Start wegen der Suche nach dem Dissidenten so verärgert gewesen waren. Würden sie ihr helfen?

»Ja, es ist ein entflohener Dissident an Bord!«, rief sie.

»Ein Junge, der sofort getötet wird, sobald Sie ihn in die Finger bekommen. Aber das werde ich nicht zulassen.«

Kurz waren die Passagiere wie erstarrt – alle klammerten sich an die Rückenlehnen der Sitze, als das Flugzeug in den Sinkflug überging. Sicherlich würden sie ihr nicht zu Hilfe kommen, dachte Carol. Aber dann, als würden sie ganz allmählich begreifen, was sich hier abspielte, gingen sie gemeinsam gegen den Polizeichef vor. Der Ordentliche warf sich gegen ihn und schlug ihm die Hand vom Türknauf. Einer der Damespieler verdrehte ihm den Arm auf den Rücken. Die Maschine befand sich in diesem Moment bereits in der letzten Phase des Landeanflugs, schon tauchten in den Fenstern die Lichter des Flughafens auf, schließlich ein sachter Rumms – sie waren in Frankfurt gelandet.

Die Passagiere ließen den Polizeichef erst los, als die Cockpittür aufging und Tom erschien. »Carol, was zum Teufel geht hier vor sich?«, fragte er fassungslos über den Anblick, der sich ihm bot.

Sie trat vor ihn, versuchte den wütenden Polizeichef auszublenden und wollte schon gar nicht daran denken, was Toms Worte für sie zu bedeuten hatten. Ihr war übel, alles tat ihr weh. »Kapitän ...« Ihre Zunge fühlte sich plötzlich geschwollen an, als könnte sie kaum die Worte formulieren. »Kapitän, ich möchte einen blinden Passagier melden ...«

Dankbar trank sie den dampfenden Kaffee im Büro des Stationsleiters. An alles, was sich in der vergangenen Stunde ereignet hatte – die Flughafenbeamten, die Polizisten, die Fotografen –, konnte sie sich nur verschwommen erinnern. Die Forderung des Polizeichefs allerdings war ihr noch deutlich im Ohr: »Dieser Mann ist ein Bürger meines Landes. Er muss unverzüglich zurückgebracht werden.« Und die Erwiderung des Stationsleiters: »Bedauerlicherweise sind wir verpflichtet, den blinden Passagier den deutschen Behörden zu übergeben. Wenn seine Geschichte stimmt, wird Bonn ihm Asyl gewähren.«

Sie starrte auf ihre Hand, die Joe noch geküsst hatte, bevor er abgeführt wurde.

»Sie haben mir das Leben gerettet und mir eine Zukunft geschenkt«, hatte er ihr gesagt.

Langsam ging die Tür auf, und der Stationsleiter Charlie Wright kam herein, gefolgt von Tom. »Gut, das wäre es also.«

Er musterte sie. »Na, sind Sie stolz auf sich? Fühlen Sie sich wie eine Heldin, können Sie es gar nicht erwarten, die Schlagzeilen der morgigen Zeitungen zu lesen? ›Stewardess versteckt blinden Passagier auf hochdramatischem Flug von Danubia.‹ Die Zeitungen werden allerdings nicht drucken, dass Northern in Danubia nicht mehr willkommen ist und ein paar Millionen an Umsatz einbüßen wird – nur Ihretwegen. Gut, Carol, Sie können nach Hause, in New York wird es noch eine Anhörung geben, aber ... Sie sind gefeuert.«

»Ich habe es nicht anders erwartet. Nur nehmen Sie bitte zur Kenntnis, dass Tom von dem blinden Passagier nichts gewusst hat.«

»Es gehört zu den Pflichten des Kapitäns, über alles an Bord seines Flugzeugs Bescheid zu wissen«, entgegnete Charlie. »Wahrscheinlich wird er mit einer Abmahnung davonkommen, es sei denn, er spielt den Helden und übernimmt die Verantwortung dafür. Ich habe läuten hören, dass er das schon mal gemacht hat.«

»Richtig«, sagte Carol. »Er hat mich letztes Jahr entlastet, und ich hatte nicht den Anstand, ihm dafür zu danken.« Sie sah zu Tom, der seltsam reglos vor sich hin starrte. »Tom, letztes Jahr warst du wütend auf mich, und das zu Recht. Ich habe mich völlig falsch verhalten. Aber diesmal tut es mir aufrichtig leid, dass ich dich in solche Schwierigkeiten gebracht habe, aber ich konnte einfach nicht anders.«

Mit Tränen in den Augen wandte sie sich an Charlie. »Wenn das alles war, fahre ich jetzt ins Hotel. Ich bin todmüde.«

Er betrachtete sie nicht ohne Mitgefühl. »Carol, inoffiziell kann ich verstehen, was Sie getan haben. Offiziell aber ...«

Sie versuchte zu lächeln. »Gute Nacht.« Sie trat hinaus und ging die Treppe hinunter.

Am Treppenabsatz holte Tom sie ein. »Hör zu, Carol, lass mich eines klarstellen: Ich bin *froh,* dass du den Jungen rausgeschafft hast. Du wärst nicht die Frau, die ich liebe, wenn du ihn diesen Schlächtern ausgeliefert hättest.«

Die Frau, die ich liebe.

»Aber Gott sei Dank wirst du nicht mehr in meiner Maschine mitfliegen. Ich würde mir jedes Mal Sorgen machen, was du da hinten in der Kabine wieder so treibst, während ich am Steuerknüppel sitze.« Er schloss sie in seine Arme.

»Aber wenn du nicht in meiner Maschine bist, dann wünsche ich mir, dass du mich am Flughafen abholst.

Und auf dem Autorücksitz kannst du dann Spione und Hunde und verdammt noch mal alles verstecken, was du willst. Carol, ich möchte dich fragen, ob du meine Frau werden willst.«

Sie hob den Kopf und sah ihm ins Gesicht, sah die Zärtlichkeit in seinem Blick. Und dann spürte sie seine warmen Lippen auf ihren, und wieder sagte er die so sehr ersehnten Worte: »Ich liebe dich, Carol.«

Im Wartebereich des Terminals war es ruhig und dunkel. Kurz zögerten sie, aber dann, während ihre Schritte ihnen schon voraushallten, gingen sie gemeinsam die Treppe hinunter.

WENN DER AST BRICHT

...Verzweifelt klammerte sich Michael an den abgestorbenen Ast hoch oben am Baum und sah hilfesuchend zu Marion. Sie hielt einen riesigen Telefonhörer in der Hand, weil sie jemanden anrufen musste, der sich um den Baum kümmerte. Peter sprang auf den abgestorbenen Ast, der mit einem trockenen Knacken brach. Er hielt sich am Baumstamm fest, und wie gelähmt beobachtete Marion, wie Michaels kleiner, anmutiger Körper in die Tiefe stürzte und zusammengekrümmt auf der Terrasse liegen blieb. Marion sah zum Hörer in der Hand, der sich in einen trockenen Ast verwandelt hatte. Sie ließ ihn fallen und rief: »Michael, Michael!« Laut hallten ihre Schreie ...

Immer noch rief sie Michaels Namen, als sie aus dem Schlaf fuhr. Ihr wurde bewusst, dass Scott sie festhielt.

»Wieder der gleiche Traum?«, fragte er zärtlich.

»Ja«, schluchzte sie. »Wie immer. Peter und ich ... wir haben ihn getötet.«

Scott rüttelte sie sanft. »Marion, du darfst dich nicht so quälen. Michael ist vom Baum gefallen. So was ist immer schon passiert und wird auch in Zukunft passieren ... Fünfjährige probieren so was aus, und manchmal fallen sie dabei hinunter. Wenn du dir oder Peter die Schuld an dem Unfall gibst, bringt das Michael auch nicht zurück.«

»Aber Peter hat mir doch von dem abgestorbenen Ast erzählt. Bei jedem anderen hätte ich bestimmt was unternommen, nur Peter ... der war immer so eine Nervensäge.«

Sie hatte es schon so oft erzählt, mit genau diesen Worten, in genau diesem Ton. Sie wand sich aus Scotts Armen und stand auf. »Es geht gleich wieder. Es ist nur, heute wäre er ...«

»Ich weiß«, sagte Scott leise. »Heute würde er in die Vorschule kommen. Ich habe es nicht vergessen.«

Marion schloss die Augen. »Warum es nicht klar und deutlich aussprechen?«, sagte sie resigniert. »Ich habe dir deinen Sohn geraubt. Du hast mir doch immer gesagt, ich sei so nachlässig mit den Dingen, um die ich mich eigentlich kümmern sollte.«

Scott setzte sich auf und griff nach seinem Morgenmantel. »Liebling, Michael ist jetzt seit drei Monaten tot. Es war ein tragischer Unfall. Du hast mir meinen Sohn nicht geraubt, aber du ziehst dich mehr und mehr von mir zurück. Mit jedem Tag entfernst du dich ein wenig mehr. Können wir nicht zusammen unseren Verlust akzeptieren?«

Marion schüttelte den Kopf. »Hätte ich bloß auf Peter gehört. Er hat mir immer gesagt, was ich tun soll.« Sie lachte freudlos. »Er war dir ähnlicher als dein eigener Sohn.«

Scott schlüpfte in seinen Morgenmantel. »Marion, solange du dir selbst und Peter nicht verzeihst, wirst du über Michaels Tod nie hinwegkommen. Genauso wenig, wie du dir die Schuld geben solltest, hast du das Recht, Peter so zu hassen. Er ist nur ein kleiner Junge, und Michael hat ihn weiß Gott sehr gern gehabt.«

Geistesabwesend strich sie sich die Haare aus dem

Gesicht. »Wäre Peter nicht gewesen, würde er noch leben. Wäre Peter ihm nicht auf den Ast gefolgt ...«

Auf dem Weg zum Badezimmer drehte sich Scott noch einmal zu ihr um. »Wenn der Immobilienmakler anruft, dann sag ihm, dass die Interessenten das Haus haben können. Vielleicht hilft es uns ja, wenn wir für eine Weile wieder in der Stadt leben.«

Er hatte recht. Durch die vorderen Fenster konnte Marion tagsüber die Kinder auf der Straße spielen sehen. Links hatte sie vor allem dichte Bäume und eine Hecke, aber auch eine Ecke von Peters Zuhause im Blickfeld. Und die Fenster an der Rückseite erlaubten den Blick auf die Terrasse und die riesige Ulme, von der Michael ...

Sie ging in die Küche und machte Frühstück.

Sobald Scott gegangen war, schenkte sie sich Kaffee nach und kehrte an den Tisch in der Essecke zurück. Das war die Tageszeit, die sie immer am meisten gemocht hatte ... Michael hatte dann noch seinen Schlafanzug angehabt und sie mit Fragen gelöchert, die sich im Lauf der Nacht ständig in seinem Kopf angesammelt zu haben schienen. Zu dieser Tageszeit hatte er ihr allein gehört, denn bald nach dem Frühstück hatte es an der Tür geklingelt, und Michael war von seinem Stuhl gerutscht und hatte freudig »das ist Peter!« gerufen.

Unwillkürlich sah Marion zur Küchentür. Sie hatte das Gefühl, wenn sie sie öffnete, würde Peter davor stehen – Peter, der Freund ihres Sohnes, der mit seinen blonden Haaren neben Michaels rabenschwarzen Schopf so nichtssagend aussah; Peter, der neben dem schlanken Michael immer etwas untersetzt und grobschlächtig wirkte.

Der Kaffee wurde kalt, während sie überlegte, was um

alles in der Welt Michael bloß an Peter gefunden hatte. Vom ersten Tag an, an dem Peter hierher gezogen war, um bei seiner Großtante zu leben, hatte er sich an Michael gehängt. Marion hatte er immer leidgetan. Er war ein einsames Kind, keine Frage, ein Waisenjunge, der bei einer kranken, alten Frau wohnen musste. Trotzdem konnte er einem ziemlich auf die Nerven gehen.

Wenn er und Michael draußen beim Spielen waren und einem der beiden etwas zustieß, dann war es immer Peter gewesen, der Michael mit einem Schnitt oder einer Abschürfung nach Hause gebracht hatte. »Wir haben gespielt, und er ist hingefallen, und ich bin über ihn gestolpert. Ich hab es nicht gewollt.«

Eines Tages hatte Marion ihn gefragt: »Peter, hast du dich eigentlich auch schon mal auf den Hosenboden gesetzt?«

Er hatte sie nur mit seinen leuchtenden haselnussbraunen Augen angegrinst, als hätte er ihre Verärgerung gar nicht wahrgenommen. »Nein.«

Wenn es regnete und er und Michael im Haus spielen mussten, konnte sie immer davon ausgehen, dass danach mindestens eines von Michaels Spielsachen zerlegt war. Scott hatte sich immer geweigert, sich darüber aufzuregen. »Liebling, der Kleine ist nun mal ein Ingenieur«, hatte er nur gesagt. »Er will sehen, wie die Sachen funktionieren. Momentan zerlegt er sie eben noch. Aber der nächste Schritt wird sein, dass er sie auch wieder zusammenbaut. Du wirst schon sehen.«

»Aber bis dahin«, hatte sie damals geantwortet, »wird Michael nichts mehr haben, was Peter überhaupt noch zerlegen und wieder zusammenbauen könnte.«

Michael allerdings hatte das alles nicht interessiert. Er hatte Peter angebetet. Obwohl Peter zum Mittagessen pro forma nach Hause ging, war er bald darauf zum Nachtisch wieder da.

Wenn er nur nicht immer so nervig wäre, dachte Marion. Wenn er mir nur nicht immer sagen wollte, was ich zu tun und zu lassen hätte. Peter fiel es immer auf, wenn etwas repariert gehörte. »Mrs. Blaine, Ihr Toasterkabel, das ist schon ganz durchgescheuert ... Mrs. Blaine, Sie sollten Michaels Schuhbänder nicht verknoten, die reißen doch fast schon. Sie sollten ihm lieber neue besorgen. ... Mrs. Blaine ...«

Unweigerlich musste Marion an den Samstag im Juni denken, als sie auf der Terrasse gesessen und gelesen hatte. Die Bäume hatten in voller Blüte gestanden, und Michael und Peter spielten im Garten. Sie waren schon ganz aufgeregt, weil sie im Herbst in die Vorschule kommen würden, und Michael war zu ihr gelaufen und hatte gefragt: »Lassen sie uns wirklich in die Schule? Woher wissen sie überhaupt, dass wir beide schon fünfeinhalb sind?«

Sie hatte ihn angelächelt, ihm tief in die ernsten grauen Augen geschaut und ihm das hochheilige Versprechen gegeben, sie beide hinzubringen und der Lehrerin zu sagen, dass sie sie auf jeden Fall in die Vorschule aufnehmen muss. Sie war schon wieder in ihr Buch vertieft, als plötzlich Peter neben ihrem Stuhl stand.

»Da oben ist ein abgestorbener Ast, wissen Sie das?«, hatte er verkündet.

»Ein abgestorbener Ast?«

»Genau dort oben.« Er hatte in die Ulme hinaufgezeigt, die die Terrasse beschattete. »Sehen Sie?«

Er hatte recht. Einer der Äste hatte kein Laub mehr. »Gut, dann werden wir uns darum kümmern müssen.« Sie wollte zu ihrem Buch zurück.

»Sie sollten den Mann anrufen, der die Äste abschneidet. Sonst fliegt der Ast herunter und auf uns drauf.«

Marion hatte ihre aufkeimende Wut gespürt. »Peter«, hatte sie schließlich gesagt, »ich werde diesen Mann anrufen, wenn ich es für richtig halte, aber du kannst dir sicher sein – wenn dieser Ast runterfällt, dann wirst du aller Voraussicht nach kilometerweit entfernt sein.«

Er hatte sie wie so oft angelächelt und war zu Michael zurückgetrottet. Danach hatte sie nach oben gesehen. Der Ast sah tatsächlich verdorrt aus. Gleich auf der anderen Straßenseite war gerade ein Baumpfleger von der Gemeinde zugange. Sie hatte vorhin seinen Pickup gesehen. Wenn sie ihn kurz herüberbat ...

Dann packte sie energisch ihr Buch. Sie würde sich doch nicht von einem Fünfjährigen sagen lassen, was sie zu tun hatte. Der Ast war schon den gesamten Winter so gewesen. Wenn er unter dem Frost und Eis und während der Märzstürme nicht heruntergekracht war, dann würde er bestimmt noch ein paar Tage halten.

Am nächsten Tag, als Michael auf ihm hinausklettern wollte, war der Ast gebrochen.

Sie bekam die Szene nicht aus dem Kopf: Michaels regloser Körper auf der Terrasse, neben ihm die Bruchstücke des Astes; Peter, der sich an den Stamm klammerte und mit dem Fuß immer noch auf dem nicht weggebrochenen Teil des Astes stand.

Es war ihre Schuld gewesen, aber auch die von Peter. Michael war auf den abgestorbenen Ast hinausgestiegen, aber wäre Peter ihm nicht gefolgt – Peter, der gewusst hatte, dass der Ast nicht sicher war –, dann wäre der Ast vielleicht nicht gebrochen. Vielleicht ...

Im Krankenhaus hatte Michael noch kurze Zeit im Koma gelegen. Nur einmal hatte er die Augen aufgeschlagen. Er hatte sie angesehen und gelächelt und ganz schwach gesagt: »Peter und ich, wir haben ein großes Geheimnis. Peter ...«

Peter. Das war sein letztes Wort gewesen.

Marion stand auf, räumte mechanisch den Tisch ab und putzte die Küche. Dann ging sie nach oben und kleidete sich an. Sie hatte die Putzfrau entlassen, weil sie hoffte, die körperliche Arbeit, das Schrubben, das Bohnern und Staubsaugen würde sie ermüden und ihr helfen, nachts besser zu schlafen. Aber ohne Michael blieb das Haus ungewöhnlich sauber.

Sie zog sich bewusst langsam an, trotzdem war es erst Viertel nach acht, als sie damit fertig war. Sie band ihre schwarzen Haare zu einem Knoten und ging nach unten.

Dort trat sie hinaus auf die vordere Veranda, bereute es aber sofort. Die frisch gewaschenen und gekämmten, in ihren neuen Sachen und glänzenden Schuhen erstaunlich adrett aussehenden Nachbarskinder eilten vorbei und unterhielten sich ganz aufgeregt über das neue Schuljahr. Sie machten den Eindruck, als könnten sie es kaum erwarten, in die Schule zu kommen, und ängstigten sich auch gleichzeitig davor, weshalb sie sich an die Hand ihrer Mütter klammerten.

Wir ziehen ebenfalls weg, dachte Marion und umfasste

das Verandageländer. Sie hatte nicht die Kraft, die wenigen Schritte zur Tür zurückzulegen und nach drinnen zu gehen. Sie starrte nur zu den Kindern, die zu zweit, zu dritt oder in größeren Gruppen vorbeikamen, bis sie alle verschwunden waren. Alle bis auf einen. Er kam allein die Straße entlang und war ein wenig spät dran. Es war mittlerweile Viertel vor neun.

Peter! Sie musste sich zwingen, den Blick von ihm abzuwenden, und sah auf ihre Knöchel, die ganz weiß geworden waren von ihrem festen Griff am Geländer. Dann blickte sie doch wieder zu ihm.

Seit der Beerdigung hatte sie ihn nicht mehr gesehen. Drei Tage lang hatte er nach dem Unfall das Bett gehütet – er hatte unter Schock gestanden. Aber als sie damals vom Friedhof zurückgekommen waren, hatte er auf sie gewartet. »Mrs. Blaine«, hatte er gesagt, »Michael …«

Sie hatte sich selbst gehört – ihre heisere, sich überschlagende Stimme. »Schafft ihn fort! Schafft ihn mir aus den Augen!«

Sie hatte ihn den ganzen Sommer nicht mehr gesehen. Er war mit seiner kränkelnden Großtante in einen Ferienort gefahren.

Peter schien gewachsen zu sein. Er hatte sie noch nicht bemerkt, weil er auf seine Füße starrte und langsam vor sich hin trottete. Er wirkte verloren und allein. Sie starrte ihn an und flüsterte: »Ich hasse dieses Kind.« Aber in dem Moment sah er auf, ihre Blicke trafen sich, und er lächelte. Er lächelte, als hätte er sie erwartet und zugleich befürchtet, dass er vielleicht zu spät dran wäre. Sie hörte Michaels Stimme: »Peter ist mein Freund.«

Ohne darüber nachzudenken, ging sie die Verandastufen hinunter und über den mit Steinplatten gepflasterten Weg zum Bürgersteig. Ihr war, als würde jemand sie zu ihm hinziehen, so wie früher, wenn Michael hartnäckig an ihrer Hand gezerrt hatte, weil er wollte, dass sie sich beeilte. Es kam ihr vor, als würde er sie jetzt an ihr hochheiliges Versprechen erinnern, Peter am ersten Tag zur Schule zu begleiten.

Sie würde ihr Versprechen halten. Sie würde Peter begleiten. Egal, welche Gefühle man einem Kind entgegenbrachte, man konnte nicht zulassen, dass ein kleiner Junge am ersten Tag allein zur Schule ging.

Sie stand vor ihm. Nervös fuhr sie sich über die Lippen. Scott hatte gesagt, sie würde nie über den Verlust von Michael hinwegkommen, wenn sie diesem Kind nicht verzieh. »Hallo, Peter.« Sie war kaum zu verstehen.

Sein »Hallo« kam ganz nüchtern, als wären die vergangenen drei Monate nicht gewesen.

»Ich begleite dich zur Schule«, sagte sie.

Er nickte und ging neben ihr her. »Ich weiß. Michael hat gesagt, Sie haben es versprochen.« Seine Stimme kam ins Stocken, als er den Namen erwähnte, und ihr wurde klar – so viel Mitgefühl wollte sie ihm eigentlich gar nicht entgegenbringen –, dass auch Peter einen einsamen Sommer verbracht haben musste.

Marion sah auf seine leeren Hände. »Hast du nichts zum Essen oder Geld für eine Milch dabei?«, fragte sie. »Das stand doch auf der Karte von der Schule.«

»Ich weiß.« Er klang traurig. »Ich hab meine Tante gestern Abend daran erinnert, aber sie hat's vergessen. Sie vergisst immer alles.« Dann wurde sein Ton besorgter.

»Ich hab keinen Hunger, aber meinen Sie, ich hätte ein Blatt mitbringen sollen?«

»Ein Blatt?«, fragte Marion.

»Ja. Die Kinder, die letztes Jahr in die Vorschule gekommen sind, haben Michael gesagt, wenn man ein Blatt oder so was mitbringt, dann kann man darüber reden, wenn man im Unterricht etwas erzählen soll. Michael wollte sich ein ganz großes holen, als er runtergefallen ist. Ich hab ihm gesagt, dass er da noch viel Zeit hat, aber er wollte es sich gleich holen.«

Michael hatte sich ein Blatt holen wollen.

Marion schloss die Augen und sah erneut die Szene im Garten vor sich. Dann blieb sie abrupt stehen und drehte sich zu Peter hin. »Aber warum ist Michael dann auf den abgestorbenen Ast hinausgestiegen? Der hatte doch gar keine Blätter?«

Verwirrt sah Peter zu ihr hoch. »Er ist doch gar nicht vom toten Ast runtergefallen. Er war auf dem darüber. Als er runtergefallen ist, bin ich auf den toten Ast gestiegen und wollte ihn auffangen, aber da ist der Ast abgebrochen. Aber ich hab mich noch am Baum festgehalten.«

Marion ging vor ihm in die Hocke und legte ihm die Hände auf die Schultern. »Peter, bitte, das ist jetzt ganz wichtig. Weißt du ganz genau, dass Michael nicht vom toten Ast gefallen ist? Bist du dir da ganz, ganz sicher?«

Peter wirkte noch verwirrter. »Aber ich hab Ihnen doch gesagt – er wollte sich ein Blatt holen.«

Sie zog ihn an sich. »Danke, danke«, schluchzte sie und dachte: Ich hab mein Kind nicht getötet. Ich hab mein Kind nicht getötet. O Michael. Und zum ersten Mal seit dem Unglück brachte der Klang seines Namens Ruhe und Frieden. Jetzt fühlte sie sich so wie früher, wenn er nachts eingeschlafen war – wenn er, dick eingepackt, umsorgt in seinem warmen Bett lag, ohne dass er sie noch weiter brauchte.

Peter löste sich von ihr. »Michael und ich haben ein großes Geheimnis gehabt. Ich sag es Ihnen mal lieber.«

Mit seinem letzten Atemzug hatte Michael ihr davon erzählen wollen. »Was ist es?«

»Na ja« – er schien ein klein wenig stolz zu sein, aber ihm war auch ein wenig bange – »es ist nur, Michael hat gesagt, dass ich neben Ihnen und seinem Daddy sein allerbester Freund bin. Und wenn Sie mir nicht mehr böse sind, dann kann ich das ja vielleicht wieder sein. Sie haben doch noch Mr. Blaine als besten Freund, aber ich hab nur Michael gehabt.«

Plötzlich wurde Marion bewusst, wie knochig sich Peters Schultern anfühlten. Er war im Sommer fürchterlich dünn geworden.

»Ich war Mr. Blaine und allen anderen keine besonders gute Freundin«, sagte sie. »Aber, Peter, natürlich bist du noch der beste Freund von Michael – und auch von Mr. Blaine und auch von mir, wenn du willst. Ich will dir was sagen – nach der Schule hole ich dich ab, und wir fragen dann die anderen Jungen, ob sie nicht mitkommen und mit dir spielen wollen.« Sie lächelte. Seine Augen glänzten. »Hast du da Lust drauf?«

Michaels Spielsachen lagerten weggepackt im Keller. Sie würde sie wieder herauskramen müssen – Peter hatte es immer so großen Spaß gemacht, sie auseinanderzunehmen. Sie drückte ihm kurz die Hand. »Ich wette«, sagte sie, »dass du die Sachen mittlerweile auch wieder wunderbar zusammenbauen kannst.«

Die Stimme im Keller

Als sie ankamen, war es dunkel. Mike steuerte den Wagen von der schmutzigen Straße in die lange Zufahrt und hielt vor dem kleinen Landhaus. Die Grundstücksmaklerin hatte versprochen, Heizung und Beleuchtung einzuschalten. Stromvergeudung war offenbar nicht ihre Sache.

Über der Tür entsandte eine Spezialbirne für Insektenschutz einen fahlen gelblichen Strahl, der im gleichmäßigen Nieselregen vibrierte. Die Fenster mit den kleinen Scheiben waren in dem schwachen Lichtschein, der durch einen Vorhangspalt drang, kaum auszumachen.

Mike streckte sich. Vierzehn Stunden am Steuer während der letzten drei Tage – kein Wunder, dass sein langer, muskulöser Körper völlig verkrampft war. Er strich sich das dunkelbraune Haar aus der Stirn und wünschte, er hätte sich vor der Abfahrt in New York die Zeit genommen, sich die Haare schneiden zu lassen. Laurie zog ihn auf, als sie zu wachsen anfingen. »Du siehst aus wie ein dreißigjähriger römischer Kaiser, Lockenköpfchen«, stellte sie fest. »Dir fehlt nur noch 'ne Toga und ein Lorbeerkranz, dann bist du komplett.«

Vor etwa einer Stunde war sie eingeschlafen. Ihr Kopf lag in seinem Schoß. Unschlüssig schaute er hinunter, es widerstrebte ihm, sie zu wecken. Zwar konnte er ihr Profil kaum erkennen, doch er wusste, dass im Schlaf die verkniffene Mundpartie und der Ausdruck panischen Schreckens aus ihrem Gesicht verschwanden.

Vor vier Monaten hatte der ständig wiederkehrende Albtraum begonnen, dieser Horror, der sie gellend aufschreien ließ: »Nein, ich komme nicht mit euch. Ich will nicht mit euch singen.«

Er rüttelte sie wach. »Ist ja schon gut, Liebes. Alles in Ordnung.«

Ihre Schreie verebbten zu verängstigtem Schluchzen. »Ich weiß nicht, wer sie sind, aber sie wollen mich, Mike. Ich kann ihre Gesichter nicht erkennen, aber sie drängen sich alle dicht zusammen und winken mir zu.«

Er war mit ihr zum Psychiater gegangen, der sofort eine intensive Behandlung begann. Doch die Albträume gingen weiter, unvermindert. Sie hatten eine begabte vierundzwanzigjährige Sängerin, die gerade als Solistin in ihrem ersten Musical am Broadway aufgetreten war, in ein zitterndes Wrack verwandelt, das nach Einbruch der Dunkelheit nicht allein sein konnte.

Der Psychiater hatte einen Urlaub vorgeschlagen. Mike erzählte ihm von den Sommern, die er im Haus seiner Großmutter am Oshbee Lake, fünfundsechzig Kilometer von Milwaukee, verbracht hatte. »Meine Großmutter ist im vergangenen September gestorben«, hatte er erklärt. »Das Haus steht zum Verkauf. Laurie ist nie dort gewesen, und sie liebt Wasser.«

Der Arzt war einverstanden. »Aber geben Sie acht auf sie«, warnte er. »Sie ist schwer deprimiert. Ich bin sicher, diese Albträume sind eine Reaktion auf ihre Kindheitserlebnisse, aber sie erdrücken sie.«

Laurie hatte die Gelegenheit wegzufahren freudig begrüßt. Mike war Juniorpartner in der Anwaltskanzlei seines Vaters. »Nimm dir so viel Zeit, wie du brauchst«, meinte der. »Hauptsache, es hilft Laurie.«

Ich erinnere mich hier an strahlende Helle, dachte Mike, als er das in Dunkelheit getauchte Haus mit wachsendem Schrecken betrachtete. Ich erinnere mich, wie sich das Wasser anfühlte, wenn ich hineinsprang, an die warme Sonne auf meinem Gesicht, an den Wind, wie er die Segel füllte und das Boot über den See gleiten ließ.

Es war Ende Juni, hätte aber genauso gut Anfang März sein können. Dem Radio zufolge dauerte der Kälteeinbruch in Wisconsin seit drei Tagen an. Hoffentlich ist genügend Kohle da, um die Heizung in Gang zu halten, dachte Mike, andernfalls verliert diese Maklerin den Auftrag.

Er musste Laurie wecken. Sie auch nur für eine Minute allein im Wagen zu lassen wäre schlimmer. »Wir sind da, Liebes«, sagte er, seine Stimme täuschte Heiterkeit vor.

Laurie regte sich. Er fühlte, wie sie sich versteifte, dann entspannte, als er sie fest in die Arme schloss. »Es ist so dunkel«, flüsterte sie.

»Wir gehen rein und machen Licht.«

Er erinnerte sich an den ständigen Ärger mit dem Schloss. Man musste die Tür kräftig anziehen, bevor man den Schlüssel herumdrehen konnte. In einer Steckdose in der kleinen Diele war eine Nachtbeleuchtung angeschlossen. Das Haus war zwar nicht warm, aber auch nicht so eiskalt, wie er befürchtet hatte.

Rasch knipste Mike das Licht im Flur an. Die Tapete mit

den Efeuranken wirkte verblichen und verschmutzt. Das Haus war in den fünf Sommern, die seine Großmutter im Pflegeheim verbrachte, vermietet worden. Mike erinnerte sich, wie sauber und warm und anheimelnd es war, solange sie hier wohnte.

Lauries Schweigen war vielsagend. Den Arm um sie gelegt, führte er sie ins Wohnzimmer. Die samtbezogenen Polstermöbel, in denen er es sich mit einem Buch bequem zu machen pflegte, standen noch auf ihrem Platz, wirkten aber, wie die Tapete, schmuddelig und schäbig.

Mike runzelte besorgt die Stirn. »Tut mir leid, Schatz. War eine Schnapsidee, hierher zu kommen. Möchtest du in ein Motel gehen? Wir sind an zwei recht ordentlich aussehenden vorbeigefahren.«

Laurie lächelte ihn an. »Ich möchte hierbleiben, Mike. Ich möchte, dass du mich an all den wunderbaren Sommern teilhaben lässt, die du hier verbracht hast. Ich möchte deine Großmutter als meine reklamieren. Dann komme ich vielleicht über all das hinweg, was mit mir geschieht.«

Laurie war von ihrer Großmutter erzogen worden, die an schwerer Angstneurose litt. Sie hatte versucht, Laurie Angst vor der Dunkelheit einzuflößen, Angst vor Fremden, Angst vor Flugzeugen und Autos, Angst vor Tieren. Als Laurie und Mike sich vor zwei Jahren kennenlernten, hatte sie ihn schockiert und amüsiert mit der Litanei haarsträubender Geschichten, die ihre Großmutter ihr tagtäglich vorgesetzt hatte.

»Wie hast du dich nur so normal entwickelt, so heiter und vergnügt?«, fragte Mike sie dann jedes Mal.

»Hätte ich mich von ihr irrenhausreif machen lassen, wär's aus und vorbei gewesen mit mir.« Doch die letzten vier Monate hatten gezeigt, dass Laurie letztlich nicht ohne psychischen Schaden davongekommen war, der geheilt werden musste.

Jetzt lächelte Mike ihr zu, betrachtete liebevoll die leuchtenden meergrünen Augen, die dichten dunklen Wimpern, die Schatten warfen auf ihre porzellanweiße Haut, die kastanienbraunen Locken, die das ovale Gesicht anmutig umrahmten.

»Du bist so verdammt hübsch«, sagte er, »und natürlich erzähl ich dir alles über Großmama. Du kanntest sie ja nur, als sie schon krank und gebrechlich war. Ich werde dir Geschichten auftischen von unserem gemeinsamen Angeln bei Sturm, vom Joggen rund um den See und wie sie mich da angebrüllt hat, Schritt zu halten, vom Wettschwimmen, bei dem ich sie mit sechzig zum ersten Mal schlagen konnte.«

Laurie nahm sein Gesicht in die Hände. »Hilf mir, so zu sein wie sie.«

Gemeinsam brachten sie die Koffer und die Lebensmittel herein, die sie unterwegs gekauft hatten. Mike ging in den Keller hinunter. Er schnitt eine Grimasse, als er einen Blick in den 1,20 m breiten und 1,80 m langen Bretterverschlag neben dem Heizkessel warf, in dem die Kohlen lagerten; er befand sich direkt unter dem Fenster, das beim Entladen des Kippers für die Rutsche geöffnet wurde. Mike erinnerte sich, wie er als Achtjähriger seiner Großmutter geholfen hatte, einige Bretter des Verschlages zu ersetzen. Jetzt wirkten sie durchweg morsch.

»Auch im Sommer wird es nachts manchmal kalt, aber wir werden's immer hübsch warm haben, Mike«, sagte seine Großmutter oft, wenn er ihr helfen durfte,

Kohlen in den alten, schwarz gewordenen Heizkessel zu schaufeln.

Mike entsann sich noch genau, dass sich die blanken schwarzen Eierbriketts früher immer zu Bergen türmten. Jetzt war der Verschlag fast leer. Der Vorrat reichte gerade noch für zwei bis drei Tage. Er griff zur Schaufel.

Der Heizkessel funktionierte noch, kam geräuschvoll auf Touren, was rasch im ganzen Haus zu hören war. Die Röhren klapperten und rasselten, als Heißluft zischend nach oben entwich.

In der Küche hatte Laurie die Lebensmittel ausgepackt und mit der Zubereitung eines Salates begonnen. Mike grillte ein Steak. Sie machten eine Flasche Bordeaux auf und aßen nebeneinander an dem alten Emailtisch, im vertraulichen Schulterschluss.

Als sie die Treppe zum Schlafzimmer hinaufgingen, entdeckte Mike den Zettel, den die Maklerin auf dem Flurtisch hinterlassen hatte: »Hoffe, Sie finden alles in Ordnung vor. Tut mir leid wegen des Wetters. Kohlenlieferung am Freitag.«

Sie entschieden sich für das Zimmer seiner Großmutter. »Sie hat dieses Messingbett geliebt«, erklärte Mike. »Keine einzige Nacht, in der sie nicht wie ein Baby darin geschlafen hätte, behauptete sie immer.«

»Hoffen wir, dass es mir genauso geht.« Laurie seufzte. Im Wäscheschrank lagen saubere Laken, aber sie fühlten sich feucht und klamm an. Die Sprungfedermatratzen rochen muffig.

»Wärme mich«, flüsterte Laurie fröstelnd, als sie sich zudeckten.

»Mit Vergnügen.«

Sie hielten sich fest umschlungen, als sie einschliefen. Um drei Uhr begann Laurie zu schreien, ein durchdringender, wehklagender Schrei, der durchs ganze Haus hallte. »Geht weg. Weg mit euch. Ich will nicht. Nein, ich will nicht.«

Es dämmerte bereits, als sie aufhörte zu schluchzen. »Sie kommen näher«, sagte sie zu Mike. »Sie kommen immer näher.«

Der Regen hielt den ganzen Tag über an. Das Außenthermometer zeigte drei Grad Celsius. Den Vormittag verbrachten sie lesend, jeder auf einer Samtcouch zusammengerollt. Mike beobachtete, wie Laurie sich allmählich entspannte. Als sie nach dem Lunch in tiefen Schlaf fiel, ging er in die Küche und rief den Psychiater an.

»Ihr Gefühl, dass sie näher kommen, kann ein gutes Zeichen sein«, meinte der Arzt. »Möglicherweise befindet sie sich unmittelbar vor der Bewusstseinsschwelle. Ich bin überzeugt, dass die Wurzel dieser Albträume in den Ammenmärchen zu suchen ist, die Lauries Großmutter ihr erzählte. Wenn wir genau definieren können, welches diese Angst ausgelöst hat, sind wir in der Lage, sie davon und von allen anderen zu befreien. Beobachten Sie sorgfältig, aber denken Sie daran – sie ist stark und kräftig und will gesund werden. Damit ist die Sache schon halb gewonnen.«

Als Laurie aufwachte, beschlossen sie, sich das Inventar des Hauses anzusehen. »Dad hat gesagt, wir können alles haben, was wir wollen«, erinnerte Mike sie. »Zwei Tische sind antik, und die Kaminuhr ist ein wahres Prachtstück.« Ein Wandschrank im Flur diente als Speicher. Sie begannen ihn auszuräumen und die Sachen ins Wohnzimmer zu schaffen. Laurie, in Jeans und Pullover, das Haar zum Pferdeschwanz aufgebunden, sah wie achtzehn aus und gewann Spaß an der Durchsicht. »Die hiesigen Maler waren ziemlich lausig«, lachte sie, »aber die Rahmen sind toll. Kannst du sie dir nicht genau bei uns an der Wand vorstellen?«

Im vorigen Jahr hatte Mikes Familie ihnen eine Mansarde in Greenwich Village als Hochzeitsgeschenk gekauft. Bis vor vier Monaten waren sie in ihrer Freizeit ständig auf der Suche nach günstigen Gelegenheiten, grasten Auktionen und Trödler ab. Seit Beginn der Albträume hatte Laurie das Interesse verloren, die Wohnung weiter einzurichten. Mike drückte die Daumen. Vielleicht war sie wirklich auf dem Weg der Besserung.

Auf dem obersten Fach entdeckte er hinter zusammengerollten Quiltdecken ein Grammophon. »Mein Gott, das hatte ich ja völlig vergessen«, sagte er. »Ein echter Fund. Sieh mal. Hier ist auch noch ein Stapel alter Platten.«

Er merkte nicht, dass Laurie plötzlich verstummte, als er die Staubschicht abwischte und den Deckel öffnete. Auf der Innenseite befand sich das Markenzeichen von Edison, ein Hund, der lauschend vor einem Trichter sitzt, und die Inschrift *His Master's Voice.*

»Es ist sogar eine Nadel dran«, stellte Mike fest. Rasch legte er eine Platte auf den Teller, betätigte die Kurbel, drückte den Hebel und beobachtete, wie die Platte sich zu drehen begann. Behutsam setzte er den Tonarm mit der dünnen Nadel in die erste Rille.

Die Platte war zerkratzt. Hohe Männerstimmen sangen, es hörte sich beinahe wie Falsett an. Das Ganze lief viel zu schnell und nicht synchron. »Ich kann den Text nicht verstehen«, sagte Mike. »Kennst du das Stück?«

»Es ist ›Chinatown‹«, erwiderte Laurie. »Hör zu.« Sie begann mitzusingen, übernahm mit ihrem bezaubernden Sopran die Führung. »*Das Herz kennt keine andre Welt und findet nirgends Ruh.*« Ihre Stimme brach. Keuchend schrie sie: »*Stell das ab, Mike! Stell's sofort ab!*« Sie hielt sich die Ohren zu, sank in die Knie, totenblass.

Mike riss die Nadel mit einem Ruck von der Platte. »Was ist denn los, Schatz?«

»Ich weiß es nicht. Ich weiß es einfach nicht.«

In der kommenden Nacht gestaltete sich der Albtraum anders als sonst. Diesmal sangen die Gestalten »Chinatown« und forderten Laurie mit Falsettstimmen auf, mitzusingen.

Bei Tagesanbruch saßen sie in der Küche und tranken Kaffee. »Es fällt mir wieder ein, Mike«, sagte Laurie. »Ich war noch klein. Meine Großmutter hatte auch so ein Grammophon. Und die gleiche Platte. Ich fragte sie, wo denn die Leute sind, die da singen. Ich dachte, sie müssten sich irgendwo im Haus verstecken. Sie nahm mich mit in den Keller und zeigte auf den Verschlag mit den Kohlen. Von dort kämen die Stimmen, sagte sie. Die Leute, die das Lied sangen, wären im Kohlenkeller, das könnte sie mir schwören.«

Mike stellte die Kaffeetasse hin. »Großer Gott!«

»Danach bin ich nie wieder in den Keller runtergegangen. Ich hatte Angst. Dann zogen wir um in eine Wohnung, und sie verschenkte das Grammophon. Deswegen hab ich das Ganze wohl vergessen.« In Lauries Augen leuchtete Hoffnung auf. »Mike, vielleicht hat diese alte Angst mich aus irgendeinem Grund eingeholt. Zu Ende der Spielzeit war ich so erschöpft. Unmittelbar danach fingen die Albträume an. Mike, die Platte ist vor einer Ewigkeit aufgenommen worden. Die Sänger sind mittlerweile wahrscheinlich alle tot. Und ich habe wahrhaftig gelernt, wie das mit der Tontechnik läuft. Vielleicht kommt doch alles wieder in Ordnung.«

»Darauf kannst du jede Wette eingehen.« Mike stand auf und ergriff ihre Hand. »Bist du bereit, die Probe aufs Exempel zu machen? Unten ist ein Kohlenkeller. Ich möchte gern, dass du mit mir runterkommst und dir den Verschlag ansiehst.«

Lauries Augen blickten angstvoll, dann biss sie sich auf die Lippen. »Lass uns gehen«, sagte sie.

Mike beobachtete Lauries Gesicht, als sie sich im Keller umschaute. Dabei wurde ihm klar, wie verwahrlost er war. Die einsame Glühbirne, die an der Decke baumelte. Die vor Feuchtigkeit glänzenden Hohlziegelwände. Der Zementstaub vom Fußboden, der an ihren Hausschuhen haften blieb. Die Betonstufen, über die man zu den beiden Metalltüren gelangte, die auf den Hinterhof führten. Der verrostete Riegel, mit dem sie verschlossen waren, sah aus, als wäre er jahrelang nicht mehr zurückgeschoben worden.

Der Verschlag grenzte an den Heizkessel an der Vorderseite des Hauses. Mike spürte, wie sich Lauries Nägel in seine Handfläche gruben, als sie ihn ansteuerten.

»Wir haben so gut wie keine Kohlen mehr«, erklärte er.

»Ein wahres Glück, dass heute welche geliefert werden sollen. Sag mir, Schatz, was siehst du hier?«

»Einen Verschlag. Bestenfalls ungefähr zehn Schaufeln Kohle. Ein Fenster. Ich erinnere mich, wie sie damals die Rutsche des Lieferwagens durchs Fenster geschoben haben und die Kohlen dann herunterpolterten. Ich hab immer darüber nachgedacht, ob das den Sängern nicht furchtbar wehtut, wenn alles auf sie herunterprasselt.« Laurie versuchte zu lachen. »Keinerlei Anzeichen, dass hier irgendjemand wohnt. Also auch kein Grund mehr für Albträume, so Gott will.«

Hand in Hand gingen sie wieder nach oben. Laurie gähnte. »Ich bin so müde, Mike. Und du Ärmster hast meinetwegen seit Monaten keine ruhige Nacht mehr gehabt. Warum legen wir uns nicht einfach wieder ins Bett und verschlafen den Tag? Ich gehe jede Wette ein, dass ich nicht durch einen Traum aufwache.«

Ihr Kopf ruhte auf seiner Brust, seine Arme hielten sie umfangen. »Träum süß, Liebes«, flüsterte er.

»Diesmal bestimmt, das verspreche ich. Ich liebe dich, Mike. Hab Dank für alles.«

Die geräuschvoll durch die Rutsche in den Keller polternden Kohlen weckten Mike. Er blinzelte. Hinter den Vorhängen strömte Licht herein. Automatisch warf er einen Blick auf die Uhr. Kurz vor drei. Meine Güte, er musste wirklich übermüdet gewesen sein. Laurie war bereits aufgestanden. Er zog lange Khakihosen an, dazu Turnschuhe, lauschte nach Geräuschen aus dem Badezimmer. Nichts zu hören. Lauries Morgenrock und die Slipper lagen auf dem Sessel. Sie musste bereits angezogen sein. Plötzlich von panischer Angst erfasst, zerrte sich Mike ein Sweatshirt über den Kopf.

Das Wohnzimmer. Das Esszimmer. Die Küche. Ihre Kaffeetassen standen noch auf dem Tisch, die Stühle zurückgeschoben, wie sie sie hinterlassen hatten. Mike schnürte es die Kehle zu. Das laute Prasseln von Kohle ebbte ab. *Die Kohle.* Vielleicht. Er nahm zwei Stufen auf einmal. Kohlenstaub wogte durch den Keller. Im Verschlag türmten sich blanke schwarze Eierbriketts. Er hörte das Fenster zuschnappen. Er starrte hinunter auf die Fußspuren am Boden. Die Abdrücke von seinen Turnschuhen. Daneben die anderen, die er und Laurie morgens mit ihren Hausschuhen hinterlassen hatten.

Und dann sah er, Schritt für Schritt, den Abdruck von Lauries bloßen Füßen, die Abdrücke dieser hoch gewölbten, schlanken, zartknochigen Füße. Bis zum Bretterverschlag. Keinerlei Anzeichen, dass sie zur Treppe zurückgekehrt war.

Es läutete, das schrille, hohe, beharrliche Klingeln, das ihn immer geärgert und seine Großmutter amüsiert hatte. Mike raste die Treppe hinauf. Laurie ... Lass es Laurie sein ...

Der Fahrer des Lieferwagens mit einer Rechnung in der Hand. »Quittieren Sie bitte den Empfang, Sir.«

Die Kohlenlieferung. Mike packte den Mann am Arm. »Haben Sie in den Verschlag geschaut, bevor Sie die Kohlen runterschütteten?«

Blassblaue Augen in einem freundlichen, vom Wetter gegerbten Gesicht musterten ihn mit offenem, wenn auch etwas verdutztem Blick. »Na, klar hab ich reingeschaut, um mich zu vergewissern, wie viel Sie brauchen.

Das bisschen, was noch da war, hätte Ihnen nicht mal für den ganzen Tag gereicht. Der Regen hat ja aufgehört, aber es bleibt weiter ganz schön kalt.«

Mike bemühte sich, ruhig zu klingen. »Hätten Sie's gesehen, wenn jemand in dem Verschlag gewesen wäre? Ich meine, es ist doch ziemlich dunkel im Keller. Hätten Sie's bemerkt, wenn da drin eine schlanke junge Frau vielleicht ohnmächtig geworden wäre?« Er konnte die Gedanken des Mannes lesen. Er hält mich für betrunken oder drogensüchtig. »Verflucht!«, schrie Mike. »Meine Frau ist verschwunden. Meine Frau ist spurlos verschwunden!«

Die Suche nach Laurie ging über Tage. Mike beteiligte sich fieberhaft daran. Er durchkämmte jeden Zentimeter der dicht bewaldeten Umgebung des Hauses. Er kauerte zitternd auf Deck, als sie den See absuchten. Er stand misstrauisch dabei, als die gerade gelieferten Kohlen aus dem Verschlag auf den Kellerboden geschaufelt wurden.

Umringt von Polizisten, deren Namen und Gesichter spurlos an ihm vorüberglitten, sprach er mit Lauries Arzt. Ungläubig, fast tonlos berichtete er ihm von Lauries Angst vor den Stimmen im Kohlenkeller. Als er geendet hatte, unterhielt sich der Polizeichef mit dem Arzt. Er legte auf, packte Mike bei der Schulter. »Wir suchen weiter.«

Vier Tage später fand ein Taucher Lauries Leiche im See. Tod durch Ertrinken. Sie war im Nachthemd. An der Haut und im Haar hingen noch Reste von Kohlenstaub. Der Polizeichef bemühte sich vergebens, die unbegreifliche Tragik dieses Todes zu mildern. »Deshalb endeten die Fußspuren am Verschlag. Sie muss hineingeraten und aus dem Fenster geklettert sein. Es ist ziemlich breit, und sie war schlank. Ich hab noch mal mit ihrem Arzt gesprochen. Vermutlich hätte sie schon früher Selbstmord begangen, wenn Sie nicht da gewesen wären. Furchtbar, was Menschen ihren Kindern antun. Ihr Arzt sagte, ihre Großmutter hat sie mit blödsinnigen Ammenmärchen von klein auf so traktiert, dass sie vor Angst wie gelähmt war.«

»Sie hat darüber mit mir gesprochen. Sie wollte es schaffen.« Mike hörte sich protestieren, hörte sich die Vorkehrungen für Lauries Einäscherung treffen.

Als er am nächsten Morgen seine Sachen packte, kam die Immobilienmaklerin vorbei, eine praktisch gekleidete weißhaarige Frau mit magerem Gesicht, die das Mitgefühl in ihren Augen auch nicht hinter einem betont energischen Auftreten verstecken konnte. »Wir haben einen Käufer für das Haus«, sagte sie. »Ich werde veranlassen, dass Ihnen alles, was Sie behalten wollen, zugeschickt wird.«

Die Uhr. Die antiken Tische. Die Bilder, über die Laurie gelacht hatte, samt den wunderschönen Rahmen. Mike versuchte sich auszumalen, allein ihre Mansarde in Greenwich Village zu betreten, und konnte es nicht.

»Was ist mit dem Grammophon?«, fragte die Maklerin. »Eine echte Rarität.«

Mike hatte es in den Wandschrank zurückgestellt. Jetzt holte er es heraus, hatte Lauries Schrecken wieder vor Augen, hörte sie »Chinatown« intonieren, sich mit den Falsettstimmen auf der alten Platte vereinen. »Ich weiß nicht, ob ich's haben möchte«, erklärte er.

Die Maklerin machte ein missbilligendes Gesicht. »Das ist ein Objekt für Sammler. Ich muss mich verabschieden. Geben Sie mir deswegen Bescheid.«

Mike blickte ihrem Wagen nach, bis er in der kurvenreichen Zufahrt verschwand. *Laurie, ich brauche dich.* Er öffnete den Deckel des Grammophons, wie er es vor fünf Tagen gemacht hatte, vor einer Ewigkeit. Er betätigte die Kurbel, suchte die Platte mit »Chinatown«, legte sie auf, drückte die Abspieltaste. Er beobachtete, wie der Plattenteller sich zu drehen begann, löste den Tonarm und setzte die Nadel in der Einlaufrille auf.

»Chinatown, mein Chinatown ...«

Mike fühlte, wie sein Körper erkaltete. *Nein! Nein!* Atemlos, wie gelähmt starrte er auf die rotierende Platte.

»... Das Herz kennt keine andre Welt und findet nirgends Ruh ...«

Über den kratzigen Falsettstimmen der längst vergessenen Sänger erhob sich Lauries strahlender Sopran, erfüllte den Raum mit seiner herzzerreißenden, wehmütigen Schönheit.

Tödliche Maskerade

An einem Nachmittag im August kamen sie in dem Ferienhaus an, das sie in Dennis, einem Dorf auf Cape Cod, gemietet hatten. Kurz darauf stellte Alvirah Meehan fest, dass mit ihrer Nachbarin, einer erschreckend mageren jungen Frau, schätzungsweise Ende zwanzig, etwas nicht stimmte.

Zunächst schauten sich Alvirah und Willy ein bisschen im Haus um, äußerten sich beifällig über das Himmelbett aus Ahornholz, die rutschfesten Brücken, die freundliche Küche und die frische, aromatische Meeresbrise, dann packten sie ihre teure neue Garderobe aus. Nachdem er die Koffer, ein luxuriöses Set von Vuitton, weggeräumt hatte, schenkte Willy für sich und Alvirah ein kühles Bier ein, das sie auf der Terrasse mit Blick auf die Bucht von Cape Cod trinken wollten.

Willy machte es sich auf einem gepolsterten Korbliegestuhl bequem, der für seine rundliche Figur wie geschaffen war, und bemerkte zufrieden, dass sie einen tollen Sonnenuntergang und gottlob endlich etwas Ruhe und Frieden zu erwarten hätten. Vor zwei Jahren hatten sie vierzig Millionen Dollar in der Lotterie des Staates New York gewonnen. Und seitdem war Alvirah ihm wie ein wandelnder Blitzableiter vorgekommen. Als Erstes fuhr sie nach Kalifornien, ins berühmte Cypress Point

Spa, und wäre dort um ein Haar ermordet worden. Dann unternahmen sie gemeinsam eine Kreuzfahrt nach Alaska, und auf der wurde ausgerechnet ihr Tischnachbar um die Ecke gebracht. Dennoch war Willy mit der abgeklärten Weisheit seiner 59 Jahre überzeugt davon, dass sie hier auf Cape Cod zumindest die Ruhe finden würden, nach der er bisher vergeblich gesucht hatte. Wenn Alvirah über diesen Urlaub einen Artikel für den *New York Globe* schreiben würde, wäre darin nur vom Wetter und Angeln die Rede.

Alvirah saß am Gartentisch in Reichweite und hörte ihm zu. Wenn sie doch bloß daran gedacht hätte, einen Sonnenhut aufzusetzen! Die Kosmetikerin bei Sassoon hatte sie ausdrücklich gewarnt. »Für Ihr Haar ist diese dezente rötliche Tönung jetzt einfach optimal, Mrs. Meehan. Da wollen wir uns doch keine hässlichen gelben Strähnen zulegen, nicht wahr?«

Nachdem sie sich von dem Mordanschlag im Cypress Point Spa erholt hatte, konnte sie die dreitausend Dollar für die Abmagerungskur dort glatt abschreiben; die Waage zeigte wieder ihr altes Gewicht an, und ihre Kleidergröße schwankte zwischen 42 und 46. Doch Willy betonte regelmäßig, jetzt wisse er wenigstens, dass er eine Frau in den Armen halte und keinen von diesen halb verhungerten Zombies in den Modejournalen, die Alvirah so begeistert studierte.

In vierzig harmonischen Ehejahren hatte Alvirah die Fähigkeit entwickelt, mit einem Ohr Willys Redefluss liebevoll zu lauschen und das andere zuzuklappen. Als sie den Blick jetzt über die Häuser auf dem grasbewachsenen Sanddamm, der als Deich diente, wandern ließ und dann hinunter zu dem blaugrün schillernden Wasser und dem mit Steinen übersäten Strand, dachte sie beunruhigt, dass Willy vielleicht doch recht hatte. Sicher, das Kap war wunderschön, und sie hatte sich von jeher gewünscht, es kennenzulernen; trotzdem konnte es durchaus sein, dass sie hier keinen Stoff für einen Artikel fand, der Charley Evans, ihrem Chefredakteur, interessant genug erschien für eine Veröffentlichung.

Vor zwei Jahren hatte Charley einen Reporter zu den Meehans geschickt, der sie interviewte, wie man sich denn mit einem Lotteriegewinn von vierzig Millionen Dollar fühle. Was würden sie damit anfangen? Alvirah war Putzfrau, Willy Klempner. Gedachten sie weiterzuarbeiten?

Alvirah hatte dem Reporter unmissverständlich klargemacht, so dämlich wäre sie nun wahrhaftig nicht. Einen Besen würde sie erst wieder zur Hand nehmen, wenn sie als Hexe auf einen Kostümball ginge. Danach hatte sie all die Dinge aufgezählt, die sie gern tun wollte, und Punkt eins war der Besuch im Cypress Point Spa – wo sie mit all den Berühmtheiten zusammen sein wollte, von denen sie ihr Leben lang gelesen hatte.

Das war der Anlass für Charley Evans, den Chefredakteur vom *Globe,* sie um einen Artikel über ihren Aufenthalt in Cypress Point zu bitten. Er gab ihr eine rosettenförmige Anstecknadel mit eingebautem Mikrofon, sodass sie ihre sämtlichen Gespräche aufzeichnen und das Band abspielen konnte, wenn sie ihren Artikel schrieb.

Beim Gedanken an ihre Brosche musste Alvirah unwillkürlich lächeln.

Sie hatte sich in Cypress Point gehörig in die Nesseln

gesetzt, wie Willy das ausdrückte. Sie war dahintergekommen, was wirklich vor sich ging, und wäre deshalb um ein Haar ermordet worden. Trotzdem hatte sie die ganze Aufregung genossen, und jetzt verband sie mit allen dort eine herzliche Freundschaft, und sie konnte jedes Jahr als Gast nach Cypress Point kommen. Und als Dank für ihre Hilfe bei der Aufklärung des Mordes auf dem Schiff im vorigen Jahr waren sie beide zu einer kostenlosen Kreuzfahrt nach Alaska eingeladen, wann immer sie wollten.

Cape Cod war wunderschön, doch Alvirah wurde den schleichenden Verdacht nicht los, dass dies zu einem ganz normalen Urlaub geraten könnte und daher völlig ungeeignet für eine Veröffentlichung im *Globe* wäre.

Genau in diesem Augenblick schaute sie hinüber zu der Hecke, die ihr Grundstück auf der rechten Seite einzäunte, und bemerkte eine junge Frau, die nebenan am Geländer ihrer Veranda stand und düster auf die Bucht hinunterstarrte.

Es war die Art, wie ihre Hände das Geländer umklammerten – hochgradige Anspannung, dachte Alvirah. Sie vibriert ja förmlich. Es war die Art, wie die junge Frau den Kopf wandte, Alvirah direkt in die Augen sah, sich dann wieder wegdrehte. »Sie hat mich nicht mal wahrgenommen«, befand Alvirah. Obwohl die Entfernung zwischen ihnen fünfzehn bis zwanzig Meter betrug, spürte sie den Schmerz und die Verzweiflung, die von der jungen Frau ausstrahlten.

Höchste Zeit, in Erfahrung zu bringen, was da los war. »Ich glaube, ich mach mich mal eben mit unserer Nachbarin bekannt«, teilte sie Willy mit. »Bei der ist irgendwas im Busch.« Sie erhob sich und schlenderte zu der Hecke hinüber. »Hallo«, begann sie mit äußerster Wärme. »Ich hab Sie reinfahren sehen. Wir sind vor zwei Stunden angekommen, da ist es ja wohl an uns, Sie hier zu begrüßen. Ich bin Alvirah Meehan.«

Die junge Frau drehte sich um, und Alvirah empfand sofort tiefes Mitgefühl. Sie muss eine schwere Krankheit hinter sich haben, dachte sie. Diese geisterhafte Blässe, die erschlafften Arm- und Beinmuskeln. »Ich bin hergekommen, weil ich allein sein möchte, ich lege keinen Wert auf Gesellschaft«, erklärte sie ruhig. »Entschuldigen Sie mich bitte.«

Damit hätte sich der Fall vermutlich erledigt, wie Alvirah später feststellte, doch als die junge Frau auf dem Absatz kehrtmachte, stolperte sie über einen Schemel und stürzte auf die Veranda. Alvirah eilte ihr zu Hilfe und lehnte es energisch ab, sie allein ins Haus gehen zu lassen. Und weil sie sich für den Unfall mitverantwortlich fühlte, versorgte sie das rasch anschwellende Handgelenk mit einer Eispackung. Sie überzeugte sich, dass es nur verstaucht war, kochte ihr eine Tasse Tee und erfuhr dabei, dass sie Cynthia Rogers hieß, Lehrerin war und aus Illinois stammte. Diese Mitteilung ließ Alvirah aufhorchen, dann klingelte es bei ihr, und binnen zehn Minuten hatte sie die neue Nachbarin erkannt, wie sie Willy berichtete, als sie eine Stunde später zurückkam. »Von mir aus soll sie sich Cynthia Rogers nennen, aber ihr richtiger Name ist Cynthia Lathem. Vor zwölf Jahren ist sie wegen Mordes an ihrem Stiefvater verurteilt worden. Der war stinkreich. Ich erinnere mich an den Prozess, als wär's gestern gewesen.«

»Du erinnerst dich an alles, als sei's gestern passiert«, kommentierte Willy.

»Stimmt auffallend. Du weißt doch genau, wie ich solche Berichte über Mordfälle immer verschlinge. Die Sache ist jedenfalls hier auf Cape Cod passiert. Cynthia hat geschworen, sie wäre unschuldig, und dauernd von einer Zeugin gesprochen, die bestätigen könnte, dass sie um die Tatzeit außer Hause war; aber die Geschworenen haben ihr die Geschichte nicht abgenommen. Ich frag mich, warum sie zurückgekommen ist. Ich muss im *Globe* anrufen; Charley Evans soll mir alles herschicken, was sie im Archiv darüber haben.« Alvirahs Augen begannen zu blitzen und zu funkeln, als sie fortfuhr: »Vielleicht sucht sie immer noch nach der verschwundenen Zeugin, die ihre Geschichte bestätigen kann. Meine Güte, Willy, das wird 'ne aufregende Zeit, ich spür's in den Knochen!«

Zu Willys Schrecken holte Alvirah aus der obersten Schublade der Frisierkommode die bewusste Brosche mit dem eingebauten Mikrofon und machte sich dann zielstrebig daran, ihren Chefredakteur in New York unter seiner direkten Durchwahlnummer zu erreichen.

An jenem Abend aßen Willy und Alvirah im *Red Pheasant Inn*. Alvirah trug ein beige und blau gemustertes Baumwollkleid, das sie bei Bergdorf Goodman gekauft hatte, das aber, wie sie sich bei Willy beschwerte, an ihr auch nicht viel anders aussah als das damals, kurz vor dem Lotteriegewinn, in einem Ramschladen erstandene Sonderangebot. »Ich bin eben zu dick, daran liegt's«, jammerte sie und bestrich einen warmen Preiselbeermuffin mit Butter. »Also diese Muffins hier schmecken einfach himmlisch. Du, Willy, ich bin richtig froh, dass du dir die gelbe Leinenjacke gekauft hast. Die bringt deine blauen Augen prima zur Geltung, und dein Haar ist auch immer noch so schön voll.«

»Ich komm mir vor wie ein Kanarienvogel mit zwei Zentnern Lebendgewicht«, meinte Willy. »Aber Hauptsache, dir gefällt's.«

Nach dem Abendessen gingen sie ins *Cape Cod Playhouse* und bewunderten Debbie Reynolds in einer neuen Komödie, die nach der Erprobung in der Provinz am Broadway herauskommen sollte. Als sie in der Pause auf dem Rasen vor dem Theater ein Gingerale tranken, verbreitete sich Alvirah über Debbie Reynolds, für die sie von jeher eine Vorliebe hatte, schon seit deren Auftritt in *Du sollst mein Glücksstern sein* mit Gene Kelly, und über die furchtbare Geschichte, wie Eddie Fisher sie mit den zwei kleinen Kindern hatte sitzen lassen. »Und was hat es ihm gebracht?«, sinnierte Alvirah, als das Ende der Pause signalisiert wurde. »Viel Glück hat er danach nicht mehr gehabt. Wer unrecht handelt, kriegt am Schluss eben doch die Quittung präsentiert.« Dabei musste Alvirah wieder an ihre Nachbarin denken, und sie fragte sich, ob Charley Evans das erbetene Material mit Eilboten abgeschickt hatte. Hoffentlich – sie konnte kaum abwarten, es zu lesen.

Während Alvirah und Willy sich über Debbie Reynolds amüsierten, begann Cynthia Lathem endlich klar zu werden, dass sie tatsächlich frei war, dass zwölf Jahre Haft hinter ihr lagen. Vor zwölf Jahren … Ihr vorletztes Studienjahr vor der Graduierung an der Rhode Island School of Design hatte gerade angefangen, als ihr Stiefvater Stuart Richards im Arbeitszimmer seiner Villa, einem stattlichen

Kapitänshaus aus dem achtzehnten Jahrhundert in Dennis, erschossen aufgefunden wurde.

Am Nachmittag war Cynthia auf dem Weg zum Ferienhaus dort vorbeigefahren und von der Straße abgebogen, um es genau zu betrachten. Wer wohnte jetzt wohl in der Villa? Hatte ihre Stiefschwester Lillian das Anwesen verkauft oder es behalten? Es war seit drei Generationen im Familienbesitz, doch sentimental war Lillian Richards noch nie gewesen. Und dann hatte Cynthia Gas gegeben, wie gejagt von den auf sie einstürmenden Erinnerungen an jene grauenhafte Nacht und an die darauffolgenden Tage. Die Anklage. Haft, Verhör, Verhandlungen. Ihre feste Zuversicht zu Anfang: »Ich kann einwandfrei nachweisen, dass ich um zwanzig Uhr das Haus verlassen habe und erst nach Mitternacht zurückgekommen bin. Ich hatte eine Verabredung.«

Fröstelnd wickelte Cynthia den hellblauen wollenen Morgenmantel enger um den schlanken Körper. Als sie ins Gefängnis ging, hatte sie 57 Kilo gewogen; ihr jetziges Gewicht von knapp 50 Kilo war bei 1,70 Meter Größe entschieden zu wenig. Ihr früher dunkelblondes Haar war in diesen Jahren mittelbraun geworden. Fad, dachte sie beim Bürsten. Die haselnussbraunen Augen, die sie von ihrer Mutter geerbt hatte, blickten teilnahmslos, leer. An jenem letzten Tag hatte Stuart Richards beim Lunch erklärt: »Du siehst deiner Mutter immer ähnlicher. Ich hätte so viel Verstand haben müssen, sie nicht aufzugeben.« Von seinen beiden Ehen hatte die mit ihrer Mutter am längsten gehalten.

Als sie heirateten, war Cynthia acht und bei der Scheidung gerade zwölf. Lillian, sein einziges leibliches Kind, zehn Jahre älter als Cynthia, lebte bei ihrer Mutter in New York und kam selten nach Cape Cod.

Cynthia legte die Bürste auf die Frisierkommode. War es ein verrückter Einfall, diese Gegend wieder aufzusuchen? Zwei Wochen aus dem Gefängnis entlassen, kaum genügend Geld für die nächsten sechs Monate, keine Ahnung, was sie mit ihrem Leben anfangen konnte oder sollte. Hatte sie sich die Miete für dieses Haus, für den Wagen überhaupt leisten dürfen? Gab es dafür auch nur den leisesten plausiblen Grund? Was hoffte sie damit zu erreichen?

Eine Stecknadel im Heuhaufen, dachte sie. Als sie in das kleine Wohnzimmer ging, zog sie einen Vergleich zwischen Stuarts prachtvoller Villa und diesem winzigen Häuschen, das ihr freilich nach Jahren der Haft wie ein Palast vorkam. Draußen peitschte der Wind die aufschäumende Brandung in die Bucht. Cynthia trat hinaus auf die Veranda, ohne sonderlich auf das pochende Handgelenk zu achten, kreuzte die Arme über der Brust, zum Schutz gegen die Kälte. Aber dann – frische, reine Luft zu atmen, zu wissen, dass sie kein Mensch daran hindern konnte, bei Tagesanbruch aufzustehen und am Strand spazieren zu gehen wie in ihrer Kindheit, wenn sie Lust hatte. Der Mond, dreiviertel voll, übergoss das Wasser mit silbrigem mitternachtsblauem Schimmer; an den nicht beschienenen Stellen wirkte es dunkel, unergründlich.

Cynthia blickte unverwandt aufs Meer, während sie an die Nacht dachte, in der Stuart erschossen wurde. Dann schüttelte sie energisch den Kopf. Nein, sie wollte nicht wieder daran denken. Nicht heute Nacht. Höchste Zeit, die friedliche Stille hier auf sich wirken zu lassen und zu Bett zu gehen. Sie ließ die Fenster weit geöffnet, sodass der aufkommende heftige Nachtwind durch die Räume fegte, die Kopfkissen aufplusterte, sie im Schlaf nötigte, sich fester in die Bettdecke einzuwickeln.

Am nächsten Morgen wachte sie zeitig auf und ging zum Strand. Sie spürte den feuchten Sand unter den Füßen und suchte Muscheln, wie sie es als Kind getan hatte. Morgen ... Morgen früh würde sie es noch einmal probieren, innerlich aufzutanken und dann mit der Suche zu beginnen, die wahrscheinlich aussichtslos war, der Suche nach dem einzigen Menschen, der wusste, dass sie die Wahrheit gesagt hatte.

Am nächsten Morgen fuhr Willy ins Dorf, um die Zeitungen zu holen, während Alvirah das Frühstück zubereitete. Er brachte zusätzlich eine Tüte mit ofenfrischen Blaubeermuffins mit. »Ich hab rumgefragt«, erzählte er der entzückten Alvirah. »Ich soll zu Mercantile neben der Post gehen, dort gibt's die besten Muffins auf Cape Cod, das hat mir jeder gesagt.«

Sie frühstückten am Gartentisch auf der Sonnenterrasse. Während sie genussvoll das zweite Blaubeermuffin verspeiste, beobachtete Alvirah die Frühaufsteher beim Jogging am Strand.

»Schau mal, da ist sie!«

»Wer denn?«

»Cynthia Lathem. Sie ist seit wenigstens anderthalb Stunden auf Trab. Ich wette, sie ist halb verhungert.«

Als Cynthia vom Strand heraufkam, wurde sie an den Stufen zu ihrer Terrasse von Alvirah abgefangen, die sich strahlend bei ihr einhakte. »Ich koche den besten Kaffee weit und breit und habe frisch ausgepressten Orangensaft zu bieten. Und warten Sie, bis Sie erst die Blaubeer-muffins kosten.«

»Ich möchte wirklich nicht ...« Cynthia versuchte einen Rückzieher, wurde aber über den Rasen dirigiert. Willy sprang auf und rückte eine Bank für sie zurecht.

»Wie steht's mit Ihrem Handgelenk?«, erkundigte er sich. »Alvirah war ganz außer sich, dass Sie sich's ausge-rechnet bei ihrem Besuch verstaucht haben.«

Cynthia spürte, wie die aufsteigende Verärgerung sich wieder legte, als sie die echte Wärme und Herzlichkeit in den Gesichtern der beiden entdeckte. Willy – mit seinen runden Wangen, der offenen, freundlichen Miene und dem vollen weißen Schopf – erinnerte sie an Tip O'Neill. Das sagte sie ihm.

Willy strahlte. »Eben in der Bäckerei hat das auch wer festgestellt. Da gibt's nur einen Unterschied – Tip hat als Sprecher des Repräsentantenhauses in der Öffentlichkeit gewirkt, während ich die stillen Örtchen in Ordnung ge-bracht habe. Ich war mal Klempner, jetzt im Ruhestand.«

Cynthia trank frischen Orangensaft und Kaffee, aß den Muffin und hörte erst ungläubig, dann respektvoll zu, als Alvirah von dem Lotteriegewinn erzählte, von ihrem Auf-enthalt im Cypress Point Spa, von ihrer Mitwirkung beim Aufspüren eines Mörders, dann von der Kreuzfahrt nach Alaska und der Entlarvung des Täters, der ihren Tisch-nachbarn umgebracht hatte.

Sie ließ sich eine zweite Tasse Kaffee nachschenken. »Sie haben mir das doch aus einem bestimmten Grund erzählt, nicht wahr?«, fragte Cynthia. »Sie haben mich gestern wiedererkannt, richtig?«

Alvirah wurde ernst. »Ja.«

Cynthia schob ihren Stuhl zurück. »Sie waren sehr nett und möchten mir sicher helfen, aber das können Sie am besten dadurch tun, dass Sie mich in Ruhe lassen. Ich habe mich um eine Menge Dinge zu kümmern, aber das ist allein meine Aufgabe. Vielen Dank für das Frühstück.«

Alvirah folgte der schlanken jugendlichen Gestalt mit den Blicken, als sie den Rasen überquerte. »Sie hat ein bisschen Sonne abgekriegt heut früh«, bemerkte sie. »Steht ihr prima. Ein paar Pfund mehr, und sie ist 'ne richtige Schönheit.«

»Mit Rausfüttern ist da nichts, und die Sonne kannst du ihr auch nicht auf Bestellung liefern«, kommentierte Willy. »Du hast sie doch gehört.«

»Ach, vergiss es. Wenn Charley mir die Prozessunterlagen schickt, lass ich mir schon was einfallen, wie man ihr helfen kann.«

»Großer Gott«, stöhnte Willy. »Ich hätt's wissen müssen. Da wären wir wieder mal so weit.«

»Keine Ahnung, wie Charley so was hinkriegt«, seufzte Alvirah ein paar Stunden später. Die Eilsendung war unmittelbar nach dem Frühstück angekommen. »Sieht so aus, als hätte er wirklich alles geschickt, was jemals über diesen Fall geschrieben wurde.« Sie schnalzte mit der Zunge. »Schau dir das Bild von Cynthia an, das während der Gerichtsverhandlung aufgenommen wurde. Sie war nur ein verängstigtes Kind.«

Alvirah breitete die einzelnen Zeitungsausschnitte auf dem Tisch aus und sortierte sie. Dann nahm sie ihren Block und einen Stift zur Hand und begann, sich Notizen zu machen.

Willy ruhte auf dem gepolsterten Liegestuhl, den er sich als Stammplatz erkoren hatte, und war tief in den Sportteil der *Cape Cod Times* versunken. »Die Mets muss ich wohl abschreiben«, klagte er und schüttelte traurig den Kopf.

Um ein Uhr verschwand Willy wieder, und dieses Mal kehrte er mit einer Hummercremesuppe zurück. Beim Mittagessen erzählte Alvirah ihm, was sie erfahren hatte. »Hier die Fakten, kurz und bündig: Cynthias Mutter war Witwe, als sie Stuart Richards heiratete. Cynthia war zu diesem Zeitpunkt acht. Vier Jahre später ließen sie sich scheiden. Richards hatte eine Tochter aus erster Ehe, Lillian, die zehn Jahre älter war als Cynthia und bei ihrer Mutter in New York lebte.«

»Warum hat sich Cynthias Mutter von Richards scheiden lassen?«, fragte Willy zwischen zwei Löffeln Suppe.

»Nach Cynthias Aussage im Zeugenstand gehörte Richards zu den Männern, die Frauen immer kleinmachen müssen. Ihre Mutter zog sich schick an, weil sie ausgehen wollte, und er brachte sie zum Weinen, weil er sich über ihre Garderobe lustig machte – so ging das wohl in einer Tour. Wahrscheinlich war sie wegen ihm ständig am Rand eines Nervenzusammenbruchs. Cynthia jedoch schien er immer gemocht zu haben, an ihrem Geburtstag führte er sie regelmäßig aus und hatte immer ein Geschenk für sie.

Dann starb Cynthias Mutter, und Richards lud das junge Mädchen zu sich auf Cape Cod ein. Gut, so jung war sie da gar nicht mehr – sie stand vor dem ersten Studienjahr an der Rhode Island School of Design. Ihre Mutter war länger krank gewesen, und es war anscheinend nicht mehr viel Geld da. Ihrer Aussage zufolge überlegte sie, das Studium zu unterbrechen und ein, zwei Jahre zu arbeiten. Und sie behauptete, dass Richards ihr gesagt habe, er wolle die eine Hälfte seines Geldes seiner Tochter Lillian vermachen und die andere Hälfte dem Dartmouth College. Aber nachdem Dartmouth seine Tore auch für Studentinnen geöffnet hatte, war er darüber so verärgert, dass er sein Testament änderte. Angeblich wollte er jetzt ihr den Dartmouth-Anteil seines Vermögens hinterlassen, so an die zehn Millionen Dollar. Auf Nachfrage des Staatsanwalts gab Cynthia zu, dass Richards ihr auch gesagt habe, sie müsse aber schon warten, bis er tot sei, wenn sie an das Geld kommen wollte; wegen des College tue es ihm sehr leid, aber ihre Mutter hätte einfach besser für ihre Ausbildung vorsorgen müssen.«

Willy legte den Löffel ab. »Da hast du also dein Motiv, was?«

»Das hat der Staatsanwalt auch gesagt – dass Cynthia sofort das Geld haben wollte. Jedenfalls, ein gewisser Ned Creighton war zufällig bei Richards zu Besuch und bekam das Gespräch mit. Er war ein Freund von Lillian und ungefähr auch in ihrem Alter. Cynthia kannte ihn anscheinend aus der Zeit, als sie bei Richards auf dem Cape gelebt hatte. Creighton jedenfalls lud Cynthia zum Essen ein, und Richards drängte sie, die Einladung anzunehmen.

Nach ihrer Aussage waren Creighton und sie beim Abendessen im *Captain's Table* in Hyannis, und dann schlug er ihr vor, noch mit seinem Boot rauszufahren, das er an einer privaten Anlegestelle liegen hatte. Sie waren weit draußen im Nantucket Sound, als das Boot den

Geist aufgab; nichts funktionierte mehr, noch nicht mal das Funkgerät. Bis elf Uhr trieben sie vor sich hin, erst dann bekam er den Motor wieder flott. Da sie beim Essen anscheinend bloß einen Salat hatte, bat sie ihn, als sie wieder an Land waren, noch irgendwo auf einen Hamburger anzuhalten.

Creighton war darüber anscheinend nicht sehr glücklich, in der Nähe von Cotuit hielt er aber trotzdem vor irgendeinem Laden. Cynthia sagte, sie sei seit ihrer Kindheit nicht mehr auf dem Kap gewesen und kenne diese Gegend nicht sehr gut, daher konnte sie nicht mit Bestimmtheit sagen, wo genau sie den Zwischenstopp eingelegt hatten. Jedenfalls wies er sie an, im Wagen zu warten, während er reinging, um ihr einen Hamburger zu holen. Sie konnte sich nur noch daran erinnern, dass ohrenbetäubende Rockmusik aus dem Laden drang und überall Teenager herumhingen. Aber dann kam eine Frau angefahren und parkte gleich nebenan, und als sie die Autotür öffnete, schlug sie damit gegen Creightons Wagen.« Alvirah reichte Willy einen Zeitungsausschnitt. »Die Frau, das ist diese Zeugin, die keiner finden konnte.«

Während Alvirah gedankenverloren ihre Suppe löffelte, überflog Willy den Artikel. Die Frau hatte sich überschwänglich entschuldigt und Neds Wagen auf Kratzer abgesucht. Als sie nichts finden konnte, ging sie in den Hamburger-Laden. Laut Cynthia war die Frau Mitte bis Ende vierzig, untersetzt, hatte orangerot gefärbte Haare, einen Stufenschnitt und trug eine Kittelbluse und eine Polyesterhose mit Gummizug.

Der Artikel berichtete von Cynthias Aussage, derzufolge sich Creighton, als er zurückkam, über die Schlange vor dem Essensschalter und die Jugendlichen beschwerte, die sich nicht entscheiden konnten, was sie wollten. Er wirkte offensichtlich nervös, weshalb sie ihm nichts von der Frau und der Sache mit der Autotür erzählte.

Im Zeugenstand sagte Cynthia aus, dass Ned Creighton während der fünfundvierzigminütigen Rückfahrt nach Dennis – auf Straßen, die sie alle nicht kannte – kaum ein Wort mit ihr gesprochen habe. Vor Stuart Richards' Haus ließ er sie schnell aussteigen und fuhr sofort wieder los. Als Cynthia ins Haus kam, fand sie Stuart Richards in seinem Arbeitszimmer vor; er lag neben seinem Schreibtisch auf dem Boden, Blut tropfte aus seiner Stirn, und sein Gesicht war blutverkrustet, der Teppich blutgetränkt.

Willy las nun laut aus dem Artikel vor: »›Die Angeklagte behauptete, im ersten Moment gedacht zu haben, Richards habe einen Schlaganfall erlitten und sei hingefallen, aber als sie ihm die Haare aus der Stirn strich, habe sie die Schusswunde entdeckt und gleich darauf die Waffe neben ihm. Daraufhin habe sie die Polizei verständigt.‹«

»Laut ihrer Aussage habe sie geglaubt, er hätte Selbstmord begangen«, erzählte Alvirah. »Aber dann hat sie die Waffe aufgehoben und damit natürlich ihre Fingerabdrücke hinterlassen. Der Schrank im Arbeitszimmer stand offen, und sie gab zu, gewusst zu haben, dass Richards darin eine Waffe aufbewahrte. Aber dann widersprach Creighton so ziemlich allem, was sie der Polizei erzählt hatte. Ja, er habe sie zum Abendessen ausgeführt, sie aber um acht Uhr wieder nach Hause gebracht, und während des gesamten Essens habe sie Stuart Richards für die Krankheit und den Tod ihrer Mutter verantwortlich gemacht und gesagt, sie wolle ihm mal richtig die Meinung sagen, wenn sie wieder zu Hause sei. Der Todeszeitpunkt wurde auf ungefähr neun Uhr festgelegt, angesichts Creightons gegenteiliger Aussage sah das für sie natürlich nicht gut aus. Ihre Anwälte schalteten Zeitungsanzeigen und suchten nach der Frau vor dem Hamburger-Laden, aber es meldete sich niemand, der ihre Geschichte bezeugen könnte.«

»Und, glaubst du Cynthia?«, fragte Willy. »Du weißt, verdammt viele Mörder können sich zu ihrer Tat nicht bekennen und glauben am Ende ihren eigenen Lügen oder tun wenigstens so, als wären sie wahr. Vielleicht sucht sie auch bloß diese fehlende Zeugin, um die Leute doch noch von ihrer Unschuld zu überzeugen, obwohl sie ihre Zeit schon abgesessen hat. Ich meine, warum um alles in der Welt sollte Ned Creighton bei der ganzen Sache lügen?«

»Das weiß ich nicht«, sagte Alvirah und schüttelte den Kopf. »Aber dass einer lügt, darauf kannst du Gift nehmen. Und ich wette meinen letzten Dollar darauf, dass es nicht Cynthia ist. An ihrer Stelle würde ich herausfinden wollen, warum Creighton gelogen hat und was für ihn dabei rausgesprungen ist.«

Damit wandte sich Alvirah ihrer Hummercremesuppe zu und sagte nichts mehr, bis sie den Teller geleert hatte. »Ach, das war köstlich. Das wird ein wunderbarer Urlaub, Willy. Ist das nicht großartig, dass wir das Haus gleich neben dem von Cynthia haben und ich ihr helfen kann, ihren Namen reinzuwaschen?«

Von Willy war nur das Klappern des Löffels und ein abgrundtiefer Seufzer zu hören.

Nach dem ausgiebigen ruhigen Nachtschlaf und dem anschließenden Morgentraining begann sich die Gefühlsstarre zu lösen, in der Cynthia seit dem Schuldspruch der Geschworenen vor zwölf Jahren verharrt hatte. Beim Duschen und Anziehen dachte sie über diese Zeit nach, ein Albtraum, den sie nur dadurch überlebt hatte, dass sie ihre Emotionen quasi einfror. Sie war ein musterhafter Häftling, hatte ganz für sich gelebt, keine Freundschaften geschlossen. Sie hatte jede der angebotenen Ausbildungsmöglichkeiten wahrgenommen, zunächst in der Wäscherei und in der Küche gearbeitet und war dann als Schreibkraft in der Bibliothek und als Hilfslehrerin im Kunstunterricht eingesetzt worden. Und als sie nach einer Weile das Geschehene voll zu realisieren begann, hatte sie zu zeichnen angefangen. Das Gesicht der Frau auf dem Parkplatz. Das Lokal. Neds Motorboot. Jede Einzelheit, die sie ihrem Gedächtnis abringen konnte. Als sie fertig war, hatte sie Bilder von einer Imbissstube, wie man sie überall in den Vereinigten Staaten finden konnte, von einem Boot, das genau dem in jenem Jahr auf den Markt gebrachten Modell glich. Die Frau war ein wenig deutlicher geraten, aber auch nicht nennenswert. Es war dunkel gewesen, und die Begegnung hatte nur sekundenlang gedauert. Trotzdem war die Frau ihre einzige Hoffnung.

Das Resümee des Anklägers in der Schlussverhandlung: »Meine Damen und Herren Geschworenen, Cynthia Lathem kam am 2. August 1976 irgendwann zwischen 20.00 Uhr und 20.30 Uhr in das Haus von Stuart Richards zurück. Sie ging ins Arbeitszimmer ihres Stiefvaters. An jenem Nachmittag hatte Stuart Richards Cynthia mitgeteilt, dass er sein Testament zu ändern gedenke. Ned Creighton hatte dieses Gespräch mitgehört, hatte Cynthia und Stuart streiten hören. Vera Smith, die Kellnerin im *Captain's Table,* hörte Cynthias Äußerung Ned gegenüber, dass sie die Hochschule verlassen müsse, falls ihr Stiefvater sich weigerte, weiter für ihr Studium aufzukommen.

Cynthia Lathem kehrte an jenem Abend aufgebracht und von Ängsten gequält in Richards' Villa zurück. Sie ging ins Arbeitszimmer und bot Stuart Richards die Stirn. Er gehörte zu den Menschen, die sich ein Vergnügen daraus machen, ihre Umgebung aus der Fassung zu bringen. Er hatte sein Testament geändert. Er wäre am Leben geblieben, wenn er seiner Stieftochter mitgeteilt hätte, dass er ihr anstelle von ein paar Tausend Dollar die Hälfte seines Vermögens hinterlassen würde. Stattdessen spielte er zu lange Katz und Maus mit ihr. Und ihr aufgespeicherter Groll darüber, wie er ihre Mutter behandelt hatte, die in ihr hochkochende Wut bei dem Gedanken, die Universität verlassen zu müssen, buchstäblich ohne einen Cent ins Leben gestoßen zu werden, lenkten ihre Schritte zu dem Schrank, in dem er eine Waffe aufbewahrte. Die nahm sie heraus und schoss dreimal direkt in die Stirn des Mannes, der sie so liebte, dass er sie als Erbin einsetzte.

Ironie des Schicksals. Eine Tragödie. Aber auch Mord. Cynthia bat Ned Creighton, auszusagen, sie habe den Abend mit ihm auf seinem Motorboot verbracht. Kein Mensch hat die beiden draußen auf dem Boot gesehen. Sie erwähnt eine Imbissstube, bei der sie gehalten hätten, um Hamburger zu kaufen. Aber sie weiß die Adresse nicht. Sie gibt zu, die Lokalität nicht betreten zu haben. Sie redet von einer Unbekannten mit orangerotem Haar, mit der sie auf einem Parkplatz gesprochen habe. Warum hat sich diese Frau nicht gemeldet, bei der enormen Publizität dieses Falles? Sie kennen den Grund. Weil sie nicht existiert. Weil sie, genau wie die Imbissstube und die auf einem Motorboot in der Bucht von Cape Cod verbrachten Stunden, ein reines Fantasieprodukt von Cynthia Lathem ist.«

Cynthia hatte das Prozessprotokoll so oft gelesen, dass sie das Resümee des Staatsanwalts auswendig konnte. »Aber die Frau hat existiert«, sagte sie laut. »Es gibt sie.« Mit Hilfe der bescheidenen Versicherungssumme, die ihr ihre Mutter hinterlassen hatte, wollte sie in den nächsten sechs Monaten versuchen, diese Frau ausfindig zu machen. Vielleicht ist sie mittlerweile tot oder nach Kalifornien gezogen, dachte Cynthia, als sie sich das Haar bürstete und es zum Knoten drehte.

Vom Schlafzimmer des Hauses hatte man Aussicht aufs Meer. Cynthia ging zur Schiebetür und öffnete sie. Unten am Strand sah sie Eltern mit Kindern umherwandern. Falls sie jemals ein normales Leben führen wollte, mit Mann und Kind, musste sie ihren Namen reinwaschen.

Jeff Knight. Sie hatte ihn voriges Jahr kennengelernt, bei den Dreharbeiten für eine Fernsehserie über weibliche Strafgefangene, die er interviewte. Seine Aufforderung, dabei mitzuwirken, hatte sie rundweg abgelehnt. Er ließ nicht locker, sein intelligentes, energisches Gesicht verriet besorgte Anteilnahme. »Verstehen Sie das denn nicht, Cynthia, dieses Programm wird von Millionen

Menschen in Neuengland gesehen. Die Frau, der Sie damals nachts kurz begegnet sind, könnte doch zu den Zuschauern gehören.«

Deshalb hatte sie mitgemacht, seine Fragen beantwortet, von der Nacht berichtet, in der Stuart umkam, die Porträtskizze der Frau, mit der sie gesprochen hatte, vor die Kamera gehalten, ebenso die Zeichnung von der Imbissstube. Und niemand hatte sich gemeldet. Lillian gab in New York eine Erklärung ab: Die während des Prozesses gemachten Aussagen beruhten auf Wahrheit, denn dem hätte sie nichts hinzuzufügen. Ned Creighton, jetzt Inhaber vom Mooncusser, einem beliebten Restaurant in Barnstable, wiederholte, wie unendlich leid es ihm um Cynthia täte.

Nach der Sendung erschien Jeff weiterhin regelmäßig an den Besuchstagen. Das allein rettete sie davor, in völlige Verzweiflung zu verfallen, als jedes Echo auf die Serie ausblieb. Er kam jedes Mal in einem etwas nachlässigen Aufzug daher, die Jacke spannte an den breiten Schultern, die wirre dunkelbraune Mähne mit den Stirnlocken, die freundlichen, ausdrucksvollen braunen Augen, die langen Beine, die in dem überfüllten Besuchsraum keinen Platz fanden. Als er sie bat, nach der Entlassung seine Frau zu werden, antwortete sie, daran sei überhaupt nicht zu denken. Er bekam bereits Angebote von den verschiedenen Sendern. Eine überführte Mörderin konnte er da wirklich nicht gebrauchen. Sie durfte seiner Karriere nicht im Weg stehen, er musste sie vergessen.

Aber wenn ich nun nicht des Mordes überführt wäre, dachte Cynthia, als sie sich vom Fenster abwandte. Sie ging hinüber zu der Frisierkommode aus Ahornholz, suchte ihre Handtasche und eilte nach draußen zu ihrem Mietwagen.

Sie kehrte erst am frühen Abend nach Dennis zurück. Die Enttäuschung über die vergeudeten Stunden trieb ihr Tränen in die Augen. Sie trocknete sie nicht, ließ sie ungehindert die Wangen hinunterrollen. Sie war nach Cotuit gefahren, in der Hauptstraße umhergelaufen, hatte den anscheinend alteingesessenen Inhaber des Buchladens nach einem auf Hamburger spezialisierten Lokal gefragt, das ein Treffpunkt für Teenager war. Wo könnte sie so etwas finden? Achselzucken, dann die Antwort: »Die schießen wie Pilze aus dem Boden und verschwinden ebenso schnell wieder. Ein Bauunternehmer reißt sich ein Grundstück unter den Nagel, stellt ein Einkaufszentrum hin oder sonst was Klotziges, und der Hamburger-Laden fliegt raus.« Danach hatte sie versucht, im Rathaus die Restaurationsbetriebe zu ermitteln, denen 1977 eine Konzession erteilt oder verlängert worden war. Es existierten noch zwei infrage kommende Lokale, das dritte hatte man entweder umfunktioniert oder abgerissen. Keins davon weckte bei ihr irgendeine Erinnerung. Und natürlich wusste sie nicht einmal genau, ob sie tatsächlich in Cotuit gehalten hatten. Ned könnte auch in diesem Punkt gelogen haben. Und wie erkundigte man sich wohl bei fremden Leuten, ob sie eine Frau in mittleren Jahren mit orangefarbenem Haar und untersetztem Körperbau kennen, die vierzig Jahre am Kap ständig oder den Sommer über gewohnt hatte und Rock-and-Roll-Musik hasste?

In Dennis folgte Cynthia einem Impuls und bog nicht zu ihrem Ferienhaus ab, sondern fuhr wieder an Richards'

Villa vorbei. Als sie dort passierte, kam eine schlanke blonde Frau die Treppe herunter. Selbst auf diese Entfernung erkannte sie Lillian. Cynthia reduzierte auf Schritttempo, beschleunigte jedoch gleich wieder, als Lillian in ihre Richtung blickte, und kehrte um. Beim Aufschließen ihrer Haustür hörte sie das Telefon klingeln. Es läutete zehnmal, ehe es verstummte. Das musste Jeff gewesen sein, und mit ihm wollte sie nicht sprechen. Nach wenigen Minuten schrillte es erneut. Wenn Jeff tatsächlich die Nummer herausgefunden hätte, würde er garantiert nicht lockerlassen, bis er sie erreichte.

Cynthia nahm den Hörer ab. »Hallo!«

»Mein Zeigefinger ist schon lahm vom dauernden Nummerntippen«, erklärte Jeff. »Da hast du dir ja einen sauberen Trick ausgedacht, einfach so von der Bildfläche zu verschwinden.«

»Wie hast du mich denn gefunden?«

»Kein Kunststück. Ich wusste, dass du wie eine Brieftaube Cape Cod ansteuern würdest, und dein Bewährungshelfer hat's bestätigt.«

Sie sah ihn vor sich – in den Sessel zurückgelehnt, nervös einen Kugelschreiber herumwirbelnd, ernster Augenausdruck, der den leichten Ton Lügen strafte. »Jeff, vergiss mich, bitte. Tu uns beiden den Gefallen.«

»Abgelehnt. Ich versteh dich ja, Cindy. Aber wenn du die Frau nicht finden kannst, mit der du gesprochen hast, besteht keinerlei Hoffnung, deine Unschuld zu beweisen. Und glaub mir, Schatz, ich hab mich wirklich bemüht, sie aufzutreiben. Ich hab dir nie was von den Rechercheuren erzählt, die ich losgeschickt habe, während die Sendung lief. Wenn die sie nicht finden konnten, schaffst du's erst recht nicht. Ich liebe dich, Cindy. Du weißt, dass du unschuldig bist, und ich weiß es auch. Ned Creighton hat gelogen, aber das werden wir nie beweisen können.«

Cindy schloss die Augen. Jeff hatte völlig recht damit, das war ihr klar.

»Steck's auf, Cindy. Pack deinen Koffer und fahr zurück. Ich hol dich heute Abend Punkt acht zu Hause ab.«

Zu Hause. Das möblierte Zimmer, das sie zusammen mit ihrem Bewährungshelfer besichtigt und gemietet hatte. *Ich möchte Ihnen meine Freundin vorstellen. Sie ist gerade aus dem Gefängnis entlassen. – Was hat deine Mutter vor der Ehe gemacht? Sie war im Knast?*

»Leb wohl, Jeff.« Cynthia trennte die Verbindung, legte den Hörer nicht auf und drehte dem Telefon den Rücken zu.

Alvirah hatte Cynthias Rückkehr registriert, aber nicht versucht, Kontakt mit ihr aufzunehmen. Willy war nachmittags in einem gemieteten Boot zum Fischen rausgefahren und triumphierend mit zwei Makrelen zurückgekommen. Während seiner Abwesenheit studierte Alvirah Zeitungsausschnitte über den Mordfall Stuart Richards. Im Cypress Point Spa hatte sie gelernt, wie nützlich es war, ihre Gedanken und Einfälle auf Band zu sprechen. An diesem Nachmittag blieb ihr Rekorder voll ausgelastet.

»Der springende Punkt in dem ganzen Fall ist: Warum hat Ned Creighton gelogen? Er kannte Cynthia doch kaum. Warum hat er alles so eingefädelt, dass sie als Schuldige dastand? Stuart Richards hatte massenhaft Feinde. Neds Vater hatte früher mal geschäftlich mit Stuart zu tun, und da gab's Krach, aber Ned war damals noch ein Kind.

Ned war mit Lillian Richards befreundet. Lillian hat unter Eid ausgesagt, sie habe keine Ahnung davon gehabt, dass ihr Vater sein Testament ändern wollte; ihr sei nur bekannt gewesen, dass sie eine Hälfte des Vermögens erben sollte und das Dartmouth College die andere. Sie habe zwar gewusst, sagte sie, dass er außer sich war, als Dartmouth sich zur Zulassung von Studentinnen entschloss, aber dass er deswegen sein Testament umstoßen und das Dartmouth zugedachte Geld Cynthia vermachen würde, sei ihr neu.«

Alvirah schaltete den Rekorder aus. Bestimmt musste jemand auf den Gedanken gekommen sein, dass Cynthia bei einem Schuldspruch auch ihren Anteil verlieren und Lillian Alleinerbin würde. Lillian hatte kurz nach dem Prozess einen Mann aus New York geheiratet. Seitdem war sie dreimal geschieden worden. Es sah also nicht danach aus, als hätten Ned und sie je was miteinander gehabt. Blieb nur das Restaurant. Wer waren Neds Geldgeber? Das wäre ein Motiv, warum Ned gelogen hat, dachte Alvirah. Woher hatte er das Geld für sein Restaurant?

Willy kam herein mit den bratfertigen Makrelenfilets. »Immer noch am Ball?«, erkundigte er sich.

»Hm.« Alvirah suchte einen Zeitungsausschnitt heraus. »Orangerotes Haar, untersetzt, Ende vierzig. Die Beschreibung hätte doch vor zwölf Jahren haargenau auf mich gepasst, meinst du nicht?«

»Du weißt, dass ich dich nie untersetzt nennen würde«, protestierte Willy.

»Hab ich auch nicht behauptet. Ich bin gleich wieder da. Ich möchte mit Cynthia reden, hab sie vor ein paar Minuten zurückkommen sehen.«

Am folgenden Nachmittag verfrachtete sie Willy wiederum in ein Mietboot zum Fischen, steckte die rosettenförmige Brosche an ihrem neuen, purpurrot bedruckten Baumwollkleid fest und fuhr mit Cynthia nach Barnstable ins Mooncusser. Unterwegs bläute Alvirah ihr ein: »Denken Sie ja daran: Wenn er da ist, müssen Sie ihn mir sofort zeigen. Ich lasse ihn dann nicht mehr aus den Augen. Garantiert erkennt er Sie. Es bleibt ihm gar nichts anderes übrig, er muss an unseren Tisch kommen. Sie wissen doch, was Sie sagen müssen, oder?«

»Klar.« Bestand da eine Möglichkeit?, fragte sich Cynthia. Würde Ned ihnen das abnehmen?

Zu dem Restaurant, einem eindrucksvollen weißen Gebäude im Kolonialstil, gelangte man über eine lange, kurvenreiche Zufahrt. Alvirah taxierte das Haus, das von einem Landschaftsarchitekten meisterhaft gestaltete Grundstück, das sich bis zum Wasser erstreckte.

»Sündhaft teuer«, verkündete sie. »So was hat er nicht mit ein paar lumpigen Kröten aufgezogen.«

Die Innenräume waren in Wedgwoodblau und Weiß gehalten. Die Wandgemälde waren erstklassig. Vor dem Lotteriegewinn hatte Alvirah zwanzig Jahre lang jeden Dienstag bei Mrs. Rawlings geputzt, und das Haus war ein regelrechtes Museum. Mrs. Rawlings gab zu jedem Bild genüsslich ausführliche Kommentare ab, wie viel sie seinerzeit dafür bezahlt hatte und – voller Genugtuung – was es jetzt wert war. Mit etwas Übung könnte ich vermutlich perfekte Museumsführungen veranstalten, dachte Alvirah oft. »Beachten Sie die Kompositionen, die raffinierten Valeurs, die gekonnte Technik, mit der die staubbedeckte Tischplatte unter dem einfallenden Sonnenlicht fluoresziert.« Die ganze Platte von Mrs. Rawlings hatte sie bis heute parat.

Sie wusste, wie nervös Cynthia war, und versuchte, sie durch Geschichten über Mrs. Rawlings abzulenken, nachdem der Oberkellner sie zu einem Fenstertisch geführt hatte.

Cynthia konnte nicht umhin, ein wenig zu lächeln, als Alvirah ihr mit dramatischem Unterton verkündete, Mrs. Rawlings habe bei all ihrem Geld in den zwanzig Jahren zu Weihnachten für sie keine einzige Glückwunschkarte übrig gehabt. »Sie war das geizigste, schäbigste Luder der Welt, aber irgendwie hat sie mir leidgetan. Nach mir hat sie keine Dumme mehr gefunden. Aber wenn meine letzte Stunde gekommen ist, will ich dem lieben Gott vorrechnen, dass ich auf der Habenseite eine Menge Rawlings-Pluspunkte gesammelt habe.«

»Falls das klappen sollte, können Sie sich auch eine Menge Lathem-Punkte gutschreiben.«

»Darauf geh ich jede Wette ein. Lächeln Sie bloß weiter so. Sie müssen aussehen wie die Katze, die eben den Kanarienvogel verspeist hat. Ist er da?«

»Ich hab ihn noch nicht entdeckt.«

»Wenn dieser aufgeblasene Typ mit der Speisekarte anrückt, fragen Sie nach ihm.«

Der Oberkellner näherte sich, höfliche Miene, das obligate Lächeln. »Wünschen Sie etwas zu trinken?«

»Ja. Zwei Gläser Weißwein. Ist Mr. Creighton im Hause?«

»So viel ich weiß, bespricht er gerade etwas mit dem Küchenchef.«

»Ich bin eine alte Freundin«, sagte Cynthia. »Bitten Sie ihn vorbeizuschauen, wenn er Zeit hat.«

»Selbstverständlich.«

»Sie sind die geborene Schauspielerin«, flüsterte Alvirah und hielt sich die Speisekarte vors Gesicht. Sie fand diese Vorsichtsmaßnahme angebracht, weil einem ja immer jemand die Worte von den Lippen ablesen könnte. »Ich bin richtig froh, dass ich Sie morgens zu dem Kleiderkauf überredet hab. Alles, was bei Ihnen im Schrank hing, konnte man vergessen.«

Cynthia trug eine kurze zitronengelbe Leinenjacke zu einem schwarzen Leinenrock; ein gelb-schwarz-weiß gemusterter Seidenschal war schwungvoll an der Schulter verknotet. Außerdem hatte Alvirah sie auch in den Kosmetiksalon begleitet. Cynthias halblanges Haar umrahmte jetzt weich und locker das Gesicht. Ein hellbeige getöntes Make-up überdeckte die unnatürliche Blässe und gab ihren haselnussbraunen Augen wieder Glanz und Farbe.

»Sie sehen einfach umwerfend aus«, bemerkte Alvirah.

Sie selbst hatte sich zu ihrem Kummer einer entgegengesetzten Metamorphose unterzogen, ihr Haar, dieses Meisterwerk von Sassoon, in das alte Orangerot zurückgefärbt und ihm einen ungleichmäßigen, gestuften Schnitt verpasst. Ihre Nägel waren nicht mehr kunstvoll verlängert und unlackiert. Nachdem sie Cynthia beim Aussuchen geholfen hatte, war sie zu dem Ständer mit den Sonderangeboten marschiert, wo das purpurrot bedruckte Baumwollkleid, das sie jetzt trug, aus gutem Grund für ganze zehn Dollar verramscht werden sollte. Da es ihr eine Nummer zu klein war, zeichneten sich sämtliche Fettwülste ab, von denen Willy immer behauptete, damit wolle uns die Natur nur vorsorglich abpolstern gegen den letzten tiefen Absturz.

Als Cynthia gegen die schändliche Verunstaltung von Alvirahs Frisur und Fingernägeln Einspruch erhob, wurde sie kurz abgefertigt: »Sie haben diese Frau, die unauffindbare Zeugin, doch immer gleich beschrieben – pummelig, gefärbtes Haar und Klamotten vom Wühltisch. Ich muss schließlich glaubhaft wirken.«

»Ich habe gesagt, ihre Kleidung sah nicht teuer aus«, korrigierte Cynthia.

»Wortklauberei.«

Cynthias Lächeln schwand dahin.

»Er kommt?«, fragte Alvirah, als sie es bemerkte.

Cynthia nickte.

»Lächeln Sie mich an. Los doch. Ganz locker. Zeigen Sie ihm ja nicht, dass Sie nervös sind.«

Cynthia dankte ihr mit einem warmen, herzlichen Lächeln und stützte leger die Ellbogen auf.

Vor ihnen stand ein Mann, Schweißperlen auf der Stirn, trockene Lippen, die er mit der Zunge befeuchtete. »Cynthia, ist das eine Freude, Sie zu sehen.« Er ergriff ihre Hand.

Alvirah musterte ihn eingehend. Kein übler Typ, aber irgendwie quallig. Aufgedunsenes Gesicht, eingesunkene, zusammengekniffene Augen. Er wog gute zwanzig Pfund mehr als auf den Zeitungsfotos. Ausgesprochen attraktiv in jungen Jahren, und danach ging's rapide bergab.

»Freuen Sie sich wirklich, mich zu sehen, Ned?«, erkundigte sich Cynthia, immer noch lächelnd.

»Das ist er«, verkündete Alvirah mit Nachdruck. »Da bin ich hundertprozentig sicher. Er stand direkt vor mir in der Schlange im Lokal. Er ist mir aufgefallen, weil er so stocksauer war, dass die Gören so rumnölten und sich partout nicht entschließen konnten, wie sie denn nun ihren Hamburger haben wollten.«

»Wovon reden Sie eigentlich?«, erkundigte sich Ned Creighton.

»Warum setzen Sie sich denn nicht, Ned?«, fragte Cynthia. »Ich weiß, das Restaurant gehört Ihnen, aber trotzdem fühle ich mich verpflichtet, Sie einzuladen. Schließlich haben Sie mir vor Jahren ein Abendessen spendiert.«

Gut gemacht, dachte Alvirah. »Ich bin ganz sicher, dass Sie das waren an dem Abend damals, auch wenn Sie inzwischen dicker geworden sind«, fuhr sie Creighton an. »So ein himmelschreiender Skandal. Sie mit Ihren Lügen sind schuld, dass diese Frau zwölf Jahre ihres Lebens im Knast hocken musste.«

Cynthias Miene verdüsterte sich. »Zwölf Jahre, sechs Monate und zehn Tage«, verbesserte sie. »Ein volles Jahrzehnt, in dem ich normalerweise wie jeder Twen das College absolviert, den ersten Job bekommen und regelmäßig Verabredungen gehabt hätte.«

Ned Creightons Gesicht wurde hart. »Sie bluffen. Das ist doch nur ein billiger Trick.«

Der Kellner brachte zwei Gläser Wein und stellte sie Alvirah und Cynthia hin. »Und Sie, Mr. Creighton?«

»Nichts«, beschied ihm Ned mit finsterem Blick.

»Das ist wirklich ein bezauberndes Restaurant«, bemerkte Cynthia ruhig. »Muss eine schöne Stange Geld gekostet haben. Woher hatten Sie das? Von Lillian? Mein Erbanteil belief sich auf ungefähr zehn Millionen Dollar.

Wie viel hat sie Ihnen gegeben?« Sie wartete die Antwort nicht ab. »Ned, diese Frau ist die Zeugin, die ich damals nirgends auftreiben konnte. Sie erinnert sich daran, dass wir in jener Nacht miteinander gesprochen haben. Niemand hat mir geglaubt, als ich von der Frau erzählte, die ihre Wagentür so heftig aufgestoßen hat, dass sie seitwärts gegen Ihr Auto geknallt ist. Aber sie erinnert sich an den Zwischenfall. Und sie erinnert sich auch, dass sie Sie genau gesehen hat. Sie hat ihr Leben lang Tagebuch geführt und noch am gleichen Abend notiert, was auf dem Parkplatz passiert ist.«

Alvirah nickte bestätigend und fixierte dabei Ned. Er kommt ins Schwitzen, dachte sie, aber überzeugt ist er noch nicht. Jetzt war sie wieder an der Reihe. »Tags darauf bin ich abgereist. Ich wohne in Arizona. Mein Mann war krank, schwer krank. Deshalb sind wir nicht mehr ans Kap gefahren. Voriges Jahr hab ich ihn verloren.« Entschuldige, Willy, dachte sie, aber das musste sein. »Vergangene Woche hab ich dann in die Röhre geguckt – na, Sie wissen ja, wie stinklangweilig das Sommerprogramm meistens ist. Ich dachte, mich tritt ein Pferd, wie ich 'ne Wiederholung der Serie über Frauen im Gefängnis sehe und plötzlich ein Bild von mir auf der Mattscheibe erscheint.«

Cynthia griff nach dem Umschlag, den sie neben ihren Stuhl gelegt hatte. »Das ist meine Porträtskizze von der Frau, mit der ich auf dem Parkplatz gesprochen habe.«

Ned Creighton streckte die Hand danach aus.

»Ich halte sie«, sagte Cynthia.

Die Zeichnung zeigte das Gesicht einer Frau, eingerahmt von einem offenen Wagenfenster. Trotz der einigermaßen undeutlichen Züge und des dunklen Hintergrundes war die Ähnlichkeit mit Alvirah frappant.

Cynthia schob ihren Stuhl zurück. Alvirah stand ebenfalls auf. »Die zwölf Jahre können Sie mir nicht zurückgeben. Ich weiß, was Sie jetzt denken. Selbst mit diesem Beweis könnte es passieren, dass eine Jury mir nicht glaubt. Vor zwölf Jahren haben die Geschworenen mir ja auch nicht geglaubt. Aber es wäre immerhin möglich. Und das sollten Sie meiner Meinung nach nicht riskieren, Ned. Ich halte es für besser, wenn Sie das Ganze mit der Person besprechen, die Sie dafür bezahlt hat, mich damals reinzureiten. Und teilen Sie dem oder der Betreffenden mit, dass ich zehn Millionen Dollar verlange. Das ist mein rechtmäßiger Anteil an Stuarts Nachlass.«

»Sie sind ja verrückt.« In Neds Gesicht war keine Spur von Angst mehr, nur noch blanke Wut.

»Tatsächlich? Da bin ich anderer Meinung.« Cynthia langte in ihre Tasche. »Hier ist meine Adresse und Telefonnummer. Alvirah wohnt bei mir. Rufen Sie mich heute bis neunzehn Uhr an. Wenn ich nichts von Ihnen höre, nehme ich mir einen Anwalt und lasse ein Wiederaufnahmeverfahren beantragen.« Sie warf einen Zehndollarschein auf den Tisch. »Das dürfte reichen für den Wein. Ich lasse mir nichts schenken, auch nicht das Abendessen, das Sie mir damals spendiert haben.«

Sie eilte hinaus, dicht gefolgt von Alvirah, die das lebhafte Stimmengewirr registrierte. Die Leute haben mitgekriegt, dass was im Gange ist, dachte sie. Ausgezeichnet.

Die beiden wechselten kein Wort, bis sie wieder im Wagen saßen. Dann erkundigte sich Cynthia mit schwacher Stimme: »Wie war ich?«

»Fantastisch.«

»Das klappt nicht, Alvirah. Bei einem Vergleich mit der Zeichnung, die Jeff in der Sendung gezeigt hat, entdeckt man doch sofort, was ich alles hinzugefügt habe, damit es Ihnen ähnlich sieht.«

»Für so was bleibt denen gar keine Zeit. Sind Sie sicher, dass Sie gestern Ihre Stiefschwester vor der Villa gesehen haben?«

»Hundertprozentig.«

»Dann dürfte das Gespräch zwischen den beiden in diesem Augenblick stattfinden.«

Cynthia fuhr mechanisch, ohne etwas von diesem strahlenden Nachmittag wahrzunehmen. »Es gab massenhaft Leute, die Stuart verabscheuten. Warum sind Sie so überzeugt davon, dass Lillian in die Geschichte verwickelt ist?«

Alvirah zog den Reißverschluss ihres purpurroten Baumwollkleides auf. »Meine Güte, ist der Fetzen eng. Ich ersticke ja darin.« Kummervoll fuhr sie sich durch das höchst eigenwillig abgesäbelte Haar. »Wenn die mich bei Sassoon wieder hinkriegen wollen, müssen die ihre gesamte Mannschaft dransetzen. Ich gehe wohl am besten wieder nach Cypress Point Spa zur Generalüberholung. Was haben Sie gefragt? Richtig, Lillian. Sie muss mit drinstecken. Sehen Sie's doch mal von der Seite. Es gab massenhaft Leute, die Ihren Stiefvater nicht ausstehen konnten, aber die hätten doch keinen Ned Creighton nötig, um Sie reinzulegen. Lillian hat von jeher gewusst, dass das

Dartmouth College laut Testament die Hälfte des Geldes bekommen sollte. Stimmt's?«

»Ja.« Cynthia bog in die Straße ein, die zu den Ferienhäusern führte.

»Mir ist's schnuppe, wie viele Leute Ihren Stiefvater möglicherweise gehasst haben. Lillian war jedenfalls die Einzige, die davon profitierte, wenn Sie zum Sündenbock für diesen Mord gestempelt wurden. Sie kannte Ned. Und der versuchte, Geld aufzutreiben, um ein Restaurant zu eröffnen. Sie muss von ihrem Vater erfahren haben, dass er Ihnen anstelle von Dartmouth die Hälfte seines Vermögens hinterlassen würde. Sie waren ihr von jeher verhasst. Das haben Sie mir selbst gesagt. Also trifft sie ein Abkommen mit Ned. Er lädt Sie zu einem Ausflug in seinem Motorboot ein und täuscht eine Panne vor. Jemand bringt Stuart Richards um. Lillian hatte ein Alibi. Sie war in New York. Wahrscheinlich hat sie jemanden engagiert, der ihren Vater ermorden sollte. Als Sie in der Nacht unbedingt einen Hamburger haben wollten, hätten Sie um ein Haar alles vermasselt. Und Ned wusste nicht, dass Sie mit jemand gesprochen haben. Die beiden müssen ordentlich Schiss gehabt haben, dass diese Zeugin auftauchen könnte.«

»Und wenn ihn nun in der Nacht irgendwer erkannt und ausgesagt hätte, er habe ihn einen Hamburger kaufen sehen?«

»In dem Fall wäre er sofort mit einer plausiblen Erklärung bei der Hand gewesen: Er ist mit seinem Boot rausgefahren, hat sich danach irgendwo einen Hamburger geholt, und Sie haben ihn dann in Ihrer Verzweiflung um ein Alibi angefleht. Aber es ist ja eben niemand aufgekreuzt.«

»Das Ganze hört sich so riskant an«, wandte Cynthia ein.

»Von wegen riskant. Ein Kinderspiel«, korrigierte Alvirah. »Glauben Sie mir, auf dem Gebiet hab ich jede Menge Erfahrungen gesammelt. Sie würden sich wundern, in wie vielen Fällen der Mörder als Hauptleidtragender hinter dem Sarg hergeht.«

Sie waren angelangt. »Was jetzt?«, wollte Cynthia wissen.

»Jetzt gehen wir zu Ihnen und warten auf den Anruf von Ihrer Stiefschwester.« Kopfschüttelnd musterte sie Cynthia. »Sie glauben mir immer noch nicht. Abwarten und Tee trinken. Wie wär's übrigens mit einer schönen Tasse Tee? Ich koche uns welchen. Ein Jammer, dass Creighton aufkreuzte, bevor wir den Lunch bestellen konnten. Die Speisekarte klang vielversprechend.«

Sie aßen Sandwiches mit Thunfischsalat auf der Terrasse, als das Telefon klingelte. »Lillian«, erklärte Alvirah lakonisch. Sie folgte Cynthia in die Küche und blieb neben ihr stehen.

»Hallo.« Cynthia meldete sich fast im Flüsterton. Alvirah beobachtete, wie ihr die Farbe aus dem Gesicht wich. »Hallo, Lillian.«

Alvirah presste Cynthias Arm und nickte heftig.

»Ja, Lillian, ich war gerade bei Ned. Nein, ich mache keine Witze. Ich kann an der Sache nichts Komisches finden. Ja. Ich komme abends vorbei. Bloß keine Umstände mit dem Essen. In deiner Gegenwart schnürt's mir sowieso die Kehle zu. Noch eins, Lillian – ich hab Ned gesagt, was ich verlange. Das ist mein letztes Wort.«

Cynthia legte auf und ließ sich auf einen Stuhl fallen. »Alvirah, Lillian sagt, meine Anschuldigung sei geradezu lachhaft, aber sie wisse genau, dass ihr Vater jeden so weit treiben konnte, bis er die Beherrschung verlor. Sie ist gerissen.«

»Das hilft uns nicht, Ihren Namen reinzuwaschen. Ich gebe Ihnen meine Anstecknadel. Sie müssen sie dazu bringen, klipp und klar zuzugeben, dass Sie mit dem Mord nicht das Geringste zu tun hatten, dass sie Ned veranlasst hat, Ihnen eine Falle zu stellen. Um welche Zeit haben Sie sich angesagt?«

»Acht Uhr. Ned wird auch dort sein.«

»Bestens. Willy begleitet Sie. Er rollt sich im Fond auf dem Boden zusammen, das kann er prima, trotz seines Umfangs. Er ist gelenkig wie 'ne Gummipuppe. Er wird ein Auge auf Sie haben. Dort im Haus versuchen die beiden garantiert keine krummen Touren. Das wäre zu riskant.« Alvirah nahm die Brosche ab. »Das ist, gleich nach Willy, mein größter Schatz«, erklärte sie. »Ich zeig Ihnen jetzt, wie das funktioniert.«

Den ganzen Nachmittag über bläute sie Cynthia ein, was sie ihrer Stiefschwester sagen sollte. »Sie muss das Geld für das Restaurant gegeben haben. Wahrscheinlich hat sie irgendwelche Investmentgesellschaften vorgeschoben. Hämmern Sie ihr ein, wenn sie nicht berappt, setzen Sie sich mit einem namhaften Wirtschaftsprüfer in Verbindung, der oft im Auftrag der Regierung arbeitet.«

»Sie weiß doch, dass ich kein Geld habe.«

»Sie hat aber keine Ahnung, wer sich sonst noch für Ihren Fall interessieren könnte. Zum Beispiel der Knabe, der die Sendung über weibliche Sträflinge gemacht hat, stimmt's?«

»Ja. Jeff hat sich dafür interessiert.«

Alvirah kniff die Augen zusammen, riss sie dann weit auf. »Ist da was zwischen Ihnen und Jeff?«

»Sollte ich freigesprochen werden – ja. Andernfalls wird es nie eine Beziehung für mich geben, weder zu Jeff noch zu sonst jemand.«

Um achtzehn Uhr läutete das Telefon abermals. »Ich geh ran«, sagte Alvirah. »Die sollen ruhig wissen, dass ich hier bei Ihnen bin.« Auf ihr brummiges Hallo folgte ein herzlicher Wortschwall. »Jeff, gerade haben wir von Ihnen gesprochen. Cynthia sitzt neben mir. Meine Güte, ist das eine bildhübsche Person! Sie sollten sie mal sehen in ihrer neuen Aufmachung. Sie hat mir alles über Sie erzählt. Moment, ich geb sie Ihnen.«

Alvirah hörte ungeniert zu, als Cynthia erklärte: »Alvirah hat das Haus nebenan gemietet. Sie hilft mir. Nein, ich komme nicht zurück. Ja, es gibt einen Grund, hier zu bleiben. Vielleicht kriege ich heute Abend den Beweis dafür, dass ich unschuldig bin an Stuart Richards' Tod. Nein, komm nicht her. Ich möchte dich nicht sehen, Jeff, nicht jetzt ... Jeff, ja, ja, ich liebe dich. Ja, wenn ich voll und ganz rehabilitiert bin, werde ich deine Frau.«

Als Cynthia auflegte, war sie den Tränen nahe. »Alvirah, ich wünsche mir nichts so sehr wie ein Leben mit ihm. Wissen Sie, was er eben gesagt hat? Er hat aus einem Gedicht von Alfred Noyes zitiert: ›Ich eile zu dir, und wenn die Welt voll Teufel wär‹.«

»Ich mag ihn«, stellte Alvirah fest. »Ich kann aus einer Stimme am Telefon genau heraushören, mit was für einem Menschen ich es zu tun habe. Kommt er heute noch? Ich möchte nicht, dass Sie sich aufregen oder sich das Ganze ausreden lassen.«

»Nein. Er muss die Zehn-Uhr-Nachrichten moderieren. Aber ich gehe jede Wette ein, dass er gleich morgen losfährt.«

»Da müssen wir uns was überlegen. Je mehr Leute da mitmischen, desto eher könnten Ned und Lillian den Braten riechen.« Sie schaute aus dem Fenster. »Sehen Sie mal, da kommt Willy. Heiliger Strohsack, er hat schon wieder ein paar von den verdammten Makrelen geangelt. Ich kriege davon Sodbrennen, aber das verrate ich ihm nicht. Deshalb hab ich immer ein Magnesiumpräparat in der Tasche.«

Sie öffnete ihm die Tür, und Willy stapfte freudestrahlend herein. Voller Stolz zeigte er auf die Angelrute, an der zwei einsame Makrelen baumelten. Sein Lächeln erstarb beim Anblick von Alvirahs grellroten Zotteln und dem purpurfarbenen Baumwollkleid, in dem überall die quellenden Fettwülste sichtbar wurden. »Da haut's einen glatt um«, kommentierte er. »Wieso haben die jetzt auf einmal das Geld von der Lotterie zurückverlangt?«

Um halb acht, nach dem Abendessen, zu dem Alvirah wohl oder übel Willys heutige magere Ausbeute aufgetischt hatte, stellte sie Cynthia eine Tasse Tee hin. »Sie haben keinen Bissen gegessen«, sagte sie streng. »Sie müssen aber was im Magen haben, sonst können Sie nicht mehr klar denken. Na, haben Sie alles kapiert?«

Cynthia fingerte an der Anstecknadel. »Ich glaube schon. Mir scheint alles klar zu sein.«

»Vergessen Sie nicht, zwischen den beiden ist unter

der Hand Geld verschoben worden. Mit welchem Dreh, ist mir piepe, das kann man verfolgen. Wenn sie einwilligen, Sie auszuzahlen, bieten Sie ihnen einen Tauschhandel an: Sie gehen mit Ihrer Forderung runter und verlangen als Gegenleistung, dass die beiden mit der vollen Wahrheit rausrücken, also ein hieb- und stichfestes Geständnis. Kapiert?«

»Kapiert.«

Um 19.50 Uhr fuhr Cynthia den kurvenreichen Weg hinunter, mit Willy im Fond, der sich auf dem Boden zusammengerollt hatte.

Nach dem strahlend sonnigen Tag hatte es sich abends bewölkt. Alvirah durchquerte das Haus und trat vor die Hintertür. Wind fegte über die Bucht hinweg, peitschte die aufschäumenden Wellen ans Ufer. In der Ferne hörte man Donnergrollen. Die Temperatur war gesunken, plötzlich herrschte im August herbstliche Kühle. Fröstelnd überlegte sie, ob sie sich nebenan einen Pullover holen sollte, ließ es dann aber doch. Falls jemand anrief, wollte sie lieber an Ort und Stelle sein.

Sie goss sich eine zweite Tasse Tee auf und setzte sich, mit dem Rücken zur Haustür, an den Ecktisch, wo sie mit dem ersten Entwurf für den Artikel begann, den sie sicher bald an den *New York Globe* abschicken konnte. *Cynthia Lathem, die mit neunzehn Jahren zu zwölf Jahren Gefängnis verurteilt wurde für einen Mord, den sie nicht begangen hatte, kann jetzt ihre Unschuld beweisen.*

Hinter ihr sagte eine Stimme: »Nun, ich denke nicht, dass es dazu kommen wird.«

Alvirah wirbelte herum und starrte fassungslos in das finstere, wütende Gesicht von Ned Creighton.

Cynthia wartete auf den Verandastufen vor Richards' Villa. Durch die hübsche Mahagonitür hörte sie leisen Glockenschlag. Ihr kam der absurde Gedanke, dass sie ja immer noch einen eigenen Hausschlüssel besaß, und sie fragte sich, ob Lillian wohl das Schloss ausgewechselt hatte.

Die Tür öffnete sich. Lillian stand in der weiträumigen Eingangshalle, die Tiffany-Deckenlampe hob ihre hohen Backenknochen hervor, die großen blauen Augen, das silberblonde Haar. Ein eisiger Schauer durchrann Cynthia vom Scheitel bis zur Sohle. Lillian war in diesen zwölf Jahren zum Ebenbild von Stuart Richards geworden. Kleiner natürlich. Jünger, aber trotzdem äußerlich genauso attraktiv wie er, nur in weiblicher Ausgabe. Und um die Augen der gleiche Zug, der einen Hang zur Grausamkeit andeutete.

»Tritt ein, Cynthia.« Lillians Stimme hatte sich nicht verändert. Klar, wohlerzogen, aber mit diesem vertrauten scharfen, aufgebrachten Unterton, der typisch für Stuart Richards gewesen war.

Stumm folgte sie Lillian durch die Halle. Im Wohnzimmer herrschte gedämpfte Beleuchtung. Hier sah es fast genauso aus, wie sie es in Erinnerung hatte. Die Anordnung der Möbel, die Orientteppiche, das Gemälde über dem Kamin – alles unverändert. Das prunkvolle Speisezimmer links wirkte so unbenutzt wie eh und je. Sie hatten die Mahlzeiten gewöhnlich in dem kleinen Esszimmer neben der Bibliothek eingenommen.

Sie hatte erwartet, dass Lillian sie in die Bibliothek führen würde. Stattdessen ging sie geradewegs in das Arbeitszimmer, in dem Stuart gestorben war. Cynthia verzog den

Mund, tastete nach der Brosche. Sollte sie auf diese Weise eingeschüchtert werden?

Lillian setzte sich hinter den wuchtigen Schreibtisch.

Cynthia dachte abermals an die Nacht, in der sie hier hereingestürzt war und Stuart auf den Teppich hingestreckt gefunden hatte. Sie spürte, wie ihre Hände feucht wurden, wie ihr der Schweiß auf der Stirn stand. Draußen hörte sie den Wind mit ständig steigender Geschwindigkeit heulen.

Lillian faltete die Hände und blickte zu Cynthia hoch. »Du kannst dich ebenso gut hinsetzen.«

Cynthia biss sich auf die Lippen. Was sie in den nächsten Minuten sagte, würde über ihr weiteres Leben entscheiden. »Meiner Meinung nach bin ich es, die hier die Sitzordnung bestimmen sollte«, erklärte sie. »Dein Vater hat mir dieses Haus hinterlassen. Bei deinem Anruf hast du von einer Regelung gesprochen. Keine faulen Tricks jetzt! Und versuche ja nicht, mich einzuschüchtern. Der Knast hat mir jede Scheu gründlich abgewöhnt, das garantiere ich dir. Wo ist Ned?«

»Der muss jeden Augenblick hier sein. Deine Anschuldigungen ihm gegenüber sind doch einfach verrückt. Und das weißt du auch.«

»Ich dachte, ich bin hergekommen, um über die Regelung meiner Erbansprüche zu reden.«

»Du bist hergekommen, weil du mir leidtust und weil ich dir eine Chance geben möchte, irgendwo ein neues Leben anzufangen. Ich bin bereit, einen Treuhandfonds einzurichten, aus dem du ein monatliches Einkommen beziehst. Eine andere wäre nicht so großzügig gegenüber der Mörderin ihres Vaters.«

Cynthia fixierte Lillian, registrierte den verächtlichen Augenausdruck, die eisige Ruhe, mit der sie auftrat. Sie musste diese Ruhe erschüttern. Sie ging hinüber zum Fenster und schaute hinaus. Regen trommelte an die Hausmauern. Donnerschläge durchbrachen die Stille im Raum. »Ich frage mich, was Ned wohl getan hätte, um mich vom Haus fernzuhalten, wenn es damals so geschüttet hätte wie heute«, sagte sie. »Das Wetter hat ihm geholfen, stimmt's? Warm und bewölkt. Kein Boot in der Nähe. Nur diese eine Zeugin, und die habe ich jetzt gefunden. Hat Ned dir erzählt, dass sie ihn einwandfrei identifiziert hat?«

»Wie viele Leute würden das wohl glauben, dass jemand einen Fremden nach fast dreizehn Jahren wiedererkennen könnte? Ich habe keine Ahnung, wen du für diese Maskerade angeheuert hast, aber ich warne dich: Lass den Blödsinn. Entweder du akzeptierst mein Angebot, oder ich hole die Polizei und lasse dich wegen Hausfriedensbruch verhaften. Vergiss nicht, die bedingte Haftentlassung von Kriminellen kann man mühelos rückgängig machen.«

»Auf Kriminelle trifft das allerdings zu. Aber ich bin keine Kriminelle, und das weißt du.« Cynthia ging zu dem antiken Schrank, zog die oberste Schublade auf. »Mir war bekannt, dass Stuart hier eine Waffe aufbewahrte. Aber dir mit Sicherheit auch. Du hast behauptet, er habe dir gegenüber kein Wort davon verlauten lassen, dass er sein Testament geändert und die Dartmouth zugedachte Hälfte seines Vermögens mir hinterlassen hatte. Doch du hast gelogen. Wenn Stuart mich herzitierte, um mich darüber zu informieren, dann hat er dich garantiert nicht über seine Absichten im Unklaren gelassen.«

»Er hat mir kein Wort gesagt. Ich hatte ihn seit drei Monaten nicht gesehen.«

»Du hast ihn vielleicht nicht gesehen, aber mit ihm gesprochen, oder etwa nicht? Mit der Hälfte für Dartmouth hättest du dich abfinden können, doch der Gedanke, sein Geld mit mir zu teilen, war dir unerträglich. Du hast mich gehasst, weil ich Jahre in diesem Haus gewohnt habe, weil er mich gern hatte. Ihr beide seid deswegen dauernd aneinandergeraten. Deinen niederträchtigen Charakter, den hast du von ihm geerbt.«

Lillian stand auf. »Du weißt ja nicht, wovon du sprichst.«

Cynthia knallte die Schublade zu. »O doch, ganz genau. Und jede Tatsache, die mich überführt hat, wird dich überführen. Ich besaß einen Hausschlüssel. Du auch. Es gab keinerlei Kampfspuren. Ich meine nicht, dass du jemand hergeschickt hast, um ihn umzubringen. Ich meine, du hast es selber getan. Stuart hatte einen Alarmknopf an seinem Schreibtisch. Er hat ihn nicht gedrückt. Er wäre nie auf die Idee verfallen, dass seine eigene Tochter ihm etwas antun würde. Warum kam Ned ausgerechnet an jenem Nachmittag hereingeschneit? Du wusstest, dass Stuart mich über das Wochenende eingeladen hatte. Du wusstest, dass er mir zureden würde, mit Ned auszugehen. Stuart hatte gern Gesellschaft, und dann war er auch wieder gern allein. Vielleicht hat Ned dir eins nicht deutlich übermittelt. Die Zeugin, die ich ausfindig gemacht habe, führt Tagebuch. Sie hat es mir gezeigt. Seit ihrem zwanzigsten Lebensjahr trägt sie

Abend für Abend alles ein, was tagsüber passiert ist. Irgendeine Manipulation ist demnach mit Sicherheit auszuschließen. Sie hat mich genau beschrieben und Neds Wagen ebenso. Sogar die lärmenden Halbwüchsigen in der Schlange hat sie erwähnt und auch, wie sich alle über sie aufregten.«

Ich dringe zu ihr durch, dachte Cynthia. Lillians Gesicht war bleich, ihre Haltung verkrampft. Cynthia ging ruhig zum Schreibtisch zurück, sodass die Brosche direkt auf Lillian gerichtet war. »Du hast es schlau eingefädelt, oder?«, fragte sie. »Ned hat erst angefangen, Geld in das Restaurant zu stecken, als ich hinter Gittern saß. Und ich bin sicher, er hatte ein paar angesehene Investoren als Strohmänner vorgeschoben. Aber die Regierung hat heutzutage hervorragende Methoden, um Fällen von Geldwäsche auf die Spur zu kommen. *Dein* Geld, Lillian.«

»Das kannst du nie beweisen.« Doch Lillians Stimme klang schrill.

Mein Gott, wenn ich sie doch bloß dazu bringen kann, es zuzugeben, dachte Cynthia. Sie umklammerte die Schreibtischkante und beugte sich vor. »Möglicherweise nicht. Aber lass es nicht darauf ankommen. Ich werde dir sagen, wie man sich fühlt, wenn einem die Fingerabdrücke abgenommen und Handschellen angelegt werden. Wie einem zumute ist, wenn man neben einem Rechtsanwalt sitzt und hört, wie einen der Staatsanwalt des Mordes anklagt. Was das für ein Gefühl ist, die Gesichter der Geschworenen zu studieren. Lauter normale Durchschnittsbürger. Alt. Jung. Schwarze. Weiße. Gut angezogen. Schäbig. Aber in ihren Händen liegt dein weiteres Leben. Und das wird dir kein bisschen behagen, Lillian. Das Warten. Das vernichtende Beweismaterial, das auf dich weitaus mehr zutrifft als jemals auf mich. Du hast weder das Naturell noch den Schneid, das durchzustehen.«

Lillian erhob sich. In ihrem Gesicht lag der blanke Hass. »Denk daran, dass hohe Steuern zu zahlen waren, nachdem die Aufstellung sämtlicher Vermögenswerte vorlag. Ein guter Anwalt könnte deine sogenannte Zeugin vermutlich problemlos auseinandernehmen, aber ich kann auf den erneuten Skandal gut verzichten. Ich biete dir also die Hälfte an.« Dann lächelte sie.

»Sie hätten in Arizona bleiben sollen«, sagte Ned Creighton, die Waffe auf Alvirahs Brust gerichtet. Sie saß am Ecktisch und erwog ihre Fluchtchancen. Es gab keine. Er hatte ihre Geschichte geschluckt, und jetzt musste er sie umbringen. Alvirah schoss es durch den Kopf, dass sie es ja schon immer gewusst habe, was für eine fabelhafte Schauspielerin in ihr steckte. Sollte sie ihm mitteilen, dass ihr Mann jeden Moment zurückkommen würde? Nein. Im Restaurant hatte sie ihm erzählt, sie sei verwitwet. Wie lange würden Willy und Cynthia ausbleiben? Zu lange. Lillian würde Cynthia nicht weglassen, ehe sie sicher war, dass es keine lebenden Zeugen gab, aber vielleicht fiel ihr irgendwas ein, wenn sie ihn zum Reden brachte. »Wie viel haben Sie für Ihre Rolle bei dem Mord kassiert?«, erkundigte sie sich.

Ned Creighton verzog die schmalen Lippen zu einem spöttischen Lächeln. »Drei Millionen. Reichte gerade, ein erstklassiges Restaurant zu eröffnen.«

Alvirah bedauerte, dass sie ihre Brosche Cynthia geliehen hatte. Der Beweis. Der eindeutige, klare Beweis, und sie war außerstande, das aufzuzeichnen. Und sollte ihr etwas zustoßen, würde niemand davon erfahren. Falls ich da heil rauskomme, dachte sie, muss ich Charley Evans bitten, mir einen Ersatz zu beschaffen. Diesmal vielleicht eine Zweitbrosche in Silber. Nein, besser aus Platin.

»Stehen Sie auf«, befahl Creighton und schwenkte dabei die Pistole.

Alvirah stieß den Stuhl zurück, stützte die Hände auf den Tisch. Die Zuckerdose stand direkt vor ihr. Sollte sie den Versuch riskieren? Sie konnte zwar gut zielen, aber eine Schusswaffe war in jedem Fall schneller als eine Zuckerdose.

»Gehen Sie ins Wohnzimmer.« Als sie um den Tisch herumkam, schnappte sich Creighton ihre Notizen samt dem angefangenen Artikel und stopfte alles in die Tasche.

Creighton deutete auf den hölzernen Schaukelstuhl neben dem Kamin. »Setzen Sie sich da hin.«

Alvirah ließ sich schwerfällig nieder. Neds Waffe war immer noch auf sie gerichtet. Wenn sie nun den Schaukelstuhl so weit vornüberkippte, dass sie auf ihn katapultiert wurde? Ob sie sich dann auch rechtzeitig absetzen könnte? Creighton langte nach einem schmalen Schlüssel, der am Kaminsims baumelte. Er beugte sich vor, steckte ihn in einen Zylinder, der in einen Ziegel eingelassen war, und drehte ihn um. Aus dem Kamin drang das zischende Geräusch von ausströmendem Gas. Er richtete sich auf, zog aus einer Streichholzschachtel auf dem Kaminsims ein langes Sicherheitszündholz, benutzte die

Ziegel als Reibfläche, blies die Flamme aus, warf es dann auf den Rost. »Es wird kalt«, sagte er. »Sie beschlossen, Feuer zu machen, drehten den Gashahn auf, warfen ein Streichholz hinein, aber es klappte nicht. Als Sie sich hinunterbeugten, um das Gas abzudrehen und das Ganze noch mal zu versuchen, verloren Sie das Gleichgewicht und stürzten. Sie schlugen mit dem Kopf auf die steinerne Einfassung und wurden ohnmächtig. So eine nette Frau und so ein schrecklicher Unfall! Cynthia wird außer sich sein.«

Gasgeruch erfüllte den Raum. Alvirah versuchte, den Schaukelstuhl vorzukippen. Sie musste es riskieren, Creighton einen Kopfstoß zu versetzen, damit er die Pistole fallen ließ. Zu spät. Ein Schraubstock schien ihre Schultern zu umklammern. Das Gefühl, vorwärts gezogen zu werden. Ihr Kopf, der seitlich gegen Stein prallte. Als sie das Bewusstsein verlor, nahm Alvirah den widerwärtigen Gasgeruch wahr, der sich in ihren Atemwegen ausbreitete.

»Da kommt Ned«, erklärte Lillian gelassen, als die Türglocke läutete. »Ich mache ihm auf.«

Cynthia wartete. Lillian hatte immer noch nicht das Mindeste zugegeben. Ob sie Ned Creighton dazu bringen konnte, sich selbst zu beschuldigen? Sie fühlte sich wie eine Seiltänzerin, die auf einem schlüpfrigen Seil zentimeterweise einen Abgrund zu überqueren suchte. Wenn es ihr misslang, wäre ihr Leben nicht mehr lebenswert.

Creighton betrat hinter Lillian das Zimmer. »Cynthia.« Ein unpersönliches, aber nicht unfreundliches Nicken. Er zog sich einen Stuhl an den Schreibtisch, auf dem Lillian einen aufgeschlagenen Ordner mit Computerausdrucken deponiert hatte.

»Ich vermittle Cynthia gerade eine Vorstellung davon, wie stark das Vermögen nach Entrichtung der Steuern zusammengeschmolzen ist«, teilte sie Creighton mit. »Danach taxieren wir ihren Anteil.«

»Was immer du Ned bezahlt hast, wird nicht in Abzug gebracht, das stammte ja aus dem mir rechtmäßig zustehenden Geld.« Cynthia bemerkte den wütenden Blick, den er Lillian zuwarf. »Also bitte, unter uns müssen wir drei doch kein Blatt vor den Mund nehmen«, sagte sie barsch.

Lillian konterte kalt: »Ich hab dir doch erklärt, dass ich dich am Nachlass beteiligen wollte. Ich weiß, dass mein Vater die Menschen bis zur Weißglut reizen konnte, sodass sie nicht mehr wussten, was sie taten. Ich tue das, weil ich Mitleid mit dir habe. Hier sind also die Zahlen.«

In den folgenden fünfzehn Minuten zog Lillian eine Aufstellung nach der anderen heraus. »Abzüglich der Steuern und unter Hinzurechnung der Zinserträge würde sich dein Anteil jetzt auf fünf Millionen Dollar belaufen.«

»Und dieses Haus«, warf Cynthia ein. Bestürzt realisierte sie, dass Lillian und Ned von Minute zu Minute sichtlich entspannter wurden. Beide lächelten.

»O nein, das Haus nicht«, protestierte Lillian. »Das würde zu viel Klatsch verursachen. Wir lassen das Haus schätzen, und ich zahle dir dann den Schätzpreis. Vergiss nicht, Cynthia, ich bin überaus großzügig. Mein Vater spielte mit Menschenleben. Er war grausam. Hättest nicht du ihn umgebracht, wäre es jemand anders gewesen. Deshalb tue ich das.«

»Du tust es, weil du nicht in einem Gerichtssaal sitzen und Gefahr laufen willst, wegen Mordes verurteilt zu werden, das ist der wahre Grund.« Mein Gott, es ist sinnlos, dachte Cynthia. Wenn ich sie nicht dazu bringen kann, alles zuzugeben, ist es aus und vorbei. Dann hätten Lillian und Ned morgen Gelegenheit, Alvirah zu überprüfen. »Du kannst das Haus haben«, sagte sie. »Ohne mir etwas dafür zu bezahlen. Gib mir nur die Genugtuung, die Wahrheit zu hören, das Eingeständnis, dass ich mit dem Mord an deinem Vater nichts zu tun hatte.«

Lillian blickte rasch zu Ned, dann auf die Uhr. »Ich meine, um diese Zeit sollten wir dem auch Folge leisten.« Sie fing an zu lachen. »Cynthia, ich bin tatsächlich so wie mein Vater. Ich genieße es, mit Menschen Katz und Maus zu spielen. Mein Vater *hat* angerufen und mich über die Testamentsänderung informiert. Ich konnte mich damit abfinden, dass Dartmouth die Hälfte seines Vermögens bekommt, aber nicht du. Er erzählte mir, dass er dich erwartet – und der Rest war ein Kinderspiel. Meine Mutter war eine wunderbare Frau. Sie hat liebend gern bestätigt, dass ich an dem bewussten Abend bei ihr in New York war. Ned war entzückt, eine stattliche Summe dafür zu erhalten, dass er mit dir einen Bootsausflug unternahm. Du bist klug, Cynthia. Klüger als der Staatsanwalt und seine Leute. Klüger als dieser Trottel von einem Anwalt, der dich verteidigt hat.«

Gott gebe, dass der Rekorder funktioniert, betete Cynthia. »Und klug genug, die Zeugin ausfindig zu machen, die meine Aussage bestätigen konnte«, ergänzte sie.

Lillian und Ned brachen in schallendes Gelächter aus. »Was denn für eine Zeugin?«, fragte Ned.

»Raus hier«, fauchte Lillian. »Verschwinde auf der Stelle. Und lass dich nie wieder blicken.«

Jeff Knight brauste über die Route 6, bemühte sich angestrengt, durch die von einem wahren Wolkenbruch überschwemmte Windschutzscheibe die Schilder zu entziffern. Ausfahrt 8. Er näherte sich seinem Ziel. Der für die Zehn-Uhr-Nachrichten verantwortliche Redakteur hatte sich überraschend verständnisvoll gezeigt. Natürlich nicht ohne Grund. »Fahren Sie los. Wenn Cynthia Lathem sich am Kap aufhält und meint, einen brauchbaren Hinweis für den Tod ihres Stiefvaters zu haben, dann fällt Ihnen ein echter Knüller in den Schoß.«

Jeff war nicht an einem Knüller interessiert. Seine ganze Sorge galt Cynthia. Seine langen, kräftigen Finger umklammerten das Lenkrad. Ihre Adresse nebst Telefonnummer hatte er ihrem Bewährungshelfer entlockt. Cape Cod war ihm durch viele Sommeraufenthalte vertraut, deshalb hatte ihm die Enttäuschung auch so zugesetzt, als er sich vergebens bemühte, Beweise für Cynthias Aussage zu finden. Sein ständiges Feriendomizil war allerdings auch in Eastham, gute achtzig Kilometer von Cotuit entfernt.

Ausfahrt 8. Er bog in die Union Street, fuhr weiter in Richtung Route 6A. Noch ein paar Kilometer. Wieso hatte er dieses Gefühl einer drohenden Katastrophe? Sollte Cynthia tatsächlich einen hilfreichen Hinweis haben, könnte sie in Gefahr schweben.

An der Nobscusset Road musste er scharf bremsen. Ein Wagen übersah das Stoppschild und überquerte die Route 6A in mörderischem Tempo. Verdammter Idiot, dachte Jeff, als er nach links in Richtung Bucht abbog. Er registrierte, dass die ganze Gegend im Dunkeln lag. Stromausfall. Am Ende der Sackgasse bog er links ein. Das Haus musste an diesem Pfad liegen. Nummer sechs. Er fuhr langsam, versuchte, mithilfe der Scheinwerfer die Hausnummern an den Briefkästen auszumachen. Zwei. Vier. Sechs.

Jeff stellte den Wagen in der Auffahrt ab, riss die Tür auf und rannte durch den prasselnden Regen auf das Haus zu. Er drückte auf die Klingel, bis ihm klar wurde, dass sie ja wegen des Stromausfalls nicht funktionieren konnte. Er hämmerte mehrmals an die Tür. Keine Antwort. Cynthia war nicht zu Hause.

Er machte bereits kehrt, als ihn plötzlich eine begründete Furcht überfiel und er abermals an die Haustür hämmerte, dann am Knauf drehte. Der bewegte sich, er stürmte hinein, begann zu rufen: »Cynthia!« Da bemerkte er den Gasgeruch, hörte das Zischen, mit dem es aus dem Kamin strömte. Als er hinraste, um es abzudrehen, stolperte er über eine reglos auf dem Bauch liegende Gestalt.

Willy rutschte unruhig auf dem Rücksitz von Cynthias Wagen hin und her. Sie war jetzt seit über einer Stunde in der Villa. Der Kerl, der nach ihr gekommen war, verweilte auch schon eine Viertelstunde dort drin. Willy wusste nicht recht, was er tun sollte. Alvirah hatte keine präzisen Instruktionen erteilt. Sie wollte ihn lediglich in greifbarer Nähe haben, um sicherzustellen, dass Cynthia das Haus nicht in irgendeiner Begleitung verließ.

Während er noch mit sich zu Rate ging, hörte er Sirenengeheul. Streifenwagen. Sie kamen näher. Erstaunt beobachtete Willy, wie sie in die lange Zufahrt fuhren und mit ohrenbetäubendem Lärm auf ihn zurasten. Polizisten stürmten aus dem Streifenwagen, sausten die Stufen hinauf und hämmerten an die Tür.

Kurz darauf bog eine Limousine in die Zufahrt ein und hielt hinter den Streifenwagen. Willy sah den Hünen im Trenchcoat mit einem Satz herausspringen und zur Veranda hinaufeilen, immer zwei Stufen auf einmal. Willy erhob sich schwerfällig und wuchtete sich aus dem Wagen.

Er kam gerade im rechten Moment, um Alvirah zu packen, als sie hinten aus der Limousine wankte. Sogar im Dunkeln konnte er die Schramme auf ihrer Stirn sehen. »Schätzchen, was ist denn passiert?«

»Ich erzähl's dir später. Bring mich rein. Ich möchte das keinesfalls verpassen.«

Im Arbeitszimmer des verstorbenen Stuart Richards erlebte Alvirah ihre Sternstunde. Sie deutete mit dem Finger auf Ned und verkündigte mit aller ihr zu Gebote stehenden Lautstärke: »Er hat eine Pistole auf mich gerichtet. Er hat den Gashahn aufgedreht. Er hat mich mit dem Schädel gegen den Kamin geschmettert. Und mir gesagt, dass Lillian Richards ihm drei Millionen Dollar dafür bezahlt hat, dass er Cynthia mit fingierten Beweisen als Mörderin hinstellte.«

Cynthia starrte ihre Stiefschwester unverwandt an. »Und wenn die Batterien in Alvirahs Rekorder nicht leer sind, habe ich das Schuldgeständnis von beiden auf Band.«

Am nächsten Morgen sorgte Willy für ein spätes Frühstück, das er auf der Terrasse servierte. Der Sturm hatte sich gelegt, und der Himmel war wieder strahlend blau. Möwen stießen herunter und schnappten die an der Oberfläche schwimmenden Fische. Die Bucht war ruhig, und im feuchten Sand bauten Kinder friedlich ihre Strandburgen.

Alvirah, nicht allzu sehr mitgenommen, hatte ihren Artikel beendet und ihn Charley Evans durchtelefoniert. Charley hatte ihr die prachtvollste Brosche mit allen nur denkbaren Verzierungen versprochen, die Juweliere zu bieten hatten, und das eingebaute Mikrofon sollte so empfindlich sein, dass es sogar das Niesen einer Maus im Raum nebenan auffing.

Jetzt kaute sie geräuschvoll ihren Krapfen mit Schokoladenguss und schlürfte dazu Kaffee. »Da kommt ja Jeff! Ein Jammer, dass er gestern Nacht noch nach Boston zurückfahren musste. Aber war sein Bericht über die Sache heute früh in den Nachrichten nicht einfach fabelhaft? Der bringt's noch mal weit beim Fernsehen, das kannst du mir glauben.«

»Der Junge hat dir das Leben gerettet, Schätzchen«, kommentierte Willy. »Bei mir ist er gut angeschrieben. Ich kann's einfach nicht fassen, dass ich da hinten im Wagen wie ein Schachtelmännchen zusammengerollt war, während du mit dem Kopf neben dem Gasbrenner lagst.«

Sie beobachteten, wie Jeff ausstieg und Cynthia in seine Arme flog.

Alvirah schob ihren Stuhl zurück. »Ich geh mal auf einen Sprung rüber. Eine reine Freude, wie die beiden sich anschauen. So was von verliebt!«

Willy legte ihr sanft, aber energisch die Hand auf die Schulter.

»Alvirah, mein Schatz, sei so lieb und kümmere dich ausnahmsweise wenigstens fünf Minuten mal nur um deine eigenen Angelegenheiten.«

Verbrechen aus Leidenschaft

»Hütet euch vor dem Zorn des Geduldigen«, stellte Henry Parker Britland IV. bedrückt fest, während er ein Foto seines früheren Außenministers betrachtete. Soeben hatte er erfahren, dass sein enger Freund und politischer Verbündeter des Mordes an seiner Geliebten Arabella Young beschuldigt wurde.

»Dann denkst du also, der arme Tommy hat es getan?«, fragte Sandra O'Brien Britland seufzend und bestrich ein ofenfrisches, noch warmes Brötchen mit hausgemachter Marmelade.

Es war noch früh am Morgen. Die Britlands lagen im Bett in Drumdoe, ihrem Landsitz in Bernardsville, New Jersey. Die *Washington Post,* das *Wall Street Journal,* die *New York Times,* die Londoner *Times,* der *Osservatore Romano* und die *Paris Review,* alle in verschiedenen Stadien der Lektüre, lagen überall herum, einige auf der geblümten, seidenweichen Bettdecke, andere auf dem Boden. Vor dem Ehepaar standen zwei identische Frühstückstabletts, jedes mit einer Rose in einer schmalen Silbervase geschmückt.

»Eigentlich nicht«, antwortete Henry nach einer Weile und schüttelte nachdenklich den Kopf. »Ich kann es einfach nicht glauben. Tom war immer so selbstbeherrscht. Deshalb war er auch ein so guter Außenminister. Doch seit Constances Tod – während meiner zweiten Amtszeit – hat er sich ziemlich verändert. Es war offensichtlich, dass er sich wahnsinnig in Arabella verliebt hat. Es war ebenso offensichtlich, dass er viel von seiner Selbstbeherrschung verlor. Ich werde nie vergessen, wie er sich verplapperte und Arabella in Lady Thatchers Gegenwart ›Mausezähnchen‹ nannte.«

»Schade, dass ich dich damals noch nicht kannte«, sagte Sandra bedauernd. »Natürlich war ich politisch nicht immer mit dir einer Meinung, aber ich hielt dich für einen ausgezeichneten Präsidenten. Aber, wer weiß, bei deiner ersten Vereidigung vor neun Jahren hättest du mich bestimmt schrecklich langweilig gefunden. Als Jurastudentin hat man bestimmt keine Chance beim Präsidenten der Vereinigten Staaten. Vielleicht hätte ich dich mit meinem Aussehen beeindrucken können – ernst genommen hättest du mich bestimmt nicht. Erst als ich Kongressabgeordnete wurde, hast du Respekt vor mir gekriegt.«

Liebevoll sah Henry die Frau an, mit der er seit acht Monaten verheiratet war. Ihr weizenblondes Haar war zerzaust, und ihre leuchtend blauen Augen blickten gleichzeitig klug, liebevoll, geistesgegenwärtig und schalkhaft. Manchmal gesellte sich kindliches Staunen dazu. Lächelnd dachte er an ihre erste Begegnung. Er hatte sie gefragt, ob sie noch an den Nikolaus glaube.

Es war der Abend vor der Amtseinführung seines Nachfolgers gewesen, und Henry hatte für alle neuen Kongressabgeordneten eine Cocktailparty im Weißen Haus gegeben.

»Ich glaube an das, was der Nikolaus symbolisiert, Sir«, hatte Sandra geantwortet. »Sie etwa nicht?«

Später, als die Gäste sich verabschiedeten, hatte er sie gebeten, zum Abendessen zu bleiben.

»Es tut mir leid«, hatte sie geantwortet. »Ich bin mit meinen Eltern verabredet und möchte sie nicht versetzen.«

Während Henry an seinem letzten Abend im Weißen Haus allein beim Essen saß, erinnerte er sich an all die Frauen, die in den letzten acht Jahren seinetwegen bereitwillig sämtliche Verabredungen abgesagt hatten. Ihm wurde klar, dass er der Frau seiner Träume begegnet war. Sechs Wochen später fand die Hochzeit statt.

Der Medienrummel schien gar nicht mehr aufhören zu wollen. Die Ehe zwischen dem begehrtesten Junggesellen des Landes – dem vierundvierzigjährigen ehemaligen Präsidenten – und der schönen, zwölf Jahre jüngeren Kongressabgeordneten brachte die Journalisten schier um den Verstand. Seit Jahren hatte keine Hochzeit die Öffentlichkeit derart beschäftigt.

Dass Sandras Vater Lokführer bei der New Jersey Central Railroad war, dass sie sich ihr Studium am St. Peter's College und an der juristischen Fakultät von Fordham selbst verdient hatte, dass sie sieben Jahre lang als Pflichtverteidigerin gearbeitet und dann einem langjährigen Abgeordneten aus Jersey City in einem erdrutschartigen Wahlsieg das Amt abgejagt hatte – das alles machte sie zu einem Vorbild für ihre Geschlechtsgenossinnen und zum Liebling der Presse.

Da Henry einer der zwei beliebtesten Präsidenten dieses Jahrhunderts und Besitzer eines beträchtlichen Vermögens war und außerdem wie immer wieder ganz oben auf der Liste der attraktivsten Männer Amerikas stand, galt auch er als nachahmenswertes Vorbild und wurde gleichzeitig von anderen Männern beneidet, die sich fragten, warum die Götter ihn so offensichtlich bevorzugten.

»Lord Henry Brinthrop heiratet Gal Sunday« hatte die Schlagzeile einer Zeitung an ihrem Hochzeitstag gelautet, eine Anspielung auf die früher höchst beliebte Hörspielserie, die jahrelang an jedem Werktag gesendet worden war. »Kann ein Mädchen aus einer Bergarbeiterstadt im Westen mit Lord Henry Brinthrop, einem der reichsten und attraktivsten Männer Englands, glücklich werden?«, war ihre zentrale Frage gewesen.

Über kurz oder lang wurde Sandra von allen, auch von ihrem Ehemann, Sunday genannt. Zuerst verabscheute sie diesen Spitznamen, gewöhnte sich aber an ihn, als Henry ihr erklärte, dass er für ihn noch eine andere Doppelbedeutung habe. Für ihn sei sie »a Sunday kind of Love«, eine Zeile aus einem seiner Lieblingslieder. »Er passt einfach zu dir«, fügte er hinzu.

Als Sunday an diesem Morgen ihren Mann betrachtete, dachte sie an die vergangenen ungetrübten Monate und Tage. Nun aber lag aufrichtige Besorgnis in Henrys Blick, und sie nahm seine Hand. »Du bist besorgt um Tommy, das sehe ich dir an. Was können wir tun, um ihm zu helfen?«

»Ich fürchte, nicht viel. Natürlich werde ich mich erkundigen, ob sein Verteidiger fähig ist. Aber ganz gleich, welchen Anwalt er sich nimmt, es sieht schwarz für ihn aus. Überleg mal. Es handelt sich um ein besonders brutales Verbrechen, und es scheint alles darauf hinzuweisen, dass Tommy der Täter ist. Die Frau wurde von drei Schüssen getroffen, die aus Tommys Pistole stammen.

Und zwar in Tommys Bibliothek, kurz nachdem er in Gegenwart anderer geäußert hatte, wie sehr er unter der Trennung litte.«

Sunday griff nach einer der Zeitungen und musterte das Foto des strahlenden Thomas Shipman. Er hatte den Arm um die hinreißende Dreißigjährige gelegt, mit der er sich über den Tod seiner Frau hinweggetröstet hatte. »Wie alt ist Tommy eigentlich?«, fragte Sunday.

»Weiß nicht genau. So um die fünfundsechzig.«

Sie betrachteten beide das Bild. Tommy war ein durchtrainierter, schlanker Mann mit ergrautem, schütterem Haar und dem Gesicht eines Wissenschaftlers. Arabella Youngs hochtoupiertes Haar, ihr hübsches Puppengesicht und ihre vollbusige Figur hätten hingegen besser auf die Titelseite des *Playboy* gepasst.

»Sie könnte seine Tochter sein«, stellte Sunday fest.

»Dasselbe sagt man wahrscheinlich auch über uns«, entgegnete Henry leichthin und zwang sich zu einem Lächeln.

»Ach, hör auf damit, Henry«, protestierte Sunday und nahm seine Hand. »Und tu bloß nicht so, als würde dich das alles nicht berühren. Wir sind zwar noch nicht lang verheiratet, aber ich kenne dich inzwischen zu gut, um mich von dir täuschen zu lassen.«

»Du hast recht, ich mache mir Sorgen«, antwortete Henry leise. »Wenn ich mich an die letzten Jahre erinnere, kann ich mir gar nicht vorstellen, wie ich es ohne Tommy geschafft hätte. Bei meiner Wahl zum Präsidenten hatte ich erst eine Legislaturperiode im Senat hinter mir und war noch ziemlich unerfahren. Ihm habe ich es zu verdanken, dass ich die ersten Monate durchhielt, ohne in ein Fettnäpfchen zu treten. Als ich mich entschlossen hatte, die Sowjets zu einer Konfrontation zu zwingen, hat mir Tommy auf seine ruhige, bedächtige Art bewiesen, dass ich im Begriff war, einen Fehler zu machen. Und dann hat er es in der Öffentlichkeit so dargestellt, als sei es allein meine Idee gewesen, einen sanfteren Kurs zu fahren. Tommy ist Staatsmann mit Leib und Seele und außerdem durch und durch ein Gentleman: ehrlich, klug und loyal.«

»Aber er hätte bemerken müssen, dass sich alle Welt über seine Beziehung zu Arabella und seine Vernarrtheit in sie lustig machte. Und als sie ihn schließlich verlassen wollte, ist er durchgedreht«, wandte Sunday ein. »So siehst du doch die Sache, oder?«

Henry seufzte. »Vielleicht hat er vorübergehend den Verstand verloren.« Er stellte sein Frühstückstablett auf den Nachttisch. »Wie dem auch sei: Er war immer für mich da, und ich werde zu ihm halten. Man hat ihn auf Kaution freigelassen. Ich werde ihn besuchen.«

Rasch schob Sunday das Tablett weg und konnte gerade noch verhindern, dass sich der Inhalt der halb vollen Kaffeetasse auf die Steppdecke ergoss. »Ich komme mit«, sagte sie. »Gib mir nur zehn Minuten im Whirlpool, dann bin ich fertig.«

Henry sah zu, wie seine Frau die langen Beine über die Bettkante schwang. »Der Whirlpool ist eine ausgezeichnete Idee. Ich komme mit«, sagte er begeistert.

Thomas Acker Shipman hatte versucht, nicht auf die Armee von Reportern zu achten, die vor dem Haus in der Einfahrt ihr Lager aufgeschlagen hatte. Als er mit seinem Anwalt ankam, blickte er einfach starr geradeaus und stürmte vom Auto ins Haus, ohne auf die ihm zugebrüllten Fragen einzugehen. Doch nachdem sich die Tür hinter ihm geschlossen hatte, kamen ihm die Ereignisse des Tages erst richtig zu Bewusstsein, und er ließ die Schultern hängen. »Ich glaube, jetzt brauche ich einen Scotch«, sagte er leise.

Leonard Hart, sein Verteidiger, musterte ihn mitfühlend. »Ich würde sagen, den haben Sie sich verdient«, meinte er. »Ich möchte Ihnen noch einmal versichern, dass wir eine Abmachung mit der Staatsanwaltschaft treffen können, wenn Sie darauf bestehen. Allerdings muss ich Sie dringend darauf hinweisen, dass wir erfolgreich auf Unzurechnungsfähigkeit plädieren könnten. Mir wäre am liebsten, wenn Sie sich mit einem Prozess einverstanden erklärten. Die Situation ist so eindeutig, dass die Geschworenen auf jeden Fall Verständnis mit Ihnen hätten. Sie waren in tiefer Trauer um Ihre verstorbene Frau und fanden Trost bei einer attraktiven jungen Frau, die sich erst reich von Ihnen beschenken ließ und Sie dann fallen gelassen hat. Es ist ein klassisches Liebesdrama, und ich bin überzeugt, dass wir mit vorübergehender Unzurechnungsfähigkeit durchkommen.«

Hart begeisterte sich immer mehr für sein Thema, und sein Ton wurde leidenschaftlicher, als wende er sich bereits an die Geschworenen. »Sie haben Miss Young gebeten, zu Ihnen zu kommen, um noch einmal über alles zu reden. Sie hat Sie verhöhnt, und daraus entstand ein Streit. Plötzlich verloren Sie den Kopf und gerieten in blinde Wut, sodass Sie sich nicht mehr an Einzelheiten erinnern können. Sie schossen auf sie. Normalerweise ist die Waffe eingeschlossen. An diesem Abend hatten

Sie sie aus dem Schrank geholt, weil Sie an Selbstmord dachten.«

Als der Anwalt innehielt, sah der ehemalige Außenminister ihn erstaunt an. »Denken Sie wirklich, dass es sich so abgespielt hat?«, fragte er in das Schweigen hinein.

Hart schien überrascht über die Frage. »Aber selbstverständlich«, antwortete er. »Wir müssen allerdings noch einige Punkte klären, die ich nicht ganz verstehe. Beispielsweise brauchen wir eine Erklärung dafür, warum Sie Miss Young blutend auf dem Boden zurückließen, nach oben zu Bett gingen und so fest schliefen, dass Sie nicht einmal Ihre Haushälterin schreien hörten, als diese am nächsten Morgen die Leiche entdeckte. Doch angesichts dessen, was ich bisher weiß, können wir vor Gericht sagen, dass Sie unter Schock standen.«

»Wirklich?«, fragte Shipman erschöpft. »Aber ich stand nicht unter Schock. Nachdem ich diesen Cocktail getrunken hatte, wurde mir auf einmal entsetzlich schwindelig. Ich kann mich kaum daran erinnern, was Arabella und ich zueinander gesagt haben, geschweige denn, dass ich auf sie geschossen habe.«

Ein gequälter Ausdruck huschte über das Gesicht des Anwalts. »Tom, ich muss Sie bitten, Derartiges niemandem gegenüber zu äußern. Wollen Sie mir das versprechen? Und ich möchte Ihnen den Vorschlag machen, in Zukunft ein wenig vorsichtiger mit dem Scotch umzugehen. Offenbar tut er Ihnen nicht gut.«

Thomas Shipman stand hinter den Vorhängen und blickte seinem beleibten Anwalt nach, der versuchte, den Ansturm der Reporter abzuwehren. Wie ein einsamer Christ, auf den Löwen losgelassen werden, dachte er. Nur dass die Raubtiere es in diesem Fall nicht auf das Blut des Rechtsanwalts Hart abgesehen hatten, sondern auf sein eigenes. Nur fühlte er sich keineswegs zum Märtyrer berufen.

Zum Glück hatte er Lillian West, seine Haushälterin, erreicht und sie gebeten, heute nicht zu kommen. Schon am vergangenen Abend, als er die Anklageschrift erhalten hatte, hatte er gewusst, dass die Journalisten bald sein Haus umlagern würden. Fernsehkameras würden verfolgen, wie er in Handschellen abgeführt wurde. Und nach der erkennungsdienstlichen Behandlung und der Entscheidung des Haftrichters würden dieselben Kameras seine wenig triumphale Rückkehr nach Hause festhalten. Der Weg vom Auto zur Haustür war wie ein Spießrutenlauf gewesen. Das alles wollte er seiner Haushälterin ersparen.

Allerdings kam er sich in dem stillen, verlassenen Haus ziemlich einsam vor. Er erinnerte sich, wie er und Constance das Anwesen vor dreißig Jahren gekauft hatten. Sie waren von Manhattan hierher gefahren, hatten im Bird and Bottle in der Nähe des Bear Mountain zu Mittag gegessen und wollten dann in die Stadt zurückkehren. Spontan hatten sie beschlossen, den Weg durch die malerischen Straßen von Tarrytown zu nehmen, und dort hatten sie das Schild mit der Aufschrift »Zu verkaufen« entdeckt. Es stand vor einem Haus aus der Jahrhundertwende, das den Blick auf den Hudson und die Palisades freigab.

Und wir haben die nächsten achtundzwanzig Jahre, zwei Monate und zehn Tage glücklich hier gelebt, dachte Shipman. »Ach, Constance, wenn es doch noch einmal achtundzwanzig Jahre hätten sein können«, seufzte er auf dem Weg in die Küche. Er beschloss, dass ihm Kaffee jetzt besser tun würde als Scotch.

Das Haus war für beide immer etwas Besonderes gewesen. Selbst während seiner Zeit als Außenminister, als er viel hatte reisen müssen, hatten sie es geschafft, hin und wieder ein gemeinsames Wochenende hier zu verbringen und die Seele baumeln zu lassen. Dann, eines Morgens vor zwei Jahren, hatte Constance gesagt: »Tom, ich fühle mich nicht wohl.« Und wenige Minuten später war sie tot.

Zwanzig Stunden Arbeit am Tag hatten ihm geholfen, seine Trauer ein wenig zu betäuben. Gott sei Dank, dass ich meinen Posten hatte, um mich abzulenken, dachte er und lächelte, als ihm der Spitzname einfiel, den ihm die Presse verpasst hatte: »Der fliegende Minister«. Aber es war nicht nur Beschäftigungstherapie. Henry und ich haben viel Gutes bewirkt. Wir haben Washington und das ganze Land in einem besseren Zustand hinterlassen, als unsere Vorgänger es uns übergeben hatten.

In der Küche maß er sorgfältig Kaffeepulver und Wasser für vier Tassen ab. Na also, ich komme allein zurecht, schoss es ihm durch den Kopf. Zu dumm, dass ich mich nach Constances Tod nicht darauf besonnen habe. Doch dann habe ich Arabella kennengelernt. So tröstend, so verführerisch. Und jetzt ist sie tot.

Er erinnerte sich an den Abend vor zwei Tagen. Was hatten sie in der Bibliothek zueinander gesagt? Undeutlich fiel ihm ein, dass er wütend auf sie gewesen war. Aber hatte ihn sein Zorn tatsächlich dazu getrieben, eine so schreckliche Gewalttat zu begehen? Und wie hatte er sie blutend auf dem Fußboden liegen lassen und sich ins

Bett legen können? Er schüttelte den Kopf. Ihm war das alles unbegreiflich.

Das Telefon klingelte. Aber Shipman starrte es nur an. Als das Läuten aufhörte, nahm er den Hörer ab und legte ihn neben den Apparat.

Nachdem der Kaffee fertig war, schenkte er sich eine Tasse ein und trug sie mit zitternder Hand ins Wohnzimmer. Normalerweise hätte er sich in die Bibliothek in seinen großen Ledersessel gesetzt. Aber nicht heute. Er fragte sich, ob er es jemals wieder schaffen würde, diesen Raum zu betreten.

Gerade hatte er sich niedergelassen, als er von draußen Geschrei hörte. Zwar campierten die Reporter noch immer vor seinem Haus, aber er konnte sich nicht vorstellen, was wohl der Anlass für einen solchen Radau sein mochte. Doch noch ehe er die Vorhänge beiseite geschoben hatte, um nach draußen zu spähen, hatte er den Grund erraten.

Der ehemalige Präsident der Vereinigten Staaten war eingetroffen, um seinem Freund beizustehen.

Mit aller Kraft bahnten die Leibwächter den Britlands einen Weg durch die Reporter und Kameraleute. Henry legte schützend den Arm um seine Frau, blieb stehen und bekundete seine Bereitschaft, einen kurzen Kommentar abzugeben: »In unserem großartigen Land gilt ein Mann so lange als unschuldig, bis ihm seine Schuld nachgewiesen wurde. Thomas Shipman war ein ausgezeichneter Außenminister, und er wird immer mein guter Freund bleiben. Sunday und ich sind heute hier, um ihn zu unterstützen.«

Mit diesen Worten wandte sich der ehemalige Präsident um und schritt in Richtung Veranda, ohne die Fragen zu beachten, die auf ihn einprasselten. Als das Paar die oberste Stufe erreicht hatte, öffnete Tom Shipman die Tür, und die Besucher traten rasch ein.

Als sich die Tür hinter den Britlands geschlossen hatte und Thomas Shipman die Arme seines Freundes um sich spürte, brach er endlich in Tränen aus.

Da Sunday spürte, dass die beiden Männer erst einmal unter vier Augen sein wollten, ging sie in die Küche und bestand trotz Shipmans Protesten darauf, das Mittagessen zuzubereiten. Shipman schlug zwar mehrmals vor, seine Haushälterin anzurufen, aber Sunday versicherte ihm, sie werde auch allein zurechtkommen. »Wenn du erst einmal etwas im Magen hast, wirst du dich besser fühlen«, sagte sie. »Also unterhaltet euch in Ruhe und kommt dann zu mir in die Küche. Sicher hast du alles da, was man für ein Omelett braucht. In ein paar Minuten ist das Essen fertig.«

Shipman brauchte nicht lang, um sich wieder zu fassen. Henry Britlands bloße Gegenwart gab ihm – wenigstens für den Moment – das Gefühl, sich allen Schwierigkeiten stellen zu können. Als die beiden Männer die Küche betraten, war Sunday noch mit dem Omelett beschäftigt. Ihre raschen, sicheren Bewegungen in der Küche erinnerten Shipman an einen Tag vor nicht allzu langer Zeit in Palm Beach. Damals hatte er einer anderen Frau beim Anmachen eines Salates zugesehen und von einer Zukunft geträumt, die es nun nicht mehr geben würde.

Als er aus dem Fenster blickte, fiel ihm auf, dass die Jalousie nicht heruntergelassen war. Nur zu leicht konnte ein Reporter sich ums Haus schleichen und ein Foto von ihnen dreien schießen. Rasch zog er die Jalousie zu.

Dann wandte er sich mit einem traurigen Lächeln zu Henry und Sunday um. »Wisst ihr, dass ich mich vor Kurzem überreden ließ, eine elektronische Schließvorrichtung in die Vorhänge der anderen Zimmer einbauen zu lassen, damit man sie mit einer Zeitschaltuhr oder einer Fernbedienung zuziehen kann? Aber ich hätte nie gedacht, dass ich so etwas einmal in der Küche brauchen könnte. Ich bin ein miserabler Koch, und Arabella hatte auch wenig hausfraulichen Ehrgeiz.« Kopfschüttelnd hielt er inne. »Nun ja, das spielt ja jetzt keine Rolle mehr. Und außerdem hatte ich noch nie was für die verdammten Dinger übrig. Der Vorhang in der Bibliothek funktioniert noch immer nicht richtig. Wenn man ihn auf- oder zumachen will, gibt es einen lauten Knall, als ob jemand eine Pistole abfeuert. Ein komischer Zufall, findet ihr nicht? Immerhin wurde ja vor weniger als achtundvierzig Stunden wirklich in diesem Raum geschossen. Habt ihr schon mal was von bösen Omen gehört? Man könnte sagen ...«

Er hielt inne, und für einen Moment war nichts zu hören als das Klappern der Küchengeräte. Shipman ging zum Küchentisch und setzte sich Henry gegenüber. Er musste daran denken, wie oft sie im Oval Office so zusammen am Tisch gesessen hatten. Er sah Henry in die Augen. »Mr. President, ich ...«

»Schon gut, Tommy. Ich bin es, Henry.«

»In Ordnung, Henry. Ich dachte gerade, wir sind doch beide Anwälte ...«

»Sunday ebenfalls«, erinnerte ihn Henry. »Vergiss das nicht. Sie war jahrelang Pflichtverteidigerin, bevor sie für den Kongress kandidierte.«

Shipman lächelte schwach. »Dann schlage ich vor, dass sie als unsere Beraterin fungiert.« Er drehte sich zu ihr um. »Sunday, hattest du jemals einen Mandanten zu verteidigen, der zur Tatzeit sturzbetrunken war, dreimal auf seine ... äh ... Freundin schoss, sie blutend auf dem Boden liegen ließ und sich nach oben ins Bett schleppte, um seinen Rausch auszuschlafen?«

Sunday antwortete, ohne vom Herd aufzublicken: »Nicht ganz, aber so ähnlich. Ich habe einige Leute vertreten, die derart unter Drogen standen, dass sie sich nicht einmal erinnern konnten, das Verbrechen begangen zu haben. Normalerweise gab es jedoch Zeugen, die unter Eid gegen sie aussagten. Es waren ziemlich schwierige Fälle.«

»Und natürlich wurden die Angeklagten schuldig gesprochen?«, fragte Shipman.

Sunday sah ihn niedergeschlagen an. »Sie wurden verurteilt«, gab sie zu.

»Genau. Mein Anwalt, Len Hart, ist ein netter und kompetenter Bursche, der will, dass ich auf vorübergehende Unzurechnungsfähigkeit plädiere und mich schuldig bekenne. Ich hingegen glaube, dass ich nur dann eine Chance habe, um die Todesstrafe herumzukommen, wenn ich eine Abmachung mit der Staatsanwaltschaft treffe.«

Henry und Sunday betrachteten ihren Freund, der weitersprach und starr geradeaus blickte. »Ihr wisst«, fuhr Shipman fort, »dass ich einer jungen Frau das Leben genommen habe, der sonst noch fünfzig weitere Jahre auf diesem Planeten vergönnt gewesen wären. Im Gefängnis würde ich wohl nicht länger als fünf oder zehn Jahre durchhalten. Doch durch diese Haft, ganz gleich wie lange sie dauert, könnte ich vielleicht einen Teil dieser schrecklichen Schuld abbüßen, ehe ich vor meinen Schöpfer treten muss.«

Die drei schwiegen, während Sunday letzte Hand an das Mittagessen legte. Sie machte den Salat an, goss gequirlte Eier in eine erhitzte Pfanne, fügte gehackte Tomaten, Frühlingszwiebeln und Schinken hinzu, faltete das brutzelnde Omelett zusammen und drehte es schließlich um. Als sie das erste Omelett auf einen angewärmten Teller legte, war der Toast schon fertig. Sie stellte den Teller vor Shipman hin. »Iss das«, ordnete sie an.

Zwanzig Minuten später schob Shipman das letzte Salatblatt auf einen Rest Toast, betrachtete den leeren Teller und meinte: »Es ist Verschwendung, Henry, dass du nicht nur einen französischen Koch beschäftigst, sondern auch noch eine Ehefrau hast, die kocht wie eine Göttin.«

»Vielen Dank«, entgegnete Sunday fröhlich. »Das Kochen habe ich gelernt, als ich während meines Studiums in Fordham in einer Imbissstube gearbeitet habe.«

Mit einem geistesabwesenden Lächeln betrachtete Shipman seinen leeren Teller. »Ein bewundernswertes Talent, das Arabella eindeutig fehlte.« Langsam schüttelte er den Kopf. »Kaum zu glauben, wie dumm ich gewesen bin.«

Sunday tätschelte seinen Kopf und sagte leise: »Tommy, ganz sicher gibt es entlastende Faktoren, die zu deinen Gunsten sprechen. Du hast unserem Land so viele Jahre gedient und dich für so viele wohltätige Projekte engagiert. Das Gericht wird dem allen Rechnung tragen und ein mildes Urteil sprechen – vorausgesetzt, dass es überhaupt dazu kommt. Außerdem werden Henry und ich dich nach Kräften unterstützen und dir zur Seite stehen, ganz gleich, was auch geschieht.«

Henry Britland klopfte Shipman herzlich auf die Schulter. »Richtig, alter Junge, wir sind für dich da. Du musst uns nur sagen, was du brauchst. Aber bevor wir etwas unternehmen können, müssen wir wissen, was wirklich hier passiert ist. Wie wir gehört haben, hat Arabella sich von dir getrennt. Warum war sie dann an diesem Abend hier?«

Shipman schwieg eine Weile. »Sie hat einfach vorbeigeschaut«, antwortete er ausweichend.

»Du hast sie also nicht erwartet?«, wollte Sunday wissen.

Er zögerte. »Ah ... nein ... nein, eigentlich nicht.«

Henry beugte sich vor. »Okay, Tom, doch wie Will Rogers immer sagt: ›Ich weiß nur, was in der Zeitung steht.‹ Und in den Medienberichten heißt es eben, du hättest Arabella am selben Tag angerufen und sie um ein Gespräch angefleht. Deshalb ist sie abends so gegen neun zu dir gekommen.«

»Stimmt«, erwiderte Shipman ohne weitere Erklärung.

Henry und Sunday wechselten besorgte Blicke. Ganz offensichtlich verheimlichte Tommy ihnen etwas.

»Was ist mit der Pistole?«, fragte Henry. »Offen gesagt, war ich verwundert, dass du überhaupt eine besitzt, vor allem noch eine, die unter deinem Namen registriert ist. Du warst doch immer so ein leidenschaftlicher Verfechter des Schusswaffenverbots und ein eingefleischter Gegner der Waffenlobby. Wo hast du sie aufbewahrt?«

»Um ehrlich zu sein, hatte ich sie total vergessen«, entgegnete Shipman tonlos. »Ich habe sie kurz nach unserem Umzug angeschafft und hatte sie jahrelang hinten im Safe liegen. Zufällig bin ich kürzlich wieder auf sie gestoßen, als ich hörte, dass die Polizei eine Tauschaktion unter dem Motto ›Waffen gegen Spielzeug‹ veranstaltet. Aus diesem Grund habe ich sie herausgenommen und mit der Munition daneben auf den Tisch in der Bibliothek gelegt. Am nächsten Morgen wollte ich sie bei der Polizei abgeben. Und bei der Polizei ist sie ja auch gelandet, nur nicht so, wie ich geplant hatte.«

Sunday wusste, dass sie und Henry dasselbe dachten. Die Lage wurde immer schlimmer: Tommy hatte nicht nur auf Arabella geschossen, sondern auch nach ihrer Ankunft die Pistole geladen.

»Tom, was hast du gemacht, bevor Arabella kam?«, fragte Henry.

Die beiden sahen, wie Shipman überlegte, ehe er antwortete. »Ich bin bei der jährlichen Aktionärsversammlung von American Micro gewesen, hatte einen anstrengenden Tag hinter mir und litt zu allem Überfluss an einer grässlichen Erkältung. Lillian West, meine Haushälterin, servierte mir um halb acht das Essen. Ich aß nur wenig und ging dann direkt nach oben, weil ich mich immer noch nicht wohlfühlte. Ich hatte sogar Schüttelfrost. Deshalb stellte ich mich eine Weile unter die heiße Dusche und legte mich ins Bett. Da ich schon seit einigen Nächten schlecht schlief, nahm ich eine Schlaftablette. Ich schlummerte tief und fest, als Lillian mich weckte und sagte, dass Arabella mich unten erwartete.«

»Also bist du wieder runtergegangen?«

»Ja. Ich weiß noch, dass Lillian gerade dabei war, zu gehen. Arabella saß in der Bibliothek.«

»Hast du dich gefreut, sie zu sehen?«

Shipman zögerte einen Augenblick. »Nein. Ich war wegen der Schlaftablette noch ganz benommen und konnte kaum die Augen offen halten. Außerdem ärgerte es mich, dass sie so aus heiterem Himmel bei mir hereinplatzte, da sie nie auf meine Anrufe reagiert hatte. Wie ihr wisst, habe ich eine Bar in der Bibliothek. Arabella hatte es sich schon gemütlich gemacht und für uns beide einen Martini gemixt.«

»Tom, wie konntest du nur einen Martini trinken, nachdem du eine Schlaftablette genommen hattest?«, fragte Henry.

»Weil ich ein Vollidiot bin«, schimpfte Shipman. »Und weil mir Arabellas lautes Lachen und ihre schrille Stimme so auf die Nerven fielen, dass ich einen ordentlichen Schluck brauchte, um nicht durchzudrehen.«

Henry und Sunday starrten ihren Freund entgeistert an. »Wir dachten, du wärst verrückt nach ihr gewesen«, sagte Henry schließlich.

»Ja, das war ich auch, am Anfang wenigstens, aber schließlich habe ich die Beziehung gelöst«, erwiderte Shipman. »Allerdings hielt ich es als Gentleman für meine Pflicht, zu verbreiten, dieser Schritt sei von ihr ausgegangen. Angesichts unseres großen Altersunterschieds klang das ja auch wahrscheinlich. In Wahrheit jedoch war ich endlich – oder anscheinend nur vorübergehend – zur Vernunft gekommen.«

»Warum hast du sie dann angerufen?«, fragte Sunday. »Ich begreife das nicht ganz.«

»Weil sie sich angewöhnt hatte, mich mitten in der Nacht, manchmal sogar stündlich, telefonisch zu belästigen. Normalerweise legte sie sofort auf, wenn ich mich meldete, aber ich wusste genau, dass sie es war. Deshalb rief ich sie an, um sie zur Rede zu stellen. Aber ich habe sie ganz sicher nicht gebeten, zu mir zu kommen.«

»Tommy, warum hast du der Polizei nichts davon erzählt?«, fragte Sunday. »Nach dem, was die Medien verbreiten, halten alle es für ein Verbrechen aus Leidenschaft.«

Tom Shipman schüttelte bedrückt den Kopf. »Weil es das meiner Ansicht nach letztlich auch war. In dieser letzten Nacht hat Arabella verkündet, sie werde sich mit einer Boulevardzeitung in Verbindung setzen. Sie wollte ihr eine Story über die Orgien verkaufen, die wir beide angeblich während deiner Präsidentschaft gefeiert haben.«

»Aber das ist doch lächerlich!«, entrüstete sich Henry.

»Erpressung«, meinte Sunday leise.

»Genau. Also wird die Wahrheit wohl kaum zu meiner Entlastung beitragen.« Wieder schüttelte Shipman den Kopf. »Nein, das wird sie nicht. Und obwohl ich unschuldig bin, hat es wenigstens etwas Würdevolles an sich, wenn ich für den Mord bestraft werde. Ich bewahre ihre Würde und vielleicht auch ein Stück von meiner.«

Sunday bestand darauf, die Küche aufzuräumen, während Henry mit Tommy nach oben ging, damit dieser sich ausruhte. »Tommy, mir wäre es lieber, wenn jemand hier bei dir bliebe, bis die Sache ausgestanden ist«, sagte der ehemalige Präsident. »Ich lasse dich nur ungern allein.«

»Ach, mach dir keine Sorgen, Henry. Ich komme schon klar. Außerdem fühle ich mich nach eurem Besuch nicht mehr so einsam.«

Allerdings konnten die Beschwichtigungen seines Freundes Henrys Befürchtungen nicht zerstreuen. Während Shipman zur Toilette ging, grübelte er nach. Constance und Tom hatten keine Kinder. Die meisten ihrer Freunde waren inzwischen Rentner und weggezogen, größtenteils nach Florida. Plötzlich wurde Henry von seinem Piepser, den er immer bei sich trug, aus seinen Gedanken gerissen. Er griff sofort zum Funktelefon und rief zurück. Es war Jack Collins. Leiter des Leibwächterteams, das der Geheimdienst zu seinem Schutz abgestellt hatte.

»Entschuldigen Sie die Störung, Mr. President, aber eine Nachbarin möchte Mr. Shipman unbedingt etwas ausrichten. Sie sagt, eine gute Freundin, die Gräfin Condazzi, die in Palm Beach lebt, habe vergeblich versucht, ihn zu erreichen. Offenbar ist der Anrufbeantworter nicht eingeschaltet, sodass sie ihm auch keine Nachricht hinterlassen konnte. Sie macht sich Sorgen und besteht darauf, dass Mr. Shipman informiert wird und sie zurückruft.«

»Danke, Jack. Ich gebe Mr. Shipman Bescheid. Sunday und ich möchten bald gehen.«

»In Ordnung, Sir. Wir sind bereit.«

Gräfin Condazzi, dachte Henry. Das ist ja interessant! Wer könnte das wohl sein?

Seine Neugier steigerte sich, als Thomas Acker Shipmans Augen bei dieser Botschaft aufleuchteten und ein Lächeln um seine Lippen spielte. »Also hat Betsy angerufen«, meinte er. »Wie nett von ihr.« Aber seine Freude verflog ebenso rasch, wie sie gekommen war. »Könntest du meiner Nachbarin sagen, dass ich keine Telefonate entgegennehme«, erklärte er. »In meiner momentanen Lage möchte ich eigentlich mit niemandem sprechen außer mit meinem Anwalt.«

Ein paar Minuten später wurden Henry und Sunday an den Reportern vorbeigeschleust. Genau in diesem Moment fuhr ein Lexus neben ihnen in die Auffahrt, und eine Frau sprang heraus. Weil die Reporter vom Aufbruch des prominenten Paars abgelenkt waren, erreichte sie ungehindert das Haus, schloss auf und ging hinein.

»Das muss die Haushälterin sein«, sagte Sunday, die bemerkt hatte, dass die etwa fünfzigjährige Frau schlicht gekleidet war und das Haar zu einem Kranz aufgesteckt trug. »Wenigstens sieht sie so aus, und wer sonst sollte einen Schlüssel haben? Jetzt ist Tom zumindest nicht mehr allein.«

»Offenbar bezahlt er sie gut«, stellte Henry fest. »Das ist ein teures Auto.«

Auf der Heimfahrt erzählte er Sunday von der geheimnisvollen Gräfin aus Palm Beach. Sunday schwieg zwar, aber Henry erkannte an ihrem schräg gehaltenen Kopf und der gerunzelten Stirn, dass sie besorgt war und angestrengt nachdachte.

Ihr Auto war ein unauffälliger, acht Jahre alter Chevrolet, einer der speziell ausgestatteten Gebrauchtwagen, die Henry zur Verfügung standen. Er erleichterte es ihnen, sich unbeobachtet zu bewegen. Wie immer wurden sie von zwei Geheimagenten begleitet, einer saß hinterm Steuer, der andere spähte vom Beifahrersitz wachsam nach draußen. Zwischen den Vordersitzen und der Rückbank befand sich eine dicke Trennscheibe, sodass Henry und Sunday sich unbelauscht unterhalten konnten.

Endlich brach Sunday das für sie ungewöhnlich lange Schweigen und sagte: »Henry, an diesem Fall ist was faul. Schon die Zeitungsberichte kamen mir verdächtig vor, und nach unserem Gespräch mit Tommy bin ich sicher, dass etwas nicht stimmt.«

Henry nickte. »Da bin ich ganz deiner Meinung. Zuerst glaubte ich, dass er das grausige Verbrechen einfach verdrängt hat.« Kopfschüttelnd hielt er inne. »Inzwischen ist mir jedoch klar, dass es anders sein muss. Tommy weiß tatsächlich nicht, was vorgefallen ist. Und das alles passt so gar nicht zu ihm«, fügte er hinzu. »Auch wenn Tommy noch so provoziert wurde, sei es durch Erpressung oder sonst etwas, kann ich mir nicht vorstellen, dass er – selbst unter dem Einfluss einer Schlaftablette und eines Martinis – derart die Beherrschung verliert und eine Frau ermordet. Als ich ihn heute sah, habe ich die Bestätigung bekommen, dass die Theorie der Polizei einfach nicht schlüssig ist. Du kanntest ihn zwar damals nicht, aber er hat Constance angebetet. Doch als sie dann starb, war seine Fassung bemerkenswert.« Wieder hielt er inne und schüttelte den Kopf. »Nein, Tommy ist kein Mensch, der so leicht in Rage gerät, auch wenn man ihn noch so sehr reizt.«

»Seine Haltung nach dem Tod seiner Frau mag durchaus bemerkenswert gewesen sein, aber dass er sich bis über beide Ohren in Arabella verliebt hat, als Connie noch kaum unter der Erde lag, sagt auch etwas über ihn aus. Da musst du mir recht geben.«

»Schon. Vielleicht war es aus Kummer? Oder Verdrängung?«

»Genau«, entgegnete Sunday. »Natürlich kommt es öfter vor, dass sich Menschen kurz nach einem schweren Verlust verlieben und dass diese Beziehung tatsächlich hält. Aber meistens klappt es nicht.«

»Wahrscheinlich hast du recht. Dass Tommy Arabella nie geheiratet hat, obwohl er ihr einen Verlobungsring schenkte – wann war das, vor zwei Jahren? –, das weist darauf hin, dass er das kurz darauf bereits für einen Fehler hielt.«

»Und all das hat sich abgespielt, bevor ich auf der Bildfläche erschien«, überlegte Sunday. »Allerdings habe ich mich durch die Skandalpresse auf dem Laufenden gehalten. Damals machten alle ein riesiges Theater, weil sich der ehemalige Außenminister in eine etwas schrille PR-Frau verliebt hatte, die halb so alt war wie er. Ich erinnere mich an zwei Fotos von ihm, die nebeneinander abgedruckt wurden. Auf dem einen schmuste er in aller Öffentlichkeit mit Arabella, das andere war von der Beerdigung seiner Frau. Anscheinend hatte der Fotograf ihn in einem schwachen Moment erwischt. Kein Mensch, der so sehr trauert, kann nur wenige Monate später derart glücklich sein. Wie sie sich schon anzog! Sie passte einfach nicht zu Tommy.« Sunday bemerkte, dass ihr Mann eine Augenbraue hochzog. »Jetzt tu bloß nicht so. Ich weiß genau, dass du die Klatschblätter von vorne bis hinten liest, nachdem ich mit ihnen fertig bin. Und sag mir die Wahrheit: Was hast du von Arabella gehalten?«

»Um ehrlich zu sein, habe ich so wenig wie möglich über sie nachgedacht.«

»Du antwortest nicht auf meine Frage.«

»Ich bemühe mich, nicht schlecht über Tote zu sprechen.« Er hielt inne. »Aber wenn du es unbedingt wissen willst: Ich fand sie angeberisch, vulgär und anstrengend. Sie war einigermaßen intelligent, doch sie redete unentwegt wie ein Wasserfall, sodass ihr Verstand mit ihrem Mund nicht ganz Schritt halten konnte. Und wenn sie lachte, bekam ich jedes Mal Angst, der Kronleuchter könnte zerspringen.«

»Nun, das stimmt völlig mit dem überein, was ich über sie gelesen habe«, stellte Sunday fest. Sie schwieg kurz und drehte sich dann wieder zu ihrem Mann um. »Henry, glaubst du, sie hat schon einmal jemanden erpresst, wenn sie es auch bei Tommy versucht hat? Kann es sein, dass Tommy durch die Schlaftablette und den Martini das Bewusstsein verloren hat und eine dritte Person hereinkam, ohne dass er es bemerkte? Vielleicht hat dieser Jemand Arabella ja verfolgt und plötzlich eine Gelegenheit gesehen, sie loszuwerden und die Schuld auf den armen Tommy abzuwälzen.«

»Und dann hat er Tommy nach oben getragen und ihn in sein Bettchen gelegt?« Wieder zog Henry die Augenbraue hoch.

Wortlos saßen sie da, während das Auto in die Auffahrt zum Garden State Parkway einbog. Sunday blickte aus dem Fenster. Die Spätnachmittagssonne ließ die kupferfarbenen, goldenen und leuchtend roten Blätter der Bäume schimmern. »Ich liebe den Herbst«, sagte sie nachdenklich. »Und es tut mir weh, dass Tommy im Herbst seines Lebens so etwas durchmachen muss.« Sie überlegte. »Okay, dann stellen wir uns einmal ein anderes Szenario vor. Du kennst Tommy gut. Ist es möglich, dass er zwar wütend und erbost war, aber zu sehr unter dem Einfluss von Schlaftabletten und Alkohol stand, um noch klar denken zu können? Versetze dich mal in seine Lage: Was hättest du getan?«

»Ich hätte genauso gehandelt, wie Tommy und wir es immer machten, wenn wir uns auf Gipfeltreffen ähnlich angeschlagen fühlten. Sobald uns klar wurde, dass wir erschöpft oder verärgert waren und nicht mehr vernünftig urteilen konnten, gingen wir zu Bett.«

Sunday nahm Henrys Hand. »Genau darauf wollte ich hinaus. Was ist, wenn Tommy stinksauer die Treppe hinaufgetorkelt ist und Arabella unten zurückgelassen hat? Und jemand, der wusste, wohin sie wollte, hat sie tatsächlich verfolgt. Wir müssen herausfinden, mit wem Arabella den frühen Abend verbracht hat. Und wir müssen mit Tommys Haushälterin reden. Sie ist kurz nach Arabellas Ankunft gegangen. Vielleicht ist ihr auf der Straße ein geparktes Auto aufgefallen. Außerdem wäre da noch diese Gräfin aus Palm Beach, die Tommy so dringend sprechen wollte. Wir sollten uns mit ihr in Verbindung setzen. Wahrscheinlich hilft uns das nicht weiter, aber man kann ja nie wissen, ob sie nicht doch etwas zu erzählen hat.«

»Einverstanden«, meinte Henry bewundernd. »Wie immer denken wir ganz ähnlich, nur dass du mir schon einen Schritt voraus bist. Ich bin noch gar nicht auf den Gedanken gekommen, mich mit der Gräfin zu unterhalten.« Er legte den Arm um Sunday und zog sie an sich. »Komm her. Ist dir klar, dass ich dich seit zehn nach elf heute Morgen nicht mehr geküsst habe?«, fragte er zärtlich.

Sunday strich ihm mit dem Zeigefinger über die Lippen.

»Dann liebst du also nicht nur meinen messerscharfen Verstand?«

»Genau erfasst.« Henry küsste sie auf die Fingerspitze und zog dann ihre Hand weg, um ihren Mund ungehindert erreichen zu können.

Doch Sunday machte sich los. »Da wäre noch etwas, Henry. Du musst dafür sorgen, dass Tommy sich nicht auf einen Schuldhandel mit der Staatsanwaltschaft einlässt, bevor wir Gelegenheit hatten, ihm zu helfen.«

»Und wie soll ich das bitte anstellen?«

»Indem du es ihm befiehlst, natürlich.«

»Liebling, ich bin nicht mehr Präsident.«

»In Tommys Augen schon.«

»Gut, ich versuche es. Aber jetzt gebe ich *dir* einen Befehl: Hör auf zu reden.«

Die Geheimagenten sahen in den Rückspiegel und grinsten einander zu.

Am nächsten Tag stand Henry bei Morgengrauen auf, um mit seinem Gutsverwalter einen Ausritt auf seinem tausend Hektar großen Besitz zu unternehmen. Um halb neun saßen Sunday und er im Frühstückszimmer, von wo aus man einen guten Blick auf den englischen Garten hinter dem Haus hatte. Das Zimmer war passend zur Aussicht mit Pflanzenbildern und einer breit gestreiften Tapete aus belgischem Leinen ausgestattet. Das erweckte den Eindruck, als sei das Zimmer stets mit Blumen geschmückt. Wie Sunday des Öfteren bemerkte, war es ein weiter Weg gewesen von der Wohnung in dem Zweifamilienhaus in Jersey, in dem sie aufgewachsen war und in dem ihre Eltern nach wie vor wohnten.

»Vergiss nicht, dass die Sitzungsperiode des Kongresses nächste Woche beginnt«, sagte Sunday bei der zweiten Tasse Kaffee. »Wenn ich Tommy helfen will, muss ich sofort damit anfangen. Ich schlage vor, dass ich zuerst so viel wie möglich über Arabella in Erfahrung bringe. Hat Marvin alle Hintergrundinformationen besorgt, um die wir ihn gebeten haben?«

Mit Marvin meinte Sunday Marvin Klein, Henrys Büroleiter, dessen Arbeitsplatz in der ehemaligen Remise des Gutes untergebracht war. Marvin, der einen Sinn für skurrilen Humor hatte, bezeichnete sich als Stabschef der Exilregierung – denn nach Henry Britlands zweiter Amtszeit hatten viele Bürger gefordert, das Gesetz zu ändern, demzufolge ein amerikanischer Präsident nur einmal wiedergewählt werden konnte. Laut einer Meinungsumfrage befürworteten achtzig Prozent der Wähler eine Ergänzung des Gesetzes dahingehend, dass es in Zukunft nur noch untersagt sein sollte, mehr als zwei *aufeinanderfolgende* Legislaturperioden zu amtieren. Offenbar wollte die Mehrheit der Amerikaner Henry Parker Britland IV. wieder im Weißen Haus sehen.

»Ich habe den Bericht hier«, sagte Henry. »Und ich habe ihn auch schon gelesen. Anscheinend hat Arabella es geschafft, den Großteil ihrer Vergangenheit zu vertuschen. Zu den pikanteren Details, mit denen Marvins Informanten aufwarten konnten, gehört, dass sie schon einmal verheiratet war. Nach der Scheidung hat sie ihren Ex ausgezogen bis aufs letzte Hemd. Später hatte sie eine lose Beziehung zu einem Mann namens Alfred Barker, der einige Zeit wegen Manipulation von Sportergebnissen im Gefängnis verbracht hat.«

»Wirklich? Ist er inzwischen frei?«

»Er ist nicht nur frei, mein Schatz, sondern war auch mit Arabella kurz vor ihrem Tod beim Abendessen.«

Sunday blieb der Mund offen stehen. »Liebling, wie hat Marvin das bloß herausgefunden?«

»Das frage ich mich auch immer. Aber ich weiß nur, dass er eben seine Quellen hat. Alfred Barker wohnt offenbar in Yonkers, was, wie du wahrscheinlich weißt, nicht weit von Tarrytown ist. Arabellas Ex-Mann ist mittlerweile wieder glücklich verheiratet und lebt nicht mehr in dieser Gegend.«

»Und Marvin hat das alles über Nacht rausgekriegt?«, fragte Sunday mit aufgeregt leuchtenden Augen.

Henry nickte, während Sims, der Butler, ihm Kaffee nachschenkte. »Danke, Sims. Und nicht nur das«, fuhr er fort. »Er hat auch in Erfahrung gebracht, dass Alfred Barker Arabella seltsamerweise noch immer sehr gern hatte. Erst vor Kurzem hat er sich gegenüber Freunden damit gebrüstet, sie würde wieder zu ihm zurückkommen, da sie den alten Bock ja jetzt losgeworden sei.«

»Was macht Barker beruflich?«, wollte Sunday wissen.

»Offiziell besitzt er einen Laden für Sanitärbedarf. Doch Marvins Informanten berichten, dass dieser nur als Tarnung für seine krummen Geschäfte dient. Am interessantesten fand ich jedoch den Hinweis, dass unser Mr. Barker angeblich zu Gewalttätigkeiten neigt, wenn er sich hintergangen fühlt.«

Nachdenklich runzelte Sunday die Stirn. »Hmmm. Also könnte es sich folgendermaßen abgespielt haben: Er geht mit Arabella kurz vor ihrem Überraschungsbesuch bei Tommy zum Essen. Da er es nicht mag, wenn man ihn hinters Licht führt, ist er wahrscheinlich auch sehr eifersüchtig. Und er ist äußerst reizbar.« Sie sah ihren Mann an. »Denkst du das Gleiche wie ich?«

»Genau.«

»Ich wusste doch, dass wir es mit einem Verbrechen aus Leidenschaft zu tun haben!«, sprach Sunday rasch weiter. »Nur dass die Leidenschaft nicht auf Tommys Seite lag. Gut, dann spreche ich heute mit Barker und mit Tommys Haushälterin. Wie hieß sie noch mal?«

»Dora, glaube ich«, antwortete Henry. Doch dann verbesserte er sich: »Nein, das war die Haushälterin, die früher bei ihnen gearbeitet hat. Eine beeindruckende alte Dame. Tommy sagt, sie sei kurz nach Constances Tod in Rente gegangen. Wenn ich mich recht erinnere, ist ihr Name Lillian West. Das muss die Frau sein, die wir gestern kurz gesehen haben.«

»Richtig. Die mit den Zöpfen und dem Lexus«, ergänzte Sunday. »Also befasse ich mich mit Barker und der Haushälterin. Und was tust du?«

»Ich fliege nach Palm Beach und treffe mich mit dieser Gräfin Condazzi. Zum Abendessen bin ich zurück. Aber du musst mir versprechen, vorsichtig zu sein, Liebling. Vergiss nicht, dass Alfred Barker ein zwielichtiger Mann ist. Ich möchte nicht, dass du deinen Leibwächtern entwischst.«

»Abgemacht.«

»Das meine ich ernst, Sunday«, sagte Henry in dem ruhigen, ernsten Ton, mit dem er immer die Mitglieder seines Kabinetts in Angst und Schrecken versetzt hatte.

»Hach, bist du ein harter Kerl«, spöttelte Sunday grinsend. »Okay, ich gebe dir mein Ehrenwort. Ich werde mich keinen Meter von ihnen wegwagen. Und dir wünsche ich einen guten Flug.« Sie küsste ihn auf den Scheitel und verließ, vor sich hin summend, das Frühstückszimmer.

Vier Stunden später erreichte Henry, der seinen Privatjet selbst nach West Palm Beach geflogen hatte, die im spanischen Stil erbaute Villa der Gräfin Condazzi. »Warten Sie bitte draußen«, wies er seine Leibwächter an.

Die Gräfin, eine zierliche, schlanke, hübsche Frau mit versonnenen, grauen Augen war etwa Mitte sechzig. Sie begrüßte Henry herzlich und kam dann ohne Umschweife auf den Punkt. »Ich bin ja so froh, dass Sie sich bei mir gemeldet haben, Mr. President«, sagte sie. »In der Zeitung habe ich gelesen, in welchen Schwierigkeiten Tommy steckt, und ich wollte unbedingt mit ihm sprechen. Ich weiß, was er durchmacht, doch er reagiert einfach nicht auf meine Anrufe. Hören Sie, ich bin felsenfest davon überzeugt, dass Tommy dieses Verbrechen nicht begangen haben kann. Wir sind seid unserer Kindheit eng befreundet und waren zusammen in der Schule und auf dem College. In all dieser Zeit hat Tommy niemals die Beherrschung verloren. Unsere Mitschüler konnten sich noch so frech und ausgelassen aufführen, wie zum Beispiel bei unserer Abschlussfeier, und sogar wenn er etwas getrunken hatte, er war immer ein Gentleman. Er hat sich rührend um mich gekümmert und mich nach der Feier nach Hause gebracht. Nein, Tommy wäre niemals zu einer solchen Tat fähig.«

»Genauso sehe ich es auch«, stimmte Henry zu. »Also sind Sie und er zusammen aufgewachsen?«

»Wir wohnten in Rye in derselben Straße. Während des

Studiums waren wir ein Paar. Aber dann lernte er Constance kennen, und ich begegnete Eduardo Condazzi, der aus Spanien stammte. Ein Jahr nach unserer Hochzeit starb Eduardos älterer Bruder, und er erbte den Titel und die Weingüter der Familie. Wir zogen nach Spanien. Als ich Eduardo vor drei Jahren verlor, fand ich es an der Zeit, in meine Heimat zurückzukehren. Mein Sohn ist jetzt Graf und lebt auf unserem Gut. Und dann, nach all diesen Jahren, lief mir zufällig Tommy über den Weg, der übers Wochenende ein paar Freunde zum Golfspielen besuchte. Es war so schön, ihn wiederzusehen. Es war, als hätten wir uns erst gestern zum letzten Mal gesehen.«

Und die Liebe ist wieder erwacht, dachte Henry. »Gräfin ...«

»Betsy«, verbesserte sie ihn streng.

»Gut, Betsy, ich möchte nicht um den heißen Brei herumreden: Haben Sie Ihre Beziehung zu Tommy wiederaufgenommen?«

»Ja und nein«, antwortete Betsy nachdenklich. »Ich habe ihm gesagt, wie froh ich sei, ihn wiederzusehen, und ich glaube, ihm ging es genauso. Aber wissen Sie, ich vermute, Tommy hat sich nie Zeit gelassen, sich mit seiner Trauer über Constances Tod auseinanderzusetzen. Wir haben viel darüber gesprochen. Für mich war es offensichtlich, dass er sich durch seine Affäre mit Arabella Young nur vor der Trauerarbeit drücken wollte. Ich riet ihm, sich von ihr zu trennen und sich sechs Monate oder ein Jahr zu gönnen, um mit seinen Gefühlen ins Reine zu kommen. Danach sollte er mich anrufen und mit mir zu einem Ball gehen.«

Henry musterte Betsy Condazzis Gesicht, ihr trauriges

Lächeln und ihren wehmütigen Blick. »War er einverstanden?«, wollte er wissen.

»Nicht ganz. Er meinte, er werde sein Haus verkaufen und nach Florida ziehen. Und es werde keine sechs Monate dauern, bis er mich ganz groß ausführen würde.«

Henry wartete eine Weile mit seiner nächsten Frage: »Wie hätten Sie reagiert, wenn sich Arabella Young mit der Geschichte, dass Tommy und ich während meiner Amtszeit und noch vor dem Tod seiner Frau wilde Orgien gefeiert hätten, an die Klatschpresse gewandt hätte?«

»Mir wäre sofort klar gewesen, dass das nicht stimmt«, entgegnete sie. »Und Tommy kennt mich gut genug, um zu wissen, dass er mit meiner Unterstützung rechnen kann.«

Auf dem Rückflug nach Newark überließ Henry seinem Piloten das Steuer. Er war tief in Gedanken versunken. Immer mehr erhärtete sich sein Verdacht, dass Tommy als Sündenbock herhalten sollte. Sein Freund hatte auf ein zweites Glück hoffen können und deshalb überhaupt keinen Grund gehabt, diesen Mord zu begehen. Nein, es ergab einfach keinen Sinn. Er konnte Arabella Young nicht getötet haben. Doch wie sollten Sunday und er das beweisen? Henry fragte sich, ob Sunday bei der Suche nach einem Mordmotiv wohl mehr Glück gehabt hatte.

Alfred Barker war mit Sicherheit kein Mensch, den man auf Anhieb sympathisch fand, überlegte Sunday, als sie ihm im Büro seines Ladens für Sanitärbedarf gegenübersaß.

Er war Mitte vierzig, breitschultrig und gedrungen, mit hängenden Augenlidern, fahler Haut und grau meliertem

Haar. Letzteres hatte er sich kunstvoll über den Schädel gekämmt. Seine Brust unter dem offen stehenden Hemd war hingegen umso dichter behaart. Ansonsten fiel Sunday noch die gezackte Narbe auf, die über den Rücken seiner rechten Hand verlief.

Für einen Moment kam Sunday erleichtert Henrys schlanker, muskulöser Körper, sein angenehmes Äußeres, sein berühmtes markantes Kinn und die hellbraunen Augen in den Sinn, die so viel sagen und auch so unergründlich blicken konnten. Und obwohl sie oft auf die allgegenwärtigen Leibwächter schimpfte (schließlich war sie ja nie First Lady gewesen, wozu also das Ganze?), war sie jetzt, in diesem schäbigen Zimmer und in Gegenwart dieses feindselig wirkenden Mannes, froh über die Geheimagenten vor der angelehnten Tür.

Sie hatte sich als Sandra O'Brien vorgestellt, und Alfred Barker schöpfte anscheinend nicht den leisesten Verdacht, dass ihr vollständiger Name O'Brien Britland lautete.

»Und warum wollen Sie mit mir über Arabella reden?«, fragte Barker und zündete sich eine Zigarre an.

»Zuerst wollte ich Ihnen sagen, wie leid mir Arabellas Tod tut«, meinte Sunday mit aufrichtiger Miene. »Ich weiß, dass Sie einander sehr nahestanden. Aber wissen Sie, ich bin mit Mr. Shipman bekannt.« Nach einer kurzen Pause fuhr sie fort. »Mein Mann und er haben früher zusammengearbeitet. Und offenbar gibt es widersprüchliche Aussagen darüber, ob die Trennung nun von Mr. Shipman oder von Miss Young ausging.«

»Was spielt das jetzt noch für eine Rolle? Arabella hatte den alten Bock eben satt«, antwortete Barker. »Sie ist schon immer auf mich gestanden.«

»Trotzdem hat sie sich mit Mr. Shipman verlobt«, widersprach Sunday.

»Schon, doch ich wusste, dass das nicht lange dauern würde. Er hatte nichts weiter zu bieten als eine dicke Brieftasche. Hören Sie, Arabella hat mit achtzehn einen Trottel geheiratet, der so dämlich war, dass man ihn jeden Morgen an seinen eigenen Namen erinnern musste. Arabella war schlau. Sie ist bei diesem Idioten geblieben, weil seine Familie Kies hatte. Drei oder vier Jahre hat sie durchgehalten, hat sich von ihm ein Studium und die Zahnarztrechnungen bezahlen lassen und gewartet, bis sein reicher Onkel gestorben war. Nachdem er das Geld geerbt hatte, hat sie Schluss mit ihm gemacht und ihn bei der Scheidung ausgenommen wie eine Weihnachtsgans.«

Alfred Barker hielt noch einmal ein Streichholz an seine Zigarre und pustete Rauch aus. »Sie war wirklich mit allen Wassern gewaschen. Ein Naturtalent.«

»Und danach hat sie eine Beziehung mit Ihnen angefangen?«, bohrte Sunday nach.

»Genau. Doch dann hatte ich ein kleines Missverständnis mit Vater Staat und landete für eine Weile im Knast. Sie hat sich einen Job bei einer schicken PR-Agentur besorgt, und als sie vor ein paar Jahren die Gelegenheit bekam, sich ins Büro nach Washington versetzen zu lassen, hat sie sofort zugegriffen.«

Barker zog heftig an seiner Zigarre und hustete dann laut. »Arabella war einfach nicht zu bremsen. Nicht, dass ich das je versucht hätte. Als ich im letzten Frühling rauskam, rief sie mich ständig an und erzählte mir von diesem Blödmann. Shipman war offenbar eine gute Partie. Er schenkte ihr Schmuck, und sie lernte durch ihn wichtige

Leute kennen.« Barker beugte sich vor. »Auch den damaligen Präsidenten der Vereinigten Staaten, Henry Parker Britland IV.«, meinte er mit vielsagender Miene.

Dann lehnte er sich zurück und sah Sunday vorwurfsvoll an. »Wie viele Leute in diesem Land kriegen je die Chance, mit dem amerikanischen Präsidenten an einem Tisch zu sitzen? Sie etwa?«

»Nein, nicht mit dem Präsidenten«, antwortete Sunday wahrheitsgemäß. Sie erinnerte sich an ihren ersten Abend im Weißen Haus, als sie Henrys Essenseinladung abgelehnt hatte.

»Verstehen Sie, was ich meine?«, schloss Barker triumphierend.

»Also gut. Offenbar hat Außenminister Shipman Arabella ausgezeichnete Kontakte vermittelt. Aber Mr. Shipman behauptet, er selbst habe die Beziehung beendet, nicht Arabella.«

»Na, und?«

»Warum sollte er sie dann umbringen?«

Barker lief rot an und schlug mit der Faust auf den Tisch. »Ich habe Arabella gewarnt, ihm nicht mit dieser Klatschgeschichte zu kommen. Ich sagte, diesmal würde sie sich übernehmen. Doch da so was bereits früher geklappt hatte, wollte sie nicht auf mich hören.«

»Sie ist schon einmal damit durchgekommen?«, rief Sunday aus. Das entsprach genau ihrer Vermutung. »Wen hat sie noch zu erpressen versucht?«

»Ach, einen Typen aus ihrem Büro. Seinen Namen kenne ich nicht. Kleine Fische. Aber sich mit einem Kerl von Shipmans Kaliber anzulegen ist keine gute Idee. Wissen Sie noch, was er mit Castro gemacht hat?«

»Wie viel hat sie Ihnen von ihren Erpressungsaktionen erzählt?«

»Kaum etwas. Und außer mit mir hat sie mit niemandem darüber geredet. Ich habe sie angefleht, die Finger davon zu lassen, aber sie war scharf auf das Geld.« Tränen stiegen unvermutet in Alfred Barkers Augen. »Ich hatte sie wirklich sehr gern. Warum musste sie bloß so stur sein? Sie hat nicht auf mich gehört.« Gedankenverloren hielt er inne. »Ich habe sie gewarnt und ihr sogar ein Zitat gezeigt.«

Unwillkürlich schreckte Sunday hoch.

»Ich mag Zitate«, fuhr Barker fort. »Ich lese sie zum Spaß und um die Dinge besser zu verstehen, wenn Sie wissen, was ich meine.«

Sunday nickte. »Mein Mann hat Zitate auch sehr gern. Er sagt, man könne viel daraus lernen.«

»Sie haben den Nagel auf den Kopf getroffen! Was macht Ihr Mann denn beruflich?«

»Im Moment ist er arbeitslos«, antwortete Sunday mit gesenktem Kopf.

»Das ist aber ein Jammer! Kennt er sich mit Sanitärinstallationen aus?«

»Nicht besonders.«

»Und mit Pferdewetten?«

Traurig schüttelte Sunday den Kopf. »Nein, er bleibt meistens zu Hause. Er liest viel und befasst sich vor allem mit Zitaten«, sagte sie, um das Gespräch wieder zum ursprünglichen Thema zu bringen.

»Genau. Das, was ich Arabella vorgelesen hatte, passte so gut, dass es schon fast unheimlich war. Sie konnte nämlich einfach nicht die Klappe halten. Und als ich auf das

Zitat stieß, habe ich es ihr gleich gezeigt. Ich habe ihr immer gesagt, dass ihr loses Mundwerk sie mal in Schwierigkeiten bringen würde, und so ist es ja auch gekommen.«

Barker durchwühlte die oberste Schublade seines Schreibtisches und zog ein zerfleddertes Stück Papier heraus. »Hier ist es. Lesen Sie.« Die Seite, die er Sunday zuschob, stammte offenbar aus einer Zitatensammlung. Ein Absatz war rot eingekreist.

Hier ruht Arabella Young
in der Gruft, der kalten,
im schönen Monat Mai
hat sie endlich den Mund gehalten.

»Es ist die Inschrift eines alten englischen Grabsteins. Ist das zu fassen? Abgesehen vom Monat passt alles.« Mit einem tiefen Seufzer lehnte sich Barker zurück. »Ich werde Arabella furchtbar vermissen. Es war schön mit ihr.«

»Sie waren doch am Abend vor ihrem Tod mit ihr beim Essen.«

»Ja.«

»Haben Sie sie zu Shipmans Haus gefahren?«

»Nein. Ich habe ihr gesagt, sie soll die Finger davon lassen, aber sie hat sich geweigert. Also habe ich sie in ein Taxi gesetzt. Für den Heimweg wollte sie sich sein Auto ausleihen.« Barker schüttelte den Kopf. »Allerdings hatte sie nicht vor, ihm die Kiste zurückzugeben. Sie war überzeugt, er würde ihr jeden Wunsch erfüllen, damit sie bloß nicht mit der Klatschpresse sprach.« Er schwieg eine Weile. »Aber er hat sie umgelegt.«

Mit wutverzerrtem Gesicht stand Barker auf. »Hoffentlich kommt er auf den elektrischen Stuhl!«

Sunday erhob sich ebenfalls. »In New York erfolgen

Hinrichtungen zwar mit der Todesspritze, doch ich verstehe, worauf Sie hinauswollen. Sagen Sie mal, Mr. Barker, was haben Sie gemacht, nachdem Arabella im Taxi weggefahren war?«

»Wissen Sie, eigentlich hatte ich damit gerechnet, dass man mich das fragt, aber die Bullen wollten nicht mal mit mir reden. Weil sie Arabellas Mörder nämlich schon haben. Nachdem ich Arabella zum Taxi begleitet hatte, bin ich zu meiner Mutter gefahren. Ich war mit ihr im Kino. Das mache ich einmal im Monat. Um Viertel vor neun war ich bei ihr, und um zwei Minuten vor neun stand ich in der Schlange an der Kinokasse. Der Kartenverkäufer kennt mich. Und im Zuschauerraum saß eine Frau neben mir, mit der Mama befreundet ist. Sie kann bezeugen, dass ich während des ganzen Films nicht ein einziges Mal rausgegangen bin. Also kann ich Arabella nicht ermordet haben. Aber ich weiß, wer es war!«

Barker schlug so heftig mit der Faust auf den Tisch, dass eine leere Limoflasche zu Boden fiel. »Wenn Sie Shipman helfen wollen, hängen Sie ein paar nette Bilder in seiner Zelle auf.«

Auf einmal standen Sundays Leibwächter hinter ihr und sahen Barker finster an. »Ich würde in Gegenwart dieser Dame nicht so fest auf den Tisch hauen«, sagte einer von ihnen mit eisiger Stimme.

Zum ersten Mal, seit Sunday in diesem Büro saß, erlebte sie, dass Alfred Barker die Worte fehlten.

Thomas Acker Shipman war nicht sehr erfreut über den Anruf von Marvin Klein, Henry Britlands Büroleiter. Dieser teilte ihm mit, der Präsident erwarte von ihm, dass er die

Abmachung mit der Staatsanwaltschaft noch etwas hinausschiebe. Was sollte das bringen, fragte sich Shipman, der sich ärgerte, dass er weiter warten musste. Er musste ins Gefängnis, dessen war er sich sicher, also wollte er es hinter sich bringen. Außerdem fühlte er sich in diesem Haus sowieso allmählich wie im Knast. Wenn der Schuldhandel mit der Staatsanwaltschaft erst einmal unter Dach und Fach war, würden die Medien bestimmt das Interesse an ihm verlieren und sich auf das nächste arme Schwein stürzen. Ein Fünfundsechzigjähriger, der zu zehn oder fünfzehn Jahren Haft verurteilt wurde, war kein heißes Thema für eine längere Zeit.

Sie bleiben nur an mir dran, dachte er, als er aus dem Fenster blickte und die Reportermeute vor seinem Haus sah, weil sie noch nicht wissen, ob es überhaupt zu einem Prozess kommen wird. Wenn das erst einmal klar ist und feststeht, dass ich die bittere Pille brav schlucken werde, lassen sie mich vielleicht in Ruhe.

Lillian West, seine Haushälterin, war pünktlich um acht erschienen. Er hatte gehofft, sie abwimmeln zu können, indem er einfach die Sicherheitskette vorlegte, doch das hatte ihre Entschlossenheit nur gesteigert. Als es ihr nicht gelungen war, die Tür zu öffnen, hatte sie Sturm geklingelt und nach ihm gerufen, bis er sie hereinlassen musste. »Sie brauchen jemanden, der sich um Sie kümmert, ob es Ihnen nun passt oder nicht«, hatte sie entschlossen verkündet. Seinen Einspruch, er habe verhindern wollen, dass die Medien sich auch in ihr Privatleben einmischten, hatte sie energisch abgetan. Und auch seinen Wunsch, allein zu sein, hatte sie ignoriert.

Also hatte sie sich ihren täglichen Pflichten gewidmet,

Zimmer geputzt, die er nie wieder bewohnen würde, und Mahlzeiten zubereitet, auf die er keinen Appetit hatte.

Shipman beobachtete, wie sie im Haus umherging. Lillian war eine gut aussehende Frau, eine ausgezeichnete Haushälterin und eine großartige Köchin. Doch ihr Hang, ihre Mitmenschen herumzukommandieren, ließ ihn manchmal wehmütig an Dora denken. Zwanzig Jahre lang hatte sie für ihn und Connie gearbeitet. Und obwohl der Frühstücksspeck manchmal angebrannt war, war Dora dennoch die angenehmere Hausgenossin gewesen.

Außerdem war Dora noch eine Hausangestellte der alten Schule gewesen, während Lillian ihre gesellschaftliche Gleichberechtigung betonte. Aber er würde für die kurze Zeit, die ihm noch in diesem Haus vergönnt war, Lillians besitzergreifende Art wohl noch ertragen können. Er entschied, das Beste daraus zu machen und das köstliche Essen und den korrekt dekantierten Wein zu genießen.

Da Shipman klar geworden war, dass er sich nicht völlig von der Außenwelt abkapseln konnte und für seinen Anwalt erreichbar sein musste, hatte er den Anrufbeantworter wieder eingeschaltet. Allerdings ging er nur an den Apparat, nachdem er abgehört hatte, wer dran war. Als er nun Sundays Stimme vernahm, hob er erfreut ab.

»Tommy, ich war gerade in Yonkers und sitze jetzt im Auto, um zu dir zu fahren«, erklärte sie. »Ich wollte mit deiner Haushälterin sprechen. Ist sie heute da? Oder weißt du, wo ich sie erreichen kann?«

»Lillian ist hier.«

»Ausgezeichnet. Lass sie bloß nicht gehen, bevor ich sie gesehen habe. In etwa einer Stunde bin ich bei dir.«

»Ich kann mir nicht vorstellen, dass sie dir etwas anderes erzählt als der Polizei.«

»Tommy, ich habe mich gerade mit Arabellas Freund unterhalten. Er wusste von dem Plan, dich zu erpressen. Und angeblich hat Arabella so etwas auch früher schon in mindestens einem anderen Fall versucht. Wir müssen herausfinden, wer ihr letztes Opfer war. Es ist durchaus möglich, dass jemand Arabella zu deinem Haus gefolgt ist. Und wir hoffen, dass Lillian auf dem Nachhauseweg etwas aufgefallen ist – ein Auto vielleicht –, das ihr damals unbedeutend vorkam, sich aber als wichtig erweisen könnte. Die Polizei hat sich nie nach anderen möglichen Verdächtigen umgesehen. Da Henry und ich von deiner Unschuld überzeugt sind, werden wir eben die Detektivarbeit übernehmen. Also, Kopf hoch! Es ist noch nicht aller Tage Abend.«

Als Shipman auflegte und sich umdrehte, sah er Lillian West in der Tür zum Arbeitszimmer stehen. Offenbar hatte sie das Telefonat belauscht. Aber er lächelte ihr trotzdem freundlich zu. »Mrs. Britland wird in Kürze hier sein und möchte mit Ihnen sprechen«, sagte er. »Sie und der Präsident sind der Ansicht, dass ich Arabella nicht ermordet habe, und werden deshalb Nachforschungen anstellen. Sie haben eine Theorie, die mir vielleicht weiterhelfen könnte, und darüber möchte Mrs. Britland mit Ihnen reden.«

»Das ist ja wundervoll«, entgegnete Lillian West kühl. »Ich kann es kaum erwarten.«

Als Nächstes rief Sunday Henry im Flugzeug an. Sie tauschten ihre Ergebnisse aus, und nachdem Sunday von Arabellas Gepflogenheit, ihre Liebhaber zu erpressen, berichtet hatte, fügte sie warnend hinzu: »Allerdings haben wir ein Problem: Ganz gleich, wer Arabella umbringen wollte, es wird schwierig werden, zu beweisen, dass diese Person unbemerkt in Tommys Haus spazierte, die zufällig herumliegende Pistole lud und dann abdrückte.«

»Schwierig vielleicht, aber nicht unmöglich«, erwiderte Henry beruhigend. »Ich werde Marvin sofort damit beauftragen, bei Arabellas letztem Arbeitgeber Erkundigungen einzuziehen. Möglicherweise findet er heraus, ob sie mit einem Kollegen eine Affäre hatte.«

Nachdem Henry sich von Sunday verabschiedet hatte, lehnte er sich zurück und dachte über die Neuigkeiten aus Arabellas Vergangenheit nach. Er hatte ein unbehagliches Gefühl, das er sich jedoch nicht erklären konnte. Aber eine Vorahnung warnte ihn, dass etwas im Argen lag.

Er machte es sich in dem Drehsessel bequem – abgesehen vom Pilotensitz war dies sein Lieblingsplatz an Bord. Es musste etwas gewesen sein, das Sunday gesagt hatte, überlegte er. Deshalb ließ er das Gespräch noch einmal Revue passieren. Natürlich, schoss es ihm durch den Kopf, als er bei Sundays Befürchtungen wegen der schwierigen Beweislage angelangt war: Wie sollte man belegen, dass ein Fremder in Tommys Haus eingedrungen war und die Pistole geladen und abgefeuert hatte?

Und genau da lag der springende Punkt. Es musste gar kein Fremder gewesen sein. Denn es gab einen Menschen, der die Tat hätte verüben können und der wusste, dass Tommy sich nicht wohlfühlte und todmüde war. Außerdem hatte diese Person Arabella gesehen, ja, sie sogar selbst hereingelassen: *die Haushälterin!*

Sie arbeitete noch nicht lange für Tommy, und es war durchaus möglich, dass er sich nicht über sie informiert hatte. Wahrscheinlich wusste er so gut wie nichts über sie.

Rasch rief Henry die Gräfin Condazzi an. Bitte, lass sie zu Hause sein, schickte er ein Stoßgebet zum Himmel. Als er ihre Stimme hörte, kam er ohne Umschweife auf sein Anliegen zu sprechen: »Betsy, hat Tommy Ihnen je etwas über seine neue Haushälterin erzählt?«

Sie zögerte kurz. »Ja, aber nur im Scherz.«

»Was meinen Sie damit?«

»Ach, Sie wissen ja, wie es ist«, entgegnete sie. »Es gibt so viele alleinstehende Frauen zwischen fünfzig und sechzig und so wenige Männer, die noch zu haben sind. Bei meinem letzten Telefonat mit Tommy – das war am Morgen des Tages, an dem das arme Mädchen ermordet wurde – sagte ich, dass eine Menge meiner Freundinnen verwitwet oder geschieden seien. Bestimmt würden sie vor Eifersucht platzen, und wenn er nach Florida käme, würden sie sich an ihn hängen wie die Kletten. Er antwortete, er habe vor, einen großen Bogen um unverheiratete Frauen zu machen, mit Ausnahme von mir natürlich. Außerdem hätte er gerade ein unangenehmes Erlebnis in dieser Richtung hinter sich.« Sie hielt inne. »Offenbar hatte er seiner Haushälterin an diesem Vormittag mitgeteilt, er wolle sein Haus verkaufen und nach Palm Beach ziehen. Er vertraute ihr an, er habe sich von Arabella getrennt, weil er eine Frau kennengelernt habe, die ihm etwas bedeute. Als er später noch einmal über dieses Gespräch nachdachte und sich an ihre Reaktion erinnerte, wurde ihm klar, dass die Haushälterin ihn missverstanden haben könnte. Vielleicht hat sie sich eingebildet, sie selbst sei diese Frau. Deshalb hat er ihr klipp und klar gesagt, er werde sie nach Verkauf des Hauses nicht mehr brauchen und sie auch nicht nach Florida mitnehmen. Zuerst schien sie erschrocken, aber dann hat sie ihm die kalte Schulter gezeigt.« Wieder hielt die Gräfin inne und schnappte dann entsetzt nach Luft. »Mein Gott, Sie glauben doch nicht etwa, dass sie Tommy in diese furchtbare Lage gebracht hat!«

»Ich fürchte, allmählich erhärtet sich dieser Eindruck, Betsy«, erwiderte Henry. »Ich melde mich wieder bei Ihnen. Jetzt muss ich erst mal meinen Mitarbeiter auf die Sache ansetzen.« Er unterbrach die Verbindung und wählte Marvin Kleins Nummer. »Hallo, Marvin«, meinte er. »Ich habe einen Verdacht, was Lillian West, Mr. Shipmans Haushälterin betrifft. Sie müssen sie sofort auf Herz und Nieren überprüfen.«

Eigentlich verstieß Marvin Klein nur ungern gegen das Gesetz, indem er in geschützte Computerdateien einbrach, doch wenn sein Chef »sofort« sagte, musste die Angelegenheit dringend sein.

Er brauchte nur wenige Minuten, um ein Dossier über die sechsundfünfzigjährige Lillian West zusammenzustellen. Sie hatte eine ganze Reihe von Verstößen gegen die Straßenverkehrsordnung auf dem Kerbholz. Doch noch wichtiger war ihr beruflicher Lebenslauf. Beim Lesen bildeten sich tiefe Falten auf Marvins Stirn. West hatte studiert, den Magister gemacht und an verschiedenen Hochschulen Hauswirtschaft unterrichtet, zuletzt am Wren College in New Hampshire. Vor sechs Jahren hatte sie gekündigt und eine Stelle als Haushälterin angenommen.

Seitdem war sie bei vier verschiedenen Familien tätig gewesen. Ihre Zeugnisse, die vor allem ihre Pünktlichkeit, Zuverlässigkeit und Kochkünste hervorhoben, waren verhältnismäßig gut. Marvin beschloss, ihre Arbeitgeber selbst unter die Lupe zu nehmen.

Eine knappe halbe Stunde nach Henrys Anruf meldete sich Marvin wieder bei dem ehemaligen Präsidenten, der sich noch immer im Flugzeug befand. »Sir, in den Akten steht, dass Lillian West zwar an einigen Colleges unterrichtet hat, aber immer wieder Schwierigkeiten mit ihren Vorgesetzten bekam. Vor sechs Jahren hat sie die Lehrtätigkeit aufgegeben und bei einem Witwer in Vermont als Haushälterin gearbeitet. Er starb zehn Monate später, offenbar war es ein Herzinfarkt. Danach wurde sie Haushälterin bei einem geschiedenen Manager, der leider ebenfalls noch im selben Jahr starb. Ihr letzter Arbeitgeber vor Außenminister Shipman war ein achtzigjähriger Millionär. Er hat ihr zwar gekündigt, ihr aber dennoch ein gutes Zeugnis ausgestellt. Ich habe mit ihm gesprochen. Er sagte, Miss West sei zwar eine ausgezeichnete Haushälterin und Köchin, nehme sich aber zu viel heraus und habe kein Verständnis für den traditionellen Umgang zwischen dem Herrn des Hauses und einer Angestellten. Er habe beschlossen, ihr zu kündigen, als ihm klar geworden sei, dass sie sich in den Kopf gesetzt hatte, ihn zu heiraten. Kurz darauf hat er sie vor die Tür gesetzt.«

»Wie steht es um die Gesundheit dieses Mannes?«, fragte Henry leise. Lillian Wests bewegtes Leben gab Anlass zu den schlimmsten Vermutungen.

»Ich habe mich danach erkundigt, Sir. Er antwortete, inzwischen fühle er sich wieder pudelwohl. Allerdings habe er während der letzten Wochen, in denen Miss West bei ihm war, an ungewöhnlicher Müdigkeit gelitten. Die Ärzte seien nicht in der Lage gewesen, eine Diagnose zu stellen, und schließlich sei er an einer Lungenentzündung erkrankt.«

Auch Tommy hatte eine schwere Erkältung und starke Müdigkeit erwähnt. Henry umklammerte das Telefon. »Gut gemacht, Marvin. Vielen Dank.«

»Sir, ich befürchte, das ist noch nicht alles. In den Akten heißt es weiterhin, dass Miss West Hobbyjägerin ist und offenbar gut mit Waffen umgehen kann. Außerdem habe ich mit dem Direktor des Wren College gesprochen, wo sie zuletzt unterrichtete. Er erzählte mir, Miss West sei die Kündigung nahegelegt worden. Sie habe Symptome einer psychischen Erkrankung gezeigt, sich aber geweigert, einen Therapeuten aufzusuchen.«

Nachdem Henry das Telefonat mit seinem Assistenten beendet hatte, befiel ihn Angst. Sunday befand sich auf dem Weg zu Lillian West und hatte keine Ahnung von dem, was Marvin herausgefunden hatte. Möglicherweise würde sie die Haushälterin unwissentlich warnen, wenn sie von ihrem Verdacht sprach, ein anderer als Shipman könnte Arabella auf dem Gewissen haben. Schwer zu sagen, wie Lillian West darauf reagieren würde. Henrys Hand hatte bei Gipfeltreffen nie gezittert. Doch jetzt schaffte er es kaum, die Nummer von Sundays Autotelefon einzutippen.

Sicherheitsbeamter Art Dowling meldete sich. »Wir sind jetzt vor Mr. Shipmans Haus, Sir. Mrs. Britland ist drinnen.«

»Holen Sie sie raus«, befahl Henry. »Sagen Sie ihr, ich muss mit ihr sprechen.«

»Wird gemacht, Sir.«

Kurz darauf war Dowling wieder am Apparat. »Sieht aus, als hätten wir ein Problem, Sir. Wir haben mehrmals geläutet, aber niemand macht auf.«

Sunday und Tommy saßen nebeneinander auf der Leder-couch in der Bibliothek und blickten starr in die Mündung eines Revolvers. Lillian West thronte ihnen aufrecht und reglos gegenüber und hielt die Waffe auf sie gerichtet. Das Schrillen der Türglocke schien sie nicht weiter zu stören.

»Bestimmt ist das Ihre Palastwache«, spöttelte sie.

Die Frau ist wahnsinnig, dachte Sunday, während sie der Haushälterin in die Augen sah. Sie ist verrückt und völlig verzweifelt. Sie weiß, dass sie nichts mehr zu verlieren hat. Und sie ist übergeschnappt genug, um uns zu erschießen.

Sunday überlegte, was Art Dowling und Clint Carr, ihre Leibwächter, wohl unternehmen würden, wenn niemand öffnete. Wahrscheinlich würden sie die Tür aufbrechen. Und wenn sie das tun, würde Lillian Tommy und sie ganz sicher töten. Sundays Angst wuchs.

»Sie haben alles«, sagte Lillian West mit leiser, zorniger Stimme zu Sunday und fixierte die Gefangene mit den Augen. »Sie sind schön, Sie sind jung, Sie haben einen interessanten Beruf und einen reichen, gut aussehenden Mann. Hoffentlich hatten Sie eine schöne Zeit mit ihm.«

»Ja«, antwortete Sunday. »Er ist ein wundervoller Mensch

und Ehemann, und ich möchte noch lange mit ihm zusammenbleiben.«

»Da haben Sie Pech gehabt, und daran sind Sie selbst schuld. Nichts wäre passiert, wenn Sie sich nicht eingemischt hätten. Welche Rolle spielt es schon, ob er« – Lillian West warf einen kurzen Blick auf Tommy – »ins Gefängnis wandert? Er ist die Mühe nicht wert, denn er ist ein schlechter Mensch, der mich belogen und betrogen hat. Er hat versprochen, mich nach Florida mitzunehmen. Er wollte mich heiraten.« Wieder hielt sie inne und funkelte den ehemaligen Außenminister wütend an. »Natürlich ist er nicht so reich wie die anderen, aber es genügt für ein angenehmes Leben. Das weiß ich, weil ich seine sämtlichen Papiere durchgesehen habe.« Ein Lächeln umspielte ihre Lippen. »Und er ist auch netter als die anderen. Das hat mir besonders gut gefallen. Wir wären sehr glücklich geworden.«

»Lillian, ich habe Sie nicht belogen«, wandte Tommy ruhig ein. »Wenn Sie sich genau an das erinnern, was ich zu Ihnen gesagt habe, werden Sie mir recht geben. Aber ich mag Sie, und ich glaube, dass Sie Hilfe brauchen. Ich werde mich darum kümmern. Und ich verspreche Ihnen, dass Sunday und ich alles Menschenmögliche für Sie tun werden.«

»Wollen Sie mir wieder eine Stelle als Haushälterin vermitteln?«, zischte Lillian. »Putzen, kochen, einkaufen. Nein, danke! Ich habe mich für diese Plackerei entschieden, anstatt weitere dumme Gören zu unterrichten, weil ich hoffte, jemand würde endlich meine Qualitäten erkennen und für mich sorgen wollen. Aber so ist es nicht gekommen. Ich habe andere bedient, und sie haben mich behandelt wie ein Stück Dreck.« Wieder sah sie Tommy an. »Zuerst dachte ich, dass Sie anders wären, doch ich habe mich geirrt. Sie sind genauso.«

Während dieses Wortwechsels war das Läuten an der Tür verstummt. Sunday wusste, dass die Leibwächter nun nach einem Weg suchen würden, ins Haus einzudringen, und sie zweifelte nicht daran, dass es ihnen gelingen würde. Doch plötzlich erstarrte sie. Als Lillian West sie hereingelassen hatte, hatte sie die Alarmanlage wieder eingeschaltet. »Damit sich keine Reporter hereinschleichen«, hatte sie erklärt.

Wenn Art oder Clint versuchen, ein Fenster zu öffnen, geht die Alarmanlage los, überlegte Sunday. Dann ist es aus mit Tommy und mir. Sie spürte Tommys Hand auf ihrer. Er dachte dasselbe, wurde ihr klar. Mein Gott, was sollen wir jetzt bloß tun? »Dem Tod ins Auge sehen« – diese Redewendung hatte Sunday schon oft gehört, aber bis jetzt war sie für sie nur eine Phrase gewesen. Henry, schoss es ihr durch den Kopf, Henry! Bitte lass nicht zu, dass diese Frau uns die Zukunft raubt.

Tommy umfasste fest ihre Hand. Mit dem Zeigefinger trommelte er auf ihren Handrücken. Offenbar waren es Morsezeichen. Was wollte er ihr damit sagen?

Henry blieb am Apparat, um mit den Leibwächtern vor Tommy Shipmans Haus in Verbindung zu bleiben. Während Agent Dowling sich vorsichtig ums Haus pirschte, sprach er am Mobiltelefon mit dem ehemaligen Präsidenten. »Sir, alle Vorhänge sind zugezogen. Wir haben die Polizei alarmiert. Sie sollte jeden Moment hier sein. Clint klettert gerade hinter dem Haus auf einen Baum, dessen Äste nah an die Fenster heranreichen. Vielleicht können wir so unbemerkt eindringen. Das Problem ist allerdings, dass wir nicht wissen, ob sie sich überhaupt im Haus befinden.«

Mein Gott, dachte Henry. Es würde mindestens eine Stunde dauern, die Ausrüstung herbeizuschaffen, mit deren Hilfe man Bewegungen innerhalb des Hauses überwachen konnte. Aber dazu haben wir keine Zeit mehr. Er sah Sundays Gesicht vor sich. *Sunday! Sunday!* Es durfte ihr einfach nichts geschehen! Am liebsten hätte er das Flugzeug angeschoben, damit es schneller flog, und das Haus von der Armee stürmen lassen. Warum war er nicht vor Ort? Jetzt! Er schüttelte den Kopf. Noch nie hatte er sich so hilflos gefühlt. Dann hörte er Dowling lauthals fluchen.

»Was ist los, Art?«, rief er. »Was ist passiert?«

»Sir, die Vorhänge im rechten Zimmer des Erdgeschosses wurden eben aufgezogen. Und ich bin sicher, dass drinnen geschossen wurde.«

»Die dumme Kuh hat mir das perfekte Alibi verschafft«, sagte Lillian West. »Ich wusste, dass mir nicht mehr viel Zeit blieb und dass ich nicht mehr die Möglichkeit hatte, Sie ganz langsam umzubringen, wie es eigentlich mein Plan war. Aber die neue Entwicklung passte mir ganz gut in den Kram. So konnte ich nicht nur Sie bestrafen, sondern auch dieses grässliche Weibsstück.«

»Dann haben Sie Arabella wirklich getötet!«, rief Tommy aus.

»Natürlich«, entgegnete Lillian ungeduldig. »Und es war ein Kinderspiel. Ich bin nämlich an diesem Abend nicht gegangen. Nachdem ich die Frau in die Bibliothek geführt, Sie aufgeweckt und mich verabschiedet hatte, habe ich die Tür geschlossen und mich in der Garderobe versteckt. Ich habe jedes Wort mitgehört, und ich wusste, dass die Pistole und Munition bereitlagen. Als Sie nach oben torkelten, war mir klar, dass Sie jeden Moment das Bewusstsein verlieren würden.« Mit einem bösartigen Lächeln auf den Lippen hielt sie inne. »Meine Schlaftabletten wirken viel besser als die, die Sie sonst nehmen. Sie enthalten spezielle Zutaten.« Wieder lächelte sie. »Und außerdem einige interessante Viren. Warum, glauben Sie, ist Ihre Erkältung seitdem so viel besser geworden? Weil Sie mich nicht hereingelassen haben und ich Ihnen Ihre Tabletten nicht geben konnte. Andernfalls hätten Sie inzwischen bestimmt eine Lungenentzündung.«

»Sie haben Tommy vergiftet!«, entsetzte sich Sunday.

Lillian sah die junge Frau empört an. »Ich habe ihn bestraft«, antwortete sie im Brustton der Überzeugung. Dann wandte sie sich wieder an Shipman. »Als Sie oben angekommen waren, ging ich wieder in die Bibliothek. Arabella wühlte in Ihrem Schreibtisch herum, und es war ihr zunächst sehr peinlich, dass ich sie dabei ertappte. Sie behauptete, sie suche nach Ihren Autoschlüsseln. Da Sie sich nicht wohlfühlten, hätten Sie ihr angeboten, Ihr Auto zu nehmen. Am nächsten Morgen wollte sie es wieder zurückbringen. Darauf fragte sie mich, warum ich noch hier sei, da ich mich doch bereits verabschiedet hatte. Ich erklärte, ich hätte Ihnen versprochen, Ihre alte Pistole bei der Polizei abzugeben, sie jedoch versehentlich liegen gelassen. Das arme Dummerchen stand da und sah zu, wie ich die Waffe nahm und lud. Ihre letzten Worte waren: ›Ist es nicht gefährlich, das Ding zu laden? Mr. Shipman wird bestimmt nicht damit einverstanden sein.‹«

Lillian West brach in ein lautes, schrilles Gelächter aus, sodass ihr die Tränen in die Augen traten. Doch obwohl sie am ganzen Leib bebte, blieb die Waffe auf Sunday und Tommy gerichtet.

Jetzt bringt sie uns gleich um, dachte Sunday. Erst jetzt wurde ihr bewusst, wie gering ihre Chancen waren, hier lebend rauszukommen. Tommy klopfte immer noch mit dem Finger auf ihren Handrücken.

»›Ist es nicht gefährlich, das Ding zu laden?‹«, äffte West Arabellas letzte Worte nach, wobei sie vor lauter Lachen kaum einen Ton herausbrachte. »›Mr. Shipman wird bestimmt nicht damit einverstanden sein!‹«

Sie stützte die rechte Hand, in der sie die Waffe hielt, auf ihrem linken Arm auf, um besser zielen zu können. Ihr Gelächter erstarb.

»Hätten Sie etwas dagegen, die Vorhänge aufzumachen?«, fragte Shipman. »Ich möchte wenigstens noch einmal die Sonne sehen.«

Lillian West lächelte kalt. »Warum dieser Aufwand? Sie sind doch sowieso bald im Himmel.«

Die Vorhänge!, fiel es Sunday wie Schuppen von den Augen. Das hatte Tommy ihr mitteilen wollen! Als er gestern die Jalousie in der Küche heruntergelassen hatte, hatte er von der elektronischen Vorrichtung gesprochen, mit der man die Vorhänge in der Bibliothek öffnen und schließen konnte. Da sie defekt war, klang es wie ein Pistolenschuss, wenn man sie benutzte. Die Fernbedienung lag auf der Armlehne der Couch. Sie musste sie in die Hände bekommen. Das war ihre einzige Hoffnung.

Sunday drückte Tommys Hand, um ihm zu bedeuten, dass sie ihn endlich verstanden hatte. Dann schickte sie ein Stoßgebet zum Himmel, griff nach der Fernbedienung und drückte blitzschnell den Knopf, mit dem man die Vorhänge öffnete.

Wie erwartet ließ der scharfe Knall Lillian West herumfahren. Gleichzeitig sprangen Tommy und Sunday auf. Tommy stürzte sich auf Lillian West, während Sunday ihr auf die Hand schlug, mit der sie gerade abdrücken wollte. Ein Schuss fiel. Sunday spürte einen brennenden Schmerz im linken Arm, achtete aber nicht darauf. Da es ihr nicht gelang, der Frau die Waffe zu entreißen, warf sie sich auf sie und trat den Stuhl unter ihr weg, sodass alle drei in einem Knäuel zu Boden stürzten. In diesem Augenblick verriet ihnen das Geräusch splitternden Glases, dass die Leibwächter endlich ins Haus eingedrungen waren.

Zehn Minuten später sprach Sunday, die ihre Fleischwunde am Arm inzwischen fest mit einem Taschentuch umwickelt hatte, am Telefon mit einem völlig erschütterten Ex-Präsidenten der Vereinigten Staaten.

»Mir ist nichts passiert«, sagte sie wohl zum fünfzehnten Mal. »Wirklich, es geht mir gut und Tommy auch. Lillian West wurde in eine Zwangsjacke gesteckt und wird gerade abtransportiert. Also hör auf, dir Sorgen zu machen. Wir haben alles im Griff.«

»Sie hätte dich töten können«, meinte Henry, ebenfalls nicht zum ersten Mal. Er brachte es nicht über sich, aufzulegen, er musste unbedingt die Stimme seiner Frau hören. Sie war dem Tod nur um Haaresbreite entronnen, und der Gedanke, dass er sie fast für immer verloren hätte, war ihm unerträglich.

»Aber ich lebe noch!«, verkündete Sunday. »Außerdem hatten wir beide recht, Henry. Es war eindeutig ein Verbrechen aus Leidenschaft. Nur, dass wir ein wenig spät darauf gekommen sind, um wessen Leidenschaft es sich handelte.«

DER NACHBAR

Der Nachbar von nebenan wusste seit Wochen, dass es wieder an der Zeit war, einen Gast ins geheime Zimmer zu laden, das er im Heizungsraum im Keller eingerichtet hatte. Seit Tiffany war schon ein halbes Jahr vergangen. Sie war die Letzte gewesen und hatte zwanzig Tage durchgehalten, länger als die meisten anderen.

Er hatte versucht, sich Bree Matthews aus dem Kopf zu schlagen. Es war nicht gut, sie einzuladen, das war ihm klar. Jeden Morgen, wenn er wie jeden Tag die Fenster putzte, die Möbel polierte, die Teppiche saugte, den Weg von der Treppe zum Bürgersteig fegte, redete er sich ein, dass es zu gefährlich sei, eine Nachbarin einzuladen. Viel zu gefährlich.

Aber irgendwie konnte er nicht anders. Bree Matthews wollte ihm einfach nicht mehr aus dem Sinn. Seit dem Tag, an dem sie bei ihm geklingelt und er sie zu sich ins Haus gebeten hatte. Seit diesem Tag war sein Wunsch, sie bei sich zu haben, stärker und irgendwann völlig unkontrollierbar geworden. Sie hatte bei ihm im Flur gestanden, hatte Jeans und einen weiten Sweater getragen, hatte die Arme verschränkt und mit einem Fuß unwillkürlich auf seine gebohnerten Dielen geklopft, und dabei hatte sie ihm erklärt, dass die Ursache für die undichte Stelle in ihrer Doppelhaushälfte auf *seinem* Dach zu suchen sei.

»Mit solchen Problemen habe ich nun wirklich nicht gerechnet, als ich das Haus gekauft habe!«, hatte sie geschimpft. »Für das Geld, das ich in die Renovierung gesteckt habe, hätte der Bauunternehmer den ganzen Buckingham-Palast umbauen können. Und trotzdem, wenn es stärker regnet möchte man meinen, ich wohne unter den Niagarafällen. Jedenfalls ist *er* davon überzeugt, dass das Problem bei Ihnen liegt.«

Ihre Verärgerung hatte ihn erregt. Sie war auf eine herbe Art schön, hatte mitternachtsblaue Augen, eine helle Haut und rabenschwarze Haare. Und einen schlanken, durchtrainierten Körper. Er schätzte sie auf Ende zwanzig, älter als die Frauen, die er sonst vorzog, trotzdem äußerst anziehend.

Es war ein warmer Frühlingsnachmittag gewesen, trotzdem war damit natürlich nicht zu erklären, warum ihm der Schweiß ausbrach, als er nur wenige Zentimeter von ihr entfernt stand. Er wollte so sehr die Hand nach ihr ausstrecken, sie berühren, die Tür zuwerfen, sie einsperren.

Er war rot geworden und hatte ihr stotternd erklärt, es sei absolut unmöglich, dass diese undichte Stelle von seinem Dach komme, schließlich habe er alle Reparaturen dort selbst durchgeführt. Er schlug ihr vor, von einem anderen Bauunternehmer eine zweite Meinung einzuholen.

Fast hätte er ihr noch erzählt, dass er fünfzehn Jahre selbst auf dem Bau gearbeitet habe, er sich in der Branche auskenne und wisse, dass der von ihr angeheuerte Unternehmer miserable Arbeit leiste, aber er konnte sich gerade noch zurückhalten. Er wollte nicht verraten, dass er an ihr oder ihrem Haus interessiert sei, wollte sie nicht wissen lassen, dass er sie überhaupt wahrgenommen hatte, wollte nichts von sich preisgeben ...

Einige Tage später kam sie die Straße entlang, als er gerade an seiner Einfahrt Springkraut pflanzte. Sie blieb stehen und entschuldigte sich. Sie war seinem Rat gefolgt und hatte tatsächlich einen anderen Bauunternehmer angerufen, der ihre Vermutung bestätigte: Der erste habe schlampige Arbeit abgeliefert. »Der wird von mir vor Gericht einiges zu hören bekommen«, schwor sie. »Ich habe ihn nämlich vorladen lassen.«

Ermutigt von ihrer Freundlichkeit, machte er etwas ziemlich Dummes. Als er neben ihr stand, fiel sein Blick auf ihre jeweiligen Hälften des Doppelhauses, und erneut bemerkte er den schiefen Lamellenvorhang in ihrem Fenster gleich neben seiner Haushälfte. Ein Anblick, der ihn jedes Mal zur Weißglut trieb. Die vertikalen Lamellenvorhänge in seinen und ihren Fenstern waren ansonsten vollkommen parallel, weshalb ihm diese eine schiefe Lamelle eine solche Pein bereitete, als würde jemand mit dem Fingernagel über eine Schiefertafel kratzen.

Er bot an, sie zu reparieren. Bree drehte sich um und sah zu der Anstoß erregenden Lamelle, als hätte sie sie nie zuvor wahrgenommen. »Danke, aber warum die Mühe?« entgegnete sie. »Der Inneneinrichter kann einen neuen Vorhang einsetzen, sobald der Schaden im Dach behoben ist. Dann lasse ich es reparieren.«

»Dann« konnte natürlich erst in einigen Monaten sein, trotzdem war er froh, dass sie abgelehnt hatte. Aber damit hatte er definitiv beschlossen, sie als seinen nächsten Gast einzuladen. Nur, wenn sie verschwand, dann würde es Fragen geben. Die Polizei würde bei ihm klingeln und sich nach ihr erkundigen. »Mr. Mensch, haben Sie zufällig gesehen, dass Miss Matthews mit jemandem das Haus verlassen hat?«, würden sie fragen. »Sind Ihnen in letzter Zeit Besucher aufgefallen? Wie gut haben Sie sie gekannt?«

Darauf konnte er ganz ehrlich antworten: »Wir haben uns nur gelegentlich auf der Straße unterhalten, wenn wir uns zufällig begegnet sind. Es gibt da wohl jemanden, mit dem sie zusammen ist. Ich hab hin und wieder mit ihm ein paar Worte gewechselt. Groß, braune Haare, um die dreißig. Ich glaube, er heißt Carter. Kevin Carter.«

Wahrscheinlich würde die Polizei bereits von ihm wissen. Wenn Matthews verschwand, würden sie als Erstes mit den engsten Freunden reden.

Wegen Tiffany war er niemals befragt worden. Es hatte keine Verbindung zwischen ihnen gegeben, niemand hatte Grund gehabt, bei ihm nachzufragen. Gelegentlich waren er und Tiffany sich in Museen begegnet – er hatte mehrere seiner jungen Frauen in Museen gefunden. Bei ihrer dritten oder vierten Begegnung hatte er Tiffany gefragt, was sie von dem Bild hielt, das sie gerade betrachtete.

Er hatte sie sofort gemocht. Die schöne Tiffany, so anziehend, so intelligent. Weil er behauptete, ihre Begeisterung für Gustav Klimt zu teilen, hatte sie ihn für einen freundlichen Menschen gehalten, für jemanden, dem man trauen konnte. Sie war dankbar gewesen für sein Angebot, sie im Regen nach Hause zu fahren. Ein paar Tage später, als sie auf dem Weg zur U-Bahn war, hatte er sie sich dann geschnappt.

Den Nadelstich hatte sie kaum gespürt. Sie war im Wagen zusammengesackt, dann hatte er sie zu sich gebracht.

Matthews verließ gerade ihr Haus, als er in die Einfahrt einbog; er nickte ihr sogar zu, als er auf den Knopf für das Garagentor drückte. Damals hatte er natürlich keine Ahnung, dass Matthews die Nächste sein würde.

In den folgenden drei Wochen hatte er jeden Morgen mit Tiffany verbracht. Er genoss es sehr, sie bei sich zu haben. Das geheime Zimmer war hell und fröhlich eingerichtet, der Boden mit einer dicken, bequemen Matratze gepolstert, und er hatte Bücher und Spiele hineingeschafft.

Er hatte sogar die angrenzende fensterlose Toilette gelb-rot gestrichen und eine tragbare Dusche installiert. Jeden Morgen sperrte er sie darin ein, und während sie duschte, putzte und staubsaugte er das geheime Zimmer. Er achtete darauf, dass es immer makellos sauber war. Wie alles in seinem Leben. Unordnung konnte er nicht ausstehen. Jeden Tag legte er ihr frische Sachen heraus. Er wusch und bügelte die Kleidung, mit der sie zu ihm gekommen war, genauso hatte er es auch bei den anderen gemacht. Er hatte sogar ihre Jacke reinigen lassen, diese lächerliche Jacke mit den internationalen Städtenamen drauf. Er hatte sie eigentlich nicht reinigen lassen wollen, aber als er den Fleck auf dem Ärmel entdeckte, trieb ihn das in den Wahnsinn. Er wollte ihm nicht mehr aus dem Sinn. Schließlich gab er nach.

Er ließ sich auch die Reinigung seiner eigenen Sachen einiges kosten. Manchmal, wenn er aufwachte, versuchte er noch halb im Schlaf Brösel von den Laken zu wischen. Machte er das, weil er sich daran erinnerte, dass er es so tun musste? Es gab viele Fragen aus seiner Kindheit, Dinge, an die er sich nicht genau erinnern konnte. Aber das war vielleicht auch besser so.

Eigentlich konnte er sich glücklich schätzen. Er konnte alle Zeit der Welt mit der von ihm erwählten Frau verbringen, weil er nicht arbeiten musste. Er brauchte das Geld nicht. Sein Vater hatte nie einen Cent ausgegeben außer für das Lebensnotwendige. Als er nach der Highschool auf dem Bau arbeitete, verlangte sein Vater, dass er ihm den Lohnscheck überreichte, den er von seinem Bauunternehmer bekam. »Ich hebe es für dich auf, August«, hatte er gesagt. »Ist doch nur verschwendetes Geld, wenn man es für Frauen ausgibt. Die sind alle wie deine Mutter. Die nehmen dich aus, und dann hauen sie mit einem anderen nach Kalifornien ab. Bei der Hochzeit hat sie mir gesagt, sie wäre noch zu jung, mit neunzehn wäre sie noch zu jung für ein Baby. *Meiner* Mutter war das auch nicht zu jung gewesen, hab ich ihr gesagt.«

Zehn Jahre zuvor war sein Vater unerwartet gestorben, erstaunt hatte er feststellen müssen, dass sein Vater in den Jahren, in denen er so knausrig gelebt hatte, in Aktien investiert hatte. Mit vierunddreißig Jahren konnte August Mensch ein Vermögen von über einer Million Dollar sein Eigen nennen. Plötzlich konnte er reisen und so leben, wie er wollte, so, wie er es sich immer erträumt hatte, als er abends mit seinem Vater zu Hause gesessen und dieser ihm erzählt hatte, wie sehr er als Baby von seiner Mutter vernachlässigt worden war. »Sie hat dich stundenlang im Laufstall gelassen. Wenn du geweint hast, hat sie dir ein Fläschchen oder ein paar Cracker hingeworfen. Du warst ihr Gefangener, nicht ihr Kind. Ich hab Kinderbücher gekauft, aber sie hat sie dir nicht vorgelesen. Wenn ich von der Arbeit nach Hause gekommen bin, hast du oft zwischen verschütteter Milch und Brösel gesessen und warst ganz ausgekühlt.«

Vergangenes Jahr war August hier eingezogen, er hatte das baufällige Haus billig gemietet und selbst die notwendigen Reparaturen durchgeführt. Er hatte es gestrichen, die Küche und die Badezimmer geschrubbt, bis alles glänzte, er hatte die Möbel gereinigt und täglich die Böden gewienert. Sein Mietvertrag lief am 1. Mai aus, bis dahin waren nur noch zwanzig Tage. Er hatte dem Eigentümer schon gesagt, dass er ausziehen werde. Dann hätte er Matthews bei sich gehabt, und es würde an der Zeit sein, weiterzuziehen. Das Haus hatte dann, wenn er ging, enorm an Wert gewonnen. Er würde nur darauf achten müssen, das geheime Zimmer zu weißen, damit keiner darauf kam, was hier geschehen war.

In wie vielen Städten hatte er in den letzten zehn Jahren gelebt? Er zählte sie nicht mehr. Sieben? Acht? Noch mehr? Es begann damit, dass er in San Diego seine Mutter ausfindig gemacht hatte. Washington gefiel ihm, hier würde er gern länger bleiben. Aber nach Bree Matthews wäre das keine gute Idee.

Was würde sie für ein Gast sein? Tiffany war verängstigt und wütend gewesen. Sie hatte sich über die Bücher lustig gemacht, die er ihr besorgt hatte, und sich geweigert, sie zu lesen. Sie sagte ihm, ihre Familie habe kein Geld, falls er es darauf abgesehen habe. Sie sagte ihm, sie wolle malen. Er hatte ihr eine Staffelei und Malutensilien gekauft.

Sie begann während ihres Besuchs sogar an einem Bild zu arbeiten, am Gemälde eines sich küssenden Paares. Es sollte eine Kopie von Klimts *Der Kuss* werden. Er riss es von der Staffelei und sagte ihr, sie solle lieber eine der hübschen Illustrationen aus den Kinderbüchern kopieren, die er ihr geschenkt hatte. Da packte sie einen offenen Farbtopf und bewarf ihn damit.

An die darauffolgenden Minuten hatte August Mensch keine richtige Erinnerung. Er wusste lediglich, dass ihm beim Blick auf die klebrige Sauerei auf seiner Jacke und Hose klar geworden war, dass er sich auf sie gestürzt hatte.

Am nächsten Tag wurde ihre Leiche aus einem Kanal in Washington gezogen. Zunächst wurden ihre Exliebhaber befragt. Die Zeitungen berichteten ausgiebig über den Fall. Er amüsierte sich über die Vermutungen, die über die drei Wochen, in denen sie als vermisst gegolten hatte, angestellt wurden.

Mensch seufzte. Er wollte jetzt nicht an Tiffany denken. Er wollte das Zimmer staubsaugen und reinigen, um es für Matthews herzurichten. Dann musste er endlich damit fertig werden, den Mörtel von den Steinen der Wand zwischen ihrem und seinem Keller zu schlagen.

Er würde genügend Steine aus der Grundmauer lösen, um Zugang zu Matthews Keller zu erhalten. Wie er wusste, hatte sie zwar eine Alarmanlage installiert, aber die würde ihr somit nicht helfen. Später würde er die Steine wieder einpassen und alles sorgfältig zumörteln.

Es war Samstagabend. Er hatte den ganzen Tag ihr Haus beobachtet. Sie hatte es kein einziges Mal verlassen. In letzter Zeit, seitdem Carter nicht mehr zu Besuch kam, war sie sonntags immer zu Hause geblieben. Zum letzten Mal hatte er ihn vor einigen Wochen gesehen.

Er wischte ein unsichtbares Staubkorn fort. Morgen

um diese Zeit würde sie bei ihm, würde sie seine Gefährtin sein. Er hatte einen Stapel Bücher von Dr. Seuss für sie gekauft. Alle anderen Bücher hatte er weggeworfen. Manche waren mit roter Farbe bespritzt gewesen. Sie erinnerten ihn nur daran, dass Tiffany sich geweigert hatte, sie zu lesen.

Im Lauf der Jahre war er immer bemüht gewesen, es seinen Gästen so bequem wie möglich zu machen. Es war doch nicht seine Schuld, dass sie immer so undankbar waren. Die eine in Kansas City, erinnerte er sich, hatte ihm gesagt, sie wolle ein Steak. Er hatte ihr ein dickes gekauft, das dickste Steak, das er finden konnte. Als er zurückkam, musste er feststellen, dass sie in der Zwischenzeit versucht hatte, auszubrechen. Sie hatte gar kein Steak gewollt. Da war er sehr wütend geworden. Was dann passierte, daran konnte er sich aber nicht mehr genau erinnern.

Er hoffte, Bree würde netter sein.

Er würde es bald herausfinden. Morgen, gleich in der Früh, würde er loslegen.

»Was ist das denn?«, murmelte Bree, als sie oben auf der Kellertreppe stand. Sie hörte ein leises Kratzen, das aus dem Keller des Nachbarhauses zu kommen schien.

Sie schüttelte den Kopf. Was hatte das zu bedeuten? Aber sie konnte ja sowieso nicht schlafen. Erst sechs Uhr am Montagmorgen, und Mensch war schon mit irgendwas beschäftigt. Wahrscheinlich wieder irgendein toller Umbau in seinem Haus, was sonst, dachte sie und hatte schon jetzt schlechte Laune. Sie seufzte. Was würde das für ein mieser Tag werden. Sie hatte eine schlimme Erkältung.

Eigentlich war es sinnlos, so früh aufzustehen, aber sie konnte nicht mehr schlafen. Schon gestern hatte sie sich so elend gefühlt, war deswegen den ganzen Tag im Bett geblieben und hatte vor sich hin gedöst. Sie war noch nicht mal ans Telefon gegangen und hatte sich nur die Nachrichten auf dem Anrufbeantworter angehört. Ihre Eltern waren gerade unterwegs. Ihre Großmutter hatte nicht angerufen, und auch ein gewisser Mr. Kevin Carter rührte sein tolles Tastentelefon nicht an.

Gut, ob mit oder ohne Erkältung, sie musste um neun Uhr vor Gericht erscheinen. Zu dieser Zeit war das Verfahren gegen ihren Bauunternehmer anberaumt, der die Kosten für die Dachreparatur zu übernehmen hatte, die wegen seiner schlampigen Arbeit fällig geworden war. Von den Kosten für die Schäden, die durch das undichte Dach in der Wohnung erst entstanden waren, ganz zu schweigen. Mit Nachdruck schloss sie die Kellertür und ging in die Küche, presste eine Grapefruit, machte Kaffee, toastete einen Muffin und setzte sich an die Frühstückstheke.

Sie hatte das Haus schon häufiger verflucht, aber sie musste zugeben, wenn erst einmal alles repariert war, würde es wunderschön werden.

Ihr Frühstück wollte ihr nicht so recht schmecken. Ich habe noch nie vor Gericht ausgesagt, dachte sie. Deshalb bin ich auch so nervös und so fahrig. Aber der Richter, redete sie sich ein, wird bestimmt auf meiner Seite sein. Kein Richter würde es hinnehmen, wenn ihm sein Haus ruiniert wird.

Bree – Kurzform für Bridget – Matthews, dreißig Jahre alt, Single, mit blauen Augen, dunklen Haaren und einer

Porzellanhaut, die die Sonne nicht vertrug, war von Haus aus nervös und schreckhaft. Der Kauf des Hauses im vergangenen Jahr musste bislang als kostspielige Fehlentscheidung betrachtet werden. In diesem Fall hätte ich *nicht* auf Oma hören sollen, dachte sie und musste mit einem Schmunzeln daran denken, wie ihre Großmutter in ihrem Seniorenheim in Connecticut die Telefondrähte zum Glühen brachte, wenn sie ihre guten Ratschläge verteilte.

Vor acht Jahren hat sie mir geraten, den Job in Washington zu übernehmen und für unseren Kongressabgeordneten zu arbeiten, obwohl sie ihn für einen Trottel hielt, erinnerte sich Bree und zwang sich, wenigstens den halben Muffin zu essen. Dann riet sie mir, die Chance zu ergreifen, als mir Douglas Public Relations ein Angebot unterbreitete. Sie hatte in allem recht, nur nicht, was den Kauf und die Renovierung dieses Hauses anbelangte. »Mit Immobilien kann man gutes Geld verdienen, Bree«, hatte sie gesagt. »Vor allem in Georgetown.«

Falsch! Bree runzelte finster die Stirn, während sie ihren Kaffee trank. Die edlen »Wandbehänge« von Pierre Deux haben Wasserflecken und schälen sich von der Wand. Ja, wir sprechen hier nicht von *Tapeten,* nicht, wenn man für den laufenden Meter siebzig Dollar zu berappen hat. Bei Preisen wie diesem wird das Zeug zu einem *Wandbehang.* Als sie das Kevin erklärte, hatte er nur gesagt: »Na, das nenne ich aber protzig!« Genau das, was sie dazu hören wollte.

Im Kopf ging sie noch einmal alles durch, was sie dem Richter erzählen wollte: »Der Perserteppich meiner Großmutter ist eingerollt und in Plastik verpackt, damit er durch neue undichte Stellen nicht noch weiter beschädigt wird. Das Parkett ist matt und fleckig. Ich kann Ihnen Bilder zeigen, damit Sie sehen, wie fürchterlich alles aussieht. Werfen Sie bitte einen Blick darauf, Euer Ehren. Jetzt warte ich auf den Maler und den Parkettleger, und die verlangen dann wieder ein Vermögen, damit alles wieder so wird, wie es vor ein paar Monaten schon mal war.

Ich habe meinen Bauunternehmer gebeten, ich habe ihn angefleht, ihn bekniet, ihn sogar angeknurrt, damit er sich endlich um die undichte Stelle kümmert. Und als er dann auftaucht, sagt er mir, das Wasser komme vom Nachbarn, und ich habe ihm auch noch geglaubt. Ich habe mich zur Idiotin gemacht und beim armen Mr. Mensch geklingelt und ihm die Schuld für meine Probleme hingeschoben. Verstehen Sie, Euer Ehren, wir haben ein Doppelhaus, damit haben wir eine gemeinsame Wand. Der Bauunternehmer hat gesagt, das Wasser komme so in meine Wohnung. Natürlich habe ich ihm geglaubt. Er ist schließlich der Experte, nicht wahr?«

Bree dachte an ihren Nachbarn, den Typen mit der angehenden Glatze und dem grau werdenden Pferdeschwanz, der schon einen roten Kopf bekam, wenn sie sich bloß zufällig auf der Straße grüßten. Er hatte sie zu sich ins Haus gebeten, als sie bei ihm aufgekreuzt war, und ihrem Gezeter erst ruhig und nachdenklich zugehört – so stellte sie sich einen Priester bei der Beichte vor, wenn sie ihn durch das Gitter denn sehen könnte –, aber plötzlich war er rot geworden. Ihm war sogar der Schweiß ausgebrochen, und mit Flüsterstimme hatte er sich ihrer Vorwürfe verwehrt und gesagt, es könne unmöglich an seinem

Dach liegen, sonst müsste es bei ihm ja auch undicht sein. Sie solle sich doch an einen anderen Bauunternehmer wenden, hatte er ihr geraten.

»Ich hab dem Kerl einen Heidenschreck eingejagt«, hatte sie am Abend Kevin erzählt. »Dabei hätte ich es sofort sehen müssen. So wie der sein Haus in Schuss hält, würde er ein undichtes Dach nie und nimmer hinnehmen. Vom Boden im Flur bin ich fast geblendet worden. Ich wette, als er noch klein war, hat er einen Orden für den saubersten Jungen im Jugendlager bekommen.«

Kevin. Das war das andere. Sosehr sie es auch versuchte, sie bekam ihn einfach nicht aus dem Kopf. Sie würde ihn heute Morgen sehen, zum ersten Mal seit einiger Zeit wieder. Er hatte darauf bestanden, sich mit ihr im Gericht zu treffen, auch wenn sie nicht mehr zusammen waren.

Ich habe noch nie jemanden vor Gericht gebracht, dachte sie, außerdem kann man definitiv Besseres mit seiner Zeit anstellen, besonders dann, wenn ich Kevin eigentlich überhaupt nicht sehen möchte. Sie schenkte sich eine zweite Tasse Kaffee ein und lehnte sich zurück. Nur weil Kevin mir bei der Formulierung der Anzeige geholfen hat, dachte sie, muss er nicht auch noch vor Gericht den edlen Ritter spielen. Das habe ich nicht nötig, vielen Dank. Ich will ihn nicht sehen. Überhaupt nicht mehr. Dazu ist es auch noch so ein trüber Tag. Griesgrämig sah sie hinaus in den dichten Nebel. In ihrem Ärger auf Kevin hätte sie ihm beinahe auch noch die Schuld an dem undichten Dach gegeben. Er rief nicht mehr jeden Morgen an, schickte ihr nicht mehr am siebzehnten jeden Monats Blumen – an einem Siebzehnten hatten sie sich nämlich zum ersten Mal getroffen. Das war vor zehn

Monaten gewesen, kurz nach ihrem Einzug in ihr Stadt-haus. Bree verzog die Mundwinkel nach unten und schüt-telte den Kopf. Ich bin gern unabhängig, dachte sie reu-mütig, aber manchmal bin ich eben auch nicht gern allein.

Bree wusste, dass sie darüber hinwegkommen musste. Allmählich wurde es ihr noch zur Angewohnheit, immer und immer wieder die Auseinandersetzung mit Kevin Carter durchzukauen. Und wenn er ihr am meisten fehlte – wie an diesem Samstag, als sie Trübsal geblasen hatte und ins Kino und anschließend allein zum Essen gegan-gen war, oder gestern, als sie im Bett gelegen und sich einsam und einfach nur schrecklich gefühlt hatte –, dann musste sie sich schon sehr fest sagen, dass es so schon in Ordnung sei.

Bree dachte wieder an den Streit, der sich wie so oft aus einer Lappalie zu etwas Großen hochgeschaukelt hatte, das ein ganzes Leben verändern konnte. Kevins Meinung nach wäre ich blöd, wenn ich nicht auf den Vergleich einginge, den mir der Bauunternehmer angeboten hat. Denn das Gericht würde mir aller Wahrscheinlichkeit nach kaum mehr zusprechen. Aber davon habe ich nichts hören wollen. Ich sei dickköpfig, streitlustig und schieße immer gleich aus der Hüfte. Ich würde immer ganz irra-tional werden, sagte er mir, und es habe für mich kei-nen Grund gegeben, gleich zu diesem komischen Knilch nebenan zu stürmen. Ich habe ihn daran erinnert, dass ich mich aufrichtig entschuldigt habe und Mr. Mensch so erfreut darüber war, dass er sich gleich anerboten hat, mir die kaputte Lamelle im Wohnzimmerfenster zu reparieren.

Ungern erinnerte sich Bree, dass ihre Auseinandersetzung an diesem Punkt ins Stocken geraten war, aber statt es dabei bewenden zu lassen, hatte sie nichts Besseres zu tun gehabt, als Kevin an den Kopf zu werfen, dass ja wohl er der Streitlustige von ihnen beiden sei und er sich noch dazu immer auf die Seite der anderen schlagen müsse. Darauf hatte er entgegnet, dass sie beide vielleicht mal innehalten und über ihre Beziehung generell nachdenken sollten. Und sie hatte gesagt, wenn sie beide schon über ihre Beziehung generell nachdenken sollten, dann existiere diese Beziehung ja wohl nicht mehr, und Tschüss dann.

Sie seufzte. Es waren zwei lange Wochen gewesen.

Es wäre mir wirklich lieber, wenn Mensch endlich mit diesem verdammten Gekratze aufhören würde, dachte sie, als sie das Geräusch wieder hörte. Oder was immer er da unten im Keller trieb. In letzter Zeit hatte sie ihn eher zum Gruseln gefunden. Sie hatte bemerkt, wie er sie ansah, wenn sie aus dem Wagen stieg, sie hatte seinen Blick gespürt, wenn sie im Garten war. Vielleicht, überlegte sie, ist er seit ihrem Auftritt eingeschnappt. Sie hatte überlegt, Kevin zu erzählen, dass Mensch sie irgendwie nervös machte – aber dann war ihr Streit dazwischengekommen, und sie hatte es vergessen. Wie auch immer, zumindest kam ihr Mensch ziemlich harmlos vor.

Achselzuckend stand Bree mit der Kaffeetasse in der Hand auf. Ich bin nur nervös, dachte sie sich. Aber in wenigen Stunden habe ich, so oder so, alles hinter mir. Heute Abend komme ich früher nach Hause, dann lege mich ins Bett und schlafe die verdammte Erkältung weg, und morgen fange ich damit an, das Haus in Ordnung zu bringen.

Wieder hörte sie dieses Kratzgeräusch aus dem Keller. Vergiss es, redete sie sich ein. Kurz überlegte sie, ob sie runtergehen und nachsehen sollte, verwarf den Gedanken aber. Mensch bastelte vermutlich an irgendetwas herum. Das ging sie nichts an.

Dann verstummte das Kratzen, nur noch leere Stille war zu hören. Aber waren das Schritte auf der Kellertreppe? Unmöglich. Die Außentür im Keller war verriegelt. Woher kam es dann?

Sie fuhr herum. Hinter ihr stand ihr Nachbar, in der Hand hatte er eine Spritze.

Sie ließ die Kaffeetasse fallen, in diesem Moment stach er ihr die Nadel tief in den Arm.

Kevin Carter, Doktor der Rechtswissenschaften, wurde zunehmend wütend. Es zeigte sich mal wieder, dass Bree vernünftigen Argumenten nicht zugänglich war. Sie war starrköpfig, eigensinnig, impulsiv. Und wo zum Teufel blieb sie bloß?

Der Bauunternehmer Richie Ombert jedenfalls war pünktlich erschienen. Ein mürrischer Typ, der ständig auf seine Uhr sah und davon murmelte, dass er auf irgendeine Baustelle zurück müsse. Er wurde laut, als er zum wiederholten Male erklärte: »Ich hab ihr angeboten, das Dach abzudichten, da hat sie es aber schon von einem anderen machen lassen, zum sechsfachen Preis, den ich dafür verlangt hätte. Zweimal hab ich jemanden bei ihr vorbeigeschickt, aber sie war nicht da. Einmal hat der, der sich die Sache angeschaut hat, gemeint, das Wasser müsste vom Nachbardach kommen, dort muss was undicht sein. Wahrscheinlich hat der kleine Scheißer, der die andere Hälfte gemietet hat, das Loch irgendwie gestopft. Trotzdem hab ich ihr angeboten, ihr das zu zahlen, was ich für die Reparatur verlangt hätte.«

Bree hätte um neun Uhr erscheinen müssen. Als sie um zehn immer noch nicht aufgetaucht war, wies der zuständige Richter die Klage ab.

Ein zornerfüllter Kevin Carter kehrte zu seiner Arbeit im Außenministerium zurück. Er rief Bridget Matthews nicht an, weder an ihrer Arbeitsstelle bei Douglas Public Relations noch bei ihr zu Hause. Der nächste Anruf musste von ihr kommen. Sie war ihm eine Erklärung schuldig. Und schon gar nicht wollte er daran denken, dass er ihr nach dem Gerichtstermin eigentlich hätte sagen wollen, wie schrecklich sie ihm fehlte, und ob sie das alles nicht einfach vergessen könnten.

Mensch schleifte die bewusstlose Bree durch die Küche in den Flur und von dort, Stufe für Stufe, die Kellertreppe hinunter. Unten angekommen, hob er sie an. Es war nicht zu übersehen, dass sie im Keller bislang überhaupt nichts gemacht hatte. Die gemauerten Wände waren grau und nackt, die Bodenfliesen zwar sauber, aber angestoßen. Er hatte im Heizungsraum die Öffnung in die Wand gebrochen, dort, wo sie am wenigsten auffallen würde. Jetzt musste er sie also bloß noch im geheimen Zimmer einsperren, zurückkommen, um für sie einige Kleidungsstücke zu holen, dann die Ziegel einsetzen und alles wieder zumauern.

Die Öffnung war gerade groß genug, um Bree durchzuschieben. Er kroch hinterher und trug sie in das geheime Zimmer. Sie war immer noch bewusstlos und wehrte sich nicht, als er sie an den Hand- und Fußgelenken fesselte und ihr, nur zur Sicherheit, einen Schal lose um den Mund band. Nach ihrem Atem zu schließen war sie erkältet. Er wollte sie auf keinen Fall ersticken.

Kurz weidete er sich an ihrem Anblick, bewunderte ihre über die Matratze gebreiteten Haare, ihren entspannten, friedlichen Körper. Er strich ihr den Frottee-Morgenmantel glatt und schlug ihn unter.

Jetzt, da sie hier war, fühlte er sich stark und ruhig. Es hatte ihn erschreckt, dass sie schon so früh am Morgen in der Küche war. Aber nun musste er sich beeilen: ihre Sachen und ihre Handtasche holen, den verschütteten Kaffee aufwischen. Alles musste so aussehen, als hätte sie das Haus verlassen, um spurlos zu verschwinden.

Er sah zum Anrufbeantworter in der Küche, dessen blinkendes Licht sieben aufgezeichnete Nachrichten anzeigte. Komisch, dachte er. Sie war am Vortag die ganze Zeit zu Hause gewesen, das wusste er genau. War es möglich, dass sie den ganzen Tag auch nicht ans Telefon gegangen war?

Er hörte sich die Nachrichten an. Sie stammten allesamt von Freunden. »Wie geht's?« »Wir könnten uns doch treffen.« »Viel Glück vor Gericht.« »Hoffentlich kriegst du es hin, dass der Bauunternehmer blechen muss.« Die letzte Nachricht stammte von der gleichen Person wie die erste. »Ich nehme also an, du bist noch unterwegs. Ich probier es dann morgen noch mal.«

Mensch setzte sich an die Frühstückstheke. Es war ungemein wichtig, alles sehr gründlich zu durchdenken. Bree hatte am Vortag das Haus nicht verlassen, nun hatte es fast den Anschein, als wäre sie auch den ganzen Tag nicht ans Telefon gegangen. Angenommen, er nahm nicht nur ihre Sachen mit, damit es so aussah, als wäre sie zur Arbeit gegangen, sondern räumte sogar so weit auf, dass man annehmen musste, sie wäre am Samstag gar nicht nach Hause gekommen? Schließlich war es schon elf Uhr abends gewesen, als er sie allein, nur mit der Zeitung unterm Arm, nach Hause hatte kommen sehen. Wer hätte denn sonst noch ihre Rückkehr bestätigen können?

Mensch stand auf. Er hatte bereits seine Gummihandschuhe übergestreift und sah sich um. Der Mülleimer unter der Küchenspüle war leer. Er nahm einen frischen Müllbeutel aus der Schublade und gab die ausgepresste Grapefruit, den Kaffeesatz und die Scherben der zerbrochenen Tasse hinein.

Er ging ganz systematisch vor, putzte die Küche, nahm sich sogar die Zeit, den Topf zu scheuern, den sie auf dem Herd hatte stehen lassen. Wie achtlos von ihr, ihn anbrennen zu lassen.

Oben in ihrem Schlafzimmer machte er ihr Bett und hob die Sonntagsausgabe der *Washington Post* vom Boden auf. Auch die Zeitung warf er in den Müllbeutel. Auf dem Bett hatte sie ein Kostüm liegen lassen. Er hängte es in den Schrank, wo sie ihre Kleidung aufbewahrte.

Danach putzte er das Badezimmer. Hinter Jalousietüren waren hier auch Waschmaschine und Trockner untergebracht. Auf der Waschmaschine fand er die Jeans und den Sweater, in denen er sie am Samstag gesehen hatte. Es hatte nicht geregnet, trotzdem hatte sie auch ihren gelben Regenmantel getragen. Er griff sich den Sweater und die Jeans, Unterwäsche und Turnschuhe und

Socken. Aus der Kommode nahm er weitere Unterwäsche, aus dem Schrank einige Freizeithosen und Pullover. Nichts Auffälliges, nichts, was andere eventuell vermissen könnten.

Im Flur an der Eingangstür fand er ihren Regenmantel und die Schultertasche. Mensch sah auf seine Uhr. Es war halb acht, Zeit zum Gehen. Er musste noch die Ziegel einsetzen und zumauern. Er sah sich um und wollte sich vergewissern, dass er nichts vergessen hatte. Da fiel sein Blick auf die schiefe Lamelle im Wohnzimmer. Ein heftiger Schmerz durchzuckte ihn; ihm wurde übel. Dieser Anblick war ihm schlicht und ergreifend unerträglich.

Mensch legte die Kleidung, die Handtasche und den Müllbeutel auf den Boden. Mit schnellen, entschlossenen Schritten war er am Fenster und besah sich die Lamelle.

Die Schnur war zwar gerissen, aber wohl noch lang genug, um sie wieder zusammenzubinden und die Lamelle auszurichten. Erleichtert seufzte er, als er fertig war. Die Lamelle stand jetzt wieder akkurat parallel zu den anderen.

Nun ging es ihm wesentlich besser. Er hob Brees Mantel, die Schultertasche, ihre Kleidung und den Müllbeutel auf.

Zwei Minuten später war er in seinem Keller und setzte die Steine wieder ein.

Erst glaubte Bree, sie befände sich in einem Albtraum – einem Disney-World-Albtraum. Als sie die Augen aufschlug, fiel ihr Blick als Erstes auf die mit gleichförmigen braunen Latten bemalte Wand. Der Raum war klein, nicht größer als zwei mal drei Meter. Sie selbst lag auf einer leuchtend gelben Plastikmatratze. Sie war weich, als wäre sie ausgepolstert. Etwa einen Meter unterhalb der Decke waren die Latten mit einem gelben Band verbunden, das wohl eine Art Geländer darstellen sollte. Und über diesem Band war die Wand mit Abziehbildern zugeklebt: Mickey Mouse, Aschenputtel, Kermit der Frosch, Miss Piggy, Dornröschen.

Plötzlich wurde ihr bewusst, dass sie einen Knebel im Mund hatte. Sie wollte ihn entfernen, konnte aber den Arm nur wenige Zentimeter bewegen. Irgendwie waren ihre Arme und Beine gefesselt.

Allmählich ließ ihre Benommenheit nach. Wo war sie? Was war geschehen? Panik überkam sie, als sie sich daran erinnerte, wie sie sich umgedreht und ihren Nachbarn in der Küche gesehen hatte. Wohin hatte er sie gebracht? Wo war sie jetzt?

Langsam sah sie sich mit schreckgeweiteten Augen um. Der Raum ähnelte einem übergroßen Laufstall. Neben ihr lag ein Stapel Kinderbücher, die alle recht dünn waren, mit Ausnahme des dicken Bandes ganz unten. Sie las den Titel: *Grimms Märchen*.

Wie war sie hierher gekommen? Sie erinnerte sich, dass sie sich für ihren Gerichtstermin hatte fertigmachen wollen. Sie hatte das Kostüm aufs Bett gelegt. Es war noch ganz neu. Sie wollte gut aussehen, allerdings – um ehrlich zu sein – mehr für Kevin als für den Richter. Das zumindest konnte sie sich jetzt eingestehen.

Kevin. Natürlich würde er sie suchen, wenn sie im Gericht nicht auftauchte. Er würde herausfinden, dass ihr etwas zugestoßen sein musste.

Auch Ica, ihre Haushälterin, würde nach ihr suchen. Sie

kam immer am Montag. Sie würde wissen, dass etwas nicht stimmte. Sie hatte die Kaffeetasse fallen lassen, erinnerte sie sich. Die Tasse war auf dem Küchenboden zersprungen, als Mensch sie gepackt und ihr die Nadel in den Arm gerammt hatte. Ica musste wissen, dass sie nie verschütteten Kaffee und eine zerbrochene Tasse auf dem Boden liegen lassen würde, damit ihre Haushälterin alles aufwischen und wegräumen musste.

Als ihr Kopf klarer wurde, erinnerte sie sich, Schritte auf der Kellertreppe gehört zu haben. Beim Gedanken, dass er durch den Keller gekommen war, kroch die Angst in ihr hoch. Aber wie? Ihre Kellertür war doch abgesperrt und gesichert, das Fenster verriegelt.

Panik überkam sie. Das alles war nicht einfach so »passiert«, das alles war sorgfältig geplant worden. Sie wollte schreien, brachte aber nur einen erstickten Laut heraus. Dann versuchte sie zu beten und wiederholte immer nur den gleichen Satz: »*Bitte, Gott, mach, dass Kevin mich findet.*«

Dienstag, am Spätnachmittag, erhielt Kevin einen besorgten Anruf von der Agentur, bei der Bree beschäftigt war. Ob er von ihr gehört habe? Seit gestern, Montag, sei sie nicht mehr zur Arbeit erschienen und habe auch nicht angerufen. Man sei davon ausgegangen, dass sie den ganzen Tag am Gericht festgehalten worden sei, nun aber mache man sich Sorgen.

Eine Viertelstunde später beobachtete August Mensch durch einen Spalt in den Vorhängen, wie Kevin Carter bei Bree Matthews klingelte.

Dann stand Carter im Vorgarten und warf durch die

Scheibe des Wohnzimmerfensters einen Blick nach drinnen. Halb erwartete Mensch, dass Carter auch bei ihm klingeln würde, aber das geschah nicht. Stattdessen schien er einige Minuten unentschlossen zu sein, wusste nicht recht, was er tun sollte, bevor er durch das Fenster der Garage sah. Der Wagen, wie Mensch wusste, war noch da. Irgendwie wäre es ihm lieber gewesen, wenn er ihn ebenfalls hätte beiseiteschaffen können, aber das war nicht möglich gewesen.

Er sah Carter hinterher, als dieser langsam zu seinem Wagen zurückging und fortfuhr. Mit einem zufriedenen Lächeln ging Mensch in den Flur, stieg die Kellertreppe hinunter und genoss schon jetzt den Anblick, der ihn dort erwarten würde. Wie immer bewunderte er seine ordentlich in Regalen aufgereihten Farb- und Bohnerwachsdosen und die akkurat an Aufhängeplatten angebrachten Werkzeuge.

Schneeschaufeln verdeckten den Mauerabschnitt, den er aufgebrochen hatte, um sich Zugang zu Brees Keller zu verschaffen. Der Mörtel war mittlerweile getrocknet, er hatte ihn sorgfältig mit den trockenen, beim Freilegen abgeblätterten Mörtelbruchstücken verschmiert. Nichts wies mehr darauf hin, dass sich hier noch vor Kurzem eine Öffnung befunden hatte. Weder hier noch an Brees Seite. Davon war er überzeugt.

Dann durchquerte er den Heizungsraum und trat in das geheime Zimmer.

Bree lag auf der Matratze, noch immer war sie an Armen und Beinen gefesselt. Sie blickte zu ihm auf, und er sah, wie sich in ihre Wut allmählich die Angst schlich und dort festsetzte. Das war nicht unklug.

Sie trug einen Sweater und eine Freizeithose, Sachen, die er ihr aus ihrem Schrank mitgebracht hatte.

Er kniete sich vor sie hin und nahm ihr den Knebel aus dem Mund. Ein Seidenschal, der so gebunden war, dass er nicht zu fest saß und keinen Abdruck hinterließ. »Dein Freund hat gerade nach dir gesucht«, sagte er ihr. »Er ist jetzt wieder fort.«

Er lockerte die Arm- und Beinfesseln. »Welches Buch möchtest du mir heute vorlesen, Mommy?«, fragte er und hatte dabei plötzlich eine kindlich hohe, flehentliche Stimme.

Am Donnerstagmorgen saß Kevin im Büro des FBI-Agenten Lou Ferroni. Überall in der Hauptstadt blühten die Kirschbäume, aber er bemerkte sie kaum, als er aus dem Fenster sah. Er nahm alles wie durch einen Schleier wahr, was besonders auf die letzten beiden Tage zutraf: auf seinen verzweifelten Anruf bei der Polizei, die Fragen, die Anrufe bei Brees Familie, bei ihren Freunden, die plötzliche Einbeziehung des FBI. Was hatte Ferroni eben gesagt? Kevin musste sich zwingen, ihm zuzuhören.

»Sie dürfte lange genug verschwunden sein, damit sie als vermisst gemeldet werden kann«, sagte der Bundesbeamte. Ferroni, der mit seinen dreiundfünfzig Jahren nicht mehr lange auf seine Pensionierung warten musste, wurde klar, dass er solche Blicke wie jetzt bei Carter in den vergangenen achtundzwanzig Jahren viel zu oft gesehen hatte. Immer waren es die Hinterbliebenen, die ihn so ansahen, so voller Entsetzen, so voller Angst, dass der Mensch, den sie liebten, vielleicht nicht mehr am Leben war.

Carter – er war der Freund oder Exfreund. Er hatte freimütig zugegeben, dass er und Matthews eine fürchterliche Auseinandersetzung gehabt hatten. Ferroni strich ihn nicht von der Liste der Verdächtigen, aber er hielt es für unwahrscheinlich, dass er etwas damit zu tun hatte, außerdem war sein Alibi bestätigt worden. Bridget oder Bree, wie ihre Freunde sie nannten, war am Samstag zu Hause gewesen, so viel wusste man. Bislang hatten sie aber niemanden finden können, der sie am Sonntag gesehen oder mit ihr gesprochen hätte. Und am Montag war sie nicht zu ihrem Gerichtstermin erschienen.

»Gehen wir noch mal alles durch«, schlug Ferroni vor. »Sie sagen, Miss Matthews' Haushälterin war überrascht gewesen, dass das Bett und der Abwasch gemacht waren, als sie am Montagmorgen im Haus erschien?« Er hatte bereits mit der Haushälterin gesprochen, wollte aber sehen, ob Carters Geschichte vielleicht irgendwelche Unstimmigkeiten aufwies.

Kevin nickte. »Als mir klar wurde, dass Bree verschwunden ist, habe ich sofort Ica angerufen. Sie hat einen Schlüssel für das Haus. Ich habe sie abgeholt, und sie hat mich reingelassen. Natürlich war Bree nicht da. Ica hat erzählt, ihr sei es am Montag seltsam vorgekommen, dass das Bett gemacht und alles Geschirr abgewaschen war. Das sei nicht normal. Bree macht am Montag nie das Bett, weil es Ica am Montag in der Regel abzieht. Das könnte also nur bedeuten, dass Bree am Sonntag gar nicht zu Hause geschlafen hat. Somit wäre es also auch möglich, dass sie irgendwann zwischen Samstag und Sonntagabend verschwunden ist.«

Ferronis Intuition sagte ihm, dass Kevin Carter ihm

nichts vormachte. Das Elend, das sich in seiner Miene spiegelte, schien echt zu sein. Wenn er es also nicht war, wer dann? Gegen Richie Ombert, dem von Matthews verklagten Bauunternehmer, lagen mehrere Anzeigen von unzufriedenen Kunden wegen Beleidigung und Bedrohung vor.

Bei Renovierungs- und Bauarbeiten konnten die Emotionen schnell mal überkochen. Ferroni wusste ein Lied davon zu singen. Seine Frau hatte kurz davorgestanden, den Typen, der für den Anbau an ihrem Haus zuständig gewesen war, eigenhändig zu erwürgen. Ombert allerdings schien noch schlimmer zu sein. Er hatte etwas Niederträchtiges an sich und musste im Moment wohl als der Hauptverdächtige beim Verschwinden von Bridget Matthews gelten.

Dazu gab es aber einen weiteren Aspekt, von dem Ferroni Carter bislang nichts erzählt hatte. Der Computer des VICAP, des FBI-Programms zur Erfassung von Gewaltkriminalität, hatte mehrere weitere Fälle mit vermisst gemeldeten jungen Frauen ausgespuckt. Es begann etwa zehn Jahre zuvor in Kalifornien, wo eine junge Kunststudentin verschwunden war. Ihre Leiche war drei Wochen später aufgetaucht; die junge Frau war erdrosselt worden. Das Seltsame an der Sache war nur: Als die Leiche des Opfers gefunden wurde, trug sie die gleiche Kleidung wie bei ihrem Verschwinden, allerdings waren die Sachen frisch gewaschen und gebügelt. Ansonsten gab es, von der Todesursache einmal abgesehen, keinerlei Anzeichen von Gewaltanwendung. Aber wo hatte sich das Opfer in diesen drei Wochen aufgehalten?

Der nächste Fall ereignete sich in Arizona und wies

verblüffende Ähnlichkeiten auf. Es folgte einer in New Mexico, dann Colorado ... North Dakota ... Wisconsin ... Kansas ... Missouri ... Indiana ... Ohio ... Pennsylvania ... Und schließlich, ein halbes Jahr zuvor, war hier in Washington, D.C., eine Kunststudentin namens Tiffany Wright verschwunden. Drei Wochen später hatte man ihre Leiche aus einem Kanal gefischt, aber da hatte sie nur ganz kurz gelegen. Auch ihre Kleidung, die durch den Aufenthalt im Wasser natürlich in Mitleidenschaft gezogen worden war, schien zuvor frisch gewaschen worden zu sein. Das einzig Ungewöhnliche waren aber hier schwache rote Farbspritzer, die auf der Bluse noch sichtbar waren – Spuren von Ölfarben, wie sie Künstler benutzen.

Dieser kleine Hinweis hatte sie dazu veranlasst, sich unter Kunststudenten umzusehen. Es war das erste Mal, dass die Frauenkleider Flecken oder einen Riss oder ein Loch aufwiesen. Bislang hatten ihre Ermittlungen aber zu nichts geführt. Die Wahrscheinlichkeit war hoch, dass das Verschwinden von Bridget Matthews mit dem Fall von Tiffany Wright überhaupt nichts zu tun hatte. Es wäre eine auffällige Abweichung in der Vorgehensweise dieses Serienmörders, der bislang in einer Stadt nie zweimal zugeschlagen hatte – aber vielleicht änderte er ja gerade seine Gewohnheiten.

»Interessiert sich Miss Matthews zufällig für Kunst?«, fragte Ferroni. »Hat sie vielleicht in ihrer Freizeit Malunterricht genommen?«

Kevin massierte sich die Stirn und versuchte die Schmerzen zu lindern, die ihn an das bislang einzige Mal in seinem Leben erinnerten, an dem er zu viel getrunken hatte.

Bree, wo steckst du?

»So weit ich weiß, hat sie so was nie gemacht. Bree interessiert sich eher für Musik und fürs Theater. Wir sind ziemlich oft ins Kennedy Center gegangen. Vor allem mochte sie Konzerte.«

Mochte?, dachte er. Warum benutze ich die Vergangenheitsform? Nein, um Himmels willen, nein!

Ferroni sah auf seine Notizen. »Mr. Carter, ich möchte das alles noch mal durchgehen. Es ist wichtig. Sie sind mit dem Haus vertraut. Vielleicht ist Ihnen etwas aufgefallen, als Sie es mit der Haushälterin betreten haben.«

Kevin zögerte.

»Was ist?«, fragte Ferroni.

Kevin starrte ihn nur an. Dann schüttelte er den Kopf. »Ja, *irgendetwas* war anders, so ist es mir jedenfalls vorgekommen. Aber im Moment komme ich nicht drauf.«

Wie lange bin ich schon hier?, fragte sich Bree. Sie hatte jegliches Zeitgefühl verloren. Drei Tage? Fünf? Alles verschmolz ineinander. Mensch war soeben mit dem Frühstückstablett gegangen. Bald würde er wiederkommen, damit sie ihm vorlesen konnte.

Er folgte einem strengen Zeitplan. Am Morgen brachte er ihr frische Kleidung, eine Bluse oder Pullover, Jeans oder eine Freizeithose. Offensichtlich hatte er ihren Schrank durchwühlt, nachdem er sie betäubt hatte. Er hatte nur bequeme Sachen ausgesucht, die man auch leicht waschen konnte.

Dann löste er ihr die Handfesseln, verband die Fußfesseln miteinander und führte sie so ins Badezimmer, legte die neuen Sachen auf einen Stuhl und sperrte sie ein. Kurz darauf hörte sie den Staubsauger.

Sie hatte ihn sich eingehend betrachtet. Er war dünn, aber trotzdem stark. Je angestrengter sie überlegte, wie sie ihm entkommen könnte, desto mehr war sie davon überzeugt, dass sie es nicht schaffen würde. Die Fußfesseln erlaubten nur kleine Trippelschritte, sie konnte ihm also kaum weglaufen. Und sie hatte nichts, um ihn so lange außer Gefecht zu setzen, damit sie nach oben und auf die Straße hinaus konnte.

Sie wusste nämlich, wo sie sich befand – im Keller seines Hauses. Die Wand rechts war die gemeinsame Wand zwischen ihren beiden Haushälften. Sie musste daran denken, wie sehr sie sich aufgeregt hatte, als an dieser Wand die ersten Wasserflecken zu sehen gewesen waren. Nicht an den Tapeten, sondern an den *Wandbehängen,* wie Bree sich erinnerte, worauf sie beinahe in hysterisches Gelächter ausgebrochen wäre.

Die Polizei muss mich doch mittlerweile suchen, dachte sie. Kevin wird ihnen erzählen, dass ich Mensch verdächtigt habe, schuld an meinem undichten Dach zu sein. Sie werden ihn in ihre Ermittlungen miteinbeziehen und feststellen, dass er etwas Unheimliches an sich hat. Das kann ihnen doch nicht entgehen.

Werden Mom und Dad Großmutter erzählen, dass ich vermisst werde? Um Himmels willen, sie müssen es ihr unbedingt verschweigen. Der Schock wäre viel zu groß für sie.

Sie musste fest daran glauben, dass die Polizei sich irgendwann mit Mensch befassen würde. Es war doch so offenkundig, dass er sie entführt hatte. Darauf mussten sie doch von allein kommen. Klar, hier in dieser Zelle hatte sie natürlich nicht die geringste Ahnung, was draußen vor sich ging und was sich die jeweiligen Beteiligten dachten. Aber jemand musste sie mittlerweile als vermisst gemeldet haben – davon war sie überzeugt. Nur, wo würde man sie suchen? Das wusste sie nicht, und solange Mensch seinen üblichen Tagesablauf nicht radikal änderte, würde kaum jemand erfahren, dass sie hier war. Nein, sie musste warten und hoffen. Und am Leben bleiben. Und um am Leben zu bleiben, musste sie ihn beschwichtigen, bis Hilfe eintraf. Solange sie ihm seine Kinderbücher vorlas, schien er zufrieden zu sein.

Vergangenen Abend hatte sie ihm eine Liste mit Büchern von Roald Dahl gegeben, die er ihr besorgen sollte. Er hatte sich sehr erfreut darüber gezeigt. »Keiner von meinen Gästen war bislang so nett zu mir wie du«, hatte er gesagt.

Was hatte er mit den anderen Frauen gemacht? Denk nicht daran, ermahnte sie sich – es beunruhigt ihn, wenn du ihm deine Angst zeigst. Das war ihr aufgefallen, als sie das eine Mal schluchzend vor ihm zusammengebrochen war und ihn angefleht hatte, sie freizulassen – vor ein paar Tagen, als er erzählt hatte, die Polizei habe bei ihm geklingelt und sich danach erkundigt, wann er Miss Matthews zum letzten Mal gesehen habe.

»Ich hab ihnen gesagt, am Samstag so gegen zwei Uhr, als ich vom Supermarkt gekommen bin, da hab ich dich rausgehen sehen. Sie haben gefragt, was du anhattest. Es war bewölkt, hab ich ihnen gesagt, und du hättest einen knallgelben Regenmantel und Jeans getragen. Das wäre sehr hilfreich gewesen, haben sie mir gesagt und sich bedankt«, hatte er ihr in seinem Singsang erzählt.

Da war sie hysterisch geworden.

»Du machst zu viel Lärm«, hatte er sie angefaucht, hatte ihr eine Hand auf den Mund gelegt und mit der anderen über ihren Hals gestrichen. Einen Augenblick lang hatte sie geglaubt, er wolle sie erwürgen. Dann aber hatte er gezögert und gesagt: »Versprich, dass du leise bist, dann darfst du mir auch wieder vorlesen. Bitte, Mommy, nicht weinen.«

Seitdem hatte sie es geschafft, ihre Gefühle unter Kontrolle zu halten.

Bree wappnete sich. Sie spürte, dass er jeden Moment zurückkommen konnte. Dann hörte sie die Klinke. O Gott, bitte, mach, dass sie mich finden.

Mensch kam herein. Es war ihm anzusehen, dass er aufgewühlt war. »Mein Vermieter hat angerufen«, sagte er. »Laut Mietvertrag hat er das Recht, zwei Wochen vor Beendigung des Mietverhältnisses das Haus anderen Interessenten zu zeigen. Das wäre schon am Montag. Jetzt ist Freitag. Und ich muss noch alles rausreißen und die Wände hier und die Wände im Badezimmer streichen und ihnen Zeit geben zum Trocknen. Dafür wird das ganze Wochenende draufgehen. Das ist also unser letzter gemeinsamer Tag, Bridget. Es tut mir sehr leid. Ich gehe jetzt und kaufe noch ein paar Bücher, aber wahrscheinlich solltest du dich mit dem Vorlesen etwas beeilen ...«

Am Freitagmorgen um zehn Uhr fand sich Kevin erneut in Lou Ferronis Büro im FBI-Gebäude ein.

»Aufgrund der Publicity, die der Fall bekommen hat, wissen wir ziemlich gut Bescheid, was Miss Matthews am Samstag getan hat«, erzählte ihm Ferroni. »Mehrere Nachbarn haben sie am Samstag gegen zwei Uhr auf der

Straße gesehen und bestätigt, dass sie einen gelben Regenmantel und Jeans und eine Schultertasche getragen hat. Der Regenmantel und die Tasche fehlen im Haus. Wir wissen nicht, was sie am Nachmittag gemacht hat, später jedenfalls war sie in Georgetown im Antonio's allein beim Essen und hat schließlich die Neun-Uhr-Vorstellung des neuen Batman-Films im Beacon Theater besucht.«

Bree war am Samstagabend allein beim Essen gewesen, dachte Kevin. Genau wie ich. Und sie mag tatsächlich diese abgefahrenen Batman-Filme. Wir haben darüber gelacht. Ich kann diese Filme ja nicht ausstehen, aber ich hab ihr versprochen, mir mal einen mit ihr anzusehen.

»Danach scheint niemand mehr Miss Matthews gesehen zu haben«, fuhr Ferroni fort. »Aber uns liegt noch eine nicht ganz unbedeutsame Information vor. Nach unseren Erkenntnissen hat der von ihr verklagte Bauunternehmer nämlich dieselbe Filmvorführung besucht wie sie. Er behauptet, danach sofort nach Hause gefahren zu sein, aber das kann niemand bestätigen. Er scheint seit Kurzem von seiner Frau getrennt zu leben.«

Ferroni verschwieg geflissentlich, dass der Bauunternehmer sich lauthals gebrüstet hatte, was er mit der Lady alles anstellen wolle, die ihn wegen dieser »dämlichen undichten Stelle« vor Gericht gezerrt hatte.

»Wir konzentrieren uns im Moment auf die These, dass Miss Matthews in dieser Nacht nicht mehr nach Hause gekommen ist. Hat sie häufiger die U-Bahn statt ihr Auto genommen?«

»Die U-Bahn oder ein Taxi, wenn sie direkt irgendwohin musste. Die Parkplatzsuche war ihr immer zu nervig.« Ferroni schien sich mehr und mehr auf Richie Ombert als

Täter einzuschießen. Kevin dachte an Ombert im Gericht am Montagmorgen. Er war mürrisch und verärgert und dann außer sich vor Freude gewesen, als der Richter die Klage abgewiesen hatte.

Ombert hatte ihm nichts vorgemacht, dachte Kevin. Er schien wirklich überrascht und erleichtert gewesen zu sein, als Bree nicht auftauchte. Nein, Ombert war es nicht. Kevin schüttelte den Kopf und ging noch einmal alles Punkt für Punkt durch.

Plötzlich aber war ihm, als bekäme er keine Luft. Er musste hier raus. »Sonst gibt es keine Spuren?«, fragte er Ferroni.

Der FBI-Agent dachte an die kurz in Erwägung gezogene Theorie, wonach Bree Matthews von einem Serienmörder entführt worden sein könnte. »Nein«, antwortete er entschieden und fügte hinzu: »Wie geht es Miss Matthews' Familie? Ist ihr Vater nach Connecticut zurückgekehrt?«

»Er musste abreisen, aber wir stehen in ständigem Kontakt. Brees Großmutter hat am Dienstagabend einen leichten Herzinfarkt erlitten. Einer dieser schrecklichen Zufälle. Brees Mutter ist bei ihr. Sie können sich vorstellen, in welcher Verfassung sie sich befindet. Deswegen musste Brees Vater zurück.«

Ferroni schüttelte den Kopf. »Das tut mir leid. Ich wünschte mir, wir hätten Positiveres zu berichten.« Irgendwie wäre es besser, dachte er, wenn sie davon ausgehen könnten, dass der besagte Serientäter Matthews in seiner Gewalt hätte. Denn alle von ihm entführte Frauen hatten noch einige Wochen nach ihrem Verschwinden gelebt. Damit würde ihnen wenigstens noch etwas Zeit bleiben.

Kevin stand auf. »Ich fahre zu Brees Haus. Ich werde jeden anrufen, den ich in ihrem Adressbuch finde.«

Ferroni sah ihn erstaunt an.

»Ich möchte herausfinden, ob jemand mit ihr am Sonntag gesprochen hat«, erklärte Kevin.

»Wie gesagt, nachdem der Fall einige Aufmerksamkeit auf sich gezogen hat, sollten sich in den letzten Tagen seit ihrem Verschwinden doch alle ihre Freunde gemeldet haben, wenn sie noch Kontakt mit ihr gehabt hätten«, wandte Ferroni ein. »Wie hätten wir sonst herausfinden können, was sie am Samstag gemacht hat?«

Kevin erwiderte nichts darauf.

»Was ist mit ihrem Anrufbeantworter? Waren Nachrichten aufgezeichnet?«

»Nicht vom Sonntag. Oder wenn, dann sind sie gelöscht worden«, erwiderte Ferroni. »Zunächst dachten wir, wir könnten diese Tatsache als wichtiges Indiz einstufen, aber sie hätte ja von unterwegs selbst anrufen und sich die Nachrichten über die Fernabfrage anhören und dann löschen können.«

Kevin schüttelte den Kopf. Er musste wirklich hier raus. Er hatte Ica versprochen, sie nach seinem Treffen mit Ferroni anzurufen, nun aber beschloss er, noch etwas zu warten und sich erst bei ihr zu melden, wenn er schon in Brees Haus war. Er musste unbedingt dorthin, irgendwie fühlte er sich Bree näher, wenn er sich in ihrer vertrauten Umgebung aufhielt.

Ihr Nachbar, der kleine Typ mit dem Pferdeschwanz, kam gerade die Straße entlang, als Kevin vor dem Haus den Wagen abstellte. Er hatte die Einkaufstüte einer Buchhandlung bei sich. Ihre Blicke trafen sich, aber keiner sagte etwas. Der Nachbar nickte bloß und ging seine Einfahrt hoch.

Könnte er nicht wenigstens so viel Anstand haben, sich nach Bree zu erkundigen?, dachte Kevin verbittert. Aber wahrscheinlich ist er zu sehr mit dem Fensterputzen oder Rasenmähen beschäftigt, da sind ihm andere Menschen dann wohl eher egal.

Oder er ist zu schüchtern, um zu fragen. Vielleicht hat er Angst, was er in dem Fall zu hören bekäme. Kevin holte den Schlüssel heraus, den Ica ihm gegeben hatte, trat ein und rief sie an.

»Könnten Sie vielleicht rüberkommen?«, fragte er. »Irgendetwas in der Wohnung stört mich, irgendwie habe ich das Gefühl, dass etwas nicht stimmt, aber ich komme einfach nicht drauf. Vielleicht können Sie mir ja auf die Sprünge helfen.«

Er starrte aufs Telefon. Bree gehörte zu den wenigen ihm bekannten Frauen, die ein Telefon in bestimmten Fällen als aufdringliche Störung betrachteten. »Zu Hause haben wir während des Essens immer den Apparat stumm gestellt«, hatte sie ihm einmal erzählt. »So ist es viel kultivierter.«

· So kultiviert, dass wir jetzt nicht wissen, ob am Sonntag jemand mit dir gesprochen hat, dachte Kevin. Er sah sich um. Es muss doch irgendwas geben, was ihnen weiterhelfen könnte, sagte er sich. Und warum war er so fest davon überzeugt, dass der Bauunternehmer als Täter nicht infrage kam?

Rastlos ging er auf und ab und blieb schließlich vor der Eingangstür stehen. Der Gegensatz zur gemütlichen Küche und dem Aufenthaltsraum war frappierend. Wegen des Wasserschadens waren hier wie im Speisezimmer die Möbel und der Teppich mit Plastikplanen abgedeckt und jeweils in die Mitte des Raums geschoben.

Die elfenbeinfarbene, fein gestreifte Tapete – der *Wandbehang,* wie Bree immer sagte – war fleckig und hatte sich gewellt.

Kevin erinnerte sich, wie glücklich Bree gewesen war, als drei Monate zuvor die Inneneinrichtung abgeschlossen war, wie sie dachte. Sie hatten damals sogar von Heirat gesprochen und im selben Atemzug Brees Stadthaus und das wunderbare alte Farmhaus in Virginia erwähnt, das er für die Wochenenden erworben hatte.

Wir waren verdammt noch mal zu zurückhaltend gewesen, um uns festzulegen, haderte er. Aber nicht zurückhaltend genug, um uns wegen irgendwelchen Nichtigkeiten zu streiten. Wie lächerlich ihm das jetzt vorkam.

Er dachte daran, wie er hier mit ihr gesessen hatte, in dem Raum, in dem die warmen Elfenbein-, Rot- und Blautöne des Perserteppichs von der neu bezogenen Couch und den Sesseln aufgegriffen wurden. Und Bree hatte in diesem Moment zum Lamellenvorhang gezeigt.

»Ich kann diese Dinger nicht mehr sehen«, hatte sie gesagt. »Die eine lässt sich noch nicht mal richtig schließen. Aber bevor ich neue Vorhänge besorge, möchte ich alles andere fertig haben.«

Der Lamellenvorhang. Er blickte auf.

Das Klingeln an der Tür riss ihn aus seinen Gedanken. In der Miene der hübschen jamaikanischen Frau spiegelte sich sein eigener Kummer. »Ich habe die ganze Woche keine zwei Stunden am Stück geschlafen«, sagte sie.

»Und Sie sehen mir aus, als wäre es Ihnen nicht viel anders ergangen.«

Kevin nickte. »Ica, irgendetwas im Haus stört mich, ständig habe ich das Gefühl, dass mir etwas auffallen sollte, aber ich kriege es einfach nicht zu fassen.«

»Seltsam, dass Sie das sagen, mir geht es genauso. Ich habe es darauf geschoben, dass das Bett gemacht und das Geschirr gespült war. Wenn Bree am Samstag nicht nach Hause gekommen ist, wäre das eine Erklärung. Sie hat das Haus nie unaufgeräumt verlassen.«

Zusammen gingen sie die Treppe hinauf zum Schlafzimmer. Unsicher sah sich Ica darin um. »Das Zimmer hat sich anders angefühlt, als ich am Montag gekommen bin, anders als sonst«, sagte sie zögernd.

»Inwiefern?«

»Es war ... na ja, es war viel zu ordentlich.« Ica ging zum Bett. »Diese drei Kissen. Bree hat sie immer einfach nur hingeworfen, so wie jetzt auch.«

»Was wollen Sie damit sagen?« Unwillkürlich fasste Kevin sie am Arm.

»Alles hier war ... zu aufgeräumt. Ich hab das Bett abgezogen, obwohl es gemacht war, weil ich die Laken wechseln wollte. Ich hab die Laken und Decken richtig rausziehen müssen, so fest waren sie reingestopft. Und die Kissen auf der Tagesdecke haben wie kleine Soldaten aufgereiht vor dem Kopfbrett gestanden.«

»Noch etwas? Bitte reden Sie weiter, Ica. Vielleicht hilft uns das.«

»Ja«, fuhr Ica aufgeregt fort. »Letzte Woche hat Bree einen Topf überkochen lassen. Ich hab ihn, so gut es ging, sauber gemacht und ihr einen Zettel hingelegt, dass ich

Stahlwolle und Scheuermilch besorgen werde, um ihn beim nächsten Mal zu putzen. Aber am Montagmorgen stand der Topf auf dem Herd, und er war blitzeblank. Ich kenne doch meine Bree, sie hätte ihn nie angerührt. Sie hat mir gesagt, ihre Hände werden ganz rissig von so starken Putzmitteln. Kommen Sie, ich zeige ihn Ihnen.«

Sie gingen in die Küche hinunter, wo sie den glänzenden Topf aus dem Schrank nahm.

»Nicht ein Kratzer am Boden«, sagte sie. »Man könnte meinen, er wäre nagelneu.« Sie sah zu Kevin. »Das alles passt nicht zusammen. Das Bett war zu ordentlich. Der Topf ist zu sauber.«

»Und ... die Lamelle im Fenster ist repariert«, rief Kevin aus. »Sie steht exakt parallel zu den anderen.«

Jetzt wusste er, was ihn gestört hatte. Er hatte es die ganze Zeit gespürt, aber die Veränderung war so gering gewesen, dass sie ihm nicht bewusst aufgefallen war. Nun aber sah er es vor sich, und sofort musste er an den Nachbarn denken, den stillen Typen mit dem Pferdeschwanz, der immer am Fensterputzen war oder beim Rasenmähen oder beim Fegen des Bürgersteigs.

Was wusste man über ihn? Hätte er geklingelt, hätte Bree ihn wahrscheinlich reingelassen. Und er hatte angeboten, die Lamelle zu reparieren – Bree hatte es erwähnt. Kevin zog Ferronis Visitenkarte aus der Tasche und reichte sie Ica. »Ich gehe mal nach nebenan. Sagen Sie Ferroni, er soll so schnell wie möglich hierher kommen.«

»Nur ein Buch noch. Zu mehr haben wir keine Zeit mehr. Dann wirst du mich auch verlassen, Mommy. Genau wie die anderen, genau wie es alle auch gemacht haben.«

In den zwei Stunden, in denen sie ihm vorgelesen hatte, war Mensch allmählich vom lieben zum zornigen Kind geworden. Damit er den Mut aufbringt, mich zu töten, dachte sie sich.

Er saß im Schneidersitz neben ihr auf der Matratze.

»Aber ich möchte sie dir doch alle vorlesen«, sagte sie besänftigend. »Sie werden dir gefallen. Und morgen helfe ich dir beim Wändestreichen. Zu zweit geht das doch viel schneller, dann kann ich dir auch noch mehr vorlesen.«

Abrupt stand er auf. »Du willst mich bloß reinlegen. Du willst gar nicht bei mir bleiben. Du bist genau wie die anderen.« Er starrte sie mit wütenden Augen an. »Ich hab deinen Freund in dein Haus gehen sehen. Er ist zu neugierig. Es ist gut, dass du die Jeans anhast. Ich hab auch deinen Regenmantel und deine Tasche.« Er sah aus, als würde er gleich zu weinen anfangen. »Es ist keine Zeit mehr für ein weiteres Buch«, sagte er traurig.

Damit stürmte er davon. Ich werde sterben, schoss es Bree durch den Kopf. Verzweifelt zerrte sie an den Fuß- und Armfesseln. Dabei bemerkte sie, dass er vergessen hatte, sie wieder an der Wand anzuschließen. Er hatte gesagt, Kevin sei nebenan. Sie hatte einmal von Gedankenübertragung gehört, also schloss sie die Augen und konzentrierte sich: *Kevin, hilf mir. Kevin, ich brauche dich.*

Sie musste auf Zeit spielen. Wahrscheinlich würde sie nur eine einzige Chance haben, einen Moment der Überraschung. Sie würde die freischwingende Handschelle gegen seinen Kopf knallen lassen und ihn überrumpeln. Was würde sie damit gewinnen? Sie könnte ein paar Sekunden herausschlagen. Und dann? Wie konnte sie ihn aufhalten?

Ihr Blick fiel auf den Bücherstapel. Vielleicht gab es ja doch etwas. Sie packte sich das erste Buch und begann die Seiten herauszureißen, verteilte überall die Papierfetzen und ließ sie über die gelbe Matratze flattern.

Ich muss gewusst haben, dass es heute geschieht, dachte Mensch, als er Brees Regenmantel und Schultertasche aus dem Schlafzimmerschrank holte. Ich habe die Jeans und den roten Sweater herausgelegt, den sie am Samstag getragen hat. Wenn sie sie finden, wird es wie bei den anderen sein. Und wieder werden sie dieselben Fragen stellen: Wo war sie in der Zeit, in der sie vermisst wurde? Es würde ihm gefallen, darüber in der Zeitung zu lesen. Alle würden es wissen wollen, aber nur er kannte die Antwort.

Als er wieder unten an der Treppe war, klingelte es an der Tür. Es wurde sogar sturmgeläutet. Er legte die Tasche und den Regenmantel ab und blieb wie angewurzelt stehen. Sollte er aufmachen? Würde es verdächtig aussehen, wenn er nicht öffnete? Nein. Besser wäre es, sie gleich loszuwerden und sie dann schnell fortzuschaffen.

Mensch nahm den Regenmantel und eilte in den Keller hinunter.

Ich weiß, dass er da ist, dachte Kevin, er macht nur nicht auf. Ich muss irgendwie rein.

Ica kam über den Rasen gelaufen. »Mr. Ferroni ist unterwegs. Er sagt, Sie sollen auf jeden Fall auf ihn warten. Sie sollen nicht mehr klingeln. Er war ganz aufgeregt, als ich ihm erzählt habe, wie ordentlich alles war. Er hat gesagt, wenn es so ist, wie er vermutet, dann ist Bree noch am Leben.«

Aber Kevin war, als hörte er Bree nach sich rufen. Vor allem hatte er jedoch das Gefühl, ihm würde die Zeit davonlaufen und er müsste sofort in Menschs Haus. Er lief zum Wohnzimmerfenster und spähte hinein. Durch die Lamellen konnte er einen klinisch sauberen Raum erkennen und dahinter, wenn er den Kopf wandte, die Treppe im Flur. Und dann erstarrte er. Auf der untersten Stufe lag eine Ledertasche. Brees Schultertasche! Er erkannte sie; er hatte sie ihr selbst zum Geburtstag geschenkt.

Hektisch rannte er zum Bürgersteig, wo eine Mülltonne auf die Leerung wartete. Er schüttete den Inhalt kurzerhand auf die Straße und kehrte damit zum Fenster zurück. Er drehte sie um, kletterte hinauf, während Ica die Tonne festhielt, und trat die Scheibe ein. Das Fenster zersplitterte, er brach die scharfen Zacken heraus und sprang ins Zimmer. Dann spurtete er die Treppe hinauf und rief laut Brees Namen.

Nachdem er oben niemanden fand, kehrte er um, kam nach unten und öffnete die Eingangstür. »Ica, sagen Sie dem FBI, dass ich im Haus bin.«

Er suchte die Zimmer im Erdgeschoss ab, aber auch dort war niemand zu sehen.

Blieb nur noch ein Ort, wo er sie suchen konnte: im Keller.

Endlich hörte das Klingeln auf. Wer immer an der Tür gewesen war, er musste gegangen sein. Mensch wusste, dass Eile geboten war. Mit dem Regenmantel und einem Plastiktüte über dem Arm hastete er durch den Keller, durch den Heizungsraum und öffnete die Tür zum geheimen Zimmer.

Dann erstarrte er. Papierfetzen verunstalteten die gelbe Matratze. Matthews zerriss seine Bücher, seine Kinderbücher. »Aufhören!«, kreischte er.

Sein Kopf tat ihm weh, er hatte Schmerzen in der Brust, und seine Beklemmung raubte ihm den Atem. Was für eine Unordnung. Er würde alles aufräumen müssen!

Ihm wurde schwindlig, er bekam kaum noch Luft. Als würden die unzähligen Papierfitzelchen ihn ersticken! Erst wenn wieder alles sauber war, würde er wieder atmen können.

Und dann würde er sie töten. Langsam. Er rannte ins Badezimmer, packte sich einen Mülleimer, lief zurück und begann die zerrissenen Seiten und zerfetzten Bücher einzusammeln. Hektisch flogen seine Hände hin und her. Nach nur zehn Minuten war kein einziger Papierfetzen mehr zu sehen.

Er blickte sich um. Bree kauerte auf der Matratze. Er stand über ihr. »Du bist ein Schwein, genau wie meine Mommy. Und das hab ich mit ihr gemacht.« Mit der Plastiktüte in der Hand kniete er sich neben sie. In diesem Moment aber schwang sie den Arm nach oben, und die Handschelle an ihrem Gelenk krachte ihm ins Gesicht.

Er schrie auf. Kurz war er benommen, aber dann schloss knurrend die Finger um ihren Hals.

Auch der Keller war leer. Wo war sie?, dachte Kevin verzweifelt. Er wollte schon hinaus in die Garage laufen, als er irgendwo hinter dem Heizungsraum jemanden vor Schmerz aufheulen hörte. Gleich darauf folgte ein Schrei. Von einer Frau. Bree!

Einen Augenblick später wurde August Mensch, der

Bree Matthews den Hals zudrückte, der Kopf zurückgerissen, gleich darauf sorgte ein heftiger Schlag dafür, dass er in die Knie ging. Benommen schüttelte er den Kopf und sprang röchelnd auf. Bree packte ihn am Knöchel und brachte ihn aus dem Gleichgewicht, während Kevin ihn in den Würgegriff nahm. Zur gleichen Zeit verkündeten laute Schritte auf der Kellertreppe die Ankunft des FBI. Keine Minute später sah Bree in der schützenden Umarmung von Kevin, wie Mensch Handschellen angelegt wurden.

»Mal sehen, wie dir es gefällt, wenn *du* gefesselt wirst!«, schrie sie ihn an.

Zwei Tage darauf standen Bree und Kevin am Bett ihrer Großmutter in Connecticut. »Der Arzt hat gesagt, dass du wieder gesund wirst«, sagte Bree.

»Natürlich werde ich gesund. Aber jetzt Schluss mit diesem Gerede. Erzähl mir, wie es bei dir steht. Ich wette, du hast diesen Bauunternehmer vor Gericht so richtig zur Minna gemacht, oder?«

Bree grinste, als Kevin verdutzt die Stirn runzelte. »Ach, Großmutter, ich hab mich doch dafür entschieden, sein Angebot anzunehmen. Mir ist nämlich klar geworden, dass ich auf Streitereien eigentlich keine so große Lust habe.«

Sind wir uns nicht schon einmal begegnet?

Jack Carroll, stellvertretender Bezirksstaatsanwalt von Westchester County, überreichte dem Wachbeamten vor dem Haviland Hospital, einer psychiatrischen Klinik für gefährliche Straftäter, seine Papiere und wartete, bis sich das Tor öffnete.

Es war das passende Wetter, um eine Einrichtung für psychisch kranke Mörder zu besuchen, dachte er mit einem Anflug von Ironie, kühl und klamm, eine alles durchdringende Feuchtigkeit in der Luft, die einen bis ins Mark frösteln lässt. Außerdem war das Ganze höchstwahrscheinlich sowieso vergebens. Innerhalb von vier Monaten war es nun das vierte Mal, dass er sich hierher bemühte, um William Koenig zu verhören, einen Mann, den sie hier eingeliefert hatten, nachdem er wegen versuchten Mordes an der vierundzwanzigjährigen Emily Winters vor Gericht gestanden und für unzurechnungsfähig erklärt worden war. Zu seiner Verteidigung hatte er vorgebracht, dass sie in einer früheren Inkarnation seinen Tod verschuldet habe.

Jack Carroll konnte das Gefühl nicht loswerden, dass Koenig mehr war als nur ein verhinderter Mörder. Er war felsenfest davon überzeugt, dass Koenig hinter der Serie von ungelösten Mordfällen steckte, die sich in den letzten acht Jahren in Westchester County zugetragen hatten.

Aber leider gibt es dafür nicht den geringsten Beweis, dachte Jack grimmig, während er seinen Wagen auf den Parkplatz der Klinik fuhr. Und, wie immer, wurde er bei diesem Gedanken von einer Welle heiligen Zorns durchglüht.

Zum Glück war sein Chef, der Bezirksstaatsanwalt, bereit, ihn gewähren zu lassen. »Ich persönlich glaube ja, dass Sie nur Ihre Zeit verschwenden, Jack«, hatte er ihm in aller Offenheit erklärt, »aber ich muss sagen, dass Sie in den drei Jahren, die Sie jetzt bei uns sind, in den meisten Fällen mit Ihren Vermutungen verdammt richtig lagen. Wenn es Ihnen gelingen sollte, auch nur für einen einzigen von diesen Morden ein Geständnis von Koenig zu bekommen, werde ich Ihnen persönlich einen Orden umhängen.«

Jack kletterte aus seinem Wagen, schloss ab und lief mit langen Schritten den Weg entlang, der zum Haupteingang der Klinik führte. Es war ein Neubau, der von außen täuschend attraktiv wirkte mit seinen langen, schlitzförmigen Fenstern. Es gab zwar keine Gitterstäbe, doch nicht einmal ein Affe würde durch diese schmalen Fensteröffnungen passen, dachte er.

Im Innern betrat er einen großzügigen und geschmackvoll eingerichteten Empfangsbereich. Er hätte sich genauso gut im Bürogebäude eines gediegenen Unternehmens befinden können. Von strengen Sicherheitsvorkehrungen war weit und breit nichts zu sehen, und Jack hoffte nur, wie immer, wenn er hier war, dass das nicht bedeutete, es seien gar keine vorhanden.

Koenig sollte heute zum ersten Mal mit seiner neuen Psychiaterin zusammentreffen. Rhoda Morris, diejenige, die ihm nach seiner Verurteilung vor acht Monaten zugewiesen worden war, hatte gekündigt und war in den Privatsektor übergewechselt. Jack war über den Wechsel nicht unglücklich. Für sein Gefühl hatte sich Dr. Morris von Koenig einwickeln lassen. Er hatte die Hoffnung, dass die neue Psychiaterin, Dr. Sara Stein, älter und erfahrener sein würde.

Als er ihr Zimmer betrat, war er von ihrem Anblick sofort angetan. Dr. Stein war eine freundlich wirkende, etwas füllige Frau, die er auf Ende fünfzig schätzte, mit grauen Haaren und ebenmäßigen Gesichtszügen, die von intelligent blickenden braunen Augen dominiert wurden. Er spürte ihren taxierenden Blick und hoffte, dass ihr erster Eindruck von ihm ebenfalls günstig ausfallen würde.

Er wusste, dass sie einen achtundzwanzigjährigen, groß gewachsenen, rotblonden Mann mit einem jungenhaften Gesicht vor sich hatte. Er hoffte nur, dass sie ihn nicht für einen frischgebackenen College-Absolventen hielt, wie es einige Leute immer wieder taten.

Offensichtlich tat sie das nicht. »Freut mich, Sie kennenzulernen«, sagte sie lebhaft. »Wie Sie wissen, habe ich noch nicht persönlich mit William Koenig gesprochen. Nachdem ich seine Akte gelesen habe und von Ihrem Interesse an dem Fall erfuhr, habe ich beschlossen, meine erste Sitzung mit ihm in Ihrer Anwesenheit abzuhalten. Er weiß natürlich, warum Sie hier sind.«

Jack holte tief Luft. »Frau Doktor, ich bin hier, weil ich William Koenig für den gefährlichsten Insassen dieser Klinik halte.«

»Wir haben seinen Fall heute Morgen bei der Teambesprechung behandelt. Es besteht ein allgemeiner Konsens darüber, dass seine psychotischen Tendenzen durch sein Experimentieren mit früher gelebten Leben genährt wurden. Meine Kollegen können sich jedoch, wie Sie sich vermutlich schon gedacht haben, keinesfalls Ihrer Vermutung anschließen, dass Koenig ein vielfacher Mörder sein könnte.«

»Möglicherweise ist er das auch nicht, Dr. Stein. Andererseits, wenn ich recht habe, und es gelingt uns, ihn zu einem Geständnis zu bringen, würde das für die Familien von mindestens vier Mordopfern bedeuten, dass Ihre Ungewissheit ein Ende hat.«

Er machte eine Pause. »Ich gebe Ihnen ein Beispiel. Vor zwei Jahren ist eine ältere Frau in Dobbs Ferry in ihrem Haus erstickt, als absichtlich Feuer gelegt wurde. Seitdem machen ihre Verwandten einem zwölfjährigen Knaben aus der Nachbarschaft das Leben zur Hölle, bloß weil der ein paar Tage zuvor ein Lagerfeuer im nahe gelegenen Wald angezündet hatte. Sie verdächtigen ihn, auch das Feuer im Haus gelegt zu haben.«

»Ja, ja, sie brauchen jemanden, dem sie die Schuld geben können«, sagte sie. »Und das hat natürlich furchtbare Folgen für das arme Kind. Lassen Sie uns anfangen und Koenig hereinbitten.«

»Frau Doktor, versuchen Sie, ihn dazu zu bringen, über seine anderen vergangenen Leben zu reden. Wenn wir mehr darüber erfahren, könnten wir vielleicht Anhaltspunkte erhalten, warum er sich bestimmte andere Opfer ausgesucht haben könnte, an denen er sich rächen wollte.«

Sie nickte und drückte auf den Knopf an der Sprechanlage. »Sie können Koenig jetzt hereinbringen«, sagte sie.

»William, Staatsanwalt Carroll möchte mit Ihnen sprechen.«

»Ich habe bereits Ihrer Assistentin erklärt, Frau Doktor, dass ich nur über Sie mit ihm sprechen werde«, entgegnete Koenig in ruhigem Ton. »Ich werde ausschließlich über Sie auf seine Fragen antworten. Mir ist bekannt, dass meine Antworten gegen mich verwendet werden können. Ich möchte nicht, dass ein Anwalt anwesend ist. Mir ist auch bekannt, dass ich zu jeder Zeit mit der Beantwortung der Fragen aufhören kann. Ich erwarte nicht, dass in meinem Fall die ärztliche Schweigepflicht gilt. Sie sind neu hier, aber Mr. Carroll habe ich bereits einige Male gesehen. Ich werde nicht mehr direkt mit ihm sprechen. Gibt es sonst noch etwas?«

Dr. Stein blickte zu Jack Carroll, der den Kopf schüttelte.

»Nein, William«, sagte sie.

»Gut, dann sollten wir jetzt anfangen. Sie werden vom Staat gut bezahlt, um meine geistige Gesundheit zu untersuchen, Frau Doktor. Fangen Sie also an, Ihr Geld zu verdienen.«

William Koenig lächelte sanft, um seinen Worten die Schärfe zu nehmen. Innerlich zählte er bereits die Stunden bis zum Abend, doch in seinem Verhalten sollte nichts darauf hindeuten, dass dies sein letzter Tag innerhalb dieser Mauern war. Sein Fluchtplan war idiotensicher.

William hoffte, dass das Wetter weiterhin so grau und regnerisch sein würde, wenigstens noch den ganzen morgigen Tag. Von einem Wärter durch eine dicke Sicherheitsglasscheibe beobachtet, die gefesselten Hände im Schoß gefaltet, die Arme zusätzlich mit einem Gurt um die Taille gesichert, saß er in stummer Verachtung seiner neuen Psychiaterin, Dr. Stein, und seinem alten Gegner, Jack Carroll, gegenüber.

Hinter der Maske seines bemüht freundlichen Lächelns fand er Stein ziemlich unattraktiv, mit diesen Haarsträhnen, die sich aus dem Knoten an ihrem Hinterkopf gelöst hatten. Sie hatte sich nicht einmal geschminkt. Seine vorige Psychiaterin war hübsch gewesen. Er hatte sie gemocht, und sie war so entwaffnend naiv gewesen.

Carroll sah ziemlich gut aus, er war bestimmt ein Typ, hinter dem alle Mädchen auf der Schule her gewesen waren. Außerdem war er nicht dumm, er war der Einzige, der schlau genug war, um ihn, William Koenig, zu verdächtigen, hinter der Serie von ungelösten Mordfällen zu stecken.

Aber alles, was sie ihm hatten nachweisen können, war, dass er letzten Februar versucht hatte, Emily Winters zu erwürgen.

»William, ich hoffe, dass Sie sich mit mir wohlfühlen werden und mir helfen werden, Sie zu verstehen. Bitte erzählen Sie mir doch, mit Ihren eigenen Worten, was Sie dazu gebracht hat, Emily Winters zu überfallen.«

William wusste ganz genau, dass Stein seine Akte in allen Einzelheiten studiert hatte. Dennoch schmeichelte es ihm, als er registrierte, mit welch aufmerksamer Miene sie ihm zuhörte, als er zu erzählen begann – mit seinen eigenen Worten, ganz wie sie gewünscht hatte –, dass er im Jahre 1708 in seinem Leben als Simon Guiness in London gehängt worden war. Schuld war die Falschaussage von Kate Fallow gewesen, einer Frau, die von ihm besessen war.

»Sie hat ihren Mann getötet und es so aussehen lassen, als ob er auf dem Heimweg zu ihrem Landgut das Opfer eines Raubüberfalls geworden sei«, erklärte William mit todernster Stimme. »Und dann, als ich ihre Liebe zurückgewiesen habe, ist sie zum Richter gelaufen und hat behauptet, dass ich ihren Mann erstochen hätte, weil ich sie begehrte.«

Während er sprach, durchfuhr ihn ein Schaudern, als er sich an die schreckliche Zeit erinnerte, die darauf folgte. Sie hatten Kate Fallow geglaubt. Monatelang hatte er in einem feuchten und schmutzigen Rattenloch vegetiert, bevor schließlich die Hinrichtung seinem Leben als Simon Guiness ein Ende gesetzt hatte.

»Wann haben Sie zum ersten Mal die Gewissheit gehabt, schon einmal in der Vergangenheit gelebt zu haben, William?«

»Das war, als ich auf der Highschool war. Ich habe angefangen, mich für Parapsychologie zu interessieren, und es ist mir gelungen, mich selbst zu hypnotisieren und einen Weg in meine Vergangenheit zu finden.«

William sah Dr. Stein an, dass sie seine Fähigkeit, sich selbst zu hypnotisieren, anzweifelte. »Es ist nicht so schwer, wenn man sich konzentriert«, sagte er ärgerlich. »Sie setzen sich in einem verdunkelten Zimmer, in dem nur eine Kerze brennt, vor einen Spiegel. Mit einem Stift zeichnen Sie einen Punkt in die Mitte Ihrer Stirn, um das dritte Auge anzudeuten. Dann starren Sie im Spiegel auf diesen Punkt.« Er senkte die Stimme. »Dann werden Sie sehen, wie sich allmählich die Veränderung vollzieht und Sie Ihren Weg in die Vergangenheit finden.«

»Welche Veränderung, William?«

»Sie werden es im Spiegel sehen«, flüsterte er. »Ihr jetziges Ebenbild wird sich auflösen und verschwinden, genau wie bei mir. Andere Gesichter werden auftauchen, Gesichter von Menschen, die Sie in Ihren früheren Leben waren.«

Er warf einen kurzen Blick auf Jack Carroll. »Ihm habe ich das alles schon erklärt«, sagte er wieder zu Dr. Stein gewandt. »Ganz bestimmt hat er daraufhin auch mal ausprobiert, ob er sich selbst hypnotisieren kann. Und natürlich ist er gescheitert. Er ist zu vernünftig. Er kapiert es nicht.«

»Würde ich erfahren, was diesen Menschen in meinem früheren Leben zugestoßen ist, wenn ich mich selbst hypnotisieren könnte?«, fragte Dr. Stein.

»O ja, Frau Doktor, Sie würden sich an alle Einzelheiten erinnern.«

»An wie viele Leben können Sie sich erinnern, William?«

William starrte auf die grüne Wand hinter Dr. Steins Schreibtisch. Moosgrün. Er war sehr stolz darauf, dass er einzelne Farbtöne und -schattierungen unterscheiden und benennen konnte, nicht nur Grundfarben. Alle versuchten sie, ihn hereinzulegen. Sie wollten ihn dazu bringen, von den anderen Leben zu erzählen, die er gelebt hatte, und von der gerechten Strafe, die er jenen Menschen hatte zuteil werden lassen, die ihm in der Vergangenheit Unrecht zugefügt hatten.

Wenn ihr wüsstet, dachte William. Es gab noch elf andere.

Ein Lächeln spielte um seine Lippen, als er sich an die Erste in der Reihe erinnerte, eine alte Frau, der er vom Bahnhof zu ihrem Haus gefolgt war, weil er in ihr die Hexe erkannt hatte, die ihn damals in Salem mit einem Fluch belegt hatte. Er hatte gewartet, bis er sicher gewesen war, dass sie schlief, und dann hatte er das Haus angezündet. Das reinigende Feuer.

Er wählte sorgfältig seine Worte. »Das Gesicht, das ich an mir spürte, als ich der Frau begegnete, die Sie Emily Winters nennen, war das von Simon Guiness. Da Sie das schreckliche Schicksal kennen, das ich als Simon erleiden musste, können Sie vielleicht verstehen, warum mich der Anblick dieser jungen Frau mit den rotgoldenen Haaren und den großen blauen Augen so sehr erschüttert hat.«

»Hat es Sie auch früher schon erschüttert, wenn Sie eine Frau mit diesen äußerlichen Merkmalen gesehen haben, William?«

»Nein, nein, das begann erst vor etwas mehr als drei Jahren – nachdem ich mein Leben als Simon Guiness noch einmal durchlebt hatte.«

»Erzählen Sie mir, wie Sie Emily gefunden haben.«

Er erinnerte sich, wie er sie von der Straße aus gesehen hatte. Sie bediente Gäste an einem Fenstertisch in einem Restaurant. »Ich habe sie genau betrachtet, um ganz sicher zu sein, dass es auch wirklich Kate war«, erzählte er. »Dann bin ich in das Restaurant gegangen. Es war nicht sehr voll, deshalb konnte ich sie sehr genau beobachten.«

Williams Erzählfluss brach ab, als er sich an die Erregung erinnerte, die ihn ergriffen hatte, als er schließlich die Gewissheit hatte, endlich Kate Fallow aufgespürt zu haben. »Als sie an meinem Tisch vorbeikam, hab ich ihren

Arm berührt«, bekannte er. »Sie hat mich zuerst erstaunt, dann ängstlich angeschaut. Sie hat die Gefahr gespürt, obwohl ich mich sofort entschuldigt habe.«

»Haben Sie sonst nichts zu ihr gesagt?«

»Ich sagte noch: ›Sind wir uns nicht schon einmal begegnet?‹«

»Und dann haben Sie draußen vor dem Restaurant gewartet, bis sie herauskam?«

»Ja. Sie ist zu Fuß nach Hause gegangen. Ich bin ihr in einem gewissen Abstand gefolgt. Ich sah, wie sie durch ein Tor ein bewachtes Wohnviertel betrat. Es war nicht weiter schwer, außerhalb der Sichtweite des Wärters über den Zaun zu klettern. Ich sah sie wieder, als sie gerade auf die Haustür eines schönen Hauses zuging, dem Herrenhäuschen nicht unähnlich, in dem ich als Simon Guiness gelebt habe. Ich dachte mir, dass es eine eher unangemessene Behausung sei für eine Frau, die ihren Lebensunterhalt als Kellnerin verdient. Später habe ich erfahren, dass sie Jurastudentin ist, abends jobbt und das Haus für ein Ehepaar namens Adamson hütet, welches sich auf Reisen befindet.«

»Sie sind in das Haus eingebrochen.«

»Das ist zu viel gesagt. Ich habe stundenlang draußen gewartet und dabei gesehen, dass eines der Fenster im oberen Geschoss geöffnet war, was bedeutete, dass es nicht alarmgesichert war. Es war ein Kinderspiel, auf den Baum neben dem Haus zu klettern und durch das Fenster einzusteigen.«

»War das Emilys Schlafzimmer?«

»Ja. Sie schlief. Der Mond schien ziemlich hell, und ich habe sie eine lange Zeit einfach nur betrachtet. Die Erinnerungen gingen mir durch den Kopf, ihre hartnäckigen Versuche, meine Aufmerksamkeit zu gewinnen, als wir damals in England auf benachbarten Gütern wohnten.«

Jack hörte mit wachsender Wut zu. Emily hatte ihm erzählt, dass sie Koenig gesehen hatte, als er im Fenster aufgetaucht war. Sie wusste sofort, dass es zu spät war, um zu fliehen, dass ihre einzige Chance darin bestand, den Alarmknopf zu drücken, der sich seitlich am Bett befand. Der sicherheitsbewusste Mr. Adamson hatte dafür gesorgt, dass jedes Bett mit einem solchen Knopf ausgerüstet war. Diese waren mit der Station des privaten Wachdienstes verbunden, der das umzäunte Gelände bewachte. Sie konnten auf einen Blick sehen, in welchem Zimmer sie sich befand, und sie besaßen einen Schlüssel zum Haus.

»Ich hatte so furchtbare Angst, Jack«, hatte sie ihm mit bebender Stimme erzählt. »Ich lasse jetzt immer das Licht an, wenn ich schlafe, und ich habe Angst davor, das Fenster offen zu lassen. Ich war sicher, dass er mich umbringen würde, als er sich über mich beugte und mir zuflüsterte: ›Sind wir uns nicht schon einmal begegnet?‹, dieselbe Frage, die er mir im Restaurant gestellt hatte.«

Irgendwie war es Emily gelungen, einen kühlen Kopf zu bewahren, dachte Jack. Sie hatte zu Koenig gesagt, sie habe auch das Gefühl, dass sie sich schon begegnet seien, ob er nicht ihre Erinnerung auffrischen und ihr sagen könne, wo das gewesen sei?

»Er sah so furchterregend aus«, hatte Emily ihm erzählt. »Sein Gesicht war ganz rot, die Adern traten am Hals hervor. Er erzählte mir, dass ich ihn draußen auf den Wiesen abgefangen hätte, dass ich mich damit gebrüstet hätte, seinetwegen meinen Mann umgebracht zu haben. Dann sagte er, dass jetzt der Augenblick gekommen sei – und legte seine Hände um meinen Hals.«

Die Wachleute waren genau in dem Moment in das Zimmer gestürzt, als er angefangen hatte, ihr die Kehle zuzudrücken. »Er hatte eine solche Kraft in den Händen«, hatte Emily geflüstert. »Immer wieder wache ich nachts auf und spüre sie.«

Nach seiner Verhaftung hatten Williams hysterische Schimpftiraden, wonach Emily in einem früheren Leben für seinen Tod verantwortlich gewesen sei, ein beträchtliches Echo in den Medien hervorgerufen.

»Sie haben Emily Winters überfallen, weil sie so aussah wie Kate Fallow?«, bohrte Dr. Stein nach.

»Nicht weil sie so *aussah*«, entgegnete William leicht irritiert. »Sie *war* Kate Fallow. Ich habe sie wiedererkannt und wurde sofort zu meinem früheren Ich, Simon Guiness. Simon hatte allen Grund, wütend zu sein – das sollten Sie eigentlich einsehen, Dr. Stein. Was für Gefühle hätten Sie denn jemandem gegenüber, der schuld daran ist, dass Sie hingerichtet wurden?

Heute bedauere ich, Emily nicht früher aufgeweckt zu haben. Wenn ich die Gelegenheit hätte, es noch einmal zu tun, würde ich ihr eine Schlinge um den Hals legen. Dann könnte ich die Angst und Verzweiflung genießen, die sich auf ihrem Gesicht spiegeln würde, dieselbe Angst, die ich bei meiner Hinrichtung erleiden musste. Und während ich die Schlinge langsam fester zuzöge, würde ich ihr genau erklären, warum sie sterben müsse.«

Mit Genugtuung beobachtete er aus den Augenwinkeln, dass Jack Carrolls Haltung immer angespannter wurde. Er spürte, dass sich eine persönliche Beziehung zwischen Carroll und der Frau, die sie Emily Winters nannten, angebahnt hatte.

»War Emily die einzige Frau, die Sie als Kate wiedererkannt haben?«, fragte Dr. Stein.

»Nachdem ich mich an mein Leben als Simon Guiness erinnert habe, wurde ich einige Mal auf Frauen mit roten Haaren aufmerksam und habe mich ihnen genähert. Aber die einen hatten gefärbte Haare. Die anderen hatten nicht genau dieselbe Augenfarbe. Kate hatte sehr blaue Augen. Eine bestimmte Art von Blau. Es hat einen Namen – glyzinienblau, ein ins Lila spielendes Hellblau.

Vielleicht interessiert es Sie, dass Kate in anderen Leben, die ich gelebt habe, wieder aufgetaucht ist, und dass es ihr offensichtlich jedes Mal gelungen ist, ihrer gerechten Strafe zu entgehen. Als ich sie in jener Nacht betrachtet habe, war ich zwar sicher, dass sie Kate Fallow war, aber da war auch noch ein anderer Name, der mir durch den Kopf ging: Eliza Jackson. Wenn dieses Leben sich deutlicher in meiner Erinnerung abzeichnet, werde ich darauf zurückkommen, Dr. Stein.«

Er spielt mit ihr, dachte Jack Carroll. Er hat es geschafft, alle Leute hier davon zu überzeugen, dass er verrückt ist, und das ist er ja auch – nur ist er außerdem listig wie ein Fuchs. Wenn wir nur etwas mehr darüber erfahren könnten, welche Personen er noch in früheren Leben gewesen zu sein glaubt, dann könnten wir anfangen, dafür die passenden Opfer zu suchen.

»Haben Sie sich selbst in einem anderen, vergangenen Leben sehen können?«, fragte Dr. Stein.

»Ich habe Gesichter gesehen, und ich habe gespürt,

dass ich in der Zeit König Arthurs als Ritter gelebt habe, und in Ägypten während der römischen Besatzung, und im sechzehnten Jahrhundert als Pfarrer in Deutschland, aber über all diese Leben weiß ich keine Einzelheiten. Das kann nur bedeuten, dass nur mein Leben als Simon Guiness auf ungerechte Weise beendet worden ist.«

William Koenig musste über seine eigenen Worte lächeln. Seine anderen Leben standen ihm nur allzu deutlich vor Augen, und alle Menschen, die ihm damals Unrecht getan hatten, waren bestraft worden. Mit Ausnahme der Frau, die sie Emily Winters nannten, aber er wusste, wo er sie heute Nacht finden würde. Als ihn sein Vetter im Gefängnis besucht hatte, hatte ihm Koenig weisgemacht, er wolle Emily einen Entschuldigungsbrief schreiben. Der Vetter hatte nachgeforscht und festgestellt, dass sie im letzten Studienjahr studierte, immer noch im Restaurant arbeitete und immer noch im Haus der Adamsons wohnte.

Er spürte den aufmerksamen Blick von Dr. Stein auf sich ruhen. Jack Carroll trug zwar die ganze Zeit eine gelassene Miene zur Schau, aber Koenig wusste genau, dass es hinter der regungslosen Fassade in ihm kochte. Carroll wollte Antworten haben. Koenig fragte sich, ob Carroll Dr. Stein dazu bringen würde, ihm die üblichen Fragen zu stellen:

Hatten Sie etwas mit der Brandstiftung in Rosedale vor acht Jahren zu tun, bei der eine ältere Frau ums Leben kam?

Vor fünf Jahren wurde in Mamaroneck der Kassierer des York-Kinos ermordet aufgefunden. Zeugen haben jemanden, dessen Beschreibung auf Sie passt, beim Verlassen des Kinos beobachtet. Sind Sie diesem Kassierer in einem früheren Leben begegnet?

Haben Sie sich als Samuel Ensinger ausgegeben und einen Termin mit Jeffrey Lane vereinbart, einem Immobilienmakler in Rye?

Die alte Frau war die Hexe aus Salem. In dem Mann an der Kinokasse hatte er jenen Piraten wiedererkannt, der ihn im Jahr 1603 in einem Boot ausgesetzt hatte. Lane war 1790 sein jüngerer Bruder in Glasgow gewesen und hatte ihn ermordet, um sich des Familienbesitzes zu bemächtigen.

Dr. Stein spürte Carrolls wachsende Frustration. Er hatte ihr gesagt, er weigere sich zu glauben, dass es reiner Zufall sei, dass jemand, auf den Koenigs allgemeine Beschreibung passe, bei diesen Mordfällen in der Nähe der Tatorte gesehen worden sei, und das, nachdem es sonst absolut keine Verbindung zwischen den einzelnen Mordopfern gebe.

Allgemeine Beschreibung, dachte Stein. Der Ausdruck passt zu ihm. Mittlere Größe, mittlere Statur, glatte Gesichtszüge, schmutzig blondes Haar. Carroll hatte darauf hingewiesen, dass Koenig mit einer anderen Brille, einer Perücke, selbst mit einer Kappe oder Skimütze sein Äußeres mühelos verändern könnte. Nur seine Augen blieben im Gedächtnis haften. Sie waren kaum mehr blau, sondern beinahe farblos zu nennen. Und er war stark. Sehnen und Muskelstränge traten an seinem Hals und an seinen Händen hervor. Er trainierte täglich mehrere Stunden in seiner Zelle.

In seiner Akte wurden seine beiden Eltern als schweigsam und grüblerisch beschrieben, die Familie lebte sehr zurückgezogen. Als er ein kleiner Junge war, wurde den anderen Kindern verboten, mit ihm zu spielen. Es gab zu viele Unfälle, wenn er dabei war. Er hatte in White Plains die Highschool besucht und war von seinen Klassengenossen als Ekelpaket angesehen worden.

William hatte nach dem Schulabschluss Westchester County verlassen und war von Job zu Job durch das Land gezogen. In seinen Beurteilungen stand regelmäßig, dass er zwar hochintelligent sei, aber nicht in der Lage, sein cholerisches Temperament zu zügeln. Ausbrüche von Gewalt gegen Kollegen hatten dazu geführt, dass er mehrere Male für kurze Zeit in psychiatrische Kliniken eingeliefert worden war. Danach war er nach White Plains zurückgekehrt, eine Zeitbombe, die jederzeit hochgehen konnte. Und sie war hochgegangen, in jener Nacht, in der er Emily Winters überfallen hatte.

Dr. Stein war aufgefallen, dass William als jemand beschrieben wurde, der Bücher geradezu verschlang. Einige ihrer Kollegen vermuteten, dass es sich bei Simon Guiness, der Person, die er in einem früheren Leben gewesen sein wollte, um eine literarische Figur handle, über die er gelesen habe. Aber abgesehen von Staatsanwalt Carroll glaubte niemand, dass William ein Serienmörder war.

Es war klar, dass man heute mit ihm nicht weiterkommen würde. Es war auch klar, dass er es darauf abgesehen hatte, Carroll zu ärgern.

»Unsere Zeit geht zu Ende, William«, sagte Dr. Stein. »Wir sehen uns am Donnerstag wieder.«

»Ich freu mich schon darauf. Sie scheinen sehr nett zu sein. Wer weiß? Vielleicht waren Sie in einer anderen Inkarnation meine Freundin. Ich werde versuchen, das herauszufinden. Es würde mich freuen, wenn Sie es auch versuchten.«

»Wie geht es Emily Winters?«, fragte Dr. Stein, nachdem Koenig abgeführt worden war.

»Sie ist ein paarmal zu einer Therapiestunde gegangen. Ich finde, sie sollte das regelmäßig machen. Aber dann hat sie auch etwas getan, was ich für nicht ganz ungefährlich halte. Sie ist zu einem Parapsychologen gegangen, um sich in ein früheres Leben zurückversetzen zu lassen.«

»Sie wollte wissen, ob sie wirklich Kate Fallow gewesen ist?«

»Ja.«

»Bei all diesen angeblichen Erinnerungen spielt die Macht der Suggestion eine große Rolle.«

»Sie konnte sich nicht erinnern, Kate Fallow gewesen zu sein. Aber sie hat mir erzählt, dass sie eine Kassette besitzt, auf der sie unter Hypnose von einem früheren Leben berichtet, das sie während des Bürgerkriegs im Süden gelebt haben soll.«

»Hat Sie Ihnen das Band vorgespielt?«

Jack schüttelte den Kopf. »Ich habe ihr gesagt, dass ich das für absoluten Unsinn halte und dass sie sich nicht verrückt machen und sich lieber an ihren Traumatherapeuten halten soll.«

»Soviel ich weiß, studiert sie weiterhin an der Fordham Law School. Aber warum arbeitet sie noch als Kellnerin?«, fragte Stein. »Und warum wohnt sie immer noch in White Plains?«

»Emily kommt finanziell selbst für ihr Studium auf und möchte sich keinen Kredit aufhalsen. Sie hat die Absicht, als Pflichtverteidigerin zu arbeiten – vom Gehalt her nicht gerade der lukrativste Job, den man als Anwalt ausüben kann. Sie muss keine Miete zahlen, weil sie dieses Haus hütet. Sie bekommt ihre Hauptmahlzeiten im Restaurant, dazu sehr gute Trinkgelder. Außerdem hat ihre Großmutter, bei der sie aufgewachsen ist, wahrscheinlich nicht mehr lange zu leben. Sie lebt in einem Pflegeheim in White Plains, und auf diese Weise kann Emily sie fast täglich besuchen.«

Sara Stein war die Wärme nicht entgangen, mit der Jack Carroll von Emily Winters gesprochen hatte. »Wenn ich richtig vermute, haben Sie inzwischen eine persönliche Beziehung zu ihr«, sagte sie. »Das wirkt sich natürlich auf ihre Haltung gegenüber William Koenig aus.«

»Jedenfalls würde ich mir wünschen, dass er, falls er je für zurechnungsfähig erklärt wird, sich vor Gericht für so viele Morde verantworten muss, dass er den Rest seines Lebens hinter Gittern verbringt.«

An diesem Abend führte William seinen sorgfältig geplanten Ausbruch durch. Der freundliche und arglose neue Wärter war schnell überrumpelt. William wickelte ihn in sein Bettzeug und ließ ihn, mit dem Gesicht zur Wand, auf dem Bett in seiner Zelle zurück. Der ältere Krankenpfleger im Umkleideraum bekam nicht einmal die Gelegenheit, seinem Angreifer ins Gesicht zu schauen, bevor er das Zeitliche segnete.

Er verließ das Gelände im Auto des Pflegers, in seinen Kleidern und mit seinem Ausweis. Auf dem Weg zu Emilys Haus hielt er kurz bei einem Geschäft für Haushaltswaren an, um ein Seil zu kaufen. Der Knoten war bereits vorbereitet, als er den Wagen auf einem öffentlichen Parkplatz stehen ließ und zu Fuß zu dem exklusiven Wohnviertel ging, wo ein Wachbeamter an der Toreinfahrt stand. Ein paar Hundert Meter davon entfernt erklomm er den Zaun mit einer Leichtigkeit, die nur durch lange Übung erreicht wird, und schlich sich, Deckung hinter Büschen und Bäumen suchend, bis zum Haus der Adamsons.

Ihm war eingefallen, dass das ältere Ehepaar, für das Emily das Haus hütete, in der Zwischenzeit vielleicht zurückgekehrt war, doch ein kurzer Blick durch das Garagenfenster zeigte ihm, dass kein Auto darin stand. Wir werden ganz für uns sein, Kate und ich, dachte er. Sie müsste bald nach Hause kommen. Sobald sie die Tür aufgeschlossen hatte, würde er sie in das Haus drängen. Wenn nötig, würde er sie sofort töten. Aber er würde ihr die Gelegenheit geben, die Alarmanlage abzuschalten, sodass sie reden könnten. Wahrscheinlich würde sie darauf eingehen. Natürlich bestand die Möglichkeit, dass sie dabei doch heimlich ein Notsignal auslösen würde. Aber er würde genau hinhören, ob jemand versuchte, in das Haus zu gelangen. Diesmal würden sie sie nicht mehr lebend finden, ganz gleich, wie schnell sie sein würden.

»Das Kalbskotelett ist wirklich ganz vorzüglich«, versicherte Emily dem unschlüssigen Gast, der sich nicht zwischen Kalb und Schwertfisch entscheiden konnte.

»Meinen Sie, dass es besser ist als der Schwertfisch?«

O Gott, dachte Emily. Sie wusste nicht, warum sie heute so nervös war. Sie hatte die ganze Zeit das Gefühl, dass etwas auf ihr lastete, dass etwas Schreckliches passieren könnte. Tief im Innern war sie davon überzeugt, dass es eines Tages unweigerlich wieder passieren würde. Sie würde eines Nachts aufwachen und wieder in die glänzenden

Augen von William Koenig blicken, der seine Hände nach ihr ausstreckte, um nach ihrer Kehle zu greifen.

Oder sie würde Schritte hinter sich hören, sich umdrehen, und er stände vor ihr. Und wieder würde er mit dieser leisen, unheimlichen Stimme fragen: »Sind wir uns nicht schon einmal begegnet?«

»Vielleicht probiere ich mal das Kalbskotelett.«

»Es wird Ihnen ganz bestimmt schmecken.« Emily wandte sich ab, froh, von dem Tisch am Fenster wegzukommen, froh, sich in die Küche zurückziehen zu können, wo sie niemand von der Straße aus sehen konnte. Seitdem sie erfahren hatte, dass William Koenig sie aus der Dunkelheit heraus beobachtet hatte, fühlte sie sich in der Nähe der Fenster nicht mehr wohl.

Vielleicht hätte ich mir einen anderen Job suchen sollen, dachte sie. Aber wenn er je herauskommt, wird er dich sowieso finden, wo auch immer du bist, sagte ihr eine innere Stimme. Dieser Job, ihre Wohnsituation, alles passte. Im Mai würde sie mit dem Studium fertig sein, und ihr war bereits eine Stelle im Amt des obersten Pflichtverteidigers versprochen worden. Jack hatte sie damit aufgezogen. »Du wirst versuchen, Leute vor dem Gefängnis zu bewahren, und ich werde versuchen, sie hineinzubringen. Klingt vielversprechend.«

Sie waren füreinander geschaffen. Sie wussten es beide, aber es war bisher unausgesprochen geblieben. Die Zeit drängte nicht, und er war klug genug zu begreifen, dass sie mit Studium, Kellnern, Haushüten und Großmutter genug um die Ohren hatte und noch nicht bereit war für eine andere Art von Beziehung.

Sie gab die Bestellung in der Küche auf und musste

lächeln, als sie sich erinnerte, was Jack zu ihr gesagt hatte. »Ich habe das Gefühl, als ob wir in der Zeit unserer Eltern leben würden: Kino, zusammen essen gehen, und dann artig ›Auf Wiedersehen‹ sagen.«

Bisher hatte es nur eine einzige Meinungsverschiedenheit zwischen ihnen gegeben. Sie war verstimmt gewesen, als Jack sich geweigert hatte, das Band anzuhören, das bei ihrer Hypnosesitzung aufgenommen worden war, als sie versucht hatte, sich in ein früheres Leben zu versetzen. Vielleicht kommt es aus dem kollektiven Unterbewusstsein, vielleicht ist es etwas, was ich irgendwo gelesen habe, dachte sie, aber es war jedenfalls faszinierend, ihrer Stimme zuzuhören, wie sie von ihrem Leben während des Bürgerkriegs im Süden erzählte.

Nicht dass ich irgendetwas darauf gäbe, aber nach dieser Erfahrung habe ich verstanden, warum der Gedanke der Reinkarnation für manche Menschen eine solche Anziehungskraft besitzt, dachte sie.

Gegen halb elf erhoben sich endlich die Gäste vom letzten der vier Tische. Jack hatte angerufen. Er war in der Anstalt gewesen, um William Koenig zu befragen, und hatte vorgeschlagen, sich noch auf ein Gläschen zu treffen. Sie hätte eigentlich liebend gerne eingewilligt, aber sie hatte in zwei Tagen eine Prüfung und musste noch eine Menge lesen.

Emily verabschiedete sich von Pat Cleary, dem Wirt des Lokals, und nahm dankend den Vorschlag an, am nächsten Tag vorbeizuschauen und eine warme Mahlzeit für ihre Großmutter mitzunehmen.

»Ich weiß doch, dass Sie jeden Donnerstag gegen Mittag hingehen«, sagte Pat schmunzelnd, »und es ist ja kein

Geheimnis, dass das Essen im Altersheim nicht so ganz das Wahre ist.«

Ihr Auto, das auf dem Parkplatz des Restaurants stand, fuhr mit dem gewohnten Protestkreischen los. Vielleicht werde ich mir nächstes Jahr um diese Zeit, wenn ich das Studium hinter mir habe, endlich mal ein Auto leisten können, bei dem man nicht jedes Mal beten muss, dass es nicht irgendwo stehen bleibt, dachte Emily.

Jack fuhr einen Toyota. Er hatte ihr erzählt, dass sein Vater ihm bei seinem Abschluss vor drei Jahren einen Jaguar geschenkt habe. »Ich habe es kaum über mich bringen können, ihn wegzugeben, aber ich dachte, es würde doch ein bisschen ... sonderbar aussehen, wenn ein stellvertretender Staatsanwalt im Jaguar vor Gericht aufkreuzt«, hatte er gesagt.

Der Wachbeamte winkte sie durch das Tor. Nachdem ihr Auto unter den Luxusschlitten, die hier normalerweise durchrollten, so sehr herausstach, war es zum Gegenstand ständiger witziger Bemerkungen zwischen ihnen geworden.

Sie stellte es immer in die Garage. Die Adamsons hatten sie ausdrücklich darum gebeten, es nicht auf der Straße unter den Augen der Nachbarschaft abzustellen.

Emily lief mit schnellen Schritten den Weg von der Garage zum Kücheneingang entlang. Dies war immer der unangenehmste Moment des Tages. Doch wenn sie einmal im Haus war und die Alarmanlage eingeschaltet hatte, konnten weder Außentüren noch Fenster geöffnet werden, ohne dass die Sirene losging und die Wachbeamten binnen Sekunden zur Stelle sein würden.

Und außerdem befand sich William Koenig in seiner

Gummizelle oder in was auch immer sie die gefährlichen Insassen in dieser neuen Anstalt unterbrachten.

Sie steckte den Schlüssel in das Schloss und drehte ihn um. Als das Schloss klickte und sich die Tür öffnete, legte sich eine kräftige Hand auf ihren Mund und presste ihn zu. Gleichzeitig wurde die Tür ganz aufgedrückt, und sie wurde ins Haus gestoßen. »Sind wir uns nicht schon einmal begegnet?«, flüsterte Koenig.

Jack Carroll fuhr zurück ins Büro. Seine Stimmung war gereizt und desillusioniert. Lass die Sache sausen, sagte er sich. Er hatte noch einen Fall für einen Prozess vorzubereiten, und sein Chef würde es ihm nicht danken, wenn er ihn vermasseln würde, nur weil er zu viel Zeit mit Koenig verschwendet hatte.

Es wäre schön gewesen, sich noch mit Emily zu treffen, aber er konnte verstehen, dass sie noch bis in die Nacht hinein lernen musste. Wenn Jack darüber nachdachte, wie privilegiert er aufgewachsen war, und wie Emily dagegen in ihrem bisherigen Leben ständig hatte kämpfen müssen, fühlte er sich beschämt. Ihre Eltern tot. Aufgewachsen bei ihrer Großmutter, die schon seit Jahren kränkelte und jetzt nicht mehr lange zu leben hatte. Teilstipendien für gute Schulen und Hochschulen, und daneben eine Menge harter Arbeit, um sich durchzuschlagen. Und statt auf das große Geld aus zu sein, wollte Emily ihre Zukunft jenen Menschen widmen, die einen rechtlichen Beistand benötigten, sich ihn aber nicht leisten konnten.

Und ausgerechnet jemand wie sie muss es mit so einem Irren zu tun kriegen, dachte Jack grimmig. Nach dem heutigen Zusammentreffen mit Koenig hatte er eigentlich nur noch das Bedürfnis, Emily in die Arme zu schließen und sich zu vergewissern, dass sie noch lebte, dass sie in Sicherheit war und ihr keinerlei Gefahr drohte.

Die Stunden vergingen, während er sich in die Materie vertiefte, um seine Eröffnungsrede vorzubereiten, die er zu Prozessbeginn in der kommenden Woche halten sollte. In den anderen kleinen Zimmern hockten andere stellvertretende Staatsanwälte über der gleichen Arbeit. Wir sind alle Brüder, pflegten sie scherzhaft zu sagen.

Und Schwestern, wiesen sie dann die stellvertretenden Staatsanwältinnen zurecht.

Um Viertel nach elf klingelte sein Telefon. Dr. Stein schien überrascht zu sein, als er sich meldete. »Mr. Carroll«, sagte sie, »ich habe nicht wirklich erwartet, Sie noch im Büro anzutreffen.«

Ihre Stimme klang gepresst, und Jack spürte, wie es ihm die Kehle zuschnürte. »Was ist passiert?«

»Koenig ist ausgebrochen. Der Wärter, der für seinen Flur zuständig ist, wurde in der Zelle aufgefunden, erdrosselt. Kurz darauf wurde außerdem noch ein Krankenpfleger, der im Umkleideraum sauber gemacht hat, in einem Wandschrank gefunden. Das ganze Gelände wird gerade durchgekämmt, aber wir glauben, dass Koenig im Auto des Pflegers entkommen ist. Er ist seit mindestens zwei Stunden verschwunden. Weiß er, wo Emily Winters zurzeit wohnt?«

»Gut möglich. Ich werde sie sofort anrufen und dafür sorgen, dass sie bewacht wird.« Jack drückte auf die Unterbrechungstaste und wählte Emilys Nummer. Emily, geh ran, bitte geh schon ran, flehte er stumm. Er würde ihr sofort sagen, alle Türen abzuschließen und zu verriegeln. Dann würde er den privaten Sicherheitsdienst anrufen, damit sie sofort das Haus absicherten, bis die Polizei eintreffen würde. Bis er selbst bei Emily sein würde.

Es klingelte zweimal. Mit einem großen Gefühl der Erleichterung hörte er, wie jemand am anderen Ende abnahm.

»Emily?«

»Nein, Mr. Carroll, ich bin es, Simon Guiness. Kate ist bei mir. Und gerade hat sie mir bestätigt, dass wir uns tatsächlich schon früher begegnet sind.«

Der Alarmknopf auf dem Bedienungsfeld der Alarmanlage hatte die Form eines Sterns. Es wäre ein Leichtes gewesen, ihn schnell zu drücken, als sie den Alarm ausgeschaltet hatte, aber Emily hatte sich blitzschnell entschieden, es lieber nicht zu tun. Er beobachtete sie zu genau. Er hätte es gemerkt, und dann hätte er die Schlinge, die er ihr um den Hals gelegt hatte, sofort zugezogen.

Sie hatte nur eine einzige Chance, und die bestand darin, ihn in ein Gespräch zu verwickeln. Von der Anstalt bis hierher musste er mindestens eine halbe Stunde gebraucht haben. Inzwischen müssten sie wissen, dass er ausgebrochen war. Inzwischen müsste Jack bereits auf dem Weg zu ihr sein.

»Das war eine kluge Entscheidung«, sagte Koenig, »eine sehr kluge Entscheidung. Damit hast du dir ein paar Minuten mehr Lebenszeit in deinem jetzigen Leben erkauft.«

Sie befanden sich in der Küche. Es war ein großer Raum mit einem offenen Kamin am einen Ende, davor ein Sofa und zwei bequeme Sessel, seitlich davon ein Fernseher.

Mr. Adamson hatte Emily öfter erzählt, dass in diesem Riesenhaus mit seinen vielen Zimmern dies hier sein Lieblingsplatz sei. Oft äßen sie hier zu Abend, wenn Mrs. Adamson kochte. Dann sitze er hier in seinem Sessel, lese die Zeitung, schaue die Nachrichten und lasse es sich gut gehen.

Emily ging durch den Kopf, dass sie sicherlich unter Schock stand. Warum sonst musste sie an die Adamsons denken, während William Koenig sie zu Mr. Adamsons Sessel drängte und sich hinter sie stellte? Sie spürte, wie das raue Seil an ihrem Hals scheuerte.

Lieber Gott, dachte sie, hilf mir, damit ich ihm nicht zeige, wie sehr ich Angst habe. Das ist genau das, was er will. Hilf mir, ihn zum Reden zu bringen. Jack wird gleich hier sein, das weiß ich.

Sie kämpfte, als sie versuchte, sich zu erinnern, was Jack ihr alles über Koenig erzählt hatte. »Ich weiß, dass du mich umbringen wirst«, sagte sie, »und ich weiß, dass ich deinen Tod verschuldet habe. Aber das war, weil ich dich so sehr geliebt habe, Simon, und weil du mich abgewiesen hast. Einer Frau, die zurückgewiesen wurde, muss man doch vergeben können wegen ihrer übergroßen Liebe.«

»Es stimmt, ich habe dich abgewiesen«, räumte William ein. »Aber das war kein Grund zu lügen.«

Emilys Mund fühlte sich so trocken an, dass sie nicht sicher war, noch ein einziges weiteres Wort herausbringen zu können. »Aber ich muss sagen, Simon, du hast mich auch dazu ermuntert. Erinnerst du dich nicht? Es stimmt, dass ich mit dir geflirtet habe, aber du hast mir auch gesagt, dass du mich begehrst. Von allen Männern im Dorf sahst du am besten aus. Alle Mädchen waren hinter dir her.«

»Das habe ich nicht gewusst.« Koenig klang geschmeichelt.

Bring ihn zum Reden, ermahnte sie sich, bring ihn zum Reden. »Bin ich der erste Mensch, den du für etwas bestrafen willst, was er dir in einem früheren Leben angetan hat?«

»O nein, Kate. Du bist der elfte.«

»Erzähl mir von den andern.«

Jack hatte recht, dachte Emily. Er ist ein Serienmörder. Ich muss ihm schmeicheln, ihn dazu bringen, sich seiner Taten zu rühmen.

Das Telefon klingelte. Als Koenig den Hörer abhob und mit Jack sprach, war Emily klar, dass sie nur noch Sekunden zu leben hatte. Jack würde die Wachleute alarmieren, und die wiederum würden sofort zum Haus stürmen.

Koenig war das ebenso klar. Er legte auf und lächelte sie an. »Ich bilde mir natürlich nicht ein, ihnen entkommen zu können, falls du das dachtest. Sie werden mich zurück nach Haviland bringen. Aber das geht schon in Ordnung. Es ist gar nicht so schlecht dort, und du warst die Letzte, die ich finden musste. Jetzt ist meine Rache vollkommen. Steh auf.«

Er zog die Schlinge fester zu, als sie vor ihm stand. Emily begann zu keuchen. *O Gott, bitte,* betete sie.

»Stell dich auf diesen Stuhl.« Er zeigte auf den Küchenstuhl unter dem massiven Balken.

»Nein.«

Sie spürte einen kurzen Ruck am Seil. Tu es!, befahl sie

sich selbst. Kauf dir noch eine Sekunde oder zwei. Vielleicht schaffen sie es noch rechtzeitig.

Mit einer scheinbar mühelosen Bewegung warf er das Ende des Seils über den Balken. »Jetzt hast du Angst, was? Es gibt nur eine Sache, die ich bedaure, Kate. Ich glaube, dass ich dich auch in einem anderen früheren Leben gekannt habe. Damals war dein Name Eliza Jackson. Ich hätte gern gewusst, was damals zwischen uns geschehen ist.«

Emily spürte, dass sie nahe daran war, das Bewusstsein zu verlieren. »Ich erinnere mich an dieses Leben«, flüsterte sie. »Ich bin wirklich Eliza Jackson gewesen. Ich war bei einem Parapsychologen. Er hat mich hypnotisiert und mich dazu gebracht, mich an ein früheres Leben zu erinnern. Und da habe ich mich erinnert, dass ich Eliza Jackson gewesen bin.«

»Das glaube ich dir nicht.«

»Dort in der Schublade liegen eine Kassette und ein Recorder. Bitte, hör es dir an. Wir haben uns im Jahr 1861 gekannt.«

»Ich werde das Seil nicht loslassen. Selbst wenn sie versuchen sollten, das Haus zu stürmen, wird es für dich zu spät sein.« Er zog die Schublade auf und nahm den Recorder heraus. Mit einer Hand legte er die Kassette ein und drückte die Wiedergabetaste.

Emily erblickte Gesichter hinter dem Fenster. Die Sicherheitsbeamten. Aber Koenig hatte sie ebenfalls gesehen. Mit einer raschen Bewegung wickelte er das Ende des Seils um seine linke Hand, stemmte sich gegen den Boden und begann zu ziehen.

Emily bekam keine Luft mehr. Ihre Hände klammerten sich an die Schlinge um ihren Hals, während sie spürte, wie sie nach oben gezogen wurde und ihre Füße die Sitzfläche des Stuhls verließen.

»Mein Name ist Eliza Jackson.« Das Band lief, in voller Lautstärke.

William Koenig hielt wie gebannt inne, ließ das Seil fallen und stürzte zum Recorder, während der ganze Raum von Emilys träumerischer und nachdenklicher Stimme erfüllt wurde.

»Wir sind uns wirklich in einem anderen Leben noch einmal begegnet!«, jauchzte Koenig auf.

Die wenigen Sekunden Aufschub genügten. Die Fensterscheibe splitterte, und fast im selben Augenblick standen die Männer mitten im Zimmer.

Der eine stürzte sich auf Koenig. Der andere richtete Emily, die auf den Boden getaumelt war, als Koenig das Seil losgelassen hatte, vorsichtig auf, und entfernte die Schlinge von ihrem Hals.

Koenig wurden Handschellen angelegt. »Ich möchte den Rest der Kassette hören!«, schrie er. »Ich muss wissen, was du mir angetan hast, als du Eliza Jackson warst.«

Emily blickte Koenig unverwandt an. »Ich weiß nicht, was Eliza Jackson dir angetan hat,« sagte sie. »Aber eines weiß ich: Sie hat mir gerade das Leben gerettet.«

Kürzlich ist etwas ganz Komisches passiert

Fred Rand musste die Liste mit den vier Personen, die er sich gezwungen sah zu töten, gar nicht mehr lesen. Er kannte ihre Namen auch so, sie begleiteten ihn seit fünfzehn Jahren Tag und Nacht. Er war aus Florida nach Long Island zurückgekehrt und hatte eigentlich gehofft, hier zu erfahren, dass es ihnen übel ergangen, dass sich ihr bequemes, eigennütziges Leben zum Schlechten gewandelt, dass es das Schicksal nicht gut mit ihnen gemeint habe.

Das, dachte er, hätte er akzeptieren können, ja, er hätte sich dazu zwingen können, es zu akzeptieren. Er wäre einfach nach St. Augustine zurückgekehrt und hätte sein Leben weitergeführt.

Aber zu seinem großen Entsetzen ging es ihnen allen sehr gut, wirklich sehr gut.

Genevieve Baxter. Ihren Freunden als Gen bekannt. Sie stand als Erste auf der Liste der zu Bestrafenden, weil sie die Einfachste war. Auch sie hatte zu der Abfolge von Ereignissen beigetragen, die in jener Tragödie geendet hatten, durch welche letztlich sein Leben zerstört worden war. Gen war jetzt fünfundsiebzig und seit ein paar Jahren Witwe; ein trauriger Umstand, aber, wenn man es genau betrachtete, nichts, was er als angemessene Bestrafung erachtet hätte. Er hatte sie in den vergangenen Wochen mehrmals beschattet und hatte eine ziemlich gute Vorstellung von ihrem gegenwärtigen Tagesablauf.

Allem Anschein nach führte sie ein geschäftiges, zufriedenes Leben. Zwei ihrer Kinder wohnten in Nachbarstädten. Sie war in ihrer Kirchengemeinde aktiv, der Kirche Maria-Zuflucht.

Vor mir, dachte er, wird es keine Zuflucht geben.

Sechs Enkel.

Gen wohnte in dem Haus, in dem sie bereits mit ihrem Ehemann gelebt hatte. Eines dieser hübschen Tudor-Imitate in den Vororten von Long Island, in denen sich die Mittelschicht in den 1950ern so gern niedergelassen hatte.

Er musste es wissen. Bis vor fünfzehn Jahren hatte er selbst in so einem Haus gewohnt, nur ein paar Ortschaften weiter.

Diesen Nachmittag hatte er neben ihr an der Supermarktkasse gestanden und sie mit dem Kassierer reden hören. Gen Baxter hatte vor, heute Abend die Ballettaufführung ihrer Enkeltochter zu besuchen.

Es würde ihre letzte sein.

Vinnie D'Angelo. Der Zweite auf der Liste. Vinnie hatte sich nach dem Vorfall wegen Vernachlässigung seiner Pflichten eine Abmahnung durch seinen Arbeitgeber eingehandelt. Was aber einer Beförderung im Jahr darauf nicht weiter im Weg gestanden hatte. Vor nicht allzu langer Zeit war er als Sicherheitschef der Long Island Mall in Pension gegangen; der Mall, wo seine nichtsnutzige und untätige Anwesenheit einem Menschen das Leben gekostet hatte. Jetzt verbrachte er die Winter in North Carolina, im März aber kehrte er immer nach Babylon zurück, um dort sein Boot zu Wasser zu lassen und hinauszufahren. Vinnie war nämlich ein eifriger Angler.

Das Städtchen Babylon war nur eine halbe Stunde entfernt. Er hatte Vinnie an der Anlegestelle gesehen, wo er beschwingt die Leinen gelöst und den Motor angelassen hatte.

Fred hatte sich seinen Plan schon zurechtgelegt. Er würde sich ein Boot mieten, sich Vinnie draußen auf See nähern und einen Motorschaden vortäuschen. Und wenn der stets hilfreiche Vinnie anbot, ihn abzuschleppen, würde sich ihm die Chance bieten, mit ihm abzurechnen.

Lieutenant Stuart Kling von der Polizei in Manhasset dürfte am schwierigsten zur Strecke zu bringen sein. Damals war er ein forscher, junger Polizist gewesen, der allerdings nur darauf aus war, Strafzettel wegen überhöhter Geschwindigkeit auszustellen, um seine vorgegebene Quote zu erfüllen – da war natürlich keine Zeit mehr geblieben, einen Mord zu verhindern. Jetzt würde er keine Chance mehr bekommen, den eigenen Tod zu verhindern.

Und schließlich ... leider ... Lisa Monroe Scanlon. Er war ihr mehrere Wochen gefolgt und hatte sie aus einem Impuls heraus sogar angesprochen. Natürlich hatte er sich überrascht gegeben, als er ihr und ihren drei Kindern im Island Shopping Center begegnet war. Sie war Mutter von siebenjährigen Zwillingsjungen und einem kleinen Mädchen. Er wusste immer noch nicht, ob es eine gute Idee gewesen war, jedenfalls hatte er mit ihr ein wenig geplaudert und ihr sogar gesagt, er sei aus beruflichen Gründen hier und werde am nächsten Tag nach Florida zurückkehren.

Lisa war Innenausstatterin geworden, sie war mit Tim Scanlon verheiratet und musste nun ihre Arbeit und die Kinder unter einen Hut bringen. »Es gibt viel zu tun, aber es macht auch großen Spaß«, hatte sie ihm lächelnd erzählt.

Großen Spaß. Darauf kannst du Gift nehmen, dachte er.

Und ihren Eltern ging es gut? Ja, ja, ganz liebevolle Großeltern.

Ist das nicht toll?

Auf dem Weg zu seinem Wagen wäre er fast an seiner Wut erstickt.

Wenn Lisa nicht so glücklich, so erfüllt gewesen wäre – nannte man das so, *erfüllt?* –, hätte er es sich vielleicht noch anders überlegt. Die lächelnde, glückliche Lisa, sie war der Auslöser gewesen.

Aber heute Abend war Genevieve Baxter an der Reihe.

Gen Baxter schloss die Tür und stellte die Alarmanlage an. Es war fast halb elf, und sie war müde. Sie hatte die Ballettaufführung ihrer neunjährigen Enkeltochter Laurie besucht und war danach mit der Familie noch zum Pizzaessen gegangen.

In den letzten Tagen war es für März ziemlich warm gewesen, heute Abend aber hatte es empfindlich abgekühlt, sodass sich ihre Arthritis wieder bemerkbar machte und ihr die Hände und Knöchel schmerzten. Ich spüre jeden einzelnen Tag meines Alters, dachte sie, als sie ein warmes Nachthemd anzog, den Gürtel des Morgenmantels festzurrte, in ihre bequemen alten Pantoffeln schlüpfte und wieder nach unten ging.

Die heiße Tasse Kakao war ihr seit Jahren zu einer lieben Gewohnheit geworden. Sie schlürfte sie im Bett mit einem Buch oder vor dem Fernseher zu den Elf-Uhr-Nachrichten.

Am Fuß der Treppe zögerte sie. Seit drei Jahren lebte sie jetzt allein und hatte noch nie Anlass zur Beunruhigung gehabt. Das Haus war ihr so vertraut, dass sie sich überall zurechtgefunden hätte, selbst mit verbundenen Augen. Aus irgendeinem Grund war das heute Abend anders.

Ach was, sagte sie sich, das bildest du dir bloß ein. Warum sollte mir jemand gefolgt sein? Was für ein alberner Gedanke. Das war ihr durchaus klar. Trotzdem hatte sie den Eindruck, dass sie in den vergangenen Wochen mehrmals derselben Person begegnet war.

Ich habe mir Gesichter noch nie besonders gut merken können, ich muss sie immer erst mehrere Male sehen, dachte sie, als sie den Kakao in die Tasse gab, Milch dazugoss und alles in die Mikrowelle stellte. Jedenfalls hat heute an der nächsten Kasse im Supermarkt ein Mann gestanden, den ich in letzter Zeit mindestens drei- oder viermal gesehen habe und den ich vielleicht kennen sollte.

Heute war sie so davon überzeugt gewesen, dass er ihr nachstellte, dass sie im Wagen gewartet hatte, bis sie ihn mit den Lebensmitteln nach draußen kommen sah. Er hatte alles im Kofferraum seines Wagens verstaut und war dann zur Ausfahrt der Mall gefahren.

Ich folge ihm, hatte sie sich gedacht, und notiere mir sein Autokennzeichen.

Der Zettel mit dem Kennzeichen lag jetzt in ihrer Handtasche. Fast hätte sie bei der Ballettaufführung ihren Sohn Mark darauf angesprochen, aber es war ein so schöner Abend gewesen, und er war so stolz auf Laurie, die die Schwanenprinzessin getanzt hatte, dass Gen das alles nicht mit ihren Sorgen überschatten wollte.

Außerdem, redete sie sich ein, hätten sich sowieso wieder nur alle lustig über sie gemacht und gesagt, Mom wolle sich bloß einen Mann angeln.

Die Mikrowelle piepte, die zwei Minuten waren um. Mit einem Topflappen nahm sie die Tasse heraus, stellte sie auf eine Untertasse und ging zur Treppe. Charlie, dachte sie mit einem liebevollen Lächeln, hat immer gesagt, er verstehe nicht, warum ich mir nicht die Zunge verbrenne, wenn ich immer alles so brühheiß zu mir nehme.

Charlie. Er fehlte ihr auf diese leise, stete Art, wie wohl vielen Witwen ihr Mann fehlt, mit dem sie viele Jahre zusammengelebt haben. Aber als sie in der Küche das Licht ausmachte und durch den dämmrigen Flur zur Treppe ging, sehnte sie sich plötzlich nach ihm – plötzlich wollte sie, dass er bei ihr wäre. Irgendwie glaubte sie ihn zu brauchen.

Und dann sah sie es. Der Knauf an der Eingangstür drehte sich.

»Wer ist da?« Die Frage erstarb ihr auf den Lippen. Das Schloss klickte, sie hörte es aufschnappen. Und die Tür ging auf.

Der Mann von der Supermarktkasse kam auf sie zu.

Er machte sich nicht die Mühe, hinter sich die Tür zu schließen, er ließ sie einfach offen stehen und starrte Gen an. Er schien noch nicht einmal die Alarmanlage zu bemerken, die in diesem Moment losgellte. Er war groß und hager, hatte schüttere, schwarze Haare und sah sie wie benommen an, als wäre er irrtümlich hereingekommen und hätte jetzt Angst.

Aber dann sagte er: »Sie hätten versuchen sollen, ihr zu helfen, wissen Sie«, und seine Hände formten sich zu Klauen, die sich um ihren Hals legten. Gen sank auf die Knie und rang nach Luft, die sie aber nicht mehr bekam. Die Tasse Kakao fiel ihr aus der Hand, sie spürte noch, wie ihre Haut verbrüht wurde, und dann erkannte sie ihren Angreifer. In dem kurzen Augenblick vor ihrem Tod blitzte die reine Wut in ihr auf – wie konnte er es wagen, sie für etwas verantwortlich zu machen, was sie nicht hatte vorhersehen können?

Fred rannte um das Haus herum nach hinten und durch den Garten zum angrenzenden Baugebiet, wo er seinen Wagen abgestellt hatte.

Er fuhr schon davon, als ein Streifenwagen an ihm vorbeischoss. Wahrscheinlich hatte der Sicherheitsdienst, der auf den Alarm in Gen Baxters Haus reagierte, die Polizei verständigt. Wenige Minuten später, als er auf den Highway abbog, sah er wieder Gen Baxter vor sich – in genau dem Moment, in dem sie gestorben war. Kurz bevor ihr Blick ganz starr wurde, hatte er eine Regung erkennen können. Aber welche? Wut? Ja, aber auch einen Vorwurf. Wie konnte sie es wagen, ihm Vorwürfe zu machen? Wie konnte sie es wagen, wütend auf ihn zu sein? Sie hatte mitgeholfen, sein einziges Kind zu töten, und jetzt büßte sie für ihre schreckliche Tat.

Im Motel schenkte er sich einen Drink aus der Flasche

Scotch ein, die er immer neben dem Bett stehen hatte. Er zog sich bis auf die Shorts aus und legte sich hin, konnte aber nicht einschlafen. Stundenlang lag er wach. Er hatte erwartet, dass Genevieve Baxters Tod ihm eine gewisse Erleichterung verschaffen würde, aber er spürte sofort, dass diese Erleichterung nur dann eintreten würde, wenn alle vier tot waren.

Vinnie D'Angelo war der Nächste auf der Liste. Die Wettervorhersage für die kommende Woche war gut, er würde also mit ziemlicher Sicherheit jeden Tag auslaufen. Dann, ein, zwei Tage später, würde Stuart Kling für seine Rolle in dieser Tragödie zur Rechenschaft gezogen werden müssen. Das würde ein wenig schwieriger werden. Fred lächelte, es war ein trauriges, müdes Lächeln. Aber die Planung von Klings Tod würde ihn auf Trab halten und seine Dämonen verscheuchen. Das hoffte er jedenfalls.

Detective Joe O'Connor vom Nassau Police Department hatte Mrs. Genevieve Baxter seit seiner Kindheit gekannt. Er war mit ihrem Sohn Mark zur Highschool gegangen und hatte als Teenager sogar ein Auge auf ihre Tochter Kay geworfen. Er bat darum, die Ermittlungen in ihrem Mordfall übernehmen zu dürfen.

Jetzt, kurz nach der Beerdigung, saß er mit Mark bei einer Tasse Kaffee in der Küche jenes Hauses, in dem sich der Mord ereignet hatte. »Es überrascht mich immer wieder, wie sehr du deiner Mutter ähnlich siehst«, sagte Joe.

Ein wehmütiges Lächeln huschte über Marks Lippen. »Ja, das mag schon sein.« Er war dreiundvierzig Jahre alt, ein attraktiver Mann mit blau-grauen Augen, gerader Nase, sinnlichem Mund und festem Kinn. Sein blondes

Haar zeigte mittlerweile die ersten grauen Strähnen. Er hielt die Tasse umfasst, ließ sie los und legte erneut die Hände um sie.

»Mark, es ergibt doch einfach keinen Sinn.« Joe, der eher kräftig gebaut war, hatte sich nach vorn gebeugt und die dunklen Augen frustriert zusammengekniffen. »Es wurde nichts gestohlen. Dieser Typ ist eingebrochen, hat deine Mutter erwürgt und ist verschwunden. War es irgendein Durchgeknallter, der sich zufällig dieses Haus ausgesucht hat? Oder gibt es einen bestimmten Grund, warum er sie umbringen wollte?«

»Wer in Gottes Namen will meine Mutter umbringen?«, fragte Mark. »Sie hat die Eingangstür immer abgesperrt. Wie hat er sie so leicht aufbrechen können? Offensichtlich wollte sie mit ihrem Kakao gerade nach oben, dabei muss sie ihn gehört oder gesehen haben. Sie hatte noch nicht mal mehr Zeit, den Notfallknopf zu drücken, dabei befindet er sich dort im Flur gleich neben der Tür.«

»Das Schloss stammt wahrscheinlich noch aus der Zeit, als das Haus gebaut wurde, es ist über vierzig Jahre alt«, entgegnete O'Connor. »Der Typ hatte wahrscheinlich Profiwerkzeug, mit dem kann er es in zehn Sekunden knacken. Ich vermute eher, dass deine Mutter gezielt überfallen wurde. Vielleicht ist der Täter ein Verrückter, aber ich glaube nicht, dass es Zufall war. Mark, du musst mir helfen. Denk nach. Hat deine Mutter vielleicht erwähnt, dass jemand sie am Telefon belästigt hat? Waren in letzter Zeit Handwerker im Haus? Wenn du ihre Kleidung und ihre Post durchgehst, dann achte auf alles, was dir seltsam erscheint.«

Mark nickte. »Verstanden.«

Am nächsten Tag rief er O'Connor in der Dienststelle an. »Joe, mir ist was eingefallen. Das letzte Mal habe ich meine Mutter bei Lauries Ballettvorführung gesehen. Dann sind wir Pizza essen gegangen, und da hat sie – ich habe noch den exakten Wortlaut im Ohr – zu uns gesagt: ›Kürzlich ist etwas ganz Komisches passiert.‹ Und falls ich mir das nicht einbilde, dann hat sie dabei auch besorgt ausgesehen. Aber dann hat die Bedienung unsere Bestellungen aufgenommen, und es sind Leute an den Tisch gekommen, um Laurie zu gratulieren, und das war es dann. Mom ist nicht weiter darauf eingegangen.«

Etwas war vorgefallen, was ihr Sorgen bereitet hatte, überlegte Joe. Ich habe mir schon so was gedacht. »Mark, egal, worum es da ging, du hättest nicht verhindern können, was ihr wenige Stunden später zugestoßen ist«, sagte er. »Wie auch immer, genau solche Dinge meine ich jedenfalls, wenn ich dich bitte, auf alles zu achten, was dir ungewöhnlich erscheint. Und vergiss nicht, hab ein Auge auf Handwerkerrechnungen, die in den nächsten Wochen möglicherweise eintrudeln.«

Auf der Anlegestelle in Babylon wartete Fred darauf, dass Vinnie D'Angelo auftauchte. Plötzlich beschloss er, Helen in Atlanta anzurufen. Sie hatten sich zwar vor zehn Jahren scheiden lassen, aber so wie Jenny, als sie noch am Leben gewesen war, ihre Ehe zusammengehalten hatte, so hatte auch ihr Tod ein unlösbares Band zwischen ihnen geschaffen. Jenny war das Einzige gewesen, was sie jemals wirklich miteinander geteilt hatten – die Freude, die sie ihnen geschenkt, und das Leid, das sie zurückgelassen hatte.

»Wo steckst du, Fred? Bei unserem Telefonat letzten Monat hast du dich gar nicht gut angehört.«

Vergangenen Monat, am 28. Februar, hatte sich Jennys Tod zum fünfzehnten Mal gejährt.

»Ach, ich dachte mir, ich statte unserer alten Gegend mal einen Besuch ab. Aus sentimentalen Gründen, du weißt schon. Hat sich nicht sehr verändert. Ich habe Jennys Grab besucht und Blumen draufgelegt.«

»Fred, du nimmst deine Medikamente?«

»Klar. Sie sind großartig, meine Medikamente. Mit denen geht es mir immer gleich viel besser.«

»Fred, fahr nach Hause. Und geh zu deinem Arzt.«

»Ich geh zu meinem Arzt. Wenn ich wieder zu Hause bin. Bei dir ist alles in Ordnung, Helen?«

»Alles in Ordnung.«

»Du magst deinen Job noch?« Nach Jennys Tod waren sie nach Florida gezogen, wo Helen eine Ausbildung zur Krankenschwester gemacht hatte. Jetzt arbeitete sie in der Kinderabteilung eines Krankenhauses in Atlanta.

»Ja. Pass auf dich auf, Fred.«

»Ja. Ich hab ein Boot gemietet. Ich fahr heute zum Angeln raus.«

»Na, das klingt doch gut. Wie ist das Wetter bei euch da oben?«

»Könnte nicht besser sein.« Plötzlich wollte er das Gespräch so schnell wie möglich beenden. Er sah bereits Vinnie D'Angelo mit seiner Anglerausrüstung in Richtung seines Bootes gehen. »Ich muss jetzt los, Helen. Alles Gute für dich.«

Zum Zeitvertreib hatte er sich in Florida ein hochmodernes Zehn-Meter-Motorboot gekauft und sich aufs Angeln verlegt. Als er jetzt aus der Marina tuckerte und D'Angelo folgte, fühlte er sich daher ganz in seinem Element. Es war noch früh in der Saison, und wie erhofft, waren nur wenige Boote draußen. D'Angelo hielt sich ein gutes Stück von ihnen abseits.

Eine Stunde später trieb er auf D'Angelos Boot zu. D'Angelo sonnte sich auf dem Deck, die Angel steckte in einem Rutenhalter. »Wäre es wohl möglich, dass Sie mich abschleppen?«, rief Fred ihm zu. »Das Ding hier hat den Geist aufgegeben.«

Es war sogar noch leichter als der Mord an Gen Baxter. Auf seinem Boot gab D'Angelo, der grandiose Ex-Sicherheitschef, den gut gelaunten Samariter. Hallo, Kumpel, na, passt doch ... komm an Bord ... Bierchen gefällig ... von dieser Schnarchnase mietet man sich doch kein Boot ... der hat doch bloß ausrangierte Schrottkähne!

Als D'Angelo sich zur Kühltasche hinunterbeugte, um ein Bier herauszunehmen, packte Fred den Hammer in seiner Windjacke und schlug ihn D'Angelo über den Schädel. D'Angelo klappte zusammen, Blut spritzte aus dem Hinterkopf. Er war ein kräftig gebauter Mann, und es erforderte einige Anstrengung, ihn wieder hochzuwuchten und über die Bordwand zu hieven.

Fred setzte sich und trank das Bier, wischte schließlich mit einem Tuch das Blut weg und warf es ins Meer. Er stieg wieder auf sein Mietboot, fuhr davon und freute sich schon jetzt auf das Kommende.

Er hatte Vinnies Gewohnheiten ausgekundschaftet. Vinnie angelte immer so bis ein Uhr und fuhr dann zum etwa fünfzehn Minuten entfernten Haus seiner Frau, wo sie wahrscheinlich zusammen aßen. Was für beide überaus nett und bequem war.

Gegen zwei Uhr würde sie ihn wahrscheinlich anrufen und nachfragen, wo er bleibe. Keine Antwort. Dann würde sie wohl den Hafenmeister kontaktieren. Nein, Vinnie ist noch nicht eingelaufen. Sein Liegeplatz ist leer. Vielleicht verständigten sie die Küstenwache und baten andere Boote, nach ihm Ausschau zu halten. Vielleicht wunderte sich auch jemand, der an dem so lange an derselben Stelle vor Anker liegenden Boot vorbeigekommen war, dass sich niemand an Bord hatte blicken lassen. Vielleicht würde sogar einer von Vinnies Kumpel anlegen und nachsehen, ob alles in Ordnung war.

Ich weiß, wie es abläuft, wenn jemand als vermisst gemeldet wird, dachte Fred. Ich kenne das Warten.

Er gab das gemietete Boot ab und fuhr in sein Motel zurück, duschte und zog sich um. Das Motel lag in Garden City, damit war es weit genug von Manhasset entfernt, wo Gen gewohnt hatte, und weit genug von Babylon, wo Vinnie seinen Wohnsitz hatte, sowie auch von Syosset, wo Stuart Kling wohnte. So musste er nicht fürchten, jemandem über den Weg zu laufen, der vielleicht wusste, dass er Baxter oder D'Angelo beschattet hatte.

Stuart Kling war als Dritter dran. Er war Lieutenant der County-Polizei in Nassau. Stu musste nicht mehr auf dem Highway Streife fahren, er musste keine Strafzettel wegen überhöhter Geschwindigkeit mehr ausstellen. Fred hatte sich bereits einen Plan zurechtgelegt, wie er ihn am besten erwischen konnte. Es sollte ganz einfach sein. Kling ging dreimal in der Woche früh morgens ins Fitnessstudio. Da war er nicht bewaffnet.

Fred riss eine Seite aus seinem Notizbuch, in dem er aufschrieb, woran er sich täglich erinnern wollte. In Blockbuchstaben stand auf dem Blatt: »STRAFZETTEL FÜR DIE HÖLLE.« Sorgfältig steckte er es in die Jacke, die er am nächsten Morgen anziehen wollte.

Diese Botschaft würde er auf Stu legen, nachdem er ihn erschossen hatte.

In Atlanta wollte Helen Rand gerade das Krankenhaus verlassen, als ihr Exmann sie anrief. Wie immer wühlte das Telefonat sie auf. Sie hatte es geschafft, sich in den fünfzehn Jahren seit Jennys Ermordung ein neues Leben aufzubauen. In den ersten Jahren hatte die Krankenschwesterausbildung sie sehr in Anspruch genommen, später kam dazu die Arbeit im Krankenhaus in St. Augustine, währenddessen sie abends noch für den Universitätsabschluss gebüffelt hatte.

Und zehn Jahre zuvor, als ihr klar geworden war, dass sie mit Fred nicht mehr zusammenleben konnte, hatte sie schließlich die Stelle in Atlanta angenommen und die Scheidung eingereicht.

Am Anfang hatte er sie ständig angerufen – nicht weil sie ihm gefehlt hätte, sondern weil er sich vergewissern wollte, dass sie um Jenny genauso trauerte wie er. Es war typisch für ihn, dachte sie sich jetzt, dass er sie anrief, nur um ihr zu sagen, dass er Jennys Grab besucht habe.

Im Jahr zuvor hatte er ihr mitgeteilt, dass er jetzt einen Psychiater aufsuchen und Medikamente gegen seine Depression nehmen würde. Aber da war noch etwas. Vor etwa einem halben Jahr hatte er plötzlich wieder das Gerichtsverfahren erwähnt und heftig die Leute verflucht, die damals ausgesagt hatten. Jennys Mörder, ein sechsundzwanzigjähriger Typ, hatte sich hin und wieder in der Mall herumgetrieben und mehrmals versucht, junge Frauen in seinen Lieferwagen zu locken. Der Wagen gehörte der Tankstelle, bei der er aushilfsweise beschäftigt war.

Eine der belästigten Frauen hatte sich beim Sicherheitsdienst der Mall beschwert. Doch statt den Typen festzuhalten, hatte der verantwortliche Sicherheitsbedienstete ihn laufen lassen – er hatte ihn kurzerhand in seinen Lieferwagen gesetzt und ihm gesagt, er solle sich in der Mall nicht mehr blicken lassen. Beim Kreuzverhör hatte der Sicherheitsmitarbeiter gestanden, dass er den verdächtigen Typen nicht hatte festhalten wollen, weil seine Schicht bald zu Ende gewesen sei und er sich noch mit seinem Bowling-Team habe treffen wollen.

Eine weitere Zeugin war die nette Frau gewesen. Sie hatte geweint, als sie von Jenny erzählte, die wegen eines platten Reifens auf dem Highway hatte anhalten müssen. »Ich bin auf die Standspur gefahren und wollte fragen, ob ich ihr helfen kann«, hatte sie erklärt. »Aber dann hat ja schon der Wagen von der Tankstelle angehalten, und ich hab mir gedacht, sie hätte schon jemanden angerufen, der sich darum kümmert, also bin ich weitergefahren.«

Hätte der Sicherheitsmitarbeiter in der Mall seine Arbeit getan, hätte die Frau länger angehalten, hätte der Polizist, der tatsächlich sah, wie sie in den Lieferwagen stieg, gestoppt und sich erkundigt, ob alles in Ordnung sei, statt irgendeinen Raser zu verfolgen, hätte Lisa an jenem Tag Jenny beim Einkaufen begleitet …

Hätte … hätte … hätte …

Aber das größte *hätte* war niemals angesprochen worden.

Bei jedem Gespräch mit Fred kam wieder der schreckliche Schmerz hoch und schlich sich in ihre Seele – der Schmerz und die Wut, die sie so bemüht gewesen war, hinter sich zu lassen. Lass es gut sein, ermahnte sie sich. Vielleicht sollte ich den Psychiater anrufen, überlegte sie und griff nach ihrer Jacke. Fred hatte dessen Namen ein- oder zweimal erwähnt. Wie hieß er noch? Raleigh? Renwood? Raines?

Sie wohnte in einem Apartmentgebäude etwa zehn Block vom Krankenhaus entfernt in der Innenstadt von Atlanta, und wenn es nicht in Strömen goss, ging sie immer zu Fuß zur Arbeit und wieder zurück.

Heute war es leicht bewölkt, ein erster Frühlingshauch lag in der Luft. Sobald sie im Freien war, ging es ihr besser. An ihrem nächsten Geburtstag würde sie sechzig werden, aber sie sah mindestens fünf Jahre jünger aus, wie sie sehr genau wusste. Ihre gewellten Haare waren mittlerweile grau meliert und kurz geschnitten. In jüngeren Jahren hatte sie sie lang getragen, und ältere Freunde aus der Zeit an der St. Mary's Academy sagten immer, dass ihr die achtzehnjährige Jenny wie aus dem Gesicht geschnitten gewesen sei.

Jenny. Die achtzehn war und niemals neunzehn werden sollte.

Jenny. Die für immer achtzehn bleiben würde.

Jenny. Die mit ihren achtzehn Jahren die Aufnahmeprüfung für Georgetown geschafft hatte, das College, das sie und Lisa hatten besuchen wollen.

Nach ihrem Tod habe ich gedacht, ich würde nie mehr aus dem Bett kommen, dachte Helen, immer noch ganz gefangen vom Schmerz, den Freds Anruf wieder geweckt hatte. Freds Unfähigkeit, das Gegebene zu akzeptieren oder damit zurechtzukommen, hatte sie gezwungen, auch seinetwegen stark zu sein. Bis sie seine ... los, sag es schon, dachte sie sich ... bis sie seine *Unehrlichkeit* nicht mehr ertragen konnte.

Unwillkürlich beschleunigte sie ihre Schritte, als hoffte sie damit, ihren Gedanken davonlaufen zu können. Sie konzentrierte sich auf ihr jetziges Leben in Atlanta, auf ihre neuen Freunde, die Intensivstation der Kinderabteilung, wo sie einem Team angehörte, das erst kürzlich ein todkrankes Kind doch noch hatte retten können. Und an Gene, den dreiundsechzigjährigen Witwer und Leiter der Orthopädischen Chirurgie. Sie trafen sich mittlerweile regelmäßig.

Raleigh. Renwood. Raines. Wie hieß bloß dieser Psychiater noch? Irgendetwas in ihr drängte sie dazu, mit ihm Kontakt aufzunehmen. Dann wusste sie, was sie zu tun hatte. Es musste ein Verzeichnis der Psychiater geben, die in St. Augustine und Umgebung praktizierten. Sie würde bei Gene nachfragen, vielleicht könnte er einen der Ärzte aus der psychiatrischen Abteilung bitten, für sie einmal nachzusehen. Wenn sie den Richtigen fanden, könnte sie anrufen und ihm erklären, dass sie Fred Rands Exfrau sei und befürchte, dass er kurz vor einem Zusammenbruch stehe.

Wenn sie Freds Arzt erreichte, könnte er vielleicht Fred auf seinem Handy anrufen. Einen Versuch war es zumindest wert.

Oder sie hielt sich ganz aus der Sache heraus. Fred hatte sich bislang immer irgendwann wieder beruhigt, außerdem wusste sie gar nicht, wo er sich aufhielt. Und wahrscheinlich würde er sowieso nicht an sein Handy gehen. Er ging so gut wie nie ran.

Am nächsten Morgen absolvierte Stuart Kling eine zusätzliche halbe Stunde im Fitnessstudio. Er duschte, schlüpfte in seine Jogginghose und wollte von hier aus direkt zur Dienststelle. Außerdem war er sehr mit sich zufrieden, er hatte endlich die zweieinhalb Kilo geschafft, die er seit Weihnachten abspecken wollte, und so trat er mit beschwingten Schritten aus dem Seiteneingang auf den Parkplatz.

Er hörte es mehr, als dass er es sah – die Scheibe des Lieferwagens neben seinem Wagen wurde heruntergelassen. Instinktiv fuhr er mit dem Autoschlüssel in der Hand herum. Stuart Kling hatte ein nahezu unfehlbares Gedächtnis für Gesichter, und in den letzten Sekunden vor seinem Tod erkannte er noch seinen Mörder. Sein Finger berührte zufällig die Fernbedienung, die er in der Hand hielt, der Kofferraum seines Wagens sprang auf, während er selbst zu Boden ging. Ein Blatt Papier flatterte aus dem Lieferwagen und blieb an dem Blut kleben, das aus seiner Schusswunde in der Brust sickerte.

»STRAFZETTEL FÜR DIE HÖLLE« las der entsetzte Angestellte, der, als er den Schuss hörte, sofort herausgerannt kam und bei Kling war, noch bevor die Buchstaben auf dem Papier im Blut unkenntlich wurden. Hektisch drehte er sich um und wollte sich das Kennzeichen des Lieferwagens merken, der gerade aus dem Parkplatz bog, aber der Wagen hatte kein Nummernschild.

Drei Tage nach seinem Treffen mit Detective Joe O'Connor fand Mark Baxter in der großen Handtasche, die seine Mutter für gewöhnlich immer bei sich hatte, die abgerissene Ecke eines Kontoauszugs. Darauf war ein Autokennzeichen gekritzelt.

Das Stück Papier befand sich, etwas zerknüllt, in der Seitentasche mit dem Reißverschluss, wo sie immer ihr Scheckbuch und die Brieftasche aufbewahrt hatte. In den vergangenen Tagen hatte er O'Connor nicht nur wegen des Ausspruchs seiner Mutter angerufen, dass kürzlich etwas ganz Komisches passiert sei, sondern auch wegen eines von seiner Mutter beauftragten Handwerkers, wegen eines neuen Lieferanten der Trockenreinigung und wegen mehrerer E-Mails auf ihrem Computer. Sie stammten angeblich von einem entfernten Verwandten, der sie darum gebeten hatte, sich mit ihm zu treffen, wenn er in der Stadt war.

Mittlerweile kam Mark sich ein wenig dämlich vor. O'Connor war allen Hinweisen nachgegangen, aber keiner hatte zu irgendetwas geführt. Wahrscheinlich lag der Zettel schon sein Monaten in der Tasche, dachte er und erinnerte sich vage, dass der Sohn eines Nachbarn ihr auf dem Kirchenparkplatz einmal eine kleine Delle ins Auto gefahren hatte. Aber sie hatte deswegen nichts unternommen, weil sie den Wagen sowieso weggeben und dem Jungen Ärger mit den Eltern ersparen wollte.

Er zerknüllte die abgerissene Ecke des Kontoauszugs, warf sie in den Papierkorb und fuhr nach Hause. Das Haus, in dem er aufgewachsen war, das Haus, das immer eine gewisse Wärme und Herzlichkeit ausgestrahlt hatte, war jetzt der Ort, an dem seine Mutter ermordet worden war, und je weniger Zeit er hier verbrachte, desto besser. Auf dem Weg in seine Kanzlei hörte er in den Radionachrichten, dass Lieutenant Stuart Kling, ein Angehöriger der Polizei in Nassau, vor einem von ihm regelmäßig aufgesuchten Fitnessstudio ermordet worden war.

Kling ..., dachte Mark. Warum kam der Name ihm bloß so bekannt vor? Der Nachrichtensprecher meldete noch, als Hauptverdächtiger gelte ein Mann, den Kling sechs Jahre zuvor verhaftet hatte und der vor Kurzem aus der Psychiatrie entlassen worden war. Bislang habe ich die Welt immer für gut gehalten, dachte Mark, aber langsam kriege ich da so meine Zweifel.

Sein erster Termin war für elf Uhr vorgesehen. Aufgrund des veränderten Zeitplans nach dem Tod seiner Mutter war er beruflich ziemlich eingespannt. Aber den gesamten Tag, bei allen Besprechungen, musste er immer wieder an zwei Dinge denken. Zum einen sollte er Joe O'Connor wenigstens den Zettel mit dem Autokennzeichen zukommen lassen. Und zum anderen beschäftigte ihn die Frage, warum der Name Stuart Kling ihm so wichtig erschien.

Morgen wäre es vollbracht. Lisa Monroe Scanlon. Nach dem morgigen Tag würde sie nicht mehr leben, würde nicht mehr in ihr schönes Haus in Locust Valley gehen können, das so sehr vom frühen Erfolg zweier talentierter junger Menschen zeugte. Tim Scanlon, Aktienhändler, war mit achtunddreißig bereits stellvertretender Leiter eines renommierten Finanzunternehmens. Fred hatte einen Blick durch das Schaufenster in Lisas Einrichtungsstudio geworfen. Darin hatte er mit kostspieligen Polstern bezogene

Sofas gesehen, Stühle, antike Tische. Einen Kaminsims mit Kerzenständern, eine zierliche lackierte Uhr. Blumendrucke an den Wänden.

Es ging ihr gut, dachte Fred. Ehemann, Familie, ein Geschäft. Und ihre Eltern vergötterten ihre Enkel – während meine Enkelkinder nie geboren wurden.

Jenny hatte sich an jenem Tag eigentlich mit Lisa treffen wollen. Sie hatten vorgehabt, zusammen einen Einkaufsbummel zu unternehmen, aber dann hatte Lisa sich kurzfristig anders entschieden.

Hätte sie Jenny begleitet, hätten sie zu zweit im Wagen gesessen, als der Reifen platzte, und dann wäre Jenny jetzt noch am Leben.

Am Abend, während er den Nachrichten über den Mord an Lieutenant Stuart Kling lauschte, putzte und lud er die Waffe, die er zur Vollendung seiner Aufgabe brauchen würde. Er wusste genau, wann er ins Haus eindringen wollte. Morgen früh. Tim Scanlon verließ immer um Viertel nach sieben das Haus. Um 8.05 Uhr gingen die Zwillinge zum Schulbus. Die Haltestelle lag an der Straßenecke, nur ein paar Häuser weiter. An den drei Morgen, die er sie beobachtet hatte, war Lisa mit ihnen zur Ecke gegangen und anschließend nach Hause geeilt. Immer hatte sie die Tür einen Spaltbreit offen gelassen.

Wenn sie das morgen wieder tat, würde er sich ins Haus schleichen und dort auf sie warten. Wenn nicht, würde er klingeln und ihr, wenn sie aufmachte, sagen, dass er ein Geschenk für sie habe. Sie würde ihn einlassen. Immerhin war er doch Mr. Rand, Jennys Vater.

Wenn dann um neun Uhr die Babysitterin kam, würde sie Lisas Leiche vorfinden.

Und ich werde nach Hause fahren, dachte Fred. Und meinen Psychiater Dr. Rawlston aufsuchen und ihm sagen, dass ich Fortschritte sehe bei meinem Bemühen, den Tod meiner Tochter zu akzeptieren. Ich werde ihm sagen, dass am Grab meiner Tochter eine große Ruhe über mich gekommen und ich überzeugt sei, dass ich mir diese Ruhe bewahren könne. Ich werde ihm sagen, dass ich die Menschen, die Jennys Tod verursacht haben, nicht mehr hasse.

Allerdings habe ich ihm deren Namen genannt. Was vielleicht keine so gute Idee gewesen ist.

Aus irgendeinem Grund wurde er plötzlich nervös. Die Euphorie, die sich bei Stuart Klings Tod eingestellt hatte, verflüchtigte sich allmählich, und ihm war, als würden in den Schatten schon andere Gestalten auf ihn warten und sich ihm nähern.

Sein Handy klingelte. Er ging nicht ran. Wahrscheinlich war es Helen. Wahrscheinlich glaubte sie, dass andere Dinge in ihm vor sich gingen. Ihm war klar, dass er ihr zu viel von den Leuten erzählt hatte, die für Jennys Tod verantwortlich gewesen waren.

Sie hatte ihn gedrängt, sich bei seinem Psychiater zu melden. Würde sie womöglich selbst bei Dr. Rawlston anrufen? Würden sie gemeinsam beschließen, die Polizei zu verständigen und sie darüber in Kenntnis zu setzen, dass Fred Rand ein schwer traumatisierter Mensch sei und manche Personen möglicherweise gewarnt werden müssten, falls er mit ihnen Kontakt aufnehmen sollte? In diesem Fall würden sie erfahren, dass drei dieser Personen mittlerweile nicht mehr am Leben waren.

Er legte die Waffe in seinen Aktenkoffer, stand auf und

begann mit dem Packen. Es war an der Zeit, von hier zu verschwinden. Er würde sofort nach Locust Valley fahren. Das Nachbarhaus von Lisa wurde offensichtlich nur im Sommer genutzt. Dort konnte er an der Rückseite parken, ohne dass jemand es bemerkte.

Auch wenn er dabei gefasst werden sollte, er musste seine Aufgabe vollenden.

Um 20.30 Uhr checkte Fred Rand aus dem Motel in Garden City aus, stieg in seinen Wagen und fuhr ins vierzig Minuten entfernte Locust Valley. Nachdem er den Highway verlassen hatte, hielt er an einem kleinen Restaurant, aß zu Abend und steckte ein paar Brötchen ein, damit er nachts etwas zum Knabbern hatte. Um 22 Uhr stand er mit seinem Wagen im Schatten des Hauses neben dem der Scanlons. Der Schlaf, der ihm im recht bequemen Motelbett vorenthalten geblieben war, kam sofort, als er den Kopf zurücklegte und den Sitz nach hinten neigte.

In der Morgendämmerung wachte er auf. Dann wartete er.

Mark Baxter schlief unruhig. Kling. Stuart Kling. Woher glaubte er diesen Namen zu kennen? Er wachte auf, grübelte vor sich hin und schlief wieder ein. Diesmal träumte er, dass seine Mutter auf der Bank einen Scheck einreichte. Statt des Betrags hatte sie jedoch ein Autokennzeichen eingetragen, und nun versuchte sie den Bankangestellten dazu zu bringen, ihn anzunehmen.

Um sieben Uhr leerte Mark seine Tasse Kaffee, küsste seine Frau und seine Tochter zum Abschied, fuhr aber nicht in die Kanzlei, sondern schlug die Richtung zum Haus seiner Mutter ein. Er musste den Zettel mit dem

Kennzeichen aus dem Papierkorb fischen, ihn Detective Joe O'Connor bringen und ihm sagen, dass er aus irgendeinem unerfindlichen Grund glaubte, es gebe eine Verbindung zwischen dem Mord an seiner Mutter und dem am Lieutenant der Polizei in Nassau.

Helen Rand verbrachte eine schlaflose Nacht. Sie haderte mit sich, weil sie nicht versucht hatte, Freds Psychiater anzurufen. Beim Abendessen hatte sie Gene von ihren Befürchtungen erzählt, und er hatte gemeint, Bruce Stevens, ein Psychiater und Freund von ihm, könne auf jeden Fall in Erfahrung bringen, ob es in der Gegend von St. Augustine einen Psychiater namens Rawlings oder Raines oder Renwood gebe.

Nachdem Gene sie zu Hause abgesetzt hatte, hatte sie tatsächlich über die Telefonauskunft die Nummer des Psychiaters herausfinden wollen, aber ohne genauen Namen war das natürlich nicht möglich.

Um 7.15 Uhr kontaktierte sie Gene im Krankenhaus. »Gene, bitte ruf Dr. Stevens an. Ich weiß nicht, warum, aber ich bin mit einem Mal sehr beunruhigt.«

Um acht Uhr sprach sie mit Dr. Richard Rawlston, der in Ponte Vedra praktizierte, gut vierzig Kilometer von St. Augustine entfernt.

Sie erzählte ihm von ihren Befürchtungen, wartete und hoffte wider besseres Wissen, er würde sie beruhigen und ihr sagen, dass seiner Meinung nach keinerlei Gefahr bestehe, dass Fred etwas Unüberlegtes tun könnte.

»Mrs. Rand, Sie glauben, Fred hält sich im Moment auf Long Island auf und nimmt seine Medikamente nicht?«

»Genau.«

Es folgte eine lange Pause, dann fuhr der Psychiater fort: »Ich habe mir große Sorgen um Fred gemacht. Allerdings hat er mir gesagt, dass er mit Freunden eine Bootstour unternehmen wolle und es ihm auch viel besser gehe. Wenn er mich jedoch angelogen hat und er jetzt auf Long Island ist, dann, fürchte ich, gibt es drei Menschen, die sofort gewarnt werden müssen. Ich habe ihre Namen. Es handelt sich um diejenigen, denen er vorwirft, den Tod Ihrer Tochter nicht verhindert zu haben: um den Mitarbeiter eines Sicherheitsdienstes, um eine ältere Frau und einen Polizeibeamten.«

»Ja, das sind sie.«

»Wissen Sie, wo Fred abgestiegen ist, Mrs. Rand?«

»Nein.«

»Dann wird mir nichts anderes übrig bleiben, als die Polizei in Nassau anzurufen und ihr von unseren Befürchtungen zu berichten. Ich würde ihnen gern Ihre Telefonnummer geben, falls die Beamten mit Ihnen Rücksprache halten wollen.«

»Natürlich. Ich habe heute dienstfrei. Ich bin jederzeit zu erreichen.«

Helen legte auf. Und wartete.

Mark befand sich in Joe O'Connors Büro, als der Anruf von Dr. Rawlston eintraf. Sie hatten gerade das Autokennzeichen ausfindig gemacht, das Genevieve Baxter auf den Kontoauszug gekritzelt hatte. Es gehörte zu einem Volvo, der vor Kurzem von einem Fred Rand aus St. Augustine, Florida, gemietet worden war.

»Er hat meine Mutter umgebracht, weil ...« Mark brach in Tränen aus. »Er hat ihr die Schuld gegeben!«

»Und Stuart Kling und Vinnie D'Angelo, dessen Leichnam gestern Nachmittag angetrieben wurde. In D'Angelos Fall wurde gleich vermutet, dass es bei seinem Tod nicht mit rechten Dingen zugegangen ist.«

»Wenn mir Mutter bloß an dem Abend davon erzählt hätte«, sagte Mark.

»Du hast ja keine Ahnung, wie oft wir das hier zu hören bekommen.« O'Connor griff zum Hörer. »Sofort eine Fahndung rausgeben ... Täter ist bewaffnet und gefährlich ...«

Um Viertel nach sieben sah Fred, wie Tim Scanlon das Haus verließ. Versteckt hinter den dichten Sträuchern vor dem Küchenfenster, beobachtete er, wie sich Tim von seiner Familie verabschiedete, und hörte ihn sogar im Flur noch rufen: »Vergiss nicht, Liebling, bei mir wird es heute etwas später.«

Nein, das wird es nicht, dachte sich Fred. Du wirst in ein paar Stunden gleich wieder hier sein. Wenn du nämlich wegen Lisa angerufen wirst.

In ihrem Bademantel, mit den nach oben gebundenen Haaren, sah Lisa sehr jung aus, dachte er, fast so jung wie damals, als sie und Jenny mehr oder weniger unzertrennlich gewesen waren.

Bald werdet ihr wieder zusammen sein, dachte Fred.

Die Nachricht, dass Fred auf Long Island drei Menschen ermordet hatte, versetzte Helen in einen absoluten Schockzustand. Eine Stunde saß sie nur regungslos da und konnte das alles nicht begreifen. Doch neben ihrem Entsetzen ließ sie das fürchterliche Gefühl nicht los, von irgendwoher eine Warnung zu erhalten. Sie glaubte, Jennys Stimme zu hören.

Um zehn vor acht rief sie erneut bei Dr. Rawlston an. Ängstlich fragte sie: »Doktor, hat Fred jemals Jennys Freundin Lisa erwähnt? Hat er ihr ebenfalls die Schuld an Jennys Tod gegeben?«

»Nein. Er hat nur gesagt, Lisa sei ihre Freundin gewesen. Sie wollte mit ihr an diesem Tag doch zum Einkaufsbummel, hatte es sich dann aber anders überlegt. Das war alles.«

»Es gibt möglicherweise einen Grund, warum er davon nichts erzählt hat ... etwas, dem er sich nie hatte stellen wollen. Ich muss sofort die Polizei in Nassau anrufen. Mit wem haben Sie dort gesprochen?«

Mark wollte sich gerade verabschieden, als Helen Rand anrief. Beim folgenden Telefonat wurden die Falten auf O'Connors Stirn immer tiefer. »Sie sagen, sie hat nach ihrer Heirat den Namen Scanlon angenommen und wohnt jetzt in Locust Valley. Wir werden uns sofort darum kümmern.« O'Connor legte auf und sah zu Mark. »Es steht vielleicht noch jemand auf seiner Liste.«

»Okay, ihr beiden, ich wünsche euch einen schönen Tag.« Nach einem letzten Kuss stiegen die Kinder in den Bus, und Lisa eilte nach Hause. Seitdem sie sich einmal morgens ausgesperrt hatte, schloss sie die Tür nicht mehr ab, sondern ließ sie immer einen Spaltbreit offen stehen.

Die fünfzehn Monate alte Kelly war in diesen beiden Minuten, in denen sie die Zwillinge zur Straßenecke begleitete, in ihrem Laufstall untergebracht. Darin hatte sie nur ihre Plastikklötzchen, die sie unmöglich verschlucken konnte, und einen Gummiball. Alles, was sie in den Mund nehmen konnte, war außerhalb ihrer Reichweite.

Diesen Morgen jedoch musste irgendetwas Kelly Angst eingejagt haben, denn als Lisa zurückkam, hatte sie sich aufgerichtet und kreischte lauthals »*Mammmaaaa!*«.

Lisa hob sie hoch. »Hey, wo ist denn das Problem?«

Ich bin das Problem, dachte Fred. Er stand im Schrank im Flur. Er musste sich nicht beeilen, er konnte gut und gern noch fünf oder zehn Minuten warten und sich an seiner Großherzigkeit erfreuen, wenn er Lisa noch ein paar Minuten ihres Lebens gönnte.

Und ganz bestimmt würde er sie nicht umbringen, solange sie ihr Baby auf dem Arm hielt. Er schob die Schranktür ein bisschen weiter auf, um sie besser sehen zu können – in diesem Moment knarrte die Tür. Hatte sie es bemerkt?

Lisa hörte das charakteristische Knarren der Schranktür. Es muss jemand da sein. Deswegen hat das Kind auch solche Angst gehabt, dachte sie. Was soll ich machen?

Vor allem nicht zu erkennen geben, dass du ihn bemerkt hast. Nimm das Kind und geh zur Tür. Drück auf den Notfallknopf.

O Gott, bitte hilf mir

Sie hatte es tatsächlich bemerkt. Er sah es ihr an, so, wie sie sich plötzlich am ganzen Körper versteifte. »Lisa«, sagte er leise.

Lisa fuhr herum.

»Setz das Kind wieder in den Laufstall und geh ein paar Schritte zur Seite. Ich will nicht, dass deiner Tochter etwas zustößt. Nicht, dass sie einen Querschläger abbekommt, weißt du.«

Jennys Vater stand mit einer Waffe in der Hand vor ihr. Warum war er da? Sie wusste es. Weil er mich hasst. Er hasst mich, weil ich noch am Leben bin und Jenny nicht. Sie hatte schon ein komisches Gefühl gehabt, als sie sich begegnet waren. Sie hatte von sich und ihrem Leben erzählt, hatte immer weiter geredet, und sein Blick war dabei immer düsterer und zornerfüllter geworden. Er würde sie umbringen.

Sie versuchte sich ihre Angst nicht anmerken zu lassen. »Bitte, ich mach alles, was Sie sagen. Lassen sie mich Kelly absetzen, dann können wir in die Küche gehen.«

»Du bist eine gute Mutter. Zu schade, dass du keine so gute Freundin warst.«

Lisa drückte ihre Tochter fest an sich, küsste sie und wollte sie in den Laufstall setzen. Aber Kelly schlang ihr die Ärmchen um den Hals.

Sanft versuchte Lisa sie zu lösen.

»Beeil dich, Lisa.« Fred hörte eine Sirene, gleich darauf bog ein Streifenwagen in die Anfahrt ein. »Beeil dich!«, schrie er jetzt.

Verzweifelt beugte sich Lisa über den Laufstall, löste mit Gewalt die sie umklammernden Arme und setzte ihre Tochter auf die Plastikmatte. Der Gummiball rollte nach vorn. Und plötzlich hatte sie sich selbst und Jenny vor Augen – sie beide waren die Stars in ihrem Softball-Team gewesen, und jetzt sah sie sich beim Werfen und Jenny beim Schlagen, und sie wusste, dass sie eine Chance hatte. Mit einer blitzschnellen Bewegung packte sie den Ball, sprang vom Laufstall weg, wirbelte herum und warf den Ball mit aller Kraft auf Fred. Der Ball traf ihn an der

Hand, der Lauf der Waffe wurde nach oben gerissen, während er den Abzug durchdrückte.

Die Kugel strich wenige Zentimeter über ihren Kopf hinweg und schlug in die Wand ein. Bevor er erneut zielen konnte, hatten ihn die Polizisten bereits überwältigt.

Eine Viertelstunde später rief Detective Joe O'Connor bei Helen Rand an. »Lisa ist nichts passiert, Mrs. Rand, dank Ihres Anrufs«, sagte er. »Unsere Leute sind gerade noch rechtzeitig eingetroffen. Lisa hat uns erzählt, sie hatte eigentlich keine Chance, aber als sie den Ball im Laufstall gesehen hat, musste sie an die Softball-Partien mit Jenny denken. Ihr war, als hätte Jenny ihr zugerufen, was sie tun musste.«

»Und Fred?«

»Wurde festgenommen. Er hat sich sehr gewehrt. Und bedauert, sie nicht getötet zu haben. Er gibt ihr die Schuld an Jennys Tod. Sie kennen das ja.«

In diesem Moment konnte Helen sich nicht mehr länger zurückhalten. »Ihnen allen gibt er die Schuld! Wissen Sie, wer meine Tochter wirklich umgebracht hat? Er selbst. Fred. Er hatte Geld von seiner Familie, aber er war immer knausrig. Jenny war sein einziges Kind. Zum achtzehnten Geburtstag hat er ihr ein Auto geschenkt. Na klar. Eine alte Karre mit abgefahrenen Reifen. Deshalb hat Lisas Vater sie an diesem Tag nicht mitfahren lassen. Ich habe Jenny angefleht, sie soll sich da nicht reinsetzen, aber er hat nur gesagt, mach schon. Er wollte die Reifen wechseln, wenn Sears welche im Sonderangebot hat. Richten Sie ihm von mir etwas aus ... Sagen Sie ihm, dass er sein eigenes Kind umgebracht hat.«

Sie unterdrückte ihr Schluchzen. »Ich hätte ihn schon vor langer Zeit mit der Wahrheit konfrontieren sollen. Nach Jennys Tod war er aber völlig am Boden zerstört. Er hat mir so leidgetan, trotzdem hätte ich ihn mit der Wahrheit konfrontieren sollen.«

»Mrs. Rand, Sie hätten ihn nicht davon überzeugen können, dass er schuld war an Jennys Tod. Leute wie er geben immer anderen die Schuld, niemals sich selbst. Aber vergessen Sie nicht, wenn Sie nicht angerufen hätten, wäre Lisa jetzt tot. Sie haben ihr das Leben gerettet.«

»Nein«, flüsterte Helen. »Sie irren sich. Sie haben es doch selbst gesagt. Jenny hat Lisa das Leben gerettet.« Sie lächelte. »Jenny war ein großartiger Mensch, und sie scheint sich, obwohl sie jetzt irgendwo da oben ist, kein bisschen geändert zu haben.«

Das verräterische Schnurren

Es kommt der Zeitpunkt, zu dem Großmütter aus Gründen der allgemeinen Schicklichkeit zu sterben haben. Ich muss gestehen, meiner Großmutter in einer frühen Phase meines Lebens halbherzige Zuneigung entgegengebracht zu haben, aber das ist lange her. Mittlerweile ist sie weit in den Achtzigern, aber immer noch äußerst eitel, auch wenn nachts ihre Zähne in einem Wasserglas auf dem Nachtkästchen ruhen. Jeden Morgen hat sie damit zu kämpfen, ihre Kontaktlinsen in ihre kurzsichtigen Augen zu bugsieren, und zur Unterstützung ihrer arthritischen Knie ist sie auf einen Stock angewiesen. Dieser Stock ist speziell für sie anfertigt worden und gleicht angeblich dem Spazierstock, den Fred Astaire bei einigen seiner Tanznummern benutzt hat. Großmutter erzählt gern, dass sie in jungen Jahren mit ihm getanzt habe und ihr dieser Spazierstock also Glück bringe.

Geistig ist sie so rüstig wie eh und je, ihr Verstand scheint sogar umso schärfer zu werden, je exzentrischer sie wird. Sie, die sich voller Stolz immer als genügsam bezeichnet hatte, bringt ihr Geld allerdings nun scheffelweise unter die Leute. Aufgrund einiger Investitionen, die noch ihr Mann, mein Großvater, getätigt hatte, ist sie ausgesprochen wohlhabend.

So habe ich ihren einfachen Lebensstil immer mit großer

Freude zu würdigen gewusst. Das aber hat sich geändert. Eines Tages hat sie sich zum Beispiel in ihr bescheidenes Heim für vierzigtausend Dollar einen Aufzug einbauen lassen. Sie ist überzeugt, dass sie hundert Jahre alt werden wird, und trägt sich mit dem Gedanken, in ihrem Garten ein hochmodernes Fitnessstudio zu errichten, nachdem sie in einem von Harvard herausgegebenen medizinischen Bulletin gelesen hat, körperliche Betätigung sei gut für ihre Arthritis.

Ein besseres Mittel gegen Arthritis wäre es, unter uns gesagt, wenn ihr endgültig ein Ende bereitet werden würde. Und genau das hatte ich mir vorgenommen.

Ich muss noch erwähnen, dass ich ihr alleiniger Enkel und Erbe bin. Ihr einziges Kind, meine Mutter, hat kurz nach meinem College-Abschluss das Zeitliche gesegnet. In den seit dem vergangenen sechsundzwanzig Jahren habe ich zweimal geheiratet, mich zweimal scheiden lassen und war an einigen nicht gerade vom Glück begünstigten Unternehmungen beteiligt. Es war daher angebracht, nicht weiter meine Zeit zu verschwenden und endlich ein sorgenfreies Leben zu genießen. Dazu aber bedurfte es der Nachhilfe meinerseits.

Selbstverständlich musste ihr Hinscheiden völlig natürlich aussehen. In ihrem fortgeschrittenen Alter wäre es nicht unwahrscheinlich, wenn sie sanft im Schlaf dahinschied, aber drückte man ihr zur Beförderung dieses Zieles ein Kissen aufs Gesicht, bestand die Gefahr, dass Quetschungen zurückblieben, die den Argwohn der Polizei erregten. Es ist die Aufgabe eines Polizisten, nach Motiven Ausschau zu halten, und natürlich wäre ich das wandelnde Motiv schlechthin gewesen. Außerdem beunruhigte es mich etwas, dass ich unter Alkoholeinfluss anderen gegenüber geäußert hatte, mir zu meinem Geburtstag von meiner Großmutter nichts weiter zu wünschen als die Fahrkarte zu ihrer Beerdigung.

Wie also sollte ich meiner Großmutter dabei assistieren, den Jordan zu überqueren, ohne Verdacht zu erregen?

Ich war schlichtweg überfragt. Ich könnte sie die Treppe hinunterschubsen und behaupten, sie sei von allein gefallen. Wenn sie dabei aber überlebte, würde sie wissen, dass ich die Ursache dieses Missgeschicks war.

Ich könnte an ihrem Wagen herumschrauben, nur würde ihr altertümlicher Bentley, den sie mit der Geschicklichkeit eines Mario Andretti zu chauffieren versteht, wahrscheinlich jeden Unfall mehr oder weniger unbeschadet überstehen.

Gift ist leicht nachweisbar.

Mein Problem wurde auf äußerst unerwartete Weise gelöst.

Ich war zum Abendessen bei einem erfolgreichen Freund eingeladen, Clifford Winkle. Ich weiß Cliffords exquisite Weine und seine Gourmettafel weitaus mehr zu schätzen als ihn selbst. Obendrein finde ich seine Frau Belinda, gelinde gesagt, etwas fade. Aber ich war in Stimmung für ein prächtiges Abendessen in luxuriösem Ambiente und sah dem Abend mit großer Freude entgegen.

Ich hatte soeben mit Clifford und seiner Frau Platz genommen, genoss einen großzügig eingeschenkten Scotch on the rocks, der aus einer zweihundert Dollar teuren Flasche Single Malt Reserve stammte, als ihr kleiner Sonnenschein, der zehnjährige Perry, in den Raum platzte.

»Ich weiß es, ich weiß es!«, plärrte er und versprühte

dabei weitflächig seine Spucke durch die schmale Zahnlücke zwischen den oberen beiden Schneidezähnen.

Die Eltern lächelten nachsichtig. »Perry hat diese Woche die gesammelten Werke von Edgar Allan Poe gelesen«, sagte Clifford an mich gewandt.

Als ich das letzte Mal hier zu Gast war, musste ich Perrys endlose Ausführungen zu einem Buch übers Fliegenfischen über mich ergehen lassen; darüber, dass er nach der Lektüre nun wirklich, wirklich alles über das Auswerfen und Einholen und über Köder wusste und warum das Fliegenfischen wirklich, wirklich ganz toll sei. Am liebsten hätte ich seinen Redeschwall unterbrochen und ihm mitgeteilt, dass ich schon *Aus der Mitte entspringt ein Fluss* gesehen habe, Robert Redfords großartigen Film zu diesem Thema, aber natürlich verkniff ich mir den Kommentar.

Perrys alles vereinnahmende Leidenschaft galt jetzt also offensichtlich Edgar Allan Poe. »›Das verräterische Herz‹ ist meine Lieblingsgeschichte«, krähte er. Seine kurzen roten Haare standen wie Stacheln vom Kopf ab. »Aber ich könnte ein besseres Ende schreiben, das weiß ich.«

Barfüßiger Rotzlöffel übertrumpft Poe, dachte ich mir. Nun, ich wollte mir zumindest den Anschein von Interesse geben. Und da ich beim letzten Schluck des Zweihundert-Dollar-Scotch angekommen war, hoffte ich, dass, wenn ich das Interesse auf mich selbst lenkte, Clifford mein leeres Glas bemerkte und sich seiner Gastgeberpflichten erinnerte. »In der Highschool«, sagte ich daher, »habe ich einen neuen Schluss für ›Das Fass Amantillado‹ geschrieben. Dafür hab ich in Englisch eine Eins bekommen.« Ich räusperte mich und setzte an: »›Ja. Ich mordete ihn. Ich mordete ihn vor etlichen fünfzig Jahren ...‹«

Perry ging darauf gar nicht ein. »Im ›Verräterischen Herz‹ bringt dieser Typ doch den alten Mann um, weil er ihm nicht in die Augen schauen kann. Dann begräbt er sein Herz, und als die Polizei kommt, glaubt er, er hört das Herz schlagen, da dreht er durch und gesteht alles, richtig?«

»Richtig!«, bestätigte Clifford enthusiastisch.

»Genau. Mh-hmm«, stimmte Belinda zu und sah strahlend zu ihrem Wunderkind.

»In meiner Version tötet der Typ den alten Mann, aber ein anderer sieht ihm dabei zu, und der hilft ihm dann auch, die Leiche zu zerstückeln und das Herz unter dem Fußboden zu begraben. Als die Polizei kommt, lacht der Mörder und scherzt mit ihnen und glaubt, sie können ihm nichts anhaben. Als die Polizei wieder geht, kommt der Freund zurück und sagt bloß so zum Spaß, dass er das Herz von dem alten Mann schlagen hört. Ist das nicht gut?«

Faszinierend, dachte ich. Hätte Poe doch bloß Perry kennengelernt.

»Aber dann glaubt der Mörder, weil er ja nicht weiß, dass es bloß ein Witz ist, dass er wirklich das Herz hören kann, und wisst ihr was?«

»Was?«, fragte Clifford.

»Ich komm nicht drauf«, entfuhr es Belinda. Sie hatte die Augen weit aufgerissen und klammerte sich mit beiden Händen an die Stuhllehnen.

»Der Mörder stirbt vor Angst, weil er meint, dass er wirklich das Herz hört.«

Perry strahlte über seine eigene Brillanz. Schick es für den Nobelpreis ein, dachte ich, freilich ohne zu wissen, dass noch mehr kommen sollte.

»Und der Clou ist, der Freund wollte das Geld aufteilen, das der alte Mann irgendwo in London versteckt hat, aber jetzt wird ihm klar, dass er es nicht mehr finden kann, er wird also für sein Verbrechen auch bestraft.« Triumphierend grinste Perry, ein breites Grinsen von einem Ohr zum anderen, das sämtliche Sommersprossen in seinem Gesicht zu einer einzigen hennaroten Fläche verschmelzen ließ.

Aber jetzt war ich es, der in Applaus ausbrach, und ich meinte es ernst. *Das Geräusch hat den Mörder zu Tode erschreckt.* Mir kam nämlich die Angst meiner Großmutter vor Katzen in den Sinn. Schon beim Anblick und dem Geräusch einer einzigen Katze zittert und schlottert sie so sehr, als stünde sie einer Ohnmacht nahe. Das rühre, hat man mir erzählt, daher, dass sie vor über achtzig Jahren von einer tollwütigen Katze angefallen worden ist. Von dieser längst vergangenen Begegnung hat sie eine Narbe auf der linken Wange zurückbehalten.

Meine Großmutter hatte einen neuen Aufzug.

Angenommen ... nur mal angenommen, Großmutter bliebe nachts wegen eines Stromausfalls in ihrem neuen Aufzug stecken. Und dann hörte sie jaulende und fauchende, zischende und schnurrende Katzen. Hörte sie an der Aufzugstür kratzen. Und wäre überzeugt, sie würden jeden Moment durch die Tür brechen. Kreischend würde sie sich in die Ecke kauern und unter der Erinnerung an das längst Vergangene die Arme über den Kopf schlagen. Nein, es ist keine Erinnerung. Es geschieht jetzt. Sie weiß, die Katze wird sie wieder anfallen, und nicht nur eine

Katze, sondern viele, eine wilde, bedrohliche Meute, die mit gefletschten Zähnen und Schaum vor dem Maul auf sie losgeht.

Es gäbe nur einen Ausweg aus dieser Panik. Vor Schreck würde sie einen Herzinfarkt bekommen, und als offizielle Todesursache käme einzig und allein in Betracht, dass sie nachts allein in ihrem neuen Aufzug festgesteckt hatte.

Ich war so aufgeregt und beglückt von dieser Lösung meines Problems, dass ich vom ausgezeichneten Essen kaum etwas mitbekam und Perry, der natürlich mit uns an der Tafel saß und nicht eine Minute lang den Mund halten konnte, ungewöhnliche Aufmerksamkeit entgegenbrachte.

Ich plante den Tod meiner Großmutter sehr sorgfältig. Nichts durfte auch nur den geringsten Argwohn erregen. Zum Glück gibt es in dieser Gegend im Norden von Connecticut immer wieder Stromausfälle durch heftige Stürme. Sie hatte davon gesprochen, einen kleinen Generator installieren zu lassen, was bislang aber nicht geschehen war. Ich würde also bald handeln müssen.

In den folgenden Wochen streifte ich Nacht für Nacht durch die nahe gelegenen Städte, schlich durch dunkle Gassen und um leer stehende Häuser, wo sich streunende Katzen herumtrieben. Ich warf ihnen Fleisch- und Käsebrocken zu, damit sie darüber in Streit gerieten, die Zähne fletschten und heillos schreckliche Laute ausstießen, die ich auf Band aufnahm. Eines Nachts wurde ich von einer Katze sogar angegriffen, die mich in ihrer Gier auf das Fressen in meiner Hand ansprang und mir mit der Vorderpfote die linke Wange aufriss, an genau der gleichen Stelle wie bei meiner Großmutter.

Ich ließ mich in meiner Mission aber nicht beirren, nahm sogar das klägliche Miauen von ausgesetzten Katzen in Tierheimen auf. Zu Hause bei einer Nachbarin ergatterte ich verstohlen das zufriedene Schnurren ihres heiß geliebten Katers.

Eine Kakophonie an Geräuschen, ein geniales Werk. Das war das Ergebnis meiner Mühen.

Während der Zeit, in der ich meine nächtlichen Wanderungen unternahm, brachte ich untertags meiner Großmutter überschwängliche Aufmerksamkeit entgegen, besuchte sie mindestens dreimal die Woche und ertrug ihre vegetarische Diät, die als der letzte Schrei galt, wenn man bis zum hundertsten Geburtstag durchhalten wollte. Erlebte man meine Großmutter in dieser Häufigkeit, wurden die ärgerlichen Gepflogenheiten, die sie sich angeeignet hatte, zunehmend unerträglicher. Sie sah mir nicht mehr in die Augen, wenn ich mit ihr sprach, als wüsste sie, dass alles, was ich äußerte, gelogen war. Auch legte sie sich den nervösen Tick zu, die Lippen zu spitzen und gleich wieder zu lockern, womit sie den Eindruck erweckte, als sauge sie an einem Strohhalm.

Großmutter lebte allein. Ihre Haushälterin Ana, eine freundliche Jamaikanerin, kam morgens um neun, bereitete Großmutter das Frühstück und das Mittagessen zu, staubsaugte und putzte, fuhr nach Hause und kam wieder, um das Abendessen zu kochen und zu servieren. Ana, die sehr um Großmutter besorgt war, hatte mir bereits ihre Befürchtung anvertraut, Großmutter könne im Aufzug eingesperrt werden. »Sie wissen doch, bei starkem Wind kommt es immer wieder zu Stromausfällen, die können stundenlang andauern.« Ich versicherte ihr, dass ich mir darüber selbst schon Sorgen gemacht hätte. Dann wartete ich ungeduldig, dass das Wetter mitspielte und heftige Stürme aufzogen. Schließlich war es so weit. Die Wettervorhersage kündigte nachts schwere Sturmböen an. An diesem Tag aß ich mit meiner Großmutter zu Abend, was sich als besonders schwierig herausstellte aufgrund der vegetarischen Speisenfolge, Großmutters abgewandtem Blick und zuckendem Mund und der bestürzenden Nachricht, dass sie sich mit einem Architekten treffen wolle wegen ihres Vorhabens, ein Fitnessstudio zu errichten. Es war eindeutig an der Zeit, zur Tat zu schreiten.

Nach dem Essen gab ich Großmutter einen Gutenachtkuss, schaute kurz in der Küche vorbei, wo Ana noch aufräumte, und fuhr dann nach Hause. Damals wohnte ich bloß drei Straßenzüge weiter. Ich parkte den Wagen und winkte meinem Nachbarn zu, der eben nach Hause kam. Was für ein Glücksfall, dachte ich mir, dass er, falls nötig, bezeugen könne, mich beim Betreten meines bescheidenen, gemieteten Häuschens gesehen zu haben. Ich wartete eine Stunde, bevor ich mich durch die Hintertür hinausschlich. Es war bereits dunkel, dazu eisig kalt, und es war nicht schwer, unentdeckt zu Großmutters Haus zu eilen. Ich näherte mich über das Wäldchen und vergewisserte mich, dass Anas Wagen fort war. Er war nirgends zu sehen, also huschte ich über den Rasen zum Fenster des Aufenthaltszimmers. Wie erwartet konnte ich Großmutter, eingemummelt in eine alte Felldecke, in ihrem Lehnsessel sitzen sehen, wo sie gebannt ihre Lieblingssendung im Fernsehen verfolgte.

So blieb sie die nächsten zehn Minuten, bevor sie, ebenfalls wie von mir erwartet, pünktlich um neun Uhr den Fernseher ausschaltete und, die Decke hinter sich her schleifend, zur Vorderseite des Hauses schlurfte. Sofort huschte ich mit dem Schlüssel in der Hand zur Kellertür. Schon war ich drin, und schon legte ich den Schalter um, sobald ich das Rumpeln des Aufzugs hörte, und tauchte das ganze Haus in Stille und Dunkelheit.

Im schmalen Lichtschein meiner Taschenlampe schlich ich mich lautlos nach oben. Aufgrund der Hilferufe meiner Großmutter konnte ich feststellen, dass sich der Aufzug kaum einen Meter in die Höhe bewegt hatte. Nun zum komplizierten Teil. Ich platzierte den Kassettenrecorder auf dem Tisch im Flur, etwas versteckt hinter einem Buch, das ich Großmutter dagelassen hatte. Ana, so meine Annahme, würde sich nichts dabei denken, falls ihr das Gerät überhaupt auffallen sollte. Ich hatte es mir nämlich zur Angewohnheit gemacht, Großmutter stets Bücher und kleine Aufmerksamkeiten mitzubringen.

Und dann stellte ich den Recorder an, der sofort losdonnerte: eine Litanei aus der Katzenhölle, ein Miauen, Kratzen, Keifen und Fauchen setzte ein, in das sich urplötzlich das widersinnige Kollern zufriedenen Schnurrens mischte.

Im Aufzug herrschte vollkommene Stille.

Hatte die Tonbandaufzeichnung bereits ihren Zweck erfüllt? Möglich, aber mit Sicherheit würde ich das erst am Morgen erfahren. Die Aufzeichnung dauerte zwanzig Minuten und würde bis Mitternacht ständig wiederholt werden. Ich war überzeugt, dass dies genügen müsse.

Ich eilte nach Hause, wobei ich bereits gegen den Wind ankämpfen musste, der die Äste an den Bäumen zum Tanzen brachte. Bis auf die Knochen ausgekühlt, legte ich mich sofort ins Bett. Ich gestehe, ich konnte nicht schlafen. Das Bild meiner Großmutter, ihres erkalteten Leichnams im Aufzug, hielt mich davon ab. Erst als ich mir vorstellte, endlich über das viele Geld verfügen zu können, verbesserte sich mein Gemütszustand, und von Anbruch der Dämmerung bis gegen acht Uhr genoss ich einen erholsamen Schlaf.

Dann aber, als ich das Frühstück zubereitete, wälzte ich verschiedene Möglichkeiten im Kopf. Angenommen, Großmutters Gesicht wäre zu einer schreckensstarren Maske gefroren? Würde dies nicht Verdacht erregen? Schlimmer noch, was, wenn der Kassettenrecorder sich aus irgendeinem Grund nicht automatisch ausgestellt hatte?

Nach meinem ursprünglichen Plan hatte ich auf Anas Anruf warten wollen, die mir die traurige Nachricht übermittelte, dass Großmutter im Aufzug festgesessen und wahrscheinlich einen Herzinfarkt erlitten habe. Bei der erschreckenden Vorstellung, das Band könnte immer noch laufen, sprang ich vom Frühstückstisch auf, schlüpfte in eine Jacke und traf just in dem Augenblick ein, als Ana die Eingangstür öffnete. Zu meiner großen Erleichterung war vom Recorder nichts zu hören.

Es war ein bewölkter Morgen, weshalb der Flur noch im Dunkeln lag. Ana begrüßte mich und wollte das Licht anmachen, runzelte dann aber die Stirn. »Mein Gott, es muss wieder der Strom ausgefallen sein.« Sie kehrte um und ging schnurstracks zur Treppe und Großmutters Schlafzimmer. Ich meinerseits raste in den Keller, legte den Hauptschalter der Sicherung um und wurde dafür mit dem Surren des Aufzugs belohnt. Sofort eilte ich die Treppe hinauf und traf oben ein, als Ana die Aufzugstür aufriss. Großmutter saß, eingehüllt in ihre Nerzdecke, auf dem Boden, schlug die Augen auf und blinzelte uns an. Mit der um den Kopf gewickelten Decke, den stellenweise an ihren Wangen anliegenden Pelzsträhnen hätte man meinen können, sie habe das Gesicht einer Katze. Wiederholt spitzte sie den Mund, als würde sie Milch schlürfen.

»Großmutter ...« Mir versagte die Stimme. Mit Anas Hilfe mühte sie sich auf die Beine, stützte sich mit beiden Händen am Boden ab und streckte den Rücken durch, um das Gleichgewicht zu halten.

»Mmmhrr ... mmmhrr ...«, seufzte sie. *Oder sagte sie »schnurr ... schnurr«?*

»Mmmhrr, so gut habe ich seit Jahren nicht mehr geschlafen«, äußerte Großmutter sehr zufrieden.

»Hatten Sie keine Angst, als Sie da eingesperrt waren?«, fragte Ana fassungslos.

»Ach, nein, ich war müde und habe das Beste daraus gemacht. Zunächst habe ich noch gerufen, aber es war ja keiner da, der mich hätte hören können. Also habe ich beschlossen, meine Stimme zu schonen.«

Das Band hatte gespielt. Ich hatte es selbst gehört.

Großmutter beäugte mich. »Du siehst ja schrecklich aus«, sagte sie. »Du musst dir keine Sorgen um mich machen. Weißt du nicht, dass ich hundert Jahre alt werde? Das habe ich dir doch versprochen. Ich habe im Aufzug festgesessen, na und? Da ist ein dicker Teppichboden. Ich habe mich hingelegt, und unter meiner Decke hatte ich es schön warm und bequem. In meinen Träumen habe ich ein leises Säuseln gehört, wie Wasser, das an die Küste schwappt.«

Aus Angst, mich zu verraten, ging ich nach unten und

nahm den Kassettenrecorder an mich. Beinahe hätte ich nicht bemerkt, dass ich dabei in meiner Hast einen kleinen Gegenstand vom Tisch warf. Ich hob ihn auf. Es war ein Hörgerät. Ich legte es hin und bemerkte, dass ein zweites auf dem Tisch lag.

Ana kam die Treppe herunter. »Wie lange trägt Großmutter schon ein Hörgerät?«, fragte ich.

»Das wollte ich gerade holen. Sie lässt es jeden Abend auf dem Tisch liegen. Sie ist ja so eitel, wahrscheinlich hat sie es Ihnen gar nicht erzählt, aber mit dem Hören wird es nun mal immer schlimmer, mittlerweile ist sie so gut wie taub. Sie lernt, den Leuten von den Lippen zu lesen, und ist mittlerweile ziemlich gut darin. Ist Ihnen noch nicht aufgefallen, dass Sie immer auf Ihre Lippen sieht, wenn Sie reden? Endlich hat sie ein Hörgerät bekommen, aber sie benutzt es nur abends zum Fernsehen und lässt es dann immer hier liegen.«

»Sie kann nicht hören?«, fragte ich entgeistert.

»Nur noch ein paar Töne. Tiefe Töne, nichts Hohes oder Schrilles.«

Das ereignete sich vor fünf Jahren. Natürlich zerstörte ich umgehend das Band, nur in meinem Schlaf höre ich es immer und immer wieder. Es jagt mir aber keine Angst ein, sondern leistet mir vielmehr Gesellschaft. Ich weiß nicht, warum. Und da ist noch etwas, was ein wenig seltsam ist. Ich kann meine Großmutter nicht mehr ansehen, ohne das Gesicht einer Katze vor mir zu haben. Das liegt an den Haaren auf ihren Wangen und um die Lippen, ihren seltsamen Mundbewegungen und zusammengekniffenen Augen sowie dem eindringlichen, stets auf meine Lippen fixierten Blick. Ihr Lieblingsschlafplatz ist jetzt der Aufzug, wo sie sich nachts oder auch tagsüber in ihrer Nerzdecke zu einem Nickerchen auf dem Teppichboden zusammenrollt. Sogar ihr Atem hat etwas Schnurrendes bekommen.

Es fällt mir schwer, die Nerven zu wahren, solange ich auf mein Erbe warte. Aber mir fehlt der Mut, einen neuen Versuch zu unternehmen, um den Eintritt des Erbfalls zu beschleunigen. Ich wohne jetzt bei Großmutter, und mit der Zeit, glaube ich, werde ich ihr immer ähnlicher. Die Narbe an ihrer Wange liegt direkt unter ihrem linken Auge; meine befindet sich an der gleichen Stelle. Da ich nur leichten Bartwuchs habe und mich unregelmäßig rasiere, gleicht mein Bart zuweilen ihrer Gesichtsbehaarung. Wir haben die gleichen schmalen, grünen Augen.

Meine Großmutter mag warme Milch sehr. In letzter Zeit hat sie sich angewöhnt, sie zum Auskühlen in eine Untertasse zu gießen, bevor sie sie aufschleckt. Ich habe es einmal ausprobiert und nehme sie jetzt ebenfalls so zu mir. Es ist einfach zu köstlich.

DANK

1972 begann ich einen längeren Text, dem ich den Titel »Der Tod trägt eine Maske« gab. Nach fünfzig Seiten, als mir nicht ganz klar war, wie die Geschichte enden sollte, legte ich sie weg und machte mich an *Wintersturm*.

Bei der Durchsicht alter Ordner stieß ich wieder auf diese Geschichte, sie gefiel mir, und ich schrieb sie vergangenen Sommer zu Ende. Es hat Spaß gemacht, an einem Text zu arbeiten, der im Jahr 1974 spielt.

Diese Sammlung enthält zehn Geschichten, unter anderem meine erste veröffentlichte Geschichte, »Blinder Passagier«. Dieses Buch repräsentiert daher meine frühen Jahre als Schriftstellerin, aber hoffentlich nicht das Ende.

Auf diesem Weg haben mich Leute begleitet, denen ich von Herzen für ihre Unterstützung danken möchte. Als Erstem Michael Korda, der von Anfang an mein Lektor und treuer Freund gewesen war. Er stand bei allen meinen Texten als unerlässlicher Kapitän am Steuer des Schiffes.

Danken möchte ich Marysue Rucci, Vizepräsidentin und Cheflektorin bei Simon & Schuster, mit der ich in den letzten Jahren wunderbar zusammengearbeitet habe.

Zur familieneigenen Unterstützertruppe gehören meine Assistentin Nadine Petry, mein Sohn David Clark und meine Tochter Patty Clark. Danke für eure Vorschläge und euren Beistand.

Und natürlich dem besten Ehemann von allen, John Conheeney, der mir immer geduldig zuhört, wenn ich mal wieder verkünde: »Bei diesem Buch läuft es wirklich nicht besonders gut.« Worauf er immer antwortet: »Das höre ich schon seit den letzten dreißig Büchern.«

Und vielen Dank an Sie, liebe Leser, ohne die ich als Autorin nicht existieren könnte. Ich schätze jeden einzelnen von Ihnen. Ich hoffe, »Der Tod trägt eine Maske« und die anderen Geschichten in dieser Sammlung haben Ihnen Vergnügen bereitet.

Alles Gute und bis zum nächsten Mal,
Mary Higgins Clark

QUELLENNACHWEIS

Werkverzeichnis der Titel von Mary Higgins Clark

Die Autorin

Mary Higgins Clark, geboren 1928 in New York, wuchs in der Bronx auf. Ihr Vater starb, als sie kaum elf Jahre alt war. Die Mutter zog sie und ihre beiden Brüder allein groß. Nach der Highschool machte sie eine Ausbildung zur Sekretärin und war drei Jahre in einer Werbeagentur tätig, bevor sie das Reisefieber packte und sie ab 1949 als Stewardess für PanAm arbeitete. Ein Jahr später heiratete sie ihren Nachbarn Warren Clark. Kurz nach ihrer Hochzeit begann sie, Erzählungen zu schreiben. Sie verkaufte die erste im Jahr 1956 für einhundert Dollar an eine Zeitschrift. Nach dem plötzlichen Tod ihres Ehemanns im Jahr 1964 verfasste sie bald ihr erstes Buch, einen biografischen Roman über George Washington. Sie schrieb immer morgens zwischen fünf und sieben Uhr, bevor die fünf Kinder zur Schule mussten. Der erste Kriminalroman, *Wintersturm*, aus dem Jahr 1975 bedeutete einen Wendepunkt in ihrem Leben und in ihrer Karriere: Er wurde zum Bestseller. Neben dem Schreiben studierte sie Philosophie und schloss 1979 ihr Studium mit »Summa cum laude« ab.

Mary Higgins Clark zählt zu den erfolgreichsten Thrillerautorinnen weltweit. Mit ihren Büchern führt sie regelmäßig die internationalen Bestsellerlisten an und hat zahlreiche Auszeichnungen erhalten, u.a. den begehrten »Edgar Award«. 1996 heiratete sie John Conheeney. Die Autorin lebt und arbeitet in Saddle River, New Jersey.

Aspire to the Heavens, 1969/
Mount Vernon Love Story, 2002

Die Queen of Crime mal anders: In ihrem Erstling gestaltet Mary Higgins Clark ein lebendiges Porträt George Washingtons. Jenseits seiner Erfolgsgeschichte als Staatsmann begegnet der Leser dem jungen Washington, der einer unerfüllbaren Liebe nachtrauert, ehe er sein Herz seiner zukünftigen Frau öffnet ...

Wintersturm
(Where Are the Children?, 1975)

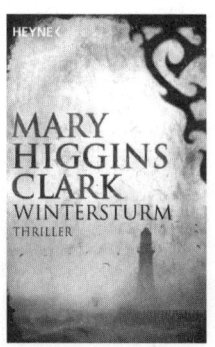

Ray und Nancy Eldredge leben zusammen mit ihren Kindern in einer malerischen Siedlung an der amerikanischen Ostküste. Aber die Idylle trügt: Ein geheimnisvoller, neurotischer Mörder geht um, der die Kinder des jungen Ehepaares entführt. Zug um Zug wird eine grauenvolle Vergangenheit aufgedeckt, die sich zu wiederholen droht ...

Die Gnadenfrist
(A Stranger Is Watching, 1978)

Ein Junge wird Augenzeuge des Mordes an seiner Mutter. Doch als sein Vater die Todesstrafe für den vermeintlichen Täter fordert, stellt eine spektakuläre Entführung die Ermittlungen auf den Kopf. Und die Polizei beginnt einen dramatischen, nahezu aussichtslosen Wettlauf mit der Zeit ...

Wo waren Sie, Dr. Highley?

(The Cradle Will Fall, 1980)

Der Frauenarzt Dr. Highley unterhält eine renommierte Privatklinik in New Jersey. Er ist Spezialist für komplizierte Schwangerschaften, aber er missbraucht seine Patientinnen auch für wissenschaftlich nicht fundierte Experimente. Eine Reihe von mysteriösen Todesfällen in der Klinik alarmiert schließlich die Polizei. Da macht die junge Richterin Katie DeMaio eine Beobachtung, die für sie höchst gefährlich wird ...

Schrei in der Nacht

(A Cry in the Night, 1982)

Eine gute Ehe verwandelt sich in ein Szenario des Grauens, als Jenny ihrem Mann in die Wälder Minnesotas folgt. Unheimliche Dinge ereignen sich. Als Jennys Töchter verschwinden, begibt sie sich auf die Suche. In einer Jagdhütte macht sie eine furchtbare Entdeckung.

Das Haus am Potomac

(Stillwatch, 1984)

Die junge Patricia Traymore will ein persönliches Geheimnis lüften, das sie seit ihrer Kindheit bedrückt: der Verlust ihrer Eltern durch einen plötzlichen, gewaltsamen Tod. Als sie auf die ehrgeizige Senatorin Abigail Jennings trifft, ahnt sie nicht, dass sie in eine Auseinandersetzung hineingerät, die sie an den Rand des Abgrunds bringt.

Schlangen im Paradies

(Weep No More My Lady, 1987)

In der luxuriösen Umgebung einer exklusiven Schönheitsfarm versucht eine
junge Schauspielerin, Klarheit zu gewinnen über den plötzlichen Tod ihrer
Schwester. Aber hinter den Fassaden dieses idyllischen Landsitzes lauert das Un-
heil. Elisabeth gerät in einen Strudel von
gefährlichen Ereignissen, die nicht nur
ihr Leben bedrohen …

Das Anastasia-Syndrom oder Doppelschatten

(The Anastasia Syndrome and Other Stories, 1989)

Fünf unheimliche Kurzgeschichten in einem Band: In der Titel-
geschichte sucht Judith Case, eine erfolgreiche Historikerin, einen Psychiater auf, da es in ihrer Vergangenheit viele ungeklärte
Fragen gibt. Er versetzt sie in Hypnose, und für Judith beginnt
eine haarsträubende Reise …

Schlaf wohl, mein süßes Kind

(While My Pretty One Sleeps, 1989)

Dass Ethel Lambstons, eine äußerst elegante Gesellschafts-
kolumnistin, einfach so, ohne sich vorher mit entsprechender
Garderobe einzudecken, verreist sein soll, kann Neeve nicht
glauben. Schließlich ist die junge Frau Besitzerin einer Mode-
boutique und Ethel eine ihrer besten Kundinnen. Neeve beginnt, Nachforschungen anzustellen …

Schwesterlein, komm tanz mit mir

(Loves Music, Loves to Dance, 1991)

»Attraktiver Mann sucht Frau, die Musik liebt …« Auf solche und ähnliche Zeitungsannoncen antworten Erin und Darcy, weil sie einer Kollegin bei einer Untersuchung über Kontaktanzeigen helfen wollen. Sie treffen sich mit Kandidaten und tauschen ihre Erfahrungen aus. Bis Erin eines Tages spurlos verschwindet …

Dass du ewig denkst an mich

(All Around the Town, 1992)

Alles an Laurie Kenyon ist mysteriös. Als Kind wird sie entführt und bleibt zwei Jahre vermisst. Als sie aus dem Nichts wieder auftaucht, hat sie die Erinnerung verloren. Der plötzliche Tod ihrer Eltern erzeugt einen Schock, der eine Persönlichkeitsspaltung auslöst. Eine dieser Persönlichkeiten begeht einen Mord, für den Laurie vor Gericht steht, verteidigt von ihrer Schwester, einer talentierten Anwältin …

Das fremde Gesicht

(I'll Be Seeing You, 1993)

Zunächst glaubt Meghan Collins, ihr seit einigen Monaten verschwundener Vater sei bei einem Unfall verstorben. Dann aber häufen sich die Hinweise, dass er doch noch am Leben ist. Die Suche nach ihm enthüllt merkwürdige Geschehnisse. Ist Meghans Vater am Ende ein Mörder?

Das Haus auf den Klippen

(Remember Me, 1994)

Ein Psychothriller, wie nur die »Königin der Spannung« ihn schreiben kann. Mysteriöse Vorkommnisse in einem alten Kapitänshaus, hoch über den Klippen von Cape Cod, versetzen die Schriftstellerin Menley Nichols in Angst und Verzweiflung. Das Haus war schon einmal Schauplatz einer Tragödie …

Sechs Richtige. Mordsgeschichten

(The Lottery Winner: Alvirah & Willy Stories, 1994)

Nachdem Alvirah und Willy 40 Millionen Dollar im Lotto gewonnen haben, könnten sie es sich eigentlich gut gehen lassen und in ihrem am Central Park gelegenen Apartment das Leben genießen. Alvirahs unheilvolles Hobby aber sind ungelöste Kriminalfälle …

Ein Gesicht so schön und kalt

(Let Me Call You Sweetheart, 1995)

Als die Staatsanwältin Kerry McGrath einigen Patientinnen des renommierten Schönheitschirurgen Dr. Smith begegnet, macht sie eine grausige Entdeckung: Die Gesichtszüge ähneln in verblüffender Weise denen der vor Jahren ermordeten Suzanne. McGrath nimmt die Nachforschungen wieder auf und begibt sich damit selbst in größte Gefahr.

Stille Nacht

(Silent Night, 1995)

Der siebenjährige Brian hofft inständig, ein Christophorus-Medaillon werde seinen todkranken Vater retten. Als er es am Weihnachtsabend zu ihm bringen will, wird es dem Jungen im Gedränge von Manhattans Straßen von einer Frau entrissen. Brian nimmt sofort die Verfolgung auf, ohne zu ahnen, in welche Gefahr er sich begibt. Die Heilige Nacht wird für ihn zum Albtraum ...

Mondlicht steht dir gut

(Moonlight Becomes You, 1996)

Nachdem ihre Stiefmutter ermordet wurde, beginnt die erfolgreiche Modefotografin Maggie Holloway Nachforschungen in einem Altenstift anzustellen. Sie kommt zu einer erschütternden Erkenntnis: Auch andere ältere Damen sind auf unerklärliche Weise verstorben. Schließlich gerät Maggie selbst in eine tödliche Falle.

Und tot bist du

(My Gal Sunday: Henry and Sunday Stories, 1996)

Henry Parker Britland IV, früherer Präsident der Vereinigten Staaten, und seine Frau, die Kongressabgeordnete Sandra, betätigen sich als Privatdetektive. Selbst Kapitalverbrechen wie Mord und Entführung schrecken sie nicht ab ...

Sieh dich nicht um

(Pretend You Don't See Her, 1997)

Lacey Farrell ist eine erfolgreiche junge Immobilienmaklerin, deren Leben sich schlagartig ändert, als sie zur unfreiwilligen Zeugin eines Mordes wird. Warum musste Isabelle Waring sterben? Und was hat es mit dem rätselhaften Tagebuch ihrer Tochter Heather auf sich? Lacey ahnt nicht, in welche Gefahr sie sich begibt, denn der Mörder verfolgt nun sie.

Nimm dich in acht

(You Belong To Me, 1998)

Reise ohne Wiederkehr: Als eine Bekannte während einer Luxuskreuzfahrt spurlos verschwindet, versucht die engagierte Psychologin und Moderatorin Susan Chandler die Wahrheit zu ergründen. Dabei stößt sie auf eine Reihe ähnlicher Fälle und bringt sich selbst in tödliche Gefahr.

In einer Winternacht

(All Through the Night, 1998)

Sondra weiß sich in ihrer Verzweiflung nicht mehr anders zu helfen, als ihr Baby vor einer Kirche auszusetzen. Was sie nicht ahnt: In jener eisigen Nacht ist sie nicht die Einzige, die Unlauteres im Sinn hat. Kurz nach ihr bricht ein Kunsträuber in die Kirche ein. Sieben Jahre später macht sich Sondra auf die Suche nach ihrem Kind ...

Wenn wir uns wiedersehen

(We'll Meet Again, 1999)

Als Molly Lash nach sechs Jahren Gefängnis entlassen wird, ist sie fest entschlossen, den wahren Täter des Verbrechens zu finden, für das sie verurteilt wurde – den Mörder ihres Mannes. Gemeinsam mit einer Freundin macht sie sich auf die Suche und gerät in einen Albtraum ...

Vergiss die Toten nicht

(Before I Say Good-Bye, 2000)

Die Kolumnistin Nell McDermott plant eine Karriere in der Politik. Gegen den Willen von Adam, ihrem Mann. Dann kommt Adam auf mysteriöse Art ums Leben. Nell recherchiert. Sie entdeckt eine skandalöse Schmiergeldaffäre in der New Yorker Immobilienbranche – und gerät ins Visier von Adams Killern.

Gefährliche Überraschung

(Deck the Halls, zusammen mit Carol Higgins Clark, 2000)

Für die Privatdetektivin Regan Reilly, die in den Krimis von Carol Higgins Clark schon oft ihre Fähigkeiten bewiesen hat, versprechen die Weihnachtstage turbulent zu werden: Kurz vor dem Fest wird ihr Vater Luke zusammen mit seiner Fahrerin entführt, die Kidnapper fordern eine Million Dollar Lösegeld. Regan setzt alles daran, Luke rechtzeitig zu finden. Bei den Ermittlungen hilft ihr die ambitionierte Alvirah Meehan, jene den Lesern von Mary Higgins Clark bestens bekannte Heldin aus *Sechs Richtige*.

Du entkommst mir nicht

(On the Street Where You Live, 2001)

Das Haus ihrer Urgroßmutter, in das die junge Strafverteidigerin Emily Graham gezogen ist, birgt unangenehme Überraschungen: Bei Gartenarbeiten taucht plötzlich die Leiche einer Frau auf, die als vermisst gemeldet ist. Und die Tote hält den Fingerknochen eines weiteren Skeletts in Händen …

Denn vergeben wird dir nie

(Daddy's Little Girl, 2002)

Ellie Cavanaugh ist außer sich, als der Mörder ihrer Schwester vorzeitig aus dem Gefängnis entlassen wird. Denn seit nunmehr zwanzig Jahren ist Ellie fest von seiner Schuld überzeugt. Jetzt will sie endgültig den Beweis dafür erbringen – und ist bald selbst in tödlicher Gefahr.

Und morgen in das kühle Grab

(The Second Time Around, 2003)

Nicholas Spencer, Leiter eines bedeutenden pharmazeutischen Forschungslabors, verschwindet von einem Tag auf den anderen spurlos. Kurz darauf wird überraschend enthüllt, dass Spencer die Firma um Millionen betrogen hatte. Die Journalistin Marcia DeCarlo wagt sich bei ihren Recherchen zu weit vor – und begibt sich damit in Lebensgefahr.

Mein ist die Stunde der Nacht

(Nighttime Is My Time, 2004)

Ein Fluch scheint auf der ehemaligen Schulklasse von Jean Sheridan zu liegen. Bereits fünf ihrer früheren Mitschülerinnen sind auf tragische Weise ums Leben gekommen. Noch ahnt niemand, dass ein wahnsinniger Serienkiller, der sich selbst »die Eule« nennt, dahintersteckt. Wird er sein mörderisches Werk bei dem bevorstehenden Klassentreffen vollenden?

Hab acht auf meine Schritte

(No Place Like Home, 2005)

Bei einem schrecklichen Unfall tötet die kleine Liza Barton aus Versehen ihre eigene Mutter. 24 Jahre später kehrt sie an den Ort des Geschehens zurück und erkennt langsam, dass hinter dem angeblichen Unfall von damals der perfide Plan eines Mörders steckte. Und schon hat ein Verfolger ihre Spur aufgenommen: Nun soll auch sie sterben …

Weil deine Augen ihn nicht sehen

(Two Little Girls in Blue, 2006)

Für Margaret Frawley wird der schlimmste Albtraum wahr: Skrupellose Erpresser entführen ihre dreijährigen Zwillingstöchter. Nach einer dramatischen Geldübergabe kommt eine Tochter frei, die andere aber sei gestorben, heißt es. Doch Margaret will nicht an den Tod ihres Kindes glauben …

Und hinter dir die Finsternis

(I Heard That Song Before, 2007)

Kay Lansing heiratet den erheblich älteren Peter Carrington, doch über ihrem Glück liegen die dunklen Schatten der Vergangenheit. Denn Carrington wurde vor vielen Jahren verdächtigt, etwas mit dem Verschwinden einer jungen Frau zu tun zu haben. Und auch der Unfalltod seiner ersten Frau im Swimmingpool ist noch keineswegs restlos aufgeklärt …

Warte bis du schläfst

(Where Are You Now?, 2008)

Zehn Jahre ist es her, dass Carolyns Bruder von einem Tag auf den anderen spurlos verschwand. Um der quälenden Unsicherheit über sein Schicksal endlich ein Ende zu bereiten, beginnt Carolyn zu recherchieren. Sie stößt auf fürchterliche Verbrechen in der Vergangenheit – und auf einen Täter, dem sie bereits viel zu nahe gekommen ist.

Denn niemand hört dein Rufen

(Just Take My Heart, 2009)

Eine Schauspielerin wird brutal ermordet. Die angehende Staatsanwältin Emily Wallace übernimmt die Anklage gegen den Hauptverdächtigen. Zu spät erkennt sie, dass es eine unheimliche Verbindung zwischen ihr und der Toten gibt. Schon längst ist sie selbst zur Zielscheibe des Bösen geworden.

Flieh in die dunkle Nacht

(The Shadow of Your Smile, 2010)

Die 82-jährige Olivia Morrow steht vor einer schicksalhaften Entscheidung: Soll sie ihren Schwur brechen und das dunkle Geheimnis ihrer Cousine lüften? Sie könnte so deren Enkelin ein ganz neues Leben in Reichtum verschaffen. Oder aber, was sie nicht weiß: den Tod bringen.

Ich folge deinem Schatten

(I'll Walk Alone, 2011)

Zwei Jahre ist es her, dass für Zan Moreland ein Albtraum begann: Am helllichten Tag wurde ihr kleiner Sohn Matthew im Central Park entführt. Die polizeilichen Ermittlungen und ihre eigene verzweifelte Suche blieben ohne Ergebnis. Doch ausgerechnet an Matthews fünftem Geburtstag tauchen Fotos auf, die damals im Park geschossen wurden. Sie zeigen im Hintergrund die Frau, die Matthew aus dem Kinderwagen stiehlt. Es scheint Zan selbst zu sein. Oder treibt jemand ein unmenschliches Spiel mit ihr?

Mein Auge ruht auf dir

(The Lost Years, 2012)

Dr. Jonathan Lyons glaubt, eine sensationelle wissenschaftliche Entdeckung gemacht zu haben. Kurz darauf findet ihn seine Tochter Mariah ermordet in seinem Büro auf. Und noch Schrecklicheres erwartet sie: Die Hauptverdächtige ist ausgerechnet ihre eigene Mutter. Mariah kann nicht an ihre Schuld glauben und setzt alles daran, den wahren Täter zu finden. Sie kommt ihm bald gefährlich nahe.

Spürst du den Todeshauch?

(Daddy's Gone A Hunting, 2013)

Mitten in der Nacht explodiert die Möbelfabrik der Familie Connelly. Kate Connelly wird dabei schwer verletzt, ein früherer Angestellter getötet. Aber was hatten die beiden überhaupt nachts auf dem Gelände verloren? Nur Kate könnte Licht ins Dunkel bringen, denn sie kennt ein schreckliches Geheimnis. Aber sie liegt im Koma – und ein skrupelloser Mörder würde alles dafür tun, dass sie nie mehr erwacht.

Als sie seine Schritte hörte, war es zu spät

Zwanzig Jahre ist es her, dass die Jungschauspielerin Susan Dempsey zu einem Vorsprechen aufbrach – aber niemals ankam. Sie wird ermordet in einem Park aufgefunden, mit nur noch einem Schuh an den Füßen. Der »Cinderella-Mord« schlägt hohe Wellen, weil zu den Verdächtigen einflussreiche Hollywoodgrößen gehören. Er wird aber nie aufgeklärt. Bis sich Laurie Moran, die sich als TV-Produzentin auf Cold Cases spezialisiert hat, des Falls annimmt. Damit macht sie sich selbst zur Zielscheibe des Täters.

Heyne Hardcover
978-3-453-27045-9

Leseproben unter **www.heyne.de**

HEYNE